검은 황무지

**BLACKTOP WASTELAND**

Copyright © 2020 by S. A. Cosby
Published by arrangement with Flatiron Books. All rights reserved.

Korean translation copyright ⓒ 2021 by NEVERMORE BOOKS
Korean translation rights arranged with Flatiron Books
through EYA (Eric Yang Agency)

이 책의 한국어판 저작권은 EYA(Eric Yang Agency)를 통해 Flatiron Books와
독점계약한 '네버모어'에 있습니다.
저작권법에 의하여 한국 내에서 보호를 받는 저작물이므로 무단전재 및 복제를 금합니다.

# 검은 황무지

BLACKTOP
WASTELAND

S. A. COSBY

S·A·코스비 장편소설  윤미선 옮김

## MEDIA REVIEW

✹ ✹ ✹

"버지니아의 하복부를 찢어놓는, 속도감 넘치면서도 신선한 걸작 누아르."
**〈뉴욕 타임스〉**

"손에 땀을 쥐게 하는 이 소설의 곳곳에는 긴장과 매력이 숨어 있다. S. A. 코스비는 잘 직조된 액션 신으로 자신의 재능을 충분히 발휘함으로써 독자들의 가슴을 뛰게 한다. 하지만 《검은 황무지》의 백미는 전원의 버지니아와 그 사람들의 묘사에 있다. 독자들이 시골의 가난이라는 하데스로 빠져드는 동안 작가의 특별한 목소리는 마치 《신곡》의 베르길리우스처럼 들려올 것이다."
**〈뉴욕 타임스〉 북 리뷰**

"획기적인 범죄소설."
**〈LA 타임스〉**

"미국의 폭력적인 강도 사건, 머슬카, 극심한 빈곤이 아름답게 직조된 소설."
**〈보스턴 글로브〉**

"《검은 황무지》가 범죄소설 중 가장 극찬받는 소설인 데는 이유가 있다. 필력이 절정에 오른 작가가 지어낸 절절하면서도 박진감 있는 작품이기 때문이다. S. A. 코스비는 버그가 밤낮으로 검은 황무지를 달려 자신의 과거로 질주하는 이유를 아름답게 써내는 데 성공했다. 두려움과 흥분이 만들어낸 독특한 분위기가 당신을 끝까지 매혹시킬 것이다."
〈크라임 리드〉

"리차드 스타크의 '파커 시리즈'를 연상케 하는 빠른 전개의 하이스트 플롯과 월터 모즐리의 《Fearless Jones》를 생각나게 하는 가슴 저미는 드라마가 만난 것 같다. 한마디로 《검은 황무지》는 굉장히 매력적인 소설이다."
〈밀워키 저널 센티널〉

"흥미로운 아메리칸 누아르. 거침없는 질주와 함께 마음을 울리는 소설."
〈메일 온 선데이〉

"복잡 미묘한 갈등과 자기 파괴적 남성성이 폭발하는 동시에, 맹렬한 자동차 추격 장면이 책장 넘기는 속도를 높인다. 두말할 나위 없이 올해에 꼭 읽어야 할 소설."
〈가디언〉

"S. A. 코스비는 에너지 넘치는 서사에서도 미묘한 감정선을 빠뜨리지 않는다. 범죄소설의 걸작이면서 타협하지 않는 누아르 소설이지만, 사람 마음의 저변을 건드리는 작품이다. 2018년 최고의 소설 중 하나였던 루 버니의《노벰버 로드》처럼."
〈북리스트〉

"엘모어 레너드의 세계에 들어온 듯한 느낌이다. 버그는 스릴러 장르에 등장하는 여느 인물과 같지 않다. 그 점만 제외하고는 리차드 스타크의 '파커 시리즈'와 맥을 같이하는 클래식 하이스트 장르를 연상시키는 작품. 불티나게 팔릴 소설임을 장담한다."
〈라이브러리 저널〉

"질투 날 만큼 아름답게 쓰인 작품. 버그 옆의 조수석에 앉은 뒤 안전벨트를 매라.《검은 황무지》와 함께한 여정은 엔진이 식은 뒤에도 오랫동안 당신의 마음에 남을 것이다."
〈살롱닷컴〉

"혈기 넘치는 네오누아르 스릴러. 투지 넘치면서 잔인한 이야기가 작가의 감각적인 묘사와 어우러지는 작품. 입을 떡 벌리게 만드는 추격 신 하나만으로도 이 소설을 읽을 이유는 충분하다. S. A. 코스비는 앞으로 행보가 기대되는 작가임이 분명하다."
〈퍼블리셔스 위클리〉

"올해 가장 주목해야 할 소설 중 하나. 이 누아르 소설은 도입부터 액셀러레이터를 밟고는 피날레까지 속도를 늦추지 않는다. 서사에 완벽히 녹아든 등장인물을 통해 자동차 경주는 물론 책임감, 부성애, 정체성이라는 주제를 현실적으로 풀어낸 작품이다. S. A. 코스비는 견고한 스릴러를 구축하면서도 등장인물의 감정선을 잘 살렸다."
〈선 센티넬〉

"《검은 황무지》는 영화《블리트》,《분노의 질주》와 엘모어 레너드의 누아르 소설 팬들을 위한 작품이다. 작가는 단 한 번도 페달에서 발을 떼지 않는다. 독자가 정신없이 페이지를 넘기게 만드는 긴장감 넘치는 스릴러. 손에 땀을 쥐게 하는《검은 황무지》는 심장이 뛰게 만드는 (때로는 잔혹한) 액션으로 가득하며 큰 스크린으로 각색되어도 손색없을 정도다."
〈북페이지〉

"잊을 수 없는 이야기. S. A. 코스비는 액셀러레이터에서 단 한 순간도 발을 떼지 않는다. 그는 타고난 이야기꾼이자 노련한 작가다.《검은 황무지》는 독자로 하여금 범죄를 저지르는 주인공을 어느새 응원하게 만든다. 최고의 누아르 소설에만 기대할 수 있는 기적이다."
〈셀프 어웨어니스〉

"나는 S. A. 코스비의 《검은 황무지》를 사랑한다. 정말 시간 가는 줄 모르고 읽었다. '차를 훔친 것처럼 몰란 말이야(Drive it like you stole it).' 빠른 속도감으로 가차 없이 몰아치는 이 소설을 압축적으로 표현해주는 문장이다."
**스티븐 킹**

"《검은 황무지》가 올해의 소설이 될 것이다."
**마이클 코넬리, 베스트셀러 '해리 보슈' 시리즈의 작가**

"신선한 재미와 함께 진솔한 이야기를 전달하는 소설. 등장인물이 겪을 수밖에 없는 딜레마가 당신의 가슴을 휘저어놓을 것이 분명하다. 이 소설에 대한 나의 평가는 '추천 그 이상'이다."
**리 차일드, 베스트셀러 '잭 리처' 시리즈의 작가**

"《검은 황무지》는 아메리칸 누아르에 시의적절하면서도 완벽한 자극을 주는 작품이다. S. A. 코스비는 미국 범죄소설 장르에 신선한 목소리를 더해줄 환영할 만한 작가다."
**데니스 루헤인, 베스트셀러 《살인자들의 섬》, 《미스틱 리버》의 작가**

"극도로 정제된 하드보일드 범죄소설. 빠른 전개로 몰입도가 높으면서 독자의 상상력을 자극하는 작품."
**루 버니, 베스트셀러 《오래전 멀리 사라져버린》, 《노벰버 로드》의 작가**

"다이아몬드와 빠르게 질주하는 차, 트레일러에 사는 이들의 꿈과 불법 자동차 경주로 S. A. 코스비는 미국 범죄소설을 재창조했다고 해도 과언이 아니다. 피부색에 상관없이 출구 없는 삶을 사는 등장인물들은 진한 가족애를 지녔지만 정체성의 혼돈을 겪는다. 《검은 황무지》는 가슴을 울리는 자동차 경주와 더불어 질주의 중독성에 관한 이야기다."

**월터 모즐리, 베스트셀러 '이지 롤린스' 시리즈의 작가**

"《검은 황무지》는 책의 마지막 페이지를 넘긴 뒤에도 여운이 길게 남을, 올해의 소설이라고 할 수 있는 작품이다. S. A. 코스비의 문장에는 투지와 함께 우아함이 깃들어 있다. 《검은 황무지》는 절대 놓쳐서는 안 될 소설이다."

**마이클 코리타, 베스트셀러 《내가 죽기를 바라는 자들》의 작가**

"《검은 황무지》가 자동차 경주 장면으로 시작하는 것은 매우 적절하다. 이 작품 자체가 머슬카의 현현이기 때문이다. 첫눈에는 멋진 외관에 조금은 위험할 것이라고 느끼지만, 차가 출발하는 순간 목숨을 부지하기만을 바라게 되는 그런 차에 독자가 탑승한 것이나 다름없다. 다행히 S. A. 코스비는 매우 능숙한 드라이버다."

**롭 하트, 베스트셀러 《웨어하우스》의 작가**

"어느 순간, 경이로운 작품을 들고 우리에게 나타나는 작가가 있다. 이런 작가들은 다른 작가들과의 비교조차 무색하게 만든다. S. A. 코스비는 《검은 황무지》에서 주인공의 운전을 정확하고도 담대하게 묘사해낸다. 이 소설은 숨을 멎게 할 만큼의 긴장감으로 가득하지만, 읽다 보면 어느새 코스비의 다음 소설을 기다리고 있는 자신을 발견할 것이다."

**로라 립먼, 베스트셀러 《죽은 자는 알고 있다》의 작가**

"영리하고도 비정한 네오누아르 장르에 컨트리 고딕을 살짝 섞은 걸작."

**에이드리언 매킨티, 베스트셀러 《더 체인》의 작가**

"엄청나다. 이처럼 강렬한 작품을 마지막으로 읽었던 때가 언제인지 기억나지 않는다."

**마크 빌링엄, 베스트셀러 《슬리피 헤드》의 작가**

"갑자기 경이로운 작품을 들고 우리에게 나타나는 작가가 있다. 엘모어 레너드나 체스터 하임즈를 생각해보라. 이제 《검은 황무지》로 S. A. 코스비가 이러한 작가들의 대열에 합류하게 됐다."

**스티브 캐버나, 베스트셀러 《열세 번째 배심원》의 작가**

"차든 책이든 '스위트 스폿'이라는 지점이 존재한다. 차는 회전력과 마력, 책은 캐릭터와 플롯 사이의 완벽한 조화를 이루는 지점을 의미할 터다.《검은 황무지》가 바로 그 스위트 스폿에 있는 작품이다. S. A. 코스비의 소설은 차의 거침없는 포효 소리, 미친 듯한 속도감과 함께 독자를 미스터리로 초대한다."
**크레이그 존슨, 베스트셀러 '월트 롱마이어' 시리즈의 작가**

"《검은 황무지》의 성공은 작가들 사이에서는 이미 파다한 소문을 확인시켜줄 뿐이다. S. A. 코스비는 엄청난 재능을 가진 작가라는 사실을 말이다. 폭발적이면서 반전이 있는 이야기 사이사이에 인간적인 면모도 충분하다. 이 '미국 남부 누아르 하이스트 소설'은 문학계에 자신의 족적을 확실히 남길 것이다."
**조단 하퍼, 베스트셀러 《죽음을 문신한 소녀》의 작가**

"독자여, 안전벨트를 단단히 매라. S. A. 코스비가 이제 당신을 태우고 미국 남부의 전원을 향해 거침없는 질주를 시작할 것이다. 머슬카, 뒷골목 레이싱, 이중거래와 함께 교묘하게 설계된 통쾌한 결말까지! 레드힐카운티는 이제 내가 좋아하는 장소가 되어 버렸다."
**에이스 앳킨스, 베스트셀러 《The Ranger》의 작가**

나의 아버지, 로이 코스비에게 이 책을 바칩니다.

아버지는 가끔 불가능한 목표를 향해 도전하셨습니다.
한번 핸들을 잡으면 마치 훔친 차를 몰듯이 운전하셨죠.

달려요, 끝까지 달리세요, 아버지.

BLACKTOP WASTELAND

아버지란 자식이 자신이 되기를 원했던 사람만큼
훌륭하게 자라기를 바라는 사람이다.

프랭크 A. 클라크

# 1

**셰퍼드스코너, 버지니아주
2012년**

보러가드는 밤하늘이 한 폭의 그림 같다고 느꼈다. 달이 구름 뒤로 숨자 사람들의 웃음소리는 엔진의 불협화음에 묻혀 허공에 흩어졌다. 근처에 있는 세빌의 오디오에서 뿜어내는 저음은 너무도 강력한 나머지 심폐소생술을 받으면 이런 느낌일까,라는 생각마저 들게 했다. 오래된 편의점 앞에는 신상 모델 몇 대가 되는 대로 주차되어 있었다. 세빌 외에도 매버릭 한 대, 임팔라 두 대, 카마로 몇 대와 함께 미국 머슬카의 전성기를 대표하는 차 대여섯 대가 어지럽게 공간을 차지하고 있었다. 피부에 서늘한 공기가 느껴졌고 코끝에는 가스와 기름 냄새가 맴돌았다. 진하고 매캐한 배기가스와 탄 고무 냄새였다. 귀뚜라미와 쏙독새가 있는 힘을 다해 우는 듯했지만 잘 들리지 않았다. 보러가드는 눈을 감고 귀를 쫑긋 세웠지만 그 합창

소리를 음미하는 데는 실패했다. 귀뚜라미와 쏙독새는 사랑을 힘껏 외치고 있었다. 많은 사람들이 인생의 대부분을 이들과 같이 보내리라.

6미터가량 솟은 기둥에 매달린 간판이 바람에 흔들리면서 삐걱삐걱 소리를 냈다.

간판은 흰 바탕에 '카터 스피드 마트'라는 검은 글자가 크게 쓰여 있었다. 간판은 누렇게 퇴색해가는 중이었고 글자 역시 바래 지워졌다. 싸구려 페인트가 건조한 피부에 버짐 피듯이 일어나 있고, 그마저도 '스피디'의 'ㅣ'는 벗겨지고 흔적만 남았다. 카터에게는 무슨 일이 생긴 걸까. 카터 역시 흔적도 없이 사라져버린 걸까.

"너희 같은 새끼들은 올즈 상대도 안 된다니까. 여기 이러고 있을 시간에 그냥 집에 가서 못생긴 와이프한테나 비벼봐. 올즈는 급이 다르다구. 1초 안에 시속 100km까지 올라갈 수 있어. 한 번에 500달러 정도 땡기는 건 시간문제라고. 거기, 좀 닥치고 내 말 들어봐. 이 올즈가 몇 명을 빈털터리로 만들었는 줄 알아? 《듀크스 오브 해저드》*에 나오는 주인공들보다 내가 이거 타고 제낀 짭새가 더 많다니까? 너희는 이 올즈를 절대 이길 수 없어!" 워런 크로커라는 이름의 사내가 76년식 올즈모빌 커틀러스 주변을 뽐내듯이 걸으며 목청을 높였다. 짙은 녹색의 보디에 크롬 도색 휠과 트림이 어우러진, 잘 빠진 치였다. 짙게 틴팅한 앞 유리와 LED 불빛이 심해의 발광미생물과 같은 푸르스름한 빛을 뿜어냈다.

워런이 올즈모빌에 대해 거들먹거리는 동안 보러가드는 더스터

---

\* 〈The Dukes of Hazzard〉: 미국에서 방영된 드라마(1979~1985)로, 주인공들이 올즈모빌 자동차를 타고 온갖 모험을 즐긴 것으로 유명함.

에 기댄 채 조용히 듣고만 있었다. 그는 나서지 않았다. 말은 말에 불과할 뿐이니까. 말로 차를 몰 수 있는 것은 아니니까. 이곳에서 말은 소음일 뿐이다. 보러가드가 가진 돈이라고는 1,000달러에 불과했다. 그나마도 그 돈이 지난 2주 동안 정비소에서 번 전부였지만, 월세를 내기에는 아직 800달러가 모자랐다. 이렇게 쪼들리는 상황에서 막내에게 안경도 사줘야 했다. 그래서 그는 사촌 켈빈에게 연락해 가장 가까운 곳에서 열리는 길거리 경주를 알아봤던 것이다. 켈빈은 내기 경주가 열리는 곳을 알 만한 사람들을 꿰고 있었다.

그렇게 해서 그들은 정식 드래그 경주장*에서 16킬로미터 정도 떨어진 딘위디카운티 근처에 오게 되었다. 보러가드는 다시 한 번 눈을 질끈 감고 워런의 차가 공회전하는 소리에 귀를 기울였다. 워런의 잘난 체하는 소리 너머로 엔진의 떨림 소음이 분명하게 들려왔다.

워런의 차에는 밸브 문제가 있는 것이 틀림없었다. 이 경우 두 가지 가능성이 있다. 첫째, 차 주인이 결함을 알고는 있지만 엔진의 출력으로 극복 가능하다고 여길 가능성. 니트로 부스터가 있어서 밸브 문제 따위는 신경 쓰지 않을 수 있다. 둘째, 밸브에 문제가 있는지도 모른 채 자기가 무슨 말을 지껄이는지 모르고 있을 가능성도 배제할 수 없었다.

보러가드는 켈빈에게 고개를 끄덕였다. 켈빈은 떼 지어 몰려 있는 사람들 사이를 누비며 바람을 잡아보려 애썼지만, 누구도 200달러 이상을 내기에 걸려고 하지 않았다. 이 정도로는 어림없었다. 보러가드는 적어도 1,000달러가 걸린 내기 경주를 해야 했다. 더스터

---

\* Drag Race : 보통 400미터의 직선도로를 달리는 경주를 뜻함.

를 쉬운 상대로 깔보고 목돈을 거는 사람이 나타나야만 했다. 화려하지 않은 외관만 보고 더스터를 만만하게 여길 사람이 필요했다.

정확히 워런 크로커 같은 머저리가 필요했던 것이다.

크로커는 이미 경주에서 한 번 이긴 상황이었지만, 그 경주는 보러가드와 켈빈이 도착하기 전에 끝났다. 내기를 하기 전에 상대가 차를 어떻게 모는지 보는 것이 이상적이기는 했다. 상대가 휠을 어떻게 다루는지, 83번 도로의 울퉁불퉁한 아스팔트 위를 어떻게 빠져나가는지를 보고 경기를 예측해볼 수 있기 때문이다. 하지만 지금은 그런 것을 따질 때가 아니었다. 여기까지 오는 데 한 시간 반이나 걸렸지만, 이 먼 곳까지 온 이유는 하나였다. 레드힐카운티에서 보러가드와 경주를 할 이는 아무도 없다는 것을 스스로가 잘 알기 때문이었다. 적어도 더스터를 상대로 내기 경주에 뛰어들 사람은 없었다.

켈빈은 자신의 차 근처에서 우쭐대는 워런 앞으로 발걸음을 옮겼다. "저기 저 친구가 1초에 70까지 올리는 데 판돈을 건 사람이 벌써 열 명이나 된다고. 당신이 그렇게 질질 끌기만 하는 동안에 말이야." 켈빈의 목소리가 밤공기를 갈랐다. 갑자기 정적이 흘렀다. 귀뚜라미와 쏙독새가 떼 지어 발광하듯 우는 소리가 이제야 들려왔다.

"입 놀리는 게 다인가 봐?" 보러가드가 입을 뗐다.

"제에길." 모여든 사람 중 한 명이 소리쳤다. 워런은 걸음을 멈추고 자신의 차 루프에 등을 기댔다. 장신에 마른 체격이었다. 짙은 피부색이 달빛에 반사되어 푸르스름하게 보였다.

"배짱 한번 두둑해 보이는군. 그럼 뭐 하겠어, 보여줘야 믿지?" 워런이 대꾸했다.

보러가드는 지갑에서 100달러짜리 지폐 열 장을 꺼내어 큰 손에 카드 뭉치처럼 쥐고는 부채질을 해 보였다.

"문제는 네가 여기에 응수할 배짱이 있냐는 거겠지?" 켈빈이 말했다. 켈빈의 목소리는 마치 콰이어트 스톰\* 디제이처럼 들리는 반면에, 그 얼굴에는 워런 크로커를 향한 광기 어린 미소가 서려 있었다. 크로커는 혀끝으로 볼을 불룩하게 찔렀다.

그렇게 몇 초간의 정적이 흐르고 보러가드는 가슴이 답답해짐을 느꼈다. 워런이 머리를 굴리는 소리가 들려왔고, 순간 그가 발을 뺄지도 모른다는 생각이 들었다. 하지만 보러가드는 워런이 물러나지 않을 것을 알았다. 이토록 궁지에 몰린 상황에서 그만둔다는 것은 그의 자존심이 허락하지 않으리라. 게다가 더스터는 첫눈에 그리 위협적인 상대로 보이지 않을 터였다. 물론 외관이 깨끗하고 녹슨 곳 하나 없지만, 캔디애플레드 빛깔의 도색은 유행이 한참 지난 데다가 가죽 시트는 군데군데 찢어지고 갈라져 있었다.

"좋아, 여기서부터 갈림길이 시작되는 떡갈나무까지로 하자고. 돈은 셔먼이 갖고 있고. 지는 사람 차를 뺏는 조건을 원하나?"

"아니, 그건 됐어. 셔먼이 돈을 갖고 있는 걸로 해. 누구랑 같이 심판 볼 거야?" 보러가드가 물었다.

셔먼이 한 사내 쪽으로 고개를 까닥이며 말했다. "나와 제이미가 할게. 당신 쪽 사람도 같이 하길 원해?" 셔먼은 손톱으로 칠판 긁는 듯한 목소리로 물었다.

"물론." 보러가드가 대답했다. 그렇게 켈빈과 셔먼, 제이미가 셔먼

---

\* Quiet Storm : 컨템포러리 R&B 음악의 한 장르. 여기서는 이 장르만 들려주는 라디오 포맷을 뜻한다.

의 차에 올라탔다. 프라이머로 도장된 노바였다. 그들은 약 400미터가량 떨어진 곳에 있는 떡갈나무를 향해 출발했다. 이곳에 도착한 이후로 워런 이외의 드라이버는 눈에 띄지 않았다. 대부분의 드라이버는 이 구간을 피해 주간 고속도로에서 바로 셰퍼드스코너로 연결되는 4차선 도로를 이용하기 때문이다. 이 구간은 마치 아까 그 가게처럼 발전과 진보가 비껴간 곳이었다. 이 검은 황무지는 과거의 유령이 그 황량한 그림자를 드리운 곳이다.

보러가드는 몸을 돌려 더스터에 올라탔다. 시동을 걸자 성난 사자 무리의 포효와 같은 굉음이 들려왔다. 엔진의 진동이 핸들에 고스란히 전달되었다. 액셀러레이터를 몇 번 밟자 사자의 포효는 용의 아우성으로 변했다. 전조등을 켜니 앞으로 쭉 뻗은 2차선 도로가 나타났다. 보러가드는 기어를 1단으로 바꾸었다. 워런도 주차장에서 차를 빼고 보러가드 옆에 자리를 잡았다. 무리 중 한 명이 성큼성큼 걸어와 두 차 사이에 선 후 양 팔을 하늘 높이 치켜올렸다. 보러가드는 다시 한 번 밤하늘의 별과 달을 올려보았다. 그의 시야로 워런이 안전벨트를 매는 모습이 들어왔다. 더스터에는 안전벨트가 없었다. 그의 아버지가 늘 하던 말씀이 있었다. 차 사고가 났을 때 안전벨트는 이미 죽은 자를 꺼내기 어렵게만 할 뿐이라고.

"준비됐습니까?" 두 차 사이에 선 사내가 고함을 질렀다.

워런이 엄지를 들어 보였다.

보러가드는 고개를 끄덕였다.

"하나, 둘… 출발!" 사내의 고성이 공중을 메웠다.

비결은 엔진에 있는 게 아냐. 엔진은 일부일 뿐 전부는 아니지. 정말 중요한 건 어떻게 운전하느냐인데, 다 알면서도 내놓고 말히길

*꺼려하지. 운전할 때 쫄면 져. 경주가 끝나고 엔진을 전부 재조립할 각오가 돼 있지 않으면 지기 마련이야. 저 목표까지 가는 것 외엔 뭣도 중요하지 않다는 마음으로 밟아야 해. 씨발, 차를 훔친 것처럼 몰란 말이야.*

보러가드는 더스터를 몰 때마다 아버지의 말씀이 생각났다. 씁쓸하기는 해도 주옥같은 조언이라고 느꼈다. 터무니없는 잡담일 뿐이지만 아버지처럼 되지 말자는 다짐을 되새겨주곤 하기 때문이다. 무덤 없는 영혼으로 떠도는 아버지처럼 되지는 않을 것이다.

보러가드는 액셀러레이터를 바닥까지 밟았다. 바퀴가 회전하면서 더스터의 후미에는 하얀 연기가 피어올랐다. 관성력이 그의 가슴을 짓누르자 복장뼈가 아려왔다. 워런의 차도 앞바퀴 두 개가 출발선을 지났다. 더스터의 앞바퀴가 도로를 독수리 발톱처럼 낚아챘을 때 보러가드는 기어를 2단으로 재빨리 바꾸었다.

길 양옆의 나무가 전조등 빛에 희미하게 일렁였다. 보러가드는 속도계를 힐끗 보았다. 시속 110km였다.

그는 클러치를 밟고 3단으로 변속했다. 기어 변환 손잡이에는 숫자가 없었다. 아버지는 기어 손잡이 위에 당구공처럼 생긴 에잇볼(8-ball)을 붙여두었다. 보러가드는 숫자 따위는 필요 없었다. 몇 단에 있는지는 감으로, 소리로 알 수 있었기 때문이다. 더스터는 늑대가 부르르 떠는 것처럼 격렬하게 진동했다.

시속 145km였다.

가죽으로 덮인 운전대가 그의 손 안에서 탁탁 튀어 올랐다. 갓길에 주차된 셔먼의 차가 보였다. 보러가드는 기어를 4단으로 변환했다. 이제 엔진 소리는 용의 아우성에서 신의 외침으로 변했다. 이 소리는 그의 도착을 알리는 트럼펫 소리와도 같았다 그는 페달을 차 바닥에 눌러 붙였다. 더스터는 마치 공격 직전의 뱀처럼 몸을 세웠다. 속도계는 이제 170을 가리켰다.

더스터는 마치 접착제에 붙어 꼼짝 못 하고 있는 듯한 워런의 차를 순식간에 추월했다. 줄기가 양 갈래로 뻗은 오래된 떡갈나무가 재빠르게 사이드 미러를 훑고 지나갔다. 보러가드는 클러치를 밟고 순차적으로 기어를 변환하여 1단으로 내렸다. 속도를 더 줄여 3점 방향 전환*을 한 후 다시 낡은 편의점으로 향했다.

보러가드는 차를 몰아 주차장으로 들어섰고 워런이 그 뒤를 바짝 따랐다. 몇 분 후 셔먼과 켈빈, 제이미도 도착했다. 보러가드는 차에서 나와 차 앞쪽으로 간 뒤 몸을 후드에 기댔다.

"이 더스터란 녀석이 물건이네!" 코가 펑퍼짐하고 이마에 땀이 잔뜩 맺힌 육중한 사내가 말했다. 그 사내는 흰색과 검은색이 섞인 매버릭에 등을 기대고 있었다. 매버릭은 포드가 더스터에 대항하여 낸 모델이었다.

"고맙습니다." 보러가드가 화답했다.

셔먼과 제이미, 켈빈이 노바에서 내렸다. 켈빈은 잔걸음을 치며 더스터 쪽으로 향했고 왼손을 내밀었다. 보러가드는 보지도 않은 채 그 손을 받아 쳤다.

"날주에 성공한 노예처럼 보라듯이 밟아줬단 말이야." 켈빈이 웃으며 말했다. 가슴 깊은 곳에서 우러나는 웃음이었다.

"밸브 문제로 망한 거야. 저 배기가스 좀 보라구. 기름이 타고 있잖아." 보러가드가 말했다. 올즈의 배기구에서 검은 연기가 스멀스

---

* Three-Point Turn : 좁은 공간에서 차를 돌리는 방법을 말하며 전진, 후진, 전진 순서로 이루어진다.

멀 올라오고 있었다. 셔먼이 다가와 돈 뭉치 두 개를 건넸다. 그에게 맡겼던 1,000달러와 워런의 몫이었다.

"후드 밑에 도대체 뭐가 있는 거요?" 셔먼이 물었다.

"로켓 두 개와 혜성이 있다면 믿을 거요?" 켈빈이 응수하자 셔먼이 빙그레 웃었다.

이윽고 워런이 올즈모빌 밖으로 나와 팔짱을 낀 채 차 옆에 섰다. 그의 얼굴은 잔뜩 일그러져 있었다. "부정출발한 놈한테 내 돈을 준다고?" 워런이 말했다.

떠들썩하던 분위기가 급속도로 냉각되었다. 보러가드는 후드에서 몸을 떼지 않았고 워런 쪽을 쳐다보지도 않았다. 그의 목소리가 밤하늘을 날카롭게 찢었다.

"내가 사기를 쳤다는 말인가?"

워런은 팔짱을 풀었다가 다시 낀 후 가는 목 위에 달린 큰 머리를 크게 한 바퀴 돌렸다.

"내 말은, 출발 신호 전에 당신 차가 이미 출발선을 넘었다는 거야. 그게 다야." 워런이 말했다. 그는 헐렁한 청바지 주머니에 두 손을 꽂았다가 다시 뺐다. 도무지 팔을 어디에 두어야 하는지 모르는 눈치였다. 처음에 내지르던 용기는 이미 증발해버린 상태였다.

"널 이기려고 사기 따위 치지는 않아. 밸브 소리를 들어보면 네 자동차 엔진은 조만간 막힐 게 뻔하다고. 구동축하고 후미도 너무 무거워. 그래서 출발할 때 튀어 오르는 거고." 보러가드가 대꾸했다. 그는 후드를 박차고 일어나 워런을 정면으로 마주했다. 워런은 하늘을 봤다가 땅으로 고개를 처박았다. 보러가드를 쳐다보지 않기 위해 안간힘을 쓰는 듯 보였다.

"이봐, 졌잖아. 받아들이라고, 올즈가 니 생각만큼 레전드급은 아니라는 걸." 켈빈이 말했다. 무리에서 웃음이 터져 나왔다. 워런은 무게중심을 옮겨 까치발을 들었다. 그사이 보러가드는 세 걸음 만에 워런과의 거리를 좁혔다.

"내가 사기 쳤다고 다시 한 번 지껄여보지그래." 보러가드가 낮은 목소리로 말했다.

워런은 혀로 입술을 핥았다. 보러가드는 넓은 어깨와 단단한 근육질의 소유자로, 워런만큼 키가 크지는 않았지만 덩치는 두 배였다. "말이 그렇다고." 워런이 모기 같은 목소리로 대답했다.

"말이 그렇다고? 무슨 개 같은 말인지는 알고나 한 거야?" 보러가드가 으르렁거리며 말하자 켈빈이 두 사람 사이를 막아섰다.

"가자. 돈도 받았잖아." 켈빈이 어르듯 말했다.

"저 새끼가 한 말 취소하기 전에는 못 가." 보러가드가 말했다. 몇몇 사람들이 그들을 둘러싸기 시작했다. 켈빈은 학창 시절에 으레 그러했듯이 "싸워라! 싸워라!" 하는 고함 소리가 임박했음을 느낄 수 있었다.

"아까 한 말 취소해." 켈빈이 워런을 협박했다.

워런은 머리를 좌우로 흔들었다. 그는 보러가드나 그를 둘러싼 군중에 눈길을 주지 않은 채 말했다. "자, 내가 틀렸을 수도 있어. 내 말은 그냥…" 워린이 입을 떼자 보러가드가 손을 치켜들었고, 워런은 즉시 입을 닫았다.

"다시 한 번만 '내 말은' 하고 지껄여봐. 네가 틀릴 수도 있다는 말도 집어치워. 아까 한 말 그냥 취, 소, 해." 보러가드가 말했다.

"저 새끼 그냥 보내지 마!" 무리 중 누군가 소리쳤다.

켈빈은 몸을 돌려 워런을 똑바로 쳐다보고 낮은 목소리로 말했다. "이러고 버티다가 얼굴 묵사발 되지 말고. 여기 내 사촌은 그런 말 호락호락하게 넘길 사람이 아니야. 아까 한 말 취소하면 이빨 멀쩡한 채로 집에 돌아갈 수 있어."

보러가드는 두 손을 몸통 옆에 나란히 떨어뜨린 채 일정한 간격을 두고 두 주먹을 쥐었다 펴기를 반복했다. 그는 워런의 눈을 똑바로 보았다. 어떻게 하면 말을 주워 담지 않고 이 상황을 모면할 수 있을지를 생각하느라 눈알 굴리는 것이 뻔히 보였다. 보러가드는 이자가 자신이 한 말을 철회하지 않을 것임을 직감했다. 그렇게 할 수 없으리라. 워런과 같은 자는 교만을 숙주 삼아 연명하는 족속이다. 그에게 교만은 산소와도 같은 것일진대, 자신이 한 말을 주워 담느니 숨을 멈추는 편을 택할지도 모른다.

갑자기 전조등 불빛이 주차장을 메웠다. 그 푸른 불빛은 스피디 마트의 낡은 외관을 훑고 지나갔다.

"아, 제길. 섹스 라이트네." 켈빈이 중얼거렸다. 경찰 마크가 없는 빨간 차가 스피디 마트 출구 앞에 사선으로 서 있었다. 몇몇은 자신들의 차로 천천히 걸어갔고, 대부분은 그 자리에서 꼼짝도 하지 않았다.

"섹스 라이트라고?" 이마에 땀이 많던 사내가 물었다.

"응, 그걸 보면 좆되니까." 켈빈이 대꾸했다. 보안관보 두 명이 차에서 나와 손전등을 비추었다. 보러가드는 한 손을 들어 불빛을 막았다.

"자, 여기 무슨 일들로 오셨죠? 밤 경주라도 열렸나? 나스카\*사인

---

\* NASCAR : National Association for Stock Car Auto Racing의 줄임말로 미국 개조 자동차 경기 연맹.

이 안 보이는데. 나스카 사인 보여요, 홀?" 이름이 홀이 아닌 보안관보가 말했다. 금발 백인인 이 보안관보는 턱의 각도가 직각에 가까워 면도를 하려면 기하학적 계산이 필요해 보일 정도였다.

"아뇨, 존스. 나스카 사인은 안 보이네요. 자, 신분증 꺼내고 여기 길바닥에 앉아보실까?" 홀이 말했다.

"여기 주차만 하고 있었을 뿐이라고요, 선생님." 땀 많은 사내가 나섰다. 존스가 몸을 빙그르 돌린 후 총집에 손을 가져갔다.

"내가 그딴 거 물어봤어? 앉으라고. 신분증 꺼내고 앉아." 스무 명 남짓과 약 열다섯 대의 차가 있었지만 모두 흑인이었고, 상대는 백인 경찰에다 총까지 소유하고 있었다. 모두 잠자코 신분증을 지갑에서 꺼낸 뒤 길바닥에 앉았다. 보러가드는 콘크리트를 뚫고 자란 풀 위에 쪼그려 앉았다. 그 역시 지갑에서 운전면허증을 꺼냈다. 두 명의 경찰은 주차장의 양끝에서 조사를 시작했고 점차 중간을 향해 왔다.

"수배 중인 사람 없어? 자녀 양육이나, 폭행, 절도 같은?"

홀이 외쳤다. 보러가드는 이 보안관보들이 어느 카운티 출신인지 확인하려고 했으나 손전등 불빛 때문에 불가능했다. 존스가 보러가드 앞에 섰다.

"수배 중인가?" 존스는 보러가드의 면허증을 보며 물었다.

"아닙니다."

존스는 면허증에 불빛을 비추었다. 제복의 어깨에 붙은 폴리스라는 패치가 보였다.

"어느 카운티에서 오셨습니까?" 보러가드가 물었다. 존스는 손전등의 방향을 보러가드 얼굴 정면으로 돌렸다.

"좆같은 카운티. 인구수는 한 명이고." 존스가 비꼬듯 대답했다. 그는 보러가드에게 면허증을 건넨 후 어깨에 달린 무전기에 대고 무언가를 말하기 시작했다. 홀도 마찬가지였다. 쏙독새와 개구리, 귀뚜라미의 합창 소리가 다시금 들려왔다. 두 보안관보가 무전기 너머의 누군가와 상의하는 동안 몇 분이 흘렀다.

"좋아. 자, 이렇게 하지. 여기 몇몇은 수배당하고 있고 몇몇은 아닌데, 그건 중요하지 않아. 셰퍼드스코너의 도로를 찢어발길 필요는 없잖아. 그러니까 그냥 보내줄게. 단, 니들이 다시 돌아올 생각을 손톱만큼도 안 하게 하기 위해서, 경주세는 걷을 거야." 홀이 말했다.

"경주세가 도대체 뭐요?" 그 땀 많은 사내가 총대를 메고 물었다. 존스는 총을 꺼내어 그 사내의 볼에 총구를 갖다 댔다. 보러가드는 심장이 쫄깃해지는 것을 느꼈다.

"네 지갑에 있는 거 다, 이 뚱땡아. 경찰 만행의 피해자가 되려고 그래?" 존스가 말했다.

"자, 다들 들었지? 주머니에 있는 거 다 꺼내." 이어서 홀이 말했다. 부드러운 바람이 보러가드의 얼굴을 어루만졌다. 허니서클의 꽃향기가 바람을 타고 흘러왔다. 두 보안관보는 일렬로 앉은 사람들 사이를 지나가며 돈을 걷었다. 존스가 보러가드 앞에 섰다.

"주머니에 있는 거 다 꺼내."

보러가드는 고개를 들고 말했다. "차라리 날 처넣으세요. 체포하라고요. 돈은 안 내놓을 거니까."

존스는 총구를 보러가드의 뺨에 댔다. 총 기름 냄새가 코끝에 맴돌자 숨이 턱 막혀왔다.

"네 친구들한테 내가 했던 말이 안 들렸나 본데."

"친구 아닙니다." 보러가드가 말했다.

"총알 맛 한번 봐야겠어? 아니면 경찰한테 자살당해볼래?" 존스의 눈알이 달빛에 희번덕거렸다.

"돈은 드릴 수 없습니다." 보러가드가 재차 말했다.

"그냥 줘." 켈빈이 말했다. 존스는 켈빈을 흘긋 보더니 그를 향해 총구를 겨누었다.

"저놈이 네 친구군, 맞지? 친구 말 들어야지." 존스가 말했다. 그가 웃자 누렇게 변색된 들쑥날쑥한 치아가 드러났다. 보러가드는 자신의 종잣돈과 워런에게서 딴 돈을 꺼냈다. 존스는 재빨리 그 돈을 낚아챘다.

"진작 이럴 것이지." 존스가 말했다.

"자, 됐다. 여기서 빨리 사라져. 그리고 다시는 셰퍼드스코너에 발 들이지 말라고." 홀이 말했다. 보러가드와 켈빈은 몸을 일으켰다. 나머지 사내들은 낮은 목소리로 불평을 터뜨리며 흩어졌다. 밤공기는 닷지 차저와 쉐빌, 머스탱, 임팔라의 울부짖음으로 가득 채워졌다. 켈빈과 보러가드도 더스터에 올라탔다. 보안관보의 차가 움직이자 다른 차들 역시 규정 속도 안에서 최대한 빨리 이곳을 벗어났다. 하지만 워런은 올즈에 앉아 정면을 응시한 채 꿈쩍하지 않았다.

"가라고, 워런." 홀이 말했다.

워런은 손바닥으로 얼굴을 움직이며 웅얼거렸다. "시동이 안 걸려요."

"뭐라고?" 홀이 되물었다.

워런은 얼굴에서 손을 떼며 다시 외쳤다. "시동이 안 걸린다고요!" 이 말을 듣자마자 켈빈은 웃음을 터뜨렸고 보러가드는 치를 몰아 유유히 주차장을 빠져나왔다.

보러가드는 좌회전을 해 좁은 길로 들어섰다.

"주간 고속도로는 저기야." 켈빈이 말했다.

"알아. 시내는 이쪽 방향이지. 술집들이 있을 만한 곳도 이 방향이고." 보러가드가 대꾸했다.

"돈도 없는데 무슨 술이야?" 켈빈이 물었다.

보러가드는 잠시 멈추고 후진을 한 뒤 오래된 벌목 도로 입구에 차를 댔다. 그리고 라이트를 모두 끈 뒤 공회전 상태로 잠시 두었다.

"아까 그놈들 진짜 짭새가 아니야. 유니폼에 소속 배지도 없고 총도 38구경이었어. 짭새가 38구경 안 들고 다닌 지 20년이야. 그리고 아까 그 자식 이름을 불렀잖아." 보러가드가 말했다.

"개새끼들. 당했네." 켈빈이 계기판을 주먹으로 내리쳤다. 보러가드는 켈빈을 지긋이 바라보았다. 켈빈은 가죽 계기판을 손으로 쓰다듬으며 말했다. "제길, 미안하게 됐어. 이제 뭘 어떻게 해야 하지?"

"워런은 차 시동이 안 걸린다고 했어. 그 새끼만 주차장에 마지막으로 남았고." 보러가드가 말했다.

"그 새끼가 찔렀을까?"

"단순히 정보를 흘린 게 아니야. 그 가짜 짭새들이랑 한패거리라고. 자기 몫을 챙기려고 남았던 거야. 우리는 여기 근처에 안 살잖아. 내 생각에 워런 같은 작자는 술집에서 승리를 자축하고도 남아." 보러가드가 말했다.

"사기를 쳤으니 마니 한 것도 다 쇼였네."

보러가드가 고개를 끄덕였다. "내가 일찍 떠나지 않게 붙잡아둔 거지. 그놈들이 올 시간을 벌어준 거야. 사람들을 모으려고 우리가 도착하기 전에 몇 번 내기 경주를 했을 거야. 얼마나 돈을 거는지 보기 위해서 말이야. 내가 건 1,000달러를 보고 그놈들한테 연락했을 거고."

"아주 개새끼구먼. 마틴 루터 킹 선생님이 아주 흡족해하시겠어. 백인과 흑인이 이렇게 협력하는 걸 보시면 말이야." 켈빈이 빈정거리듯 말했다.

"맞는 말이야." 보러가드가 맞장구를 쳤다.

"그런데 정말 이 길로 올까? 그 새끼가 그렇게 멍청하려고, 설마?" 켈빈이 물었다.

보러가드는 바로 대답하지 않았다. 대신 손가락으로 핸들을 톡톡 치며 생각에 잠겼다. 워런이 했던 말과 행동이 전부 쇼는 아닐 터였다. 원래도 분수를 모르는 놈일 것이 뻔했고, 절대로 자기가 잡힐 것이라고 생각하지 않을 것이다. 또한 그런 부류는 언제나 자신이 다른 사람 머리 위에 있다고 자만하며 행동하기 마련이다.

"예전에 작업할 때 워런 같은 작자들을 많이 봤어. 그 새끼는 여기 출신이 아닐 거야. 억양으로 볼 때 리치몬드 북쪽 같아. 알렉산드리아일 수도 있고. 그런 놈들은 몸이 근질거려서 집에 못 갈 거야. 당장 축배를 들려고 하겠지. 자기가 이겼다고 생각할 테니까. 우리를 감쪽같이 속였다고 좋아하겠지. 가장 가까운 술집에 가서 바로 술을 들이켜려고 할걸. 그리고 혼자일 게 분명해. 동업자들은 가짜 유니폼을 입고 나다닐 순 없으니까. 아마 거기서도 아까처럼 잔뜩 허풍을 떨겠지. 안 봐도 뻔해."

"정말 그렇게 생각해?" 켈빈이 물었다. 보러가드는 대답하지 않았다. 그는 빈손으로 집에 갈 수는 없었다. 1,000달러로는 월세를 내기에도 부족했지만 이제는 그마저도 없었다. 그의 직감상 워런은 술 한잔의 유혹을 뿌리칠 수 없을 것이었다. 보러가드는 직감을 믿었다. 그래야만 했다.

몇 분이 흐르고 켈빈이 시계를 흘끗 보며 말했다.

"아닌 것 같은데…." 켈빈이 말을 꺼내자마자 차 한 대가 그들 앞을 쏜살같이 지나갔다. 달빛 아래에서 은은하게 밝은 녹색으로 빛나는 차였다.

"레전드급 올즈 맞네." 보러가드가 말했다. 그는 조심스럽게 올즈모빌 뒤로 따라붙었다. 평야와 얕은 언덕을 지나는 동안 달빛은 단층집과 이동주택의 현관등과 가로등에 간간이 묻히고는 했다. 가파른 커브를 지나자 셰퍼드스코너의 시내 풍경이 한눈에 들어왔다. 칙칙한 콘크리트 건물과 벽돌 건물이 창백한 가로등에 모습을 드러냈다. 도서관과 약국, 레스토랑이 줄지어 늘어선 길이 보이고, 그 길 끝자락에 위치한 널찍한 벽돌 건물에 붙은 간판이 눈에 들어왔다. '다이노스 바 앤 그릴'이었다.

워런은 라이트를 끄고 다이노스 바 앤 그릴 뒤로 차를 몰았다. 보러가드는 더스터를 길가에 잠깐 세웠다. 그리고 뒷좌석으로 몸을 돌려 스패너를 찾아 손을 더듬었다. 길에는 개미 한 마리 보이지 않았고 술집 앞에서 어슬렁거리는 사람조차 없었다. 더스터 앞에 몇 대의 차가 주차되어 있었고, 술집 벽으로 저음의 힙합 음악이 뿜어져 나왔다.

"여기 있어. 누가 오면 경적을 울려." 보러가드가 말했다.

"죽이지는 말고." 켈빈이 말했다. 보러가드는 장담할 수 없었다. 그는 차에서 나와 빠른 걸음으로 다이노스 바 앤 그릴의 주차장을 향해 걸었다. 그리고 건물 뒤편의 모퉁이에서 잠시 걸음을 멈추었다. 모퉁이에서 고개를 내밀어보니 워런이 올즈모빌 옆에 서 있는 모습이 보였다. 워런은 노상 방뇨를 하는 중이었다. 보러가드는 잽싸게 주차장을 가로질렀다. 그의 발소리는 바에서 나오는 음악 소리에 묻혀 들리지 않았다.

워런이 고개를 돌리자마자 보러가드는 스패너로 승모근을 내리쳤다. 그의 할아버지가 저녁 식사 자리에서 닭날개를 뜯을 때 나던 둔탁한 파열음과 비슷한 소리가 들렸다. 워런은 땅바닥으로 힘없이 쓰러졌고 소변 줄기는 올즈모빌의 측면에 흩뿌려졌다. 워런이 몸을 옆으로 동그랗게 말자 보러가드는 그의 갈비뼈를 사정없이 쳤다. 그러자 워런은 이번엔 엎드린 채 몸을 말았다. 입에서 흘러나온 피가 그의 뺨을 적셨다. 보러가드는 워런 옆에 쪼그려 앉고는 스패너를 워런의 입에 입마개처럼 끼워 넣었다. 그리고 스패너를 양끝을 잡고 몸무게를 실어 찍어 눌렀다. 워런의 혀가 통통한 살색 벌레처럼 스패너를 핥았다. 침 섞인 피가 입에서 턱으로 흘러내렸다.

"네가 내 돈 갖고 있는 거 알아. 가짜 짭새랑 내통한 것도. 그 새끼들이랑 돌아다니면서 내기 경주를 하는 척하고 애꿎은 사람들에게 돈을 뜯었겠지. 그딴 건 상관없어. 내 돈만 내놔. 이제 이걸 네 입에서 뺄 거야. 내 돈이랑 상관없는 얘기를 지껄이면 바로 이걸로 네 턱을 산산조각 내버릴 테니까 그렇게 알아." 보러가드가 낮은 목소리로 말했다. 그는 언성을 높이지 않았다. 그리고 허리를 펴고 스패너를 워런의 입에서 뺐다. 워런은 기침을 연거푸 하더니 고개를 옆쪽으로 돌렸다. 그는 거품이 섞인 분홍색 침을 뱉어냈고 그 침은 다시 뺨에 묻었다. 그 동작을 몇 번을 반복하고 나니 더 많은 피와 침이 그의 뺨을 타고 흘러내렸다.

"뒷주머니에 있어." 워런이 힘겹게 말을 뱉었다. 보러가드는 즉시 그의 몸을 뒤집었고 워런의 입에서는 신음 소리가 터져 나왔다. 동물의 울부짖음처럼 들리기도 했다. 보러가드는 워런의 부서진 쇄골이 삐거덕거리는 소리마저 들리는 듯했다. 그는 워런의 뒷주머니에서 현금 다발을 꺼내 빠르게 세었다.

"750밖에 없는데. 내 천은 어디 갔어? 네 돈은? 나머지는?" 보러가드가 다그쳤다.

"아까 그 돈은… 애초에 내 돈이 아니었어." 워런이 대답했다.

"그럼 이게 네 몫인 거야?" 보러가드가 말했다. 워런은 힘없이 고개를 끄덕였다. 보러가드는 마른침을 삼킨 뒤 돈을 주머니에 구겨 넣었다. 워런은 눈을 감은 채 힘겹게 침을 삼켰다.

보러가드는 스패너를 뒷주머니에 넣은 후 워런의 오른쪽 발목을 정확하게 발로 짓밟았다. 워런의 울부짖음은 보러가드 외에 그 누구에게도 가닿지 않았다.

"아까 한 말 취소해." 보러가드가 말했다.

"뭐… 뭐라고? 내 발목 부러뜨렸으면 됐잖아."

"취소해. 안 하면 왼쪽 발목도 똑같이 해줄 테니까."

워런은 다시 몸을 뒤집었다. 그의 바지는 사타구니에서 무릎 부분까지 축축이 젖어 있었다. 성기는 열린 지퍼 사이로 마치 붉은 지렁이처럼 빠져나와 있었다. 소변 냄새가 보러가드 코끝에 진동했다.

"취소할게. 너 사기꾼 아니야, 됐지? 씨발. 너 사기꾼 아니라고." 워런이 말했다. 보러가드는 워런의 눈가가 젖어드는 것을 똑똑히 보았다.

"됐어, 그럼." 보러가드는 고개를 끄덕인 후 뒤돌아 더스터를 향해 곧장 발걸음을 내딛었다.

# 2

 차가 건물 앞에 당도하자 차고 지붕에 달린 움직임 감지 센서등이 작동했다. 보러가드가 잠시 차를 멈추자 퀠빈이 더스터에서 튀어나와 차고의 문을 위로 밀어젖혔다. 보러가드는 차를 돌려 후진으로 주차를 했다. 엔진에서 나오는 소리가 동굴 같은 차고 안에 울려 퍼졌다. 보러가드는 차의 시동을 끈 뒤 넓고 두꺼운 손가락으로 얼굴을 비볐다. 그리고 몸을 돌려 뒷좌석에 있던 스패너를 집어 들었다. 아직 워런의 피와 살점이 묻어 있었다. 공구함에 다시 넣기 전에 표백제를 푼 물에 깨끗이 씻어야 하리라.
 그는 차에서 나와 사무실로 향했다. 희미한 푸른빛이 깜빡이는 백열등에서 새어 나왔다. 책상 뒤 미니 냉장고에서 맥주 두 캔을 꺼내 들고 스패너는 책상 위에 던져두었다. 금속과 금속이 부딪히는 소리가 귓가에 울렸다. 퀠빈이 다가와 책상 앞의 접이식 의자에 털썩 앉았다. 보러가드는 퀠빈에게 맥주 하나를 던졌다. 둘은 동시에 캔을 따고 서로를 향해 맥주를 들어 올렸다. 보러가드는 한 모금에 한 캔을 거의 다 들이부었다. 켈빈은 두 모금을 마신 뒤 캔을 책상 위에 내려놓았다.

"제롬 새끼를 족쳐야겠어." 켈빈이 말했다. 보러가드는 남은 맥주를 들이켰다.

"아냐. 제롬 잘못은 아니지. 아까 그 새끼들은 아마 동부 해안을 다 헤집고 다니면서 그 짓거리를 할 테니." 보러가드가 말했다.

"그래도 이건 아니잖아. 다시 한 번 알아볼게. 롤리나 샬롯 근처는 어때?" 켈빈이 물었다.

보러가드는 고개를 저었다. 남은 맥주를 해치운 뒤 빈 캔을 휴지통에 던지고는 이렇게 대답했다. "나 멀리 못 가는 거 알잖아. 돈도 딸 수 있을지 확실하지 않고. 어쨌든 월세는 23일까지야. 필한테 또 연장해달라고 부탁하고 싶진 않아. 데이비슨 건설 회사 계약 건을 못 따냈으니 상황이 정말 좋지 않은 건 사실이긴 한데."

켈빈이 맥주를 홀짝이며 물었다. "부니한테 얘기해볼 생각은?"

보러가드는 회전의자에 몸을 던졌다. 그리고 책상 위에 발을 올린 뒤 말했다. "생각은 해봤지."

켈빈도 맥주를 끝까지 들이켰다. "내 말은, 우리가 가게 연 지 3년이나 됐는데 프레시전이 개업하니까 모두 우릴 잊은 것 같단 말이야. 레드힐에 정비소 두 개나 있을 필요가 없는지도 모르지. 아니면 흑인이 운영하는 정비소가 필요 없거나." 켈빈이 말했다.

"모르겠어. 이번에 데이비슨 건도 입찰은 했잖아. 20년 전이면 흑인이 입찰? 가당치도 않았어. 그건 그렇고, 프레시전만큼 가격을 낮출 수는 없는 노릇이야." 보러가드가 말했다.

"그러니까 부니랑 얘기해보라는 거야, 거창하게 말고. 사업 유지는 해야지. 뭐, 엔진오일 못 가는 사람들이 레드힐에 더 많아질 때까지라도 말이야." 켈빈이 말했다.

보러가드는 스패너를 집어 들었다. 그리고 책상 옆 플라스틱 쓰레기통 위에 놓인 천 조각으로 스패너에 묻은 피를 닦아내었다.

"생각해본다고 했잖아."

"그래. 뭐, 난 이제 슬슬 가봐야겠다. 크리스티는 오늘 오프고 사샤가 있을 거니까 가서 인사라도 해야지…!" 켈빈은 신난 듯 말끝을 길게 늘어뜨렸다.

보러가드가 히죽 웃으며 말했다. "그 여자들 중에 한 명이 분명 네 거시기를 잘라서 우편으로 보낼 거야."

"그러거나 말거나. 그럼 담금질해서 멋지게 전시해놓으면 되지." 켈빈은 의자에서 일어나면서 말을 이었다. "내일 아침에 보는 거지?"

"그럼." 보러가드가 대답했다. 그는 스패너를 다시 책상 위에 내려놓았다. 켈빈은 장난스레 두 손가락으로 경례를 한 뒤 사무실을 나갔다. 보러가드는 의자를 돌려 발로 땅을 파는 시늉을 하며 생각에 잠겼다. 750달러라. 가지고 있던 1,000달러보다 못한 돈이다. 셰퍼드스코너로 가는 데 쓴 기름값을 포함하면 손해는 더 컸다. 게다가 필 도머는 지난달에 월세 연장은 없다고 못 박은 터였다.

"보우, 지금 상황 안 좋은 거 알잖아. 더 이상 자네 대출 연장은 없다고. 내 상사 지시야. 아니면 재대출을 받는 게…."

"대출 상환까지 이제 1년밖에 안 남았어요." 보러가드의 말에 필은 미간을 찌푸렸다.

"아니, 자네 대출금 상환이 지금 3개월째 밀렸어. 계약상으로 상환이 120일 밀리면 채무불이행이라고. 난 그렇게까지 하고 싶진 않아, 보우. 재대출 받으면 몇 년 더 갚아야겠지만 건물은 지킬 수 있잖아." 필이 말했다. 보러가드는 잠자코 듣고 있었다. 필의 걱정스러운 얼굴이 눈앞에 있었다. 이상적인 세상이라면 필이 정말 자신을 걱정해준다고 믿었을 것이다. 하지만 이 세상은 이상과는 거리가 멀었다. 보러가드는 필의 말이 전부 옳다는 것을 알고 있었다. 하지만 이 건물이 재개발 지역에 해당한다는 것도 역시 잘 알고 있었다. 이곳에는 레드힐의 첫 번째 패스트푸드 레스토랑이 들어설 예정이었다. 예전에 있던 테이스티 프리즈는 이제 문 닫은 지 10년이 되었다. 패스트푸드 레스토랑은 아니었지만 밀크셰이크는 끝내줬는데.

보러가드는 몸을 일으켜 더스터 키를 코르크판에 건 뒤 트럭 키를 집어 들었다. 그리고 창고 문을 닫은 뒤 집으로 향했다.

거리로 나서자 해가 지평선 위로 살짝 그 모습을 드러내고 있었다. 보러가드는 레드힐카운티의 관공서 건물을 지나 넓은 들판으로 접어들었다. 그는 '레드힐'이라는 지명을 가진 곳에 진짜 언덕이 별로 없다는 사실이 늘 우습다고 생각했다. 그로브레인이 보였다. 그의 딸이 살고 있는 곳이었다. 마켓 드라이브에 접어들자 하늘은 금빛과 붉은빛으로 물들었다. 두 번을 더 꺾어 두 개의 도로를 더 지나자 이동주택 두 개를 이어 붙인 그의 집이 보였다.

보러가드는 키아의 파란색 투도어 혼다 옆에 차를 댔다. 그 혼다를 몰아본 적은 없었다. 그는 전형적인 머슬카 마니아였다. 현관으로 발을 옮기는 동안 집 안은 조용했다. 직사각형의 거실을 가로질러 아들이 자고 있는 방을 지났다. 햇살이 그의 이동주택에 살며시 스며들고 있었다. 보러가드는 트레일러 끝에 있는 침실로 들이기

침대 끝에 걸터앉았다. 키아는 마치 전시된 종이접기 작품처럼 아크로바틱한 자세로 침대에 누워 있었다. 보러가드는 그녀의 부드러운 허벅지 살을 어루만졌다. 캐러멜색의 다리가 흠칫하고 움직였다. 키아는 그를 돌아보지 않고 베개에 얼굴을 묻은 채로 물었다.

"어떻게 됐어?" 입이 베개에 막혀 웅얼거리는 듯한 목소리였다.

"이겼는데 상대가 돈을 안 냈어. 좀 복잡하게 됐어."

이 말을 듣자 키아는 몸을 홱 돌리고 이렇게 물었다. "무슨 말이야, 돈을 안 내다니? 그딴 경우가 어딨어?"

그녀는 한쪽 팔꿈치에 기대어 상체를 일으킨 상태였다. 그녀의 몸에 얹혀만 있던 시트는 이미 바닥에 떨어져 있었고, 머리카락은 기하학적인 패턴으로 솟아 있었다. 보러가드는 그녀의 허벅지 살을 부드럽게 주물렀다.

"구치소 갔다 온 건 아니지, 그렇지?" 키아가 물었다.

*거의 그럴 뻔했지, 가짜 짭새한테 걸려서.* 보러가드는 속으로 생각했다.

그는 키아의 허벅지에서 손을 떼며 말했다. "그건 아니야. 상대가 있지도 않은 돈을 있다고 허풍 떤 바람에. 그 바람에 모든 게 엉망이 됐어. 아직 800달러가 모자라." 그는 침묵이 그들 사이를 지배하도록 잠시 내버려두었다. 키아는 시트를 다시 끌어 올린 후 팔로 무릎을 감싸 안았다.

"건설 회사 트럭 관련 계약은 어떻게 됐고?" 키아가 물었다. 보러가드는 몸을 키아 쪽으로 바짝 옮겼다. 그들은 이제 어깨가 닿는 거리에 있었다.

"우린 안 됐어. 프레시전이 가져갔어. 대런한테는 안경을 해줘야 했고, 지난달엔 재니스에게 아리엘 졸업식 축하금을 줬잖아. 몇 달간 좀 안 좋았어." 보러가드가 말했다. 사실 수입이 시원치 않은 지는 몇 달이 아니라 1년 정도 된 상태였다. 키아도 이 사실을 알고 있었지만, 그들 중 누구도 이를 입 밖으로 꺼내 인정하고 싶어 하지 않았다.

"대출 연장은 안 돼?" 키아가 물었다. 보러가드는 키아 옆으로 몸을 뉘였다. 키아는 눕지 않고 팔로 무릎을 더 꽉 안았다. 그는 천장을 응시했다. 팬이 천장에 불안하게 달려 있었고, 팬 가운데 전구에는 로트와일러 그림이 그려져 있었다.

그 빌어먹을 팬은 5년이나 그 자리에 있었고 보러가드는 그것을 볼 때마다 소름 끼치게 싫었다. 하지만 키아는 그 팬을 매우 마음에 들어 했다. 그가 결혼에 대해 확실히 아는 사실이 한 가지 있다면, 새 팬 하나 사자고 모든 걸 잃을 위험을 감수할 필요는 없다는 것이었다.

"모르겠어." 보러가드는 키아의 헝클어진 머리에 손을 넣으며 말했다. 몇 분이 흐르자 그녀는 보러가드에게 몸을 기댔다. 그녀의 몸은 차가웠고 장미 향이 났다. 잠자리에 들기 전에 샤워를 한 것이리라. 그는 한쪽 팔을 아내의 허리에 두르고 손을 배로 가져갔다.

"대출 연장이 안 되면 어떻게 해?" 키아가 물었다.

보러가드는 그녀의 배를 쓰다듬으며 말했다. "뭘 팔아야 할지도 몰라. 유압 리프트나 타이어 가는 기계 같은 것 말야. 그런 걸 사들이느라 애초에 대출을 받았지만." 그는 엉클 부니에 대한 언급은 일부러 피했다.

그런 그의 생각을 읽기라도 한 듯, 키아가 옆으로 누운 뒤 그의 얼굴을 쓰다듬으며 말했다.

"그 생각 하고 있지, 그렇지?"

"무슨 생각?"

"부니한테 가서 말해볼 생각 말야, 일거리를 찾으러. 그건 안 되는 거 알고 있지? 당신은 복 받은 거야. 우리 모두 복 받았어. 당신 끝까지 안 잡히고 이렇게 정비소까지 차렸잖아. 정말 운이 좋았던 거야, 여보." 키아가 말했다. 그녀의 눈은 심연에 갇힌 그의 눈동자를 살피고 있었다. 그들은 보러가드가 열아홉, 키아가 열여덟일 때부터 함께했고, 둘 다 스물셋이던 때에 결혼했다. 거의 15년을 같이한 사이였다. 그녀는 누구보다 그를 잘 알았다.

많은 커플들이 서로에게 거짓말을 할 수 없다고들 한다. 상대방이 수천 미터 거리에서도 자신의 잘못을 알아챌 것이라고 하면서 말이다. 하지만 보러가드와 키아 사이에서 이 말은 한 방향으로만 통했다. 그는 아내가 언제 술 마시러 나갔는지, 언제 마지막 초콜릿 칩 쿠키를 먹었는지 알 수 있었다. 키아의 얼굴은 마치 오픈북과 같아서 그는 오래전에 모든 페이지를 섭렵했다. 그는 아내에게 거짓말을 하고 싶지 않았지만, 어쩔 수 없는 상황에서 거짓말을 할 때마다 놀라곤 한다. 아내를 속이는 것은 너무도 쉬웠다. 하지만 많은 연습 끝에 얻은 숙련된 결과였을 뿐이었다.

"아니, 전혀 그럴 생각 없어. 생각도 안 났냐고 물으면, 생각이야 했지. 복권 살 생각을 수도 없이 하는 것처럼." 보러가드는 이렇게 말하면서 키아를 안고 눈을 감았다.

"괜찮을 거야. 방법을 생각해내야지." 보러가드가 말했다.

"어제 치과에서 연락이 왔어, 제이본 교정해야 할지도 모른다고."

키아가 말했다. 보러가드는 그녀의 허벅지를 쥐고는 아무 말도 하지 않았다.

"이제 어떻게 하지, 여보? 호텔 근무 시간을 좀 더 늘려야 할까 봐." 키아가 말했다.

"그런다고 교정을 할 수 있는 것도 아니고." 보러가드가 말했다. 침묵이 그들 주위를 에워쌌다. 키아가 목을 가다듬고는 말을 꺼냈다.

"그러면 그걸 파는 것도 생각…." 하지만 키아는 말을 맺지 못했다.

"더스터는 팔 수 없어." 보러가드가 단호히 말했다. 키아는 그의 가슴에 머리를 기댔다. 그는 키아에게 팔베개를 한 뒤 천장 팬이 돌아가는 것을 바라보다 이윽고 잠들었다.

"아빠, 아빠, 아빠."

보러가드는 눈을 떴다. 눈 붙인 지 5초밖에 되지 않은 것 같다고 느꼈다. 대런은 자신이 가장 좋아하는 장난감을 들고 침대 옆에 서 있었다. 50센티미터가량의 배트맨 캐릭터 인형이었다. 한 손에는 망토를 걸친 배트맨을 들고 다른 한 손으로는 비스킷을 주물럭거리며 아빠를 물끄러미 바라보았다.

"요 녀석." 보러가드가 말했다. 막내는 키아의 눈과 그의 피부를 닮았다. 강렬한 녹색 눈동자와 대비되는 짙은 초콜릿색 피부였다.

"진 이모네 우리 데려다주기 전에 아빠 빨리 와서 밥 드시래요." 대런이 말했다. 웃음을 참는 입이 꿈틀거렸다. 키아가 대런에게 아빠를 깨우라고 했을 때 험한 말을 사용했으리라는 것을 짐작할 수 있었다. 누군가 험한 말을 하는 것을 들을 때마다 대런은 자지러지게 웃고는 했다. 한번 터진 웃음은 쉽사리 잠잠해지지 않았다. 아들의 입가에 띤 은은한 미소로 보아, 키아가 대런에게 아빠를 깨우라고 한 지는 한 시간이 지났으리라.

"얼른 궁둥이를 떼야겠네, 그럼." 보러가드가 말하자마자 대런은 까르르 웃음을 터뜨렸다. 그는 침대에서 몸을 일으킨 뒤 대런의 허리춤을 잡고 들어 올리고는 비행기 소리를 연거푸 내며 주방으로 달렸다.

"궁둥이 뗄 시간이 됐지." 키아가 이렇게 말했다. 그 말에 악의는 전혀 없었다. 대런을 위해 쓰는 표현 중의 하나였다. 역시나 이번에도 대런은 웃음을 참지 못했다.

"우우우우, 엄마 나쁜 말 썼어." 대런이 거의 울다시피 하면서 가쁜 숨 사이로 말했다. "엄마 지옥 갈 거야!" 제이본은 작은 테이블에 앉아 이어폰을 꽂은 채 음악에 심취해 있었다. 마르고 큰 키에 졸린 눈을 한 제이본이었다. 그는 대런을 내려놓은 뒤 제이본 귀 주변의 머리카락을 살짝 잡아당겼다. 제이본은 머리를 홱 들어 올린 후 이어폰을 귀에서 뺐다.

"일어나셨습니까, 아드님." 보러가드가 제이본에게 말했다.

"비스킷 다 먹으면 진 이모네 가는 거다." 키아가 말했다. 보러가드는 비스킷을 하나 집어 테이블 위의 그레이비소스에 찍은 후, 한 번에 입에 털어 넣었다.

"내가 이 맛에 결혼했지." 비스킷을 우물거리며 보러가드가 이렇게 말하자 키아가 코웃음을 쳤다.

"비스킷 때문만은 아니겠지." 키아는 자신의 빈 그릇을 싱크대로 가져가며 대꾸했다. 보러가드는 여전히 그녀를 처음 봤을 때의 모습을 뇌리에 간직하고 있었다. 펑키한 고고송에 맞춰 켈빈의 차 위에서 춤을 추던 그 모습. 키아는 새하얀 티셔츠 위에 검은 점퍼를 걸치고 곱슬머리를 땋은 채였다. 그들은 고등학교 근처 농구장에서 처음 만났다. 보러가드는 소년원 전적과 두 살배기 딸이 있는 10대였고, 키아는 고등학교 2학년일 때였다. 만난 지 3주 만에 그들은 반지를 주고받았다. 그로부터 4년 뒤에 둘은 배 속에 제이본이 있는 상태에서 결혼식을 올렸다.

"오늘 아빠랑 같이 정비소에 가면 안 돼요?" 제이본이 물었다. 보러가드와 키아는 은밀한 눈빛을 교환했다.

"오늘은 안 돼." 보러가드가 대답했다. 오래전 그가 다른 일을 했을 때는 공과 사를 구분하기 위해 뼈를 깎는 노력을 기울이고는 했다. 그는 '그 세계'가 자신의 가족에게 검은 손을 뻗치는 것을 원치 않았다. 그 손이 자신의 가족을 해칠까 봐 두려웠다. 지금은 그곳에서 빠져나왔지만 아직도 그 세계가 자신을 향해 이빨을 으르렁거리고 있다는 사실을 알았다. 보러가드는 아이들이나 키아가 그 이빨에 물어뜯기기를 원하지 않았다. 그것이 아이들을 정비소에 오지 못하게 하는 이유였다. 혹시라도 그 검은 손이, 날카로운 이빨이 갑자기 찾아올까 봐.

제이본은 다시 이어폰을 귀에 꽂고 테이블에서 일어난 후, 문 앞으로 곧장 걸어갔다. 보러가드는 제이본이 아빠와 시간을 함께 보내고 싶어 한다는 것을 알았다. 제이본은 자동차를 좋아했고 손도 제법 빨랐다. 그는 정비소에 오는 것이 안전할 때까지 아들이 차에 관심이 있기를 바랐다.

"어서, 대런. 가자." 키아가 재촉했다. 그녀는 까치발을 한 뒤 보러가드의 입술에 키스했다. 그녀의 숨결에서 페퍼민트 향이 났다. 그는 키아의 허리에 손을 두른 뒤 열 배로 화답했다.

"우욱." 대런이 혀를 내밀고 눈을 굴렸다.

"입 조심해, 아들." 키아가 남편 품에서 빠져나온 뒤 대런에게 말했다.

"점심시간에 전화할게." 보러가드가 말했다.

"좋아." 키아는 이렇게 말한 후 아이들과 집을 나섰다. 아이들 학교는 방학이고 키아는 글로스터의 컴포트 호텔에서 오전 10시부터 오후 6시까지 근무했다. 제이본은 아직 동생을 돌볼 만한 나이가 아니기에 부부가 모두 일하는 시간에는 아이들을 이모에게 맡겼다. 진 브룩스는 자신의 집 뒤편에 미용실을 차려 운영했는데, 아이들은 사촌들과 함께 그곳에서 어울리고는 했다. 보러가드가 켈빈과 그의 형 케이든과 함께 컸던 것처럼. 케이든은 모텔 강도 사건으로 스물세 살 때 죽었다. 항간에 떠돌기로는 미리 쳐놓은 덫에 걸린 것이라고 했다. 케이든과 그의 친구가 클럽에서 만난 여자들을 따라 처치힐의 모텔로 갔다가 당한 것이었다. 처치힐은 리치몬드에서도 악명 높은 동네였다. 우편물 서비스도 잠시 중단된 적이 있을 정도로 위험한 곳이었다. 케이든은 가벼운 섹스와 마리화나를 바라며 갔던 곳에서 머리에 총알 두 개가 관통된 채 주검이 되어 돌아왔고 그의 장례식은 관이 닫힌 채로 치러졌다.

켈빈과 보러가드가 케이든을 죽인 자들을 찾아갔을 때, 그 작자들은 모텔에 있던 여자들에게 죄를 뒤집어씌우려 했다. 그다음에는 서로를 비난했다. 그러다가 끝내 엄마를 부르며 울부짖었다.

보러가드는 속옷을 벗고 욕실로 향했다. 샤워를 하고 몇 군데 들른 후 정비소로 갈 생각이었다. 수도를 틀자마자 침실에서 벨 소리가 들려왔다. 휴대전화 벨 소리였다. 키아가 그의 주머니에서 꺼내 침실용 탁자에 둔 모양이었다. 그는 침실로 달려가 칠이 벗겨진 탁자 위에 놓인 휴대전화를 집어 들었다.

"여보세요."

"여보세요. 보러가드 몽타주 씨 되시죠?" 약간의 비음이 섞인 목소리가 전화 저편에서 들려왔다.

"맞습니다, 탤벗 씨."

"안녕하세요, 몽타주 씨. 저는 레이크 캐스터 요양원의 글로리아 탤벗입니다."

"압니다." 보러가드가 말했다.

"네, 구면이죠. 죄송해요, 몽타주 씨. 어머니 관련 문제로 연락드렸습니다." 탤벗이 말했다.

"저희 어머니가 또 직원분에게 악담을 퍼부었나요?"

"아닙니다, 그게…."

"또 누군가에게 의도적으로 소변 테러를 한 건가요?"

"아니요, 그런 게 아니라…."

"그럼 또 라디오 방송에 전화해서 직원들이 자신을 폭행한다고 하셨어요?"

"아닙니다, 몽타주 씨. 그런 일 없었습니다. 적어도 이번에는 아닙니다. 제가 전화를 드린 용건은, 의료보험 관련 서류에 문제가 좀 있어서요. 몽타주 씨께서 며칠 내로 오셔서 저희와 상의를 좀 해주셨으면 합니다." 전화 너머로 탤벗이 말했다.

"무슨 문제죠?"

"직접 뵙고 말씀드리는 게 좋을 것 같네요, 몽타수 씨."

보러가드는 눈을 질끈 감고 숨을 깊게 들이마셨다.

"알겠습니다. 몇 시간 후에 뵙죠." 보러가드가 말했다.

"좋습니다, 몽타주 씨. 그럼 곧 뵙죠. 끊겠습니다." 이 말을 마지막으로 텔벗이 전화를 끊었다.

그는 샤워를 마친 뒤 깨끗한 청바지와 반팔 와이셔츠를 꺼내 입었다. 셔츠의 가슴 주머니 한 쪽에는 그의 이름이, 다른 한쪽에는 '몽타주 모터스'라는 글자가 새겨져 있었다. 커피를 내린 뒤 싱크대 근처에 서서 빠르게 들이켰다. 집 안은 쥐 죽은 듯이 조용했다. 싱크대 쪽의 창문을 통해서 뒤뜰이 보였다. 오른쪽에는 나무로 만든 헛간이, 왼쪽에는 농구대가 있었다. 그 뒤에 난 숲으로도 약 180미터 가량이 그의 소유지였다. 암컷 사슴 두 마리가 뒤뜰을 가로지르고 있었다. 사슴들은 잠깐 멈춰서 마당에 난 풀을 뜯어먹고는 했다. 하루 중 가장 고요한 때라 경계 태세가 전혀 아닌 듯 보였다. 사슴 두 마리는 마치 벼룩시장에서 쇼핑하는 사람처럼 천천히 여유를 즐기고 있었다.

보러가드는 커피를 끝까지 들이켜며 생각했다. 한때는 이런 집을 갖는 것이 소원이었다. 수도를 틀면 물이 나오고 지붕에서 비가 새지 않는 집. 각자 자신만의 방이 있고 물 새는 곳에 양동이를 받쳐놓지 않아도 되는 집 말이다. 그는 다 마신 커피 컵을 싱크대에 두면서 소박한 꿈과 예상 가능한 꿈을 꾸는 것 중 무엇이 더 슬픈가를 생각했다. 집에 대한 꿈은 아버지가 사라지기 전에 가졌던 꿈이었다. 아버지가 사라진 후에는 아버지를 다시 보는 것이 가장 큰 소원이었다. 그러나 수년이 흐른 후, 그는 어떤 꿈은 절대 이루어질 수 없다는 사실을 깨달았다.

그는 차 키와 휴대전화를 챙겨 집을 나섰다. 아직 오전 10시밖에 되지 않았지만 벌써 태양은 뜨겁게 지면을 달구었다. 현관을 나섰을 때 마치 빚쟁이가 독촉하는 듯 햇빛이 그의 머리 위를 내리쬐었다. 그는 트럭에 올라타서 시동을 켜고 에어컨을 최대로 틀었다. 그리고 차를 후진한 뒤 마당을 빠져나와 도로를 탔다. 그의 뒤로 자욱한 먼지가 일었다.

좌회전을 해서 정비소로 가는 대신 큰 도로를 타고 우회전한 후에 교외 쪽으로 차를 몰았다. 트레이더레인을 지나 버려진 폐가들을 지나치자 클로버힐 산업 단지가 눈에 들어왔다. 몇 년 전 레드힐의 실세들은 농촌 지역이었던 이곳을 제조업의 메카로 탈바꿈하려는 시도를 했다. 기업체는 엄청난 세금 감면 혜택을 받는 대신 지역에 수백 개의 일자리를 제공하는, 상호 이익이 되는 관계였다. 하지만 그것도 2008년 경기 침체가 있기 전까지의 이야기였다. 그때쯤에는 기업체들도 해외에 공장을 차리면 비용은 반으로 수익은 두 배로 거둘 수 있다는 사실을 이미 알아차린 뒤였다.

빈 건물들이 마치 잊힌 문명의 고인돌처럼 서 있었다. 얼음, 단열재 깃발, 고무 공장은 이제 서로 분간할 수 없을 정도였다. 대자연이 서서히, 그러나 완강하게 자신의 영역을 되찾고 있었다. 소나무와 층층나무, 인동덩굴, 칡이 느리지만 단단하게 낡은 건물들을 에워쌌다. 고무 공장이 처음 문을 열었을 때부터 예상치 못하게 폐업할 때까지 그의 어머니는 줄곧 그곳에서 일했다. 어머니의 은퇴 2년 전이자 유방암 진단을 받은 지 일주일이 지난 시점에 공장은 갑작스레 문을 닫았다. 그로부터 한 달 후, 보러가드는 생애 첫 직업을 얻었다. 드라이버가 필요하던 필리의 팀에 부니가 그를 소개해준 것이었다. 신입이었기에 그의 몫은 5,000달러에 불과했다. 팀에서는 5,000달러가 정해진 요율이라고 했다. 당시에 그는 열일곱 살에 불과했으므로 그 말을 의심하지 않았다. 그것이 패착이었다. 나중에 그는 요율이란 전부 혹은 제로라는 것을 알게 되었다. 하지만 그는 과거에 그다지 연연하지 않았다. 실수는 교훈이었다. 다시 반복하지만 않는다면.

카운티의 경계에 가까워지자 옥수수와 콩을 재배하는 들판이 풍경을 지배했다. 아직 여기까지는 거주지가 확장되지 않은 모양이었다. 조만간 부동산 개발업자들이 컨테이너 몇 개를 던져놓고 이동주택 구역이라고 할 것이 분명했다.

보러가드는 좁은 커브를 지나 간판 하나를 발견했다. 약 1미터가량의 금속 막대기에 150센티미터 정도의 톱날이 부착되어 있었다. 막대기에 밝은 빨간 페인트로 적힌 '레드힐 메탈'이라는 상호가 보였다. 톱날에는 하얀색 페인트가 칠해져 있었으나 햇볕에 심하게 탄 피부처럼 물집이 잡혀 있었다. 보러가드는 자갈을 깐 진입로에 들어섰다. 진입로의 양쪽에는 거대한 파란색과 흰색의 수국이 심겨 있었고, 그 끝에는 거대한 철문이 그를 기다리고 있었다. 차가 다가서자 철문이 서서히 움직이기 시작했다. 부니는 몇 년 전에 동작 센서를 문에 부착했다. 누군가가 노모의 장작 난로를 가지고 방문할 때마다 하던 일을 멈춰야 한다는 것에 질린 부니의 결정이었다. 문을 통과할 때 피부색이 어두운 두 명의 남자가 보러가드 쪽을 향해 고개를 숙였다. 두 명 모두 거대한 전동톱으로 작업을 하고 있었다. 심하게 찌그러진 그렘린이 그들의 작업 대상 같았다.

보러가드는 문을 지나 좌회전을 한 뒤 사무실 앞에 차를 댔다. 차에서 나오자마자 땀이 흘렀다. 햇볕은 20분 만에 지옥불로 변해 있었다. 두 대의 자동차 분쇄기가 차와 트럭, 세탁기 등을 부수는 동안 금속의 굉음이 공중을 메웠다. 강철과 쇳덩이가 거대한 도미노처럼 뜰의 한 켠에 쌓여 있었다. 두 대의 기계가 번갈아 가며 차를 압축하는 동안 사무실 뒤편에 차의 무덤이 높아져만 갔다. 기계 이름은 '쩝쩝 1호'와 '쩝쩝 2호'였다. 케이든이 어느 여름날 기계에 붙인 별명이었다.

아버지가 그와 케이든, 켈빈을 더스터에 태우고 드라이브를 나온 어느 날이었다. "엉클 부니를 잠깐 봐야 해. 그리고 나서 테이스티 프리즈에 가자. 밀크셰이크에 위스키 한 방울 원하는 사람?" 그의 아버지는 윙크와 함께 이렇게 물었다.

"저요!" 켈빈이 크게 소리쳤다. 어김없이 켈빈이었다. 그는 심지어 손까지 번쩍 들어 올렸다.

보러가드의 아버지는 그런 켈빈의 모습을 보고 웃다가 사레가 들릴 정도였다.

"켈빈, 너희 엄마가 알면 우리 둘 다 무사하지 못할 거다. 몇 년 뒤라면 몰라도."

폐차장 뒷마당에 들어선 후 그들은 앞좌석으로 몸을 한껏 내민 채 굉음을 내는 크레인이 차를 분쇄기에 떨어뜨리는 광경을 지켜보았다. 크레인은 차를 한 번 뒤집은 뒤 자동차 분쇄기에 넣었다.

"쩝쩝 1호, 아주 끝장내버려!" 케이든이 크게 소리쳤다. 보러가드의 아버지가 부니에게 말해준 뒤로 크레인의 별명은 그대로 굳어버렸다. 하지만 그들은 위스키를 넣은 아이스크림을 함께 먹지는 못했다.

문에 붙은 구리 배관에 세로로 '사무실'이라는 글자가 새겨져 있었다. 보러가드는 빠른 템포로 문을 연속 세 번 노크했다. 안에서 무슨 일이 벌어지고 있는지 모르므로 언제나 노크가 최선이었다.

"들어오세요." 쉰 듯한 목소리가 들려왔다. 부니는 책상 뒤에 앉아 있었다. 금속 실린더 위에 철판을 깐 책상이었다. 골골거리는 소리가 나는 에어컨의 바람이 그의 어깨 위로 쏟아지고 있었다. 찬바람이 주는 이점보다 그 소리가 더 거슬릴 것 같았다. 벽을 따라 파일 캐비닛과 선반이 놓여 있었고, 그 끝에 부니가 미소 짓고 있었다.

"친구! 어떻게 된 거야? 마지막으로 본 게 언제지? 여섯 달 전인가?" 부니가 말했다.

"그렇게 오래되지 않았어요. 가게가 좀 바빠서."

"아, 그냥 해본 말이야. 자네가 뼈 빠지게 바쁜 거 내가 몰라? 안 삐졌어, 나. 다만 자네가 예전 모습은 아닌 거 같아서 말이지." 부니가 말했다. 그는 기름때가 묻은 모자를 벗어 얼굴에 부채질하기 시작했다. 하얗게 센 상고머리와 검은 피부빛이 날카롭게 대조를 이루었다.

"알아요. 여기는 잘돼가고요?"

"아이, 알잖아. 늘 똑같지 뭐. 골동품은 마르질 않으니."

보러가드는 책상 옆의 접의자에 앉으며 맞장구쳤다. "그렇죠. 사람들은 항상 내다 버릴 게 있으니까요."

"정말 어떻게 지냈어? 키아랑 애들은?"

"잘 지내요. 대런한테는 얼마 전에 안경을 맞춰줬고요, 제이본은 치아 교정을 해야 한다네요. 키아는 늘 똑같고요. 이제 호텔에서 일한 지 5년 됐어요. 아저씬 뭐 새로운 일은 없어요?"

부니는 모자를 고쳐 쓰고 고개를 보러가드 쪽으로 기울인 뒤 되물었다. "궁금해?"

보러가드는 고개를 끄덕였다.

"자네를 보는 게 반갑지 않아서는 아니고. 단지, 난 이제 네가 이 일에서 손 씻은 줄 알았지." 부니가 말했다.

"요즘 좀 힘들었어요. 프레시전이 나타나고부터는 일이 안 풀리네요." 보러가드가 말했다.

부니는 손 깍지를 끼고 두툼한 배 위에 올린 뒤 말했다.

"글쎄, 일이 있으면 좋으련만, 여기도 몇 년간 일이 씨가 말랐어. 이탈리아인들은 러시아인들한테 쫓겨났고, 이제 러시아인들이 직접 크루를 뽑아서 팀을 운영해. 제길. 그래서 요즘 잠잠하지. 러시안들이 차를 몰고 와서 이반 콜로프\*처럼 으르렁댈 때만 빼고 말이야." 부니는 얼굴을 잔뜩 찡그리며 이렇게 말했다.

보러가드는 무릎 사이로 팔을 떨군 뒤 고개를 숙였다.

"서쪽으로 가볼 생각은 없어? 운전 좀 한다는 친구들에게는 아직까지 일거리가 좀 있다던데."

보러가드는 얕은 신음 소리를 낸 후 말했다. "아버지가 서쪽으로 간 뒤 돌아오지 않았잖아요."

부니도 덩달아 한숨을 쉬었다. "그래, 네 아버지… 네 아버지는 참 걸출한 양반이이지. 앤트 몽타주같이 차를 모는 사람은 내가 딱 두 명 봤어. 한 명은 너, 보러가드 몽타주. 다른 한 명은 메클렌부르크\*\*의 감방에 갇혀 있고. 네 아버지는 좋은 친구이기도 했지만 좋은 드

---

\* Ivan Koloff : 월드 헤비웨이트 챔피언을 지낸, '러시안 베어(The Russian Bear)'라는 별명을 가진 프로레슬러.

\*\* 독일 동북부에 있는 지방.

라이버였어. 훌륭한 드라이버였지." 부니가 말했다. 그는 모자를 뒤로 젖힌 뒤 천장을 올려다보았다.

보러가드는 부니가 지금쯤 과거의 한때를 회상하고 있다고 느꼈다. 아버지와 함께 달빛이 은은하게 감도는 거리를 달리거나 필라델피아의 한 은행을 턴 뒤 웃고 고함을 지르며 질주하던 때를 생각하는 것이리라.

"아직도 아버지가 돌아올 수 있다고 생각하세요?" 보러가드가 물었다.

"응?"

"저희 아빠요. 언젠가 문 앞에 짠 하고 나타날 거라고 생각하시냐고요, 아직도 아빠가. 농구공하고 위스키 한 병을 들고 찾아와서 밀린 얘기나 하자고 할 것 같으세요?" 보러가드는 이렇게 되물었다.

부니는 두꺼운 입술 사이로 휘파람을 한 번 휙 불었다. "너희 아버지 같은 사내는, 나처럼 그리고 네가 한때 그랬던 것처럼, 병원 침대에서 죽을 사람이 아니다. 앤트는 완벽한 사람이 아니었어. 차, 술, 여자, 딱 이 순서로 즐기던 사람이지. 운전에 비유하면 인생을 시속 160km로 살았어. 그런 사람은 자기 멋대로, 정말 멋지게 삶을 살아가지. 하지만 내가 장담하건대, 네 아버지가 그렇게 멋대로 살고자 마음먹었다면 수족으로 부릴 사람을 몇 명 데리고 떠났을 거야. 넌 네 아빠를 꼭 닮았어, 빼다 박은 것처럼 말이야. 하지만 넌 네 아빠와 달라. 네 아빠는 절대 어디에 정착해서 뿌리내리는 사람이 아니다. 그래서 너와 네 엄마를 힘들게 했지만 말이야. 참, 요즘 엄마는 좀 어떠시니?"

"다를 거 없으시죠, 뭐. 계속 요양원에 계시고요. 암 전이 속도는 많이 늦춰졌지만 아직 줄담배를 태우세요." 보러가드가 대답했다.

"제길. 그놈의 암은 사람을 조금씩 갉아먹거든. 루이즈는 암이 너무 빨리 퍼졌지. 의사한테 들은 게 3월인데 9월에 죽었으니 말이야. 너희 엄마는 얼마나 되셨지?"

"1995년에 진단받으셨어요." 보러가드는 이렇게 말하며 어머니가 자신과 부니보다 오래 살 것이라고 생각했다. 부니의 부인이었던 루이즈와 다르게 자신의 어머니는 일찍 돌아가시기에는 너무 고약하다고 생각하면서.

"엘라는 고무만큼 질기니까." 부니가 말했다. 그러면서 자신의 비유가 우스웠는지 살짝 웃음을 터뜨렸다.

"그럼 전 이만 가봐야겠어요." 보러가드가 자리에서 일어나며 말했다.

"잠깐 기다려봐. 한 잔 쭉 들이켜고 가." 부니는 회전의자를 돌려 바로 뒤에 있는 캐비닛에서 술이 든 유리병을 꺼냈다.

"오전 11시예요."

부니는 아랑곳하지 않고 유리병의 마개를 열었다. 유리잔 두 개가 마치 마법처럼 책상 위에 나타났다. "앨런 잭슨*의 말처럼, 지금도 어딘가는 오후 5시일 거야. 오랜만에 만나서 정말 반갑네." 부니가 말했다.

그는 두 잔을 가득 채웠다. 보러가드는 잔 하나를 든 후 부니가 들고 있던 잔에 살짝 부딪혔다. 햇빛이 잔에 부드럽게 반사되고 있었다. 따뜻한 액체가 목구멍을 얼얼하게 적셨다.

"좋네요. 그럼, 소식 들으시면 연락 한 번 주세요." 보러가드가 말

---

* Alan Jackson : 미국의 유명한 컨트리 가수.

했다.

"마음 정한 거야?" 부니가 물었다.

"네?"

부니는 유리병을 다시 서랍에 넣은 후 말했다.

"내 말은, 지금 내가 연결해줄 일이 없다는 게 오히려 자네한테는 좋지 않은가 싶어서. 아까 말했듯이, 자네는 아버지와 다르니까. 여기에 목숨 거는 거 아니잖아. 지켜야 할 것들이 있고."

보러가드는 부니가 좋은 의도로 해준 말이라는 것을 잘 알았다. 지금의 부니는 사람과 사람을 연결해주는 연결책에 불과하지만, 쩝쩝 1호와 2호를 이용해 쓰레기를 청소해준 것은 부니였다. 죽기 전에 피를 흘리며 자신들의 엄마를 불렀던 그 쓰레기들 말이다. 무자비한 중개수수료 없이 장물을 세탁해주던 사람도 부니였다. 또한 그는 보러가드의 대부나 다름없었다. 더스터를 개조하는 것을 도와준 것은 물론이고, 부인을 죽여서 무기징역을 살고 있던 키아의 아버지 대신, 키아의 손을 잡고 버진로드를 걸어준 것도 부니였다. 제이본이 태어났을 때 제이본을 세 번째로 안아본 사람이기도 했다. 부니는 앤서니 몽타주가 해야만 했던 그 모든 일을 대신해준 이였다. 그러나 부니에게는 다음 달이면 서머스쿨을 졸업하는 딸은 없었다. 자고 나면 매일 15센티미터씩 자라 있는 두 사내아이도 없었다. 또는 죽기 전에 초석이 있는 집에 살아보고 싶다는 아내도 부니에게는 존재하지 않았다. 한 달 후면 파산할지도 모르는 가게도 부니에게는 없었다.

"네, 확실해요." 보러가드는 이렇게 말하고 자리를 떴다.

# 3

　켈빈은 정비소에 오전 11시쯤 출근했다. 보러가드가 아직 나오지 않았기에 그는 맞은편에 위치한 세븐일레븐에 들러 치킨 샐러드와 소다를 산 후, 낡은 칸막이 테이블에 들어가 샌드위치를 먹으며 소다를 홀짝거렸다. 대부분의 세븐일레븐은 앉아서 먹을 만한 공간이 없지만 이곳은 한때 식당이었던 곳이었다. 찌는 듯이 더운 날이었으므로 켈빈은 땋은 머리를 밀어버릴까 하는 생각을 오랜만에 했다. 하지만 두상도 기괴했고 두피에 상처가 너무 많다는 생각에 이르자 바로 단념해버렸다. 샌드위치를 거의 다 먹었을 무렵까지 보러가드의 모습이 보이지 않았으므로 켈빈은 천천히 정비소로 걸어가 문을 열었다. 룰루 모리스가 가져온 차의 변속기를 갈아야 했는데, 켈빈은 아마 당분간 이 차와 씨름해야 할 것이라고 생각했다. 셰인 헬튼은 핸들에 진동이 느껴진다며 트럭을 맡기고 갔다. 보러가드는 운전석 쪽의 등속조인트 부트의 문제 같다고 했다. 보러가드의 말이 아마 맞을 것이다. 하지만 등속조인트 부트를 교체하는 데는 300달러밖에 들지 않았다. 랙 앤 피니언의 교체 비용은 1,500달러였다.

켈빈은 랙 앤 피니언 문제이길 간절히 바랐다.

그는 세 개의 작업대를 모두 열고 머리 위의 공기 조절장치를 켰다. 그리고 휘파람을 불며 셰인의 트럭을 운전해 유압 리프트에 올렸다. 트럭에서 나오자 첫 번째 작업대 앞으로 빛바랜 푸른색 도요타 한 대가 보였다. 차가 멈추더니 키가 작고 마른 백인 남자 한 명이 정비소를 향해 터벅터벅 걸어왔다. 그는 타이어 교환기 바로 앞에 멈춰 섰다. 긴 갈색 머리와 듬성듬성 난 갈색 수염을 한 남자는 흐린 눈알을 양옆으로 빠르게 굴렸다.

"보러가드?" 그 남자는 확신이 없다는 듯 말꼬리를 올렸다.

"아니요, 저는 켈빈입니다. 보러가드는 아직 출근 안 했어요. 무슨 일이시죠?"

그 남자는 마른 입술을 혀로 핥았다.

"난 보러가드랑 할 얘기가 있는데." 익명의 사내가 말했다.

"말씀드린 것처럼, 아직 안 왔어요. 무슨 일로 오신 건데요?" 켈빈이 재차 물었다.

남자는 손으로 머리카락을 넘기며 켈빈 쪽으로 다가왔다. 그 남자에게서는 담배 냄새와 함께 쉰내가 풍겼다.

"보러가드한테 전해요, 우리 형 로니가 찾는다고. 만나서 오해를 풀고, 일도 같이 해보자고요." 남자가 말했다.

"로니 누구요?"

"로니 세션스요. 보러가드가 아는 사람이에요. 같이 일했으니까."

켈빈은 한숨을 내쉬었다. 그도 로니 세션스를 알았다. 직접 안다기보다는 이름을 들어봤다는 편이 정확할 것이다. 로니는 미국 남부의 퀸카운티 출신의 미치광이로 소문이 자자했는데, 두 가지로 악명이 높았다. 하나는 그의 몸에 새겨져 있는 스물세 개의 엘비스 프레슬리 문신이었고, 다른 하나는 티타늄 잠금장치가 아닌 이상 그 어떤 것도 부수고 훔치는 능력이었다. 켈빈이 기억하기로 로니에 대해 마지막으로 들은 것은 그가 절도 혐의로 콜드워터의 감옥에서 5년간 복역하고 있다는 소문이었다. 요트용 정박지를 털었다는 것 같았다. 그것도 보러가드를 엿 먹인 후에.

보러가드는 그를 눈곱만큼도 달가워하지 않을 것이다.

그러므로 켈빈은 도대체 왜 로니가 보러가드를 찾는지 이해할 수가 없었다. 다시 이곳에 발을 들였다는 사실만 알아도 보러가드는 치를 떨 것이 분명했다. 남에게 당하는 데 페티시가 있지 않고서야 이렇게 화를 자초할 리가 없다고 켈빈은 생각했다.

"좋아요, 전해주죠."

로니의 동생이라는 작자는 고개를 위아래로 빠르게 끄덕인 뒤 자신의 차를 향해 걸어갔다. 그는 반쯤 걸어간 뒤 다시 뒤를 돌아보며 말했다.

"저기, 약 가진 거 좀 있어요?"

"내가 왜 그런 걸 갖고 있다고 생각하죠? 왜요, 내가 흑인이라서?" 켈빈이 물었다.

남자는 인상을 찌푸리며 대답했다. "아니요. 그건 아니고, 여기 레드힐 사람들은 다 하니까. 그냥 물어본 거예요." 그는 차로 돌아가 문을 세게 닫았다. 급출발을 하려 했으나 차 바퀴가 자갈밭에서 헛돌다가 시동이 꺼졌다. 그는 다시 시동을 걸고 주차장을 빠져나갔다.

켈빈은 웃음이 나오는 것을 참지 못했다. 유압 리프트의 올림 버튼을 누른 후 고개를 숙이고 들어가지 않아도 될 만큼 셰인의 차를 들어 올렸다. "내가 기분 나쁘게 한 게 있는 것마냥 속도를 내며 가겠지. 저런 작자들은 티끌만 한 거에도 무시당했다고 느끼거든." 켈빈은 이렇게 중얼거리며 트럭의 하부를 살펴보기 시작했다.

레이크 캐스터 요양원은 요양원처럼 보이지 않기 위해 온갖 노력을 다한 듯 보였다. 건물의 정면에는 입구의 자동문을 가리기 위해 벽돌로 정교하게 포르티코\*를 올렸다. 레이저 예초기로 다듬은 듯한 관목 박스우드가 마치 초록의 보초병과 같이 길에 늘어서 있었다. 벽돌로 된 간이 차고는 양옆에 고풍스러운 지지대가 받침 역할을 하고 있었다. 전체적인 분위기가 요양원이라기보다는 힘깨나 있는 졸업생을 배출한 커뮤니티 칼리지 같았다. 자동문을 지나자마자 보러가드는 코를 찌르는 듯한 소변 냄새의 공격을 받았다. 이 모든 장식물로도 소변 냄새는 어쩌지 못했던 것이다.

금발의 접수원이 보러가드를 미소로 맞았다. 하지만 그는 그 미소에 화답하지 않았다.

"안녕하세요. 무엇을 도와드릴까요?" 접수원이 물었다.

"탤벗 씨를 만나러 왔는데요." 그는 보폭을 줄이지 않은 채 대답했다. 요양원의 원무실이라면 보러가드에게 꽤 친숙한 공간이었다. 요양원에 어머니를 모시기 전에는 이곳이 그의 삶을 조금이나마 편하게 해줄 것이라고 기대했다. 하지만 엘라는 음료를 받침대 위에 놓지 않는다거나 자신의 엉덩이를 닦을 때 아프다는 이유 등으로

---

\* Portico : 기둥을 받쳐 만든 현관 지붕.

직원들에게 소리를 지르기 일쑤였다. 컵 받침대가 하나뿐이었다거나 자신이 치질을 앓고 있다는 사실이 그 이유라는 생각은 조금도 하지 않은 채. 오히려 엘라는 요양원에 들어가고 나서 더 난폭해졌고 이로 인해 보러가드의 삶은 더 고달파졌다. 엘라가 레이크 캐스터에 입원한 직후 지난 2년 동안, 보러가드는 엘라의 포악한 행동으로 인해 적어도 30번 이상은 이 사무실에 들락거렸던 것이다.

엘라 몽타주는 타의 모범이 되는 환자는 아니었다.

처음에는 사태를 무마하기 위해 비용을 좀 더 지불하거나 병원에 필요한 물품을 기증하기도 했다. 몇 번은 원무실 직원에게 잘 부탁한다며 직접 봉투를 건넨 적도 있었다. 그렇게 많은 돈이 들어갔지만 그래도 얼마 전까지는 그도 벌이가 괜찮았다. 하지만 더 이상 그럴 형편이 되지 않았다. 이제는 병원에서 어머니를 저 잘 가꿔진 입구로 밀어내고 그에게 데려가라고 통보하는 것이 아닐까. 병원 직원이 '집에 가실 필요는 없지만 여기서는 당장 나가세요'라고 하는 말이 귓가에 울리는 듯했다.

보러가드는 노크를 한 뒤 손목시계를 흘끗 보았다. 거의 정오가 다 되어갔다. 켈빈이 아마 일을 시작했겠지만 룰루 차의 변속기를 교체하는 데는 두 명이 필요했다.

"들어오세요." 문 너머로 탤벗의 목소리가 들렸다. 보러가드는 문을 열고 사무실로 들어섰다. 마르고 단정한 여자가 유리로 된 책상 앞에 앉아 있었다. 단정하게 묶은 머리에 번을 씌우고 젓가락같이 생긴 장식 두 개를 번 위에 수직으로 꽂은 것이 보였다. 탤벗은 자리에서 일어나 손을 앞으로 뻗었다.

"몽타주 씨."

보러가드 역시 손을 내민 뒤 가볍게 악수를 했다.

"탤벗 씨."

그녀는 의자 쪽으로 손짓을 했고 보러가드는 그 의자에 앉았다. 그러면서 이렇게 책상을 두고 누군가와 마주 앉을 때마다 자신의 인생이 얼마나 바뀌었는가를 생각했다.

"몽타주 씨, 오늘 이렇게 와주셔서 정말 기쁩니다." 탤벗이 말했다.

"저한테 선택권은 없었던 것 같은데요."

탤벗은 입술을 약간 오므리며 말했다. "몽타주 씨, 본론부터 바로 말씀드릴게요. 어머니의 메디케이드 보험료에 미지급금이 있습니다."

"아니요, 미지급금은 없습니다." 보러가드가 대꾸했다.

탤벗은 눈을 빠르게 깜빡이며 되물었다. "뭐라고요?"

보러가드는 의자에 앉은 채 자세를 고치며 말했다. "미지급금이 있다고 하셨죠. 마치 제가 돈을 납입하지 않은 것같이 들리는데, 저희 어머니의 메디케이드는 지급 관련해서 아무런 문제가 없습니다. 어머니 메디케이드와 관련해서 다른 어떤 문제가 있는 거죠?"

얼굴이 빨갛게 달아오른 탤벗은 몸을 앞으로 기울였다. 보러가드는 빙금 한 말이 무례하게 들릴 수 있다는 사실을 알았지만, 그녀가 상황을 규정하는 방식이 마음에 들지 않았다. 탤벗은 분명히 그의 어머니를 좋아하지 않았고, 여기에 대해 그도 할 말은 없었다. 그렇다고 해서 그의 어머니를 도둑으로 몰 필요는 없다고 그는 생각했다. 어머니가 잔인하고, 무심하고, 교활한 것은 그도 인정했다. 하지만 적어도 그의 어머니가 도둑은 아니었다. 몽타주 집안에 흐르는 피를 모두가 최선을 다해 억누르고 있었으므로.

"죄송합니다. 단어 선택이 좋지 못했네요. 이렇게 말씀드릴게요, 어머니께서 요양원에 입소하실 때 갖고 계시던 종신보험에 대해 신고를 안 하셨습니다. 그런데 이 종신보험으로 인해서 메디케이드 자격 요건*을 상실하게 되셨어요."

보러가드는 입이 마르는 것을 느꼈다. "종신보험 계약을 철회하면 안 되나요? 중도해지할 수도 있잖아요?"

탤벗은 다시 입술을 오므렸다. "중도해지하신다고 해도 환급금이 15,000달러밖에 되지 않아요. 미지급… 아니, 메디케이드 시스템에서 두 달 전에 해당 착오를 발견했고, 그 즉시 보조금 지급을 중단했어요. 지금까지 밀린 금액을 계산해보면…." 그녀는 책상 위의 태블릿을 터치한 후 말을 이었다. "48,360달러네요. 중도해지를 하신다고 해도 남은 금액은…."

"33,360달러죠." 보러가드가 말을 잘랐다.

탤벗은 눈을 크게 깜빡이며 말했다. "맞아요. 말씀하신 금액에 대해서 다음 달 말에 저희 요양원에서 전액 지급 요청을 드릴 겁니다. 만약 기한 내로 납부하지 못하신다면, 어머니께서는 요양원을 퇴소하실 수밖에 없으세요. 죄송합니다." 그러나 탤벗의 목소리에는 미안함이 전혀 묻어 있지 않았다. 보러가드에게는 오히려 기쁨을 감출 수 없는 듯이 들렸다.

"어머니께서 혹시 종신보험 철회에 대해 동의하셨나요?" 보러가드가 물었다. 그는 입이 바짝 마르다 못해 모래라도 씹히는 것처럼 느꼈다.

"이 상황에 대해 인지하고 계시지만 손주들에게 물려줄 거라고

---

\* 메디케이드에 가입하기 위해서는 소득과 자산을 합한 금액이 일정 금액보다 낮아야 한다.

하셨어요." 탤벗이 말했다. 그녀의 눈썹 모양으로 보아 보러가드만큼이나 그 말을 믿지 않는 눈치였다. 엘라는 손주들에게 큰 애정을 보이지는 않았다. 정확히 말하면, 그 보험은 그들을 쥐고 흔들기 위한 것임에 분명했다. 그의 어머니는 남을 통제하는 데서 기쁨을 찾았다. 아리엘의 엄마와 헤어지지 않으면 운전면허증 취득을 허락해 주지 않겠다거나, 지금처럼 종신보험을 손에 쥐고 있거나. 엘라는 늘 무언가를 빌미로 남을 조종하고 싶어 했다. 엘라는 가끔 성경에 있는 말을 인용해서 자신의 행위를 정당화했지만, 보러가드의 종교는 아니었으므로 와닿지 않았다.

"제가 말씀드려볼게요. 지급일 날짜가 적힌 문서를 출력해주시겠어요? 가는 길에 안내데스크에서 픽업할 수 있게요." 보러가드가 말했다.

"물론입니다, 몽타주 씨. 원하신다면 주변에 있는 요양원과 대기 인원 목록도 뽑아드릴게요."

"네, 좋습니다." 보러가드는 이렇게 대답했지만, 그 리스트는 소용없다고 생각했다. 어머니가 여기에서 쫓겨난다면 다른 곳에 자리가 나기 전에 이미 세상에 없을 터였다.

보러가드는 그 사무실에서 나와 어머니의 병실로 향했다. 복도를 걸으면서 부니가 했던 말을 떠올렸다. 이렇게 어두침침한 병원의 한구석에서 맞이하는 조용하고 품위 있는 죽음도 나쁘지 않을 것이라고 그도 한때 생각했다. 그러나 품위 있는 죽음이란 없다는 사실을 알게 되고 나서는 생각이 바뀌었다. 죽음에 이르는 과정은 지저분하고 엉망일 뿐이었다. 죽음은 죽음의 신이 등 뒤로 다가와 성인용 기저귀에 똥을 지리고 가슴의 동맥이 터질 때까지 목을 누르는 것과 다르지 않다. 온몸의 세포가 스스로 자멸할 때까지 죽음의 신은 그 길고 마른 손으로 당신의 창자를 쥐어짤 것이다. 뇌가 스스로 퇴행할 때까지, 그래서 숨 쉬는 것조차 잊어버릴 때까지 당신의 머리통을 박살 내어놓을 것이다. 당신이 죄를 지은 사람의 손에 총을 쥐여주고는 그 총 끝이 당신을 겨냥하게 할 것이다. 죽음에 위엄 따위란 존재할 리가 없었다. 보르가드는 이 사실을 깨닫기까지 수많은 사람의 죽음을 목도했다. 죽음에는 두려움과 혼란, 고통만이 존재할 뿐이었다.

어머니의 병실 문은 활짝 열려 있었다. 간호조무사가 침대 옆에 서 있었고 줄담배로 맛이 갈만큼 간 목소리가 들려왔다. 조무사의 목과 어깨가 한껏 경직되어 있는 모양으로 보아 어머니로부터 듣고 있는 말을 전혀 달가워하지 않는다는 사실을 짐작할 수 있었다.

"내가 이 호출 버튼을 45분 동안 눌렀어. 내가 여기 오줌 구덩이에 있는 동안 거기서 전화기에 코 박고 있었던 거야? 나 오줌 쌌다고. 그게 어떤 기분인 줄 알아? 아냐고. 여기 오줌 구덩이에 앉아 있었어, 내가." 엘라는 코 삽입관으로 산소를 들이마시기 위해 말을 잠깐 멈추었다. "아니, 아니지. 언젠가 너도 알게 될 거야. 지금은 어리고 예쁘겠지만 언젠간 너도 나처럼 될 거야. 나중에 너도 이렇게 오줌 구덩이에 앉아 있어봐라." 엘라가 악담을 퍼부었다.

"죄송해요, 몽타주 부인. 오늘 일손이 부족해서요." 조무사가 말했다. 진심으로 미안해하는 듯한 어조였다. 그것이 화근이었다. 엘라는 세렝게티 초원의 암사자와 같이 상대의 나약함을 곧바로 알아챘다.

"죄송해? 일손이 부족하다고? 그럼 좀 조용히 죽으려고 노력해볼게." 엘라가 말했다.

간호조무사는 목이 메는 듯한 소리를 내고는 병실을 황급히 빠져나갔다. 조무사는 뭔가를 중얼거리며 보러가드 옆을 스쳐 지나갔는데, 그는 '고약한'이라는 형용사와 '할망구'라는 단편적인 단어만 들을 수 있었다.

"엄마, 잘 지내셨어요?" 보러가드가 인사를 건네며 병실 안으로 들어섰다.

엘라는 그를 위아래로 찬찬히 훑어보고는 이렇게 말했다. "왜 이렇게 말랐어. 그 애가 요리를 못한다는 건 이제야 알겠구나."

"키아 음식 잘해요, 엄마. 몸은 좀 어떠세요?"

"하! 죽어가지, 뭐. 그거 말고는 완벽해."

보러가드는 한 걸음 더 다가가며 말했다. "엄마가 죽긴 왜 죽어요."

"서랍에서 담배 좀 꺼내주렴." 엘라가 말했다.

"엄마, 담배 안 되잖아요. 방금 죽어간다고 본인 입으로 말씀하시지 않았어요?"

"그래. 근데 담배는 괜찮아." 엘라가 말했다.

"산소호흡기 한 상태에서 담배 피우셨던 거예요? 그러다가 이 건물 다 불태우는 수가 있어요, 아시죠?" 보러가드가 이렇게 묻자, 엘라는 어깨를 한 번 으쓱거린 후 대답했다.

"그 편이 아마 여기 있는 사람들에게도 좋을걸." 보러가드는 피식거리지 않을 수 없었다. 엄마의 특기 중 하나였다. 매우 교활하게 남을 조종하는 것 같다가도 한순간에 상대를 웃음으로 무장해제시키는 것이 그녀가 가진 능력이었다. 마치 누군가가 던진 파이에 얼굴을 맞았는데 그 안에 자물쇠가 들어 있는 격이었다. 보러가드가 어렸을 때, 엘라는 이와 같은 신랄한 위트와 외모 덕에 원하는 것을 대부분 얻을 수 있었다. 모든 아이들이 자신의 엄마는 예쁘다고 생각하기 마련이지만, 보러가드는 남들도 엘라에 대해 그렇게 생각하고 있다는 것을 꽤 일찍 알아챘다. 비단결 같은 긴 검은 머리는 허리까지 풍성했고, 크림이 많이 섞인 커피 같은 피부색은 그녀가 혼혈임을 짐작케 했다. 아몬드 같은 눈매에 들어찬 밝은 회색 눈동자는 인간계를 넘어선 아름다움을 간직하고 있었다.

가게 점원들은 엘라가 현금이 조금 모자랄 때마다 항상 넉넉한 잔돈을 갖고 있는 듯 보였다. 심지어 스쿨존에서 과속을 하다가 잡혔을 때도 경찰관은 늘 엘라에게만은 경고 조치로만 끝냈다. 엘라 몽타주 주위에 있는 사람들은 늘 그녀가 원하는 대로 움직이는 듯했다. 엘라가 나가서 죽으라고 하면 모두 그럴 태세였으니. 단 한 사람 예외가 있다면 바로 아버지였다. 한때 어머니는 보러가드에게 자신을 정당하게 대해주는 사람은 아버지밖에 없었다는 말을 한 적이 있다.

"그래서 사랑했지만, 그것 때문에 밉기도 했어." 그녀와 떼려야 뗄 수 없는 다크브라운 색의 모어 담배를 피우면서 이렇게 말하고는 했다. 보러가드는 어머니의 무릎에 앉아 아버지와의 첫 만남을 몇 번이고 반복해서 들었던 것을 기억했다. 그는 어렸을 적에 동화를 듣거나 읽은 기억은 없었다. 관능적인 교외의 밤을 배경으로 한 질풍노도의 서사만을 기억할 뿐이다. 이것이 어쩌면 기이한 심리 상담의 일종일 수도 있겠다는 사실을 보러가드는 나중에야 깨달았다. 엘라는 여덟 살배기 포로를 심리치료사 삼아 자신의 이야기를 했던 것이다.

암 진단과 치료로 인해 엘라가 가장 먼저 잃은 것은 머리카락이었기에 지금은 머리에 검은 스카프를 두르고 있었다. 그다음으로는 피부가 시들해져갔다. 목구멍에 뚫은 작은 구멍은 마치 괴상한 기생충의 입처럼 보였다. 칠성장어가 목 바깥으로 탈출을 시도할 것처럼 보이는 구멍이었다. 암이 건드리지 못한 것은 오직 회색 눈동자뿐이었다. 너무나 옅은 회색이라 푸른빛이 감도는 그 영리한 눈동자는 한 번 본 것을 절대 잊어버리지 않았다. 또한 엘라를 한 번이라도 만난 사람의 기억에서도 잊히지 않는 눈동자였다.

"엄마, 왜 이 보험에 대해서 말씀 않으셨어요?"

엘라는 서늘한 눈동자를 굴려 보러가드에게로 시선을 고정했다. "네가 신경 쓸 일이 아니니까."

그녀는 침대 곁의 서랍으로 손을 뻗어 모어 담뱃갑과 라이터를 꺼냈다. 그리고 담배 한 대를 꺼내 불을 붙인 후 연기를 깊게 들이마셨다. 그러자 엷은 연기 한 줄이 목에 있는 구멍으로 빠져나와 그녀의 머리 위로 더러운 후광을 만들어냈다. 보러가드는 손바닥으로 얼굴을 비비면서 긴 한숨을 내쉬었다.

"엄마, 그 보험은 자산으로 잡혀요. 자산이 있으면 메디케이드 혜택이 줄어들고요. 그래서 이제 병원비도 밀렸어요. 제 말 이해하시겠어요? 병원비 못 내면 엄마 이제 여기서 쫓겨나신다고요." 보러가드가 말했다.

"너와 그 잘난 여편네가 그 호화로운 이동주택을 더럽히는 꼴이 싫다는 거잖아? 걔가 손주 한 번 안 데려온 건 알고 있니? 대런하고 제이본을 본 것보다 아리엘을 더 자주 봤구나. 아리엘 엄마가 흑인을 싫어하는데도 말이다." 엘라가 말했다. 보러가드는 병실 구석에 있던 금속 의자를 침대 가까이로 끌어와 앉았다.

"키아 탓만이 아니에요. 우리 둘 다 너무 바빠서 못 들른 거예요. 죄송해요, 엄마. 그리고 엄마 처음 편찮으셨을 때 제가 우리 집으로 모시겠다고 했는데 싫다고 하신 거잖아요. 제 집에서 제 법칙에 따라 살기 싫다고 한 건 엄마였어요. '아들이 엄마한테 이래라 저래라 하는 게 얼마나 우스워 보이니?' 이거 엄마가 하신 말씀이에요. 이제는 정말… 엄마도 도움이 필요해요. 어쩌면 우리가 드릴 수 있는 것보다 더 큰 도움이 필요할지도 몰라요." 보러가드는 이렇게 말한 뒤 손을 뻗어 엘라의 손을 잡았다. 피부가 마치 기름종이처럼 버석거렸다. 엘라는 담배 연기를 길게 한 모금 빨고는 손을 다시 자신의 무릎 위로 가져갔다.

"빈말이었잖니, 너희 집으로 가자고 한 거 말이다." 엘라가 말했다. 그녀의 목소리는 낮았지만 거칠고 날카로웠다. 보러가드는 의자에 기대어 음향 반사판이 깔린 천장을 응시했다. 몇 년 사이 똑같은 말싸움을 수천 번 한 것 같았다. 지도나 이정표도 없는 길을 운전해 가는 기분이었다.

"엄마, 그거 당장 해지해야 해요. 안 그러면 엄마 이제 더 이상 가실 곳이 없어요." 보러가드가 말했다. 엘라는 담배 한 모금을 더 깊게 들이마실 뿐이었다.

"네 아빠가 여기 있었다면, 난 이렇게 요양원 신세를 지지 않았을 게다. 내게 도움이 가장 절실했을 때 네 아빠가 날 버리고 떠나지 않았더라면, 이렇게 오줌 구덩이에 앉아 있지는 않았겠지. 내 집에서 네 남편과 같이 살고 있었을 거야. 하지만 네 아빠는 책임감에 있어서는 하얀 색연필 정도로만 쓸모 있는 사람이잖니, 너도 알다시피."

엘라가 물었다.

보러가드는 물음표가 허공에 부유하도록 내버려두었다.

"아빠는 나도 버렸어요, 엄마." 보러가드가 말문을 열었다. 그의 깊은 바리톤 음색은 평소보다도 네 옥타브나 낮게 들렸다. 마치 목소리가 입이 아니라 가슴에서 울려 나오는 것 같았다. 엘라가 이 말을 들었을지는 알 수 없지만, 들었더라도 인정하고 싶지 않은 듯 보였다.

"네 아빠는 날 떠나서는 안 됐어. 못돼 처먹은 흑인 놈. 날 평생 돌봐주겠다고 해놓고는." 엘라가 중얼거렸다. 보러가드는 엘라의 눈이 젖어드는 것을 보았다. 그는 자리를 박차고 일어나 의자를 원래 자리에 가져다 놓았다.

"가야겠어요, 엄마." 보러가드가 말했다. 엘라는 담배를 든 손을 문 쪽을 향해 휘휘 저었다.

그는 병실을 나선 후 복도를 지나 요양원을 빠져나왔다. 어머니가 어떻게 담배를 구할 수 있냐고 탤벗에게 따져 물을 수도 있었다. 보러가드는 어머니가 담배를 피우는 모습을 지켜볼 수가 없었다. 보는 것 자체가 힘들다기보다는 어머니가 스스로에게 그런 짓을 한다는 사실을 참을 수 없었다. 무엇보다 어머니의 눈가가 촉촉해진 것을 목도했다는 것이 충격으로 다가왔다. 보러가드는 어머니가 우는 모습을 본 횟수를 손에 꼽을 수 있을 정도였다. 엘라는 칭찬에 인색한 만큼이나 눈물에도 인색했다. 그런 어머니가 눈물을 보였다는 것은 끔찍한 고통 속에 있다는 것을 의미했다. 정신적으로나 육체적으로, 혹은 둘 다 해당될지도 모르는 일이었다. 어머니를 온전히 사랑하는 것은 어려웠지만, 그 이면의 나약함을 흘끗 보기만 했을 뿐인데도 보러가드의 마음은 갈기갈기 찢어지는 듯했다. 마치 누군가 그를 총으로 쏜 뒤 총상에 엄지손가락을 넣고 후벼 파는 듯한 느낌이었다.

보러가드가 차고로 돌아왔을 때는 이미 점심시간이었다. 켈빈은 라디오의 볼륨을 최대로 올린 채 책상 앞에 앉아 치즈버거를 먹고 있었다. 스티비 원더의 음악이 스피커를 통해 웅웅거리며 흘러나왔다. 켈빈은 책상에 두 발을 올리고 음악에 맞춰 고개를 저었다.

"발 내려라." 보러가드가 사무실에 들어서며 말했다.

"누군가 했더니. 이 정비소의 유일한 직원이, 뭐, 여기에 발도 못 올리겠어?" 켈빈은 치즈버거를 우물거리며 이렇게 농담을 던졌다. 보러가드가 전혀 웃지 않자, 켈빈은 다리를 내리고 치즈버거를 책상 위에 놓은 뒤 물었다. "왜, 뭐 안 좋은 일 있어?"

"엄마 뵙고 오는 길이야." 보러가드가 말했다.

켈빈은 스읍 하고 숨을 한 번 크게 들이마신 뒤 물었다. "그랬구나. 엘라 고모, 성질은 여전하시고?"

보러가드는 미니 냉장고에서 맥주 한 캔을 꺼내 들었다. 오전에 부니에게 낮술로 한 소리를 하기는 했지만, 그에게도 어머니를 상대한 뒤에는 무언가 위안이 될 만한 것이 필요했다.

"보험에 문제가 좀 있어서 엄마가 쫓겨나실 수도 있을 거 같아. 기한 내로 병원비를 내지 못하면." 보러가드가 말했다. 머리가 지끈거리며 아파오기 시작했다.

"음, 부니는 한번 만나봤고?" 켈빈이 물었다.

"응. 그런데 당장 줄 일은 없다고 하네. 어제랑 달라질 게 없는 상황이야. 아니, 오히려 더 악화됐지. 엄마 병원비를 내야 하니까." 보러가드는 이렇게 말한 후 한 캔의 절반을 쭉 들이켰다.

"이게 바로 자영업자의 특권 중 하나지. 점심에 맥주 말이야." 켈빈이 말했다.

보러가드는 살짝 미소를 지었다. "셰인의 트럭이 작업대에 있더라. 문제가 뭐였어?"

"망할 등속조인트 부트였어. 랙 앤 피니언 문제이기를 그렇게 바랐건만. 걱정 마. 이미 부품 주문은 해놨으니까." 켈빈이 말했다.

보러가드는 남은 맥주를 마저 끝냈다. "좋아. 그럼 망할 변속기나 갈아보자고." 보러가드는 캔을 쓰레기통에 던져 넣으며 이렇게 외쳤다.

"아, 참. 아까 오전에 어떤 남자가 와서 로니 세션스가 형을 찾고 있다던데? 로니 동생 같았어. 근데 로니 그 작자가 제대로 사과 안 하지 않았어?" 켈빈이 물었다. 보러가드는 한숨부터 내쉬었다. 오늘 하루 동안 얼마나 한숨을 내쉬었는지 모른다고 생각하면서.

"안 했지."

로니는 상종해서는 안 될 인간이었다. 그는 보러가드가 떠올리기조차 싫어하는 '말 사건'의 배후자이기도 했다.

로니가 하루는 원더랜드에서 그에게 접근해 왔다. 로니의 말로는 페어팩스의 일류 말 품종사가 어리고 튼튼한 순종 한 마리를 켄터키의 유명한 조련사에게 팔아 온다는 것이었다.

그 품종사가 일하는 농장 사람 한 명이 로니의 사촌에게 옥시콘틴\*을 구매하는 도중에 무심코 고급 정보를 누설한 것이 사건의 발단이었다. 로니는 보러가드에게 슬쩍 접근해서 이 정보를 공유한

---

\* Oxycontin : 모르핀과 유사한 진통제 중 하나.

뒤, 말을 훔치자는 제안을 해왔다. 그 말을 종마로 쓰기를 원하는 사육사가 사우스캐롤라이나에 있으니, 훔친 말을 그 사육사에게 팔자는 것이었다. 보러가드는 이 제안을 수락하고는 계획 수립에 곧장 착수했다. 이유인즉슨 로니에 따르면 보러가드는 '아이디어맨'이었기 때문이었다. 보러가드는 디테일에 능했다. 그는 페어팩스로 직접 내려가 품종사의 농장은 물론, 말을 싣는 트레일러의 잠금장치라든지 말의 무게 등을 꼼꼼하게 조사했다. 말과 동일한 무게의 샌드백을 트레일러에 싣고, 말을 운반하는 사람들이 늘 들르는 휴게소에 잠깐 정차한 사이에 트레일러를 바꿔치기할 계획이었다. 보러가드와 로니는 말을 운반하는 트럭 옆에 차를 댔다. 그들은 가짜 트레일러를 방수포로 덮은 채 숨죽여 기다리다가, 때가 되자 주차장의 희미한 불빛 아래에서 트레일러를 바꾸는 데 성공했다. 그들이 로어 노크밸리의 인적 드문 주차장을 떠나 사우스캐롤라이나로 향하는 주간 도로를 탔을 때는 자정을 약간 넘긴 시각이었다.

"완전 마술처럼 딱딱 들어맞았지 뭐야!" 그들이 I-85 주간 도로에 들어서자 로니가 크게 소리쳤던 말이었다.

불행히도 보러가드가 미처 몰랐던 사실이 한 가지 있었다. 품종사와 담당 수의사 외에는 아는 사람이 없었지만, 그 말은 심각한 질환을 앓고 있었다. 특정 약물을 일정 간격으로 투여해야 하는 질환이었고, 그 약물은 휴게소에 들렸던 일꾼 중 한 명의 주머니에 들어 있었던 것이다. 그들이 사우스캐롤라이나에 도착했을 때 일류 품종사가 아끼던 귀한 말은 이미 죽은 뒤였다.

따라서 보러가드는 로니 관련 소식이 달가울 리가 없었다.

"로니 세션스에 대해서는 할 말 없어." 보러가드가 차갑게 말했다.

짧은 대답이었지만 켈빈은 그 말에서 느껴지는 냉기를 충분히 감지할 수 있었다.

그들이 변속기를 꺼냈을 즈음, 정비소의 열기는 사하라 사막 수준으로 치솟았다. 에어컨이 최대로 가동되고 있었음에도 불구하고 옷이 땀에 흠뻑 젖을 정도였다. 변속기를 꺼내는 과정은 일일이 고난의 연속이었다. 소켓 렌치가 손에서 미끄러지는 바람에 보러가드는 오른손의 손가락 관절 하나를 다쳤다. 켈빈은 심지어 정비에 쓰는 천 조각으로 얼굴에 흐르는 땀을 닦았다. 보러가드는 변속기 오일의 달큰하고도 역한 냄새가 뇌를 마비시키는 것 같다고 느낄 지경이었다. 때마침 켈빈은 손목시계를 보며 말했다.

"제길, 5시가 다 되어가네. 오늘은 이쯤에서 마무리하는 게 어때? 아무래도 토크 컨버터*가 맛이 간 것 같아."

"그래. 대신 내일은 좀 일찍 나오는 게 좋겠어. 두 대 모두 빨리 해치워야 수리비를 받을 테니까. 스냅온에 그립 비용도 줘야 하고 전조등 대금도 2주나 밀렸어." 보러가드가 말했다.

"제길, 형은 〈장 발장〉 영화 보고 싶어?" 켈빈이 대뜸 이렇게 물었다. 보러가드는 그럴 리 있겠냐는 눈빛으로 켈빈을 쏘아보았다. "신시아가 그 영화 보고 싶대. 어쨌든, 난 이만 가봐야겠어. 내일 아침에 보자고." 켈빈이 말했다.

보러가드는 수건으로 손을 닦았다. 오늘은 기름과 때만 묻힌 셈이었다. 켈빈은 문으로 향하다 멈추고는 뒤돌아서서 말했다.

"형, 우리 괜찮을 거야. 형은 항상 방법을 생각해내잖아. 잘될 거야."

---

* 자동차 엔진에서 생성된 회전 동력을 변속기에 전달하는 역할을 하는 장치.

"그래. 내일 보자." 보러가드가 말했다.

켈빈이 떠난 뒤 보러가드는 정비소의 문을 닫은 후 사무실을 제외하고는 모든 불을 껐다. 그리고 작업대의 셔터를 내리고 공기자동차분쇄기와 머리 위의 공기조절장치도 껐다. 사무실로 가는 길에 그는 잠시 더스터를 보러 들렀다. 손으로 후드를 쓰다듬으니 금속의 열기가 전해져왔다. 마치 살아 있는 것처럼. 그의 아버지는 할머니의 집에 더스터를 맡긴 뒤 서쪽으로 떠났다. 더스터는 보러가드가 소년원에 있던 5년간 할머니 집의 뒤뜰에 방치되었다. 그가 소년원에서 나왔을 때, 할머니 도라 몽타주는 차 키와 함께 차의 소유권 증서를 넘겨주며 이렇게 말했다.

"네 엄마는 이걸 바르톨로매에게 고물로 팔려고 했지만, 내가 말렸다. 이 문서에는 네 엄마 이름이 쓰여 있을지 몰라도 이 차는 네 것이란다."

보러가드는 부니의 세례명이 어찌나 생경하게 들렸는지를 똑똑히 기억했다. 그는 더스터 앞으로 걸어간 뒤 운전석에 앉아 핸들을 쓰다듬었다.

아버지는 죽었을 것이다. 그제야 보러가드는 확신할 수 있었다. 같이 일하던 무리에 의해 죽임을 당하고 땅에 묻혔거나 사지가 잘린 채 강에 던져졌으리라. 그의 형편없는 유머감각을 사랑하는 아들이 있든 말든 상관하지 않는 누군가에 의해서 말이다. 앤서니 몽타주는 항상 생기가 넘쳐흐르던 이였으므로 그가 죽었다는 사실을 받아들이기는 쉽지 않았다. 그는 아버지가 살아 계셨다면 지금쯤이면 돌아오고도 남았으리라고 확신했다. 아버지를 죽이려고 했던 작자들은 이제 감옥에 있거나 죽었거나 둘 중 하나였다. 할머니의 장례식에서 아버지의 모습이 보이지 않자, 그제야 보러가드는 아버지의 죽음을 실감했다. 키아는 더스터를 팔고 싶어 했다. 도색 작업을 깔끔하게 한다면 아마 25,000달러 정도는 쉽게 받을 수 있을 것이었다. 하지만 보러가드가 살아 있는 한 벌어지지 않을 일이었다. 키아는 더스터가 보러가드에게는 아버지의 무덤이라는 사실을 이해하지 못했다. 보러가드는 핸들에 머리를 기댄 채 오랜 시간 움직이지 않았다.

마침내 그는 몸을 움직여 사무실의 불을 끄고 집으로 향했다. 그는 키아에게 전화하기로 한 것을 깜빡했다는 사실을 알아챘다. 주차장을 빠져나오면서 키아에게 전화를 걸었고, 연결음 한 번 만에 전화기 너머로 목소리가 들렸다.

"자기, 아까 쉬는 시간에 전화 못 했어. 미안. 그래도 오늘은 정비소 문 일찍 닫았으니까 내가 애들 데리러 갈게." 보러가드가 말했다.

"오늘은 연장근무 안 했어. 오히려 좀 일찍 끝나서 내가 애들 픽업 갔다 왔어. 지금 집이야." 키아가 말했다. 잠시 정적이 흘렀다. "여보, 누가 찾아왔는데, 우리가 집에 도착했을 때 이미 와 있더라고. 당신 친구라는데? 일단 현관에서 기다리라고는 해놨어." 키아가 말을 이었다.

보러가드는 손이 아파올 정도로 핸들을 꽉 잡았다. "생김새가 어떤데?" 그는 혀가 굳어서 생각처럼 움직이지 않는다고 느꼈다.

"백인들이야. 한 명은 갈색 긴 머리고, 다른 한 명은 한쪽 팔에 엘비스 프레슬리 문신을 잔뜩 새겼어." 키아가 대답했다.

이 말을 듣는 순간 그는 몇 초간 눈앞이 흐려져 잘 보이지 않았다. 보러가드는 핸들을 잡은 손에 더욱 힘을 주며 말했다. "알았어.

10분이면 가니까 기다려."

"오는 중이라고 전해줄까? 7시 전에는 안 올 거라고 했는데도 기다리겠다고 하더라고."

"그럴 필요 없어. 내가 상대할게. 애들 먹을 거나 좀 주고 있어. 진짜 금방 갈 거니까." 보러가드가 말했다.

"알겠어. 사랑해, 여보."

"나도." 보러가드는 약간 쉰 목소리로 이렇게 말한 뒤 전화를 끊고는 휴대전화를 컵 홀더에 놓았다.

보러가드는 톰로드와 존버드 고속도로의 교차 지점에 차를 잠시 세웠다. 그리고 콘솔 박스로 손을 뻗었다. 그의 뒤로는 정차한 차가 없었고 다른 차로에 가끔 몇 대가 지나갈 뿐이었다. 콘솔 박스에 돌처럼 놓여 있던 것은 다름 아닌 스미스 앤 웨슨의 45구경 반자동 리볼버였다. 그는 콘솔 박스 밑을 손으로 더듬어 탄 클립을 찾았다. 그는 탄 클립을 밀어 넣어 총알을 장전했다. 정비소를 오픈했을 때만 해도 손님들은 현금으로 지불하는 경우가 많았기에 만일을 대비해서 총기 은닉 허가증을 받아두었던 것이었다.

보러가드는 몇몇 영화에서 주인공이 '어두운 생활'을 청산하기 위해 수백 킬로그램의 콘크리트를 부어 무기를 묻었다가, 적이 찾아오자마자 어렵게 묻은 무기를 파내는 장면이 너무도 클리셰라고 생각했다.

영화에서 흔히 쓰는 상징이려니 넘어가려고 해도 극히 비현실적인 장면이 아닐 수 없었다. 누구든 한번 입문하면 절대로 그 '어두운 생활'에서 벗어날 수 없으므로. 한번 그 삶에 입문한 자들은 언제든 그 삶을 어깨 너머로 살피게 된다. 총은 손이 닿는 곳에 두지 영화에서처럼 시멘트를 부어 파묻지 않는다. 총을 옆에 두어야만 안심하는 척이라도 할 수 있기 때문이다. 보러가드는 집의 모든 방에 총을 숨겨두었다. 총은 좋은 친구지만 종국에는 나쁜 짓을 일삼고야 만다.

도대체 무슨 이유로 로니가 자신의 집까지 찾아왔는지 알 수 없었지만, 그의 좋은 친구인 스미스와 웨슨이 대신 로니에게 물어봐 주리라.

# 4

 보러가드는 자신의 집 앞마당에 트럭을 대면서 키아의 혼다 옆에 주차된 빛바랜 푸른색의 도요타를 보았다. 그는 엉덩이 바로 위의 허리춤에 45구경을 밀어 넣었다. 총잡이 부분의 패턴이 피부로 느껴졌다. 그는 차에서 나와 집으로 향했다. 두 명의 남자가 현관의 흰색 플라스틱 의자에 앉아 있었다. 긴 갈색 머리는 처음 보는 남자였다. 아마도 로니의 형제일 것이다. 그들은 자리에서 일어나 보러가드가 다가오는 모습을 지켜보았다. 로니가 현관에서 내려와 손을 뻗었다.
 "보우, 어떻게 지냈어, 그래? 만난 지 한참 됐잖아." 로니가 반갑게 말했다. 키는 보러가드만 했으니 180센티미터가량일 것이나 철 꼬챙이처럼 마른 몸의 소유자였다. 왼쪽 팔뚝과 이두근에는 푸르스름하게 튀어나온 혈관이 보였고, 오른쪽 팔은 손부터 어깨까지 문신으로 뒤덮여 있었다. 그 문신은 엘비스 프레슬리의 일대기를 보여주고 있는데, 어깨에는 금색 재킷을 입은 엘비스의 모습이 새겨져 있었다. 이두근과 삼두근에는 60년대의 엘비스 모습이 여러 개 보였고 팔뚝에는 폴리네시안 장식을 한 하얀 점프수트를 입은 뚱뚱한 엘비스의 모습이 그려져 있었다. 문신은 손등에까지 이어졌다. 손등에는 날개 달린 천사의 모습을 한 엘비스 프레슬리가 후광과 함께 컬러로 새겨져 있었다. 로니는 검은색 민소매 티셔츠를 입고 있었는데, 보러가드는 로니를 만날 때마다 그 셔츠를 입고 있는 모습을 본 것 같다는 생각이 들었다. 날씨가 여름이든 겨울이든 상관없었다. 보러가드는 로니에게 소매 있는 셔츠가 있을까, 하는 생각을 잠시 했다.

보러가드는 자신의 오른손으로 로니의 왼손을 잡는 동시에 허리춤에서 45구경을 꺼내 총구를 로니의 배에 찔렀다.

"왜 여기 나타난 거야? 애들과 아내가 집에 있다고. 도대체 여기는 뭐 하자고 온 거야? 너랑 할 말 없어. 그러니 당장 꺼져." 보러가드는 로니만 들을 수 있는 목소리로 나직하게 말했다. 현관 계단에 서 있는 로니의 동생에게는 들리지 않을 터였다.

"잠깐만, 보우. 난 자네한테 무례하게 굴 생각 없다고. 제길, 이거 좀 치워." 로니가 말했다. 로니의 푸른 눈동자의 동공이 크게 확장되어 있었고, 아래턱에 난 수염은 보러가드가 생각했던 것보다 훨씬 더 희끗희끗해 보였다. 관자놀이 부분 역시 하얗게 새어 마치 시골에 사는 조지 클루니 같은 모습이었다.

"가라고, 로니. 네 창자가 도로 위에 흩어지는 꼴을 내 가족이 보게 하고 싶지 않으니까. 내 집은 어떻게 알고 찾아온 거야?" 보러가드가 물었다.

"마셜 핸슨이 말해줬어. 저기, 내 말 좀 들어봐. 난 정말 그 말이

당뇨병에 걸린 줄은 꿈에도 몰랐다니까. 당뇨병인지 뭔지." 로니가 대답했다.

"넌 알고 있었어야지, 로니. 그게 문제였어. 이제 꺼져."

"보우, 잠깐만 시간을 줘."

"아이들이 있다고, 내 아이들이, 로니. 우리가 하는 일은 애들이랑 상관없잖아. 내 아이들을 그 더러운 일에 엮고 싶지 않다고." 보러가드가 말했다.

"그래, 보우. 내 말만 좀 끝까지 들어봐."

보러가드가 들이댄 총구에 힘을 주자 로니는 움찔했다.

"정보를 들은 게 있어. 큰 건이라고. 이번에 한 건 하면 당분간, 아니, 꽤 오랜 기간 먹고살 만할 거야." 로니가 말했다.

보러가드는 총을 쥔 손에 힘을 약간 풀었다. 눈가에 땀이 흘러들었다. 해 질 녘인데도 아직 열기가 식지 않았다. 마치 오븐 안에 있는 듯한 느낌이 들 정도였다. 로니의 어깨 너머 창문 사이로 고개를 빼꼼히 내민 키아의 모습이 보였다. 그들의 집에 난 창문이었다. 보러가드는 트레일러 두 대가 배달된 날을 기억했다. 그와 키아는 손을 꼭 붙잡고 인부들이 트레일러를 설치하는 것을 지켜보았다.

보러가드는 로니의 배에서 총을 치웠다. 그리고 엄지손가락으로 총의 안전핀을 채운 후 로니의 손을 놓아주었다.

"무슨 일인데?" 보러가드가 물었다. 단어의 뒷맛이 씁쓸하게 입안을 감돌았다. 이 작자가 하는 말을 잠시라도 진지하게 받아들인다는 사실은, 그가 정말 궁지에 몰렸다는 것을 의미했으므로.

"총 좀 치워주겠어? 그래야 얘기를 할 거 아니야. 들으면 좋아할 만한 얘기야."

보러가드는 총을 좀 더 자신의 몸에 붙였다.

"그러지 말고. 내 얘기 끝까지 들어봐. 네가 필요하다니까. 난 버그가 필요해."

보러가드는 총을 다시 허리춤에 차고 로니의 어깨 너머를 확인했다. 키아는 이미 사라지고 없었다. "내 정비소에서 30분 뒤에 봐."

"좋아, 좋아. 후회 안 할 거야." 로니가 말했다. 그가 동생을 향해 손짓을 하자, 갈색 머리의 사내가 차 쪽으로 허겁지겁 달려가 올라탔다. 로니는 조수석에 몸을 실었다. 보러가드는 그들의 차 앞에서 몸을 굽힌 후 이렇게 말했다.

"난 3,800달러를 잃었어. 트레일러 비용과 내 노동에 대한 대가를 합하면 말이야. 그러니 이 비용도 계산에 넣는 게 좋을 거야. 그리고, 로니. 다시는 내 집에 찾아오지 마. 다음번에 널 내 집 앞에서 발견하면 바로 쏴 죽일 거야. 묻고 자시고 할 것도 없이 네 배에다 총알을 박아 넣을 거라고." 보러가드는 이렇게 말하며 허리를 폈다.

"알겠어, 알겠다고. 미안해. 이번 건은 정말 느낌이 찐하게 왔어. 당연히 그 돈도 갚고 더 얹어줄 수 있다고. 너한테 빚진 거 나도 잘 알고 있어." 로니가 이렇게 말했다. 보러가드가 아무런 대꾸도 하지 않자 로니는 동생의 어깨를 툭 쳤다.

"가자, 레지."

도요타는 앞마당을 빠져나가 비포장도로를 먼지 나게 달려갔다.

키아는 거실을 서성이고 있었다. 보러가드는 거실을 지나쳐 부엌의 테이블 앞에 앉았다. 키아는 그를 따라와 맞은편에 자리 잡았다.

"도대체 무슨 일이었어?" 키아가 물었다.

"일 줄 게 있다고 해서 찾아온 거야." 보러가드가 대답했다.

"무슨 일인데?"

그는 키아의 손을 잡고 자신의 손을 그 위에 포갰다. "오늘 요양원에서 전화가 왔어. 밀린 병원비가 48,000달러라고. 엄마 메디케이드에 문제가 생겼나 봐. 상황이 이러니까, 그 친구들 말을 끝까지 들어봐야 할 것 같아."

"안 돼. 절대 안 돼! 그리고 어머님 병원비는 왜 그렇게 밀린 거야? 버그, 이런 말하기 좀 그렇지만, 그건 어머님 문제야. 우리도 지금 어렵잖아."

"그래서 그 친구들 말을 들어봐야 해." 보러가드가 이렇게 말하자 키아는 그의 손아귀에서 자신의 손을 뺐다.

"아니. 당신이 그 일을 다시 하게 내버려두지 않을 거야. 절대 안 돼. 뜬눈으로 밤을 지새우면서 전화벨만 울리면 누가 시체 확인하러 오라고 할까 봐 무서움에 떠는 게 어떤 기분인지 알아? 그래, 돈 좋지. 그런데 당신이 어깨에 총 맞고 머리엔 유리 조각 박혀서 집에 들어오는 꼴, 더는 못 견딜 것 같아. 병원에 가야하는 상황에서 부니한테 갈 수밖에 없는 상황도 끔찍하게 싫고."

보러가드는 손을 뻗어 키아의 뺨을 어루만졌다. 그녀는 잠시 움찔했지만 몸을 뒤로 빼지는 않았다.

"우리에게 남은 선택지가 없어. 파산 직전이니까. 들어보고 괜찮은 일이면 숨 좀 돌릴 수 있을 거야." 그가 말했다.

키아는 숨을 들이마신 뒤 잠시 멈추었다가 길게 내뱉었다. "더스터를 팔아. 적어도 25,000달러는 되잖아. 충분히 잘 관리했으니까 그만큼의 가치는 돼."

"그건 안 되는 거 알잖아." 그의 목소리는 낮고 어두웠다.

"왜, 아버님 유품이라? 난 당신이 아버님처럼 되길 원하지 않아. 아버님은 도둑에 불과한데 당신 혼자만 무슨 성인인 것처럼 떠받드는 것도 이해가 안 돼." 키아의 이 말에 보러가드는 뺨을 쓰다듬던 손을 멈추었다.

"버그, 미안해. 당신한테 못 할 말을…."

보러가드는 테이블에 손을 쾅 하고 내리쳤다. 테이블 가장자리에 있던 유리병 두 개가 바닥으로 떨어져 산산조각 났다.

"더스터는 절대 팔지 않을 거라고, 제길." 보러가드는 이렇게 말한 뒤 자리에서 일어나 현관문으로 성큼성큼 걸어갔다. 그가 테이블을 내리쳤을 때의 진동이 아직까지 집에 남아 있는 듯했다.

보러가드가 도착했을 때 로니와 레지는 정비소 문 앞에 앉아 있었다. 트럭에서 내렸을 때도 그는 그들에게 아는 척을 하지 않았다. 곧장 걸어가 문을 열고 안으로 들어섰다. 힌트를 알아차린 듯 그들도 몇 분 뒤 정비소 안으로 들어왔다. 그들이 사무실로 들어왔을 때 보러가드는 이미 책상 뒤에 앉아 있는 상태였다. 로니가 그 앞에 앉고 레지는 문에 기대어 섰다.

"말해봐." 보러가드가 말했다.

"그래, 본론부터 말하라 이거지? 좋아. 내가 물어 온 건 이거야. 아는 여자가 한 명 있는데, 뉴포트뉴스 근처에 있는 커터카운티에 살고 주얼리 상점에서 일해. 거기 매니저가 덩치가 산만 한 동성애자인데, 코가 너랑 내 거 합친 거보다 더 크다니까. 어쨌든, 이 매니저가 제니를 어떻게 해보려고 난리야. 아, 제니가 개 이름이고. 몇 주 전에 이 동성애자가 제니한테 술 한잔 사면서 고급 정보를 분 거야.

얼마 안 있으면 다이아몬드가 들어온다고. 밀수로 들여오는 다이아몬드래. 제니가 그러는데 매니저가 자기한테 다이아몬드 하나를 준다고 했다는 거야. 제니한테 안달이 나 있으니까 말이야. 이쯤 되면 네가 질문을 할 타이밍인데? 그 다이아몬드가 얼마나 하는지 안 궁금해?"

보러가드는 허리춤에서 총을 꺼내 책상 위에 놓았다.

"그래. 얼만데." 그는 아무런 높낮이가 없는 톤으로 물었다.

로니는 보러가드의 노골적인 무관심을 무시하는 듯했다. 자신의 대답이 그의 태도를 바꿔놓을 것을 알았기 때문이다. "시세가 50만 달러야. 워싱턴 D.C.에 아는 애가 하나 있는데, 시세의 절반을 쳐준다고 했어. 그럼 25만 달러를 셋이 나눠 가지는 거지. 80,000달러야, 보우. 그 돈이면 정비소에 필요한 자동차 오일쯤이야 원하는 대로 살 수 있을 거라고."

"83,333.33달러지. 정확히 말하면 87,133.33달러고. 나한테 줄 돈 있잖아, 기억하지?" 보러가드가 말했다.

로니가 크게 콧방귀를 낀 후 대답했다. "기억하고말고."

보러가드는 몸을 앞으로 기울여 팔꿈치를 책상에 댔다. "너하고 나, 제니 그리고 저기 뒤에 있는 네 동생, 장물아비를 제외하면 또 누가 이 정보를 알지?"

로니가 얼굴을 찡그렸다. "음, 콴이라는 애도 알아."

"콴이 누군데?"

"이 일에 너와 나 다음으로 필요한 애야. 위쪽에서 만났는데, 괜찮은 애야."

"언제 할 건데?" 보러가드가 물었다.

"다음 주." 로니는 일말의 망설임도 없이 대답했다.

보러가드는 미니 냉장고에서 맥주 한 캔을 꺼내 와 다시 의자에 앉았다. 책상 모서리로 캔을 딴 뒤 그는 이렇게 말했다. "그건 안 될 거야. 다음 주면 독립기념일인데 거리에 차가 장난 아닐 거거든. 게다가 경찰들도 길마다 깔렸을 거고." 그는 맥주를 반 캔을 한 모금에 마신 뒤 이어 말했다. "하나 더. 먼저 조사를 해야지. 어느 길로 올지, 가게 구조는 어떤지, 그런 것들 말야."

"그럼 얼마나 걸릴 것 같은데?" 로니가 물었다. 보러가드는 권하지 않았지만 로니 역시 맥주를 원하는 것이 분명해 보였다. 그것도 간절히.

"적어도 한 달은 있어야겠지, 그것도 오는 루트가 어떠냐에 달렸고." 보러가드는 말을 마친 후 맥주를 끝까지 들이켰다.

보러가드는 빈 맥주 캔을 코너에 있는 휴지통으로 던져 넣었다. "이봐, 그래서 그 말이 뒤져버린 거 아냐. 넌 항상 뭐가 그렇게 급해?" 보러가드의 말에 로니는 아무 대답도 하지 않았다. 대신 손바닥을 허벅지에 문지르다가 애꿎은 신발 굽만 만질 뿐이었다.

"저기, 친구. 중간에서 합의를 보자고. 2주 어때?" 로니가 말했다.

"이 일에 낀다고 한 적 없어. 그냥 충고를 해준 것뿐이야." 보러가드가 말했다.

로니는 의자 뒤에 기댄 후 꼬고 있던 한 쪽 다리를 풀어 바닥에 내려놓았다. "버그, 아까 그 장물아비가 D.C.에 26일에 왔다가 31일에 떠나. 그러니까 준비할 시간은 길어도 3주를 넘어선 안 돼. 빡빡한 일정이라고. 매끄럽게 빨리 진행해야 해. 그래야 아까 말한 그 돈을 만져볼 수 있으니까. 진짜 지폐, 진짜 돈 말이야. 그러려면 빨리 움직여야 해. 네가 꼭 필요하다고. 너한테 갚을 돈이 있어서가 아니라 네가 최고이기 때문에 부탁하는 거야. 버그 너처럼 운전할 수 있는 사람은 지금껏 못 봤으니까." 로니가 말했다.

"난 아까 그 제니인가 뭔가 하는 애처럼 네가 쉽게 꼬실 수 있는 사람이 아니야, 로니. 네 말을 듣고 필요한 충고를 해주는 것뿐이야. 넌 그걸 고맙게 생각해야 하고."

"알아, 버그. 안다고. 나도 널 도와주려는 거야. 너도 도움이 필요해 보이던데." 로니가 말했다.

"그게 무슨 말이야?" 보러가드가 되물었다.

보러가드가 자신을 노려보는 모습에 오금이 저린 듯 로니가 재빨리 대답했다.

"아니야, 별건 아니고. 정비소에 차가 두 대밖에 없더라고. 그것뿐이야." 보러가드는 이렇게 말하는 로니의 얼굴을 자세히 살폈다. 그의 얼굴은 목에서부터 뺨까지 붉으락푸르락 달아올라 있었고, 침을 삼키자 목젖이 위아래로 크게 움직였다.

"생각해볼게." 보러가드가 말했다.

"좋아, 그럼. 내 동생 휴대전화 번호 남겨놓을게. 마음 정하면 여기로 연락 줘." 로니가 말했다.

"선불폰 하나 구해서 그걸로 내일 정오쯤에 정비소로 연락해." 보러가드가 말했다. 로니는 대학교의 강의실에 앉은 학생처럼 고개를 위아래로 끄덕이고는 자리에서 일어났다.

"저기, 난 내가 뭘 하려고 하는지 정확히 알고 있어. 법적으로도 문제없고 걱정할 만한 건 없어. 나도 너한테 뭔가 도움을 줄 수 있을서 같은데. 그게 다야." 로니가 말했다. 보러가드는 대꾸하지 않았다.

"그래, 내일 얘기하자." 로니는 이렇게 말한 후 레지를 지나쳐 문으로 향했다.

"레지, 가자." 로니가 말했다. 레지는 귀신을 본 듯 흠칫 놀라는 모습이었다.

"응, 그래." 레지는 이렇게 말한 후 로니를 쫓아 밖으로 나갔다.

보러가드는 그들의 차가 출발하자 자리에서 일어나 정비소의 불을 껐다. 오늘만 두 번째였다. 그는 정비소 문을 잠그고 트럭에 올라탄 뒤 집으로 향했다. 롱스트리트 마트를 지날 즈음, 길가에서 공회전하고 있는 핑크색 머스탱이 눈에 띄었다. 보러가드는 왼발로 브레이크를, 오른발로 액셀러레이터를 동시에 밟은 후 핸들을 꺾어 180도 턴을 했다. 그의 트럭은 갓길의 정차 구역으로 가볍게 들어섰다. 보러가드는 머스탱 바로 뒤에 차를 멈추었다. 그는 차에서 나와 머스탱의 운전석으로 걸어갔다.

그녀는 차에 없었다. 그렇다고 차에 아무도 없는 것은 아니었다. 어린 흑인 남자 한 명이 조수석에 앉아 있었다. 머리 전체를 덮고 있는 많은 곱슬머리 사이사이로 머리카락이 삐죽이 튀어나와 있었다. 소년의 왼쪽 눈 밑에 눈물방울이 그려져 있었는데, 깨끗한 라인으로 보건대 소년원에서 한 문신 같지는 않았다. 보러가드에게는 소년원에서 한 작고 가느다란 문신이 있었다. 어린 여자들은 좋아했지만 성인 여자들은 그 문신을 역병 피하듯 끔찍하게 싫어하고는 했다.

"아저씨, 뭐야?" 보러가드의 존재를 알아챈 소년이 물었다.

"아리엘 어디 있어?" 보러가드가 되물었다.

"네가 뭔데 내 여자 행방을 물어, 새끼야?"

"내가 그 애 아빠니까." 보러가드가 말했다. 처음에는 이 말이 머리에 입력이 되지 않는 듯 멍한 표정이다가, 곧 의미를 파악한 듯 소년은 치아를 드러내며 활짝 웃었다.

"아, 제길. 난 또, 내 여자한테 집적거리는 노친네인가 했네. 죄송해요, 아저씨. 아리엘은 저기 마트에 볼 일이 있어서 갔어요." 소년이 말했다.

보러가드는 아리엘에 대해서 말하는 소년의 태도가 너무 안일하다는 생각에 미치자 이렇게 물었다. "이름이 뭐지?"

"릴 립이에요." 소년이 말했다.

"아니, 네 진짜 이름 말이야. 너희 엄마가 화났을 때 부르는 이름." 보러가드가 말했다.

소년의 얼굴에서 미소가 사라졌다. "윌리엄이에요."

"윌리엄, 만나서 반갑구나. 난 보러가드라고 해. 우리 애한테 잘 대해주렴, 알겠지?" 그는 허리를 굽혀 열린 차 창문 사이로 손을 내밀었다. 릴 립은 그 손을 잠시 멍하니 쳐다보다가 이내 자신의 손을 뻗었다. 보러가드는 그 손을 있는 힘껏 쥐었다. 펜치, 서펀틴 벨트, 브레이크 캘리퍼를 수년간 다뤄왔으니 그의 악력은 무시무시했다. 릴 립의 몸이 움찔했다. 이내 입이 조금 벌어지더니 침이 몇 방울 입에서 흘렀다.

"왜냐하면, 만약 그렇지 않을 경우에, 그러니까 네가 내 딸을 힘들게 한다는 말이 내 귀에 들어오면 말이야, 그러면 그때는 너와 내가 해결해야 할 문제가 생기는 거야. 그걸 원하지는 않지, 윌리엄?" 보러가드가 물었다. 그는 소년의 손을 놓기 전에 한 번 더 힘을 꽉 주었다. 그리고 대답을 듣지도 않은 채 바로 몸을 일으켜 마트로 향했다. 릴 립은 손을 이리저리 돌리며 풀었다.

"미친 새끼." 들릴락 말락한 소리로 릴 립이 웅얼거렸다.

아리엘은 쿨러 앞에 서 있었다. 밑단이 풀린 컷오프 데님과 한 사이즈 작은 듯한 검은 탱크 탑을 입은 차림에 갈색빛이 도는 검은 머리를 위로 올려 묶은 채였다. 아리엘은 보러가드의 짙은 초콜릿색 피부와 엄마가 가진 프랑스 및 독일계 혈통의 피부색이 섞인 옅은 토피색의 피부를 물려받았다. 옅은 회색 눈동자는 할머니로부터 받은 선물이었다.

"얘야." 보러가드가 말했다. 아리엘은 뒤를 한 번 흘긋 보고는 다시 몸을 돌렸다.

"아빠." 아리엘이 말했다.

"머스탱은 몰기 괜찮고?" 보러가드가 물었다.

"내가 운전하니까 뭐, 괜찮은 것 같아." 아리엘은 쿨러에서 과일 맛 음료를 집어 들었다.

"네 친구를 만났어, 릴 립이라고. 눈물방울 문신이 있던데." 보러가드가 말했다.

"문신 아니야. 메이크업 도구로 내가 그려준 거야." 아리엘이 말했다. 그리고 얼굴에 드리운 머리카락을 신경질적으로 정리한 뒤 아랫입술을 내밀고 숨을 크게 뿜어냈다. 뭔가 마음에 들지 않았을 때 아리엘이 하는 행동이었다. 아리엘이 아이였을 때, 차 안에서 보러가드가 사탕을 더 주지 않으면 하던 행동과 똑같았다.

"왜 그래?"

아리엘은 어깨를 으쓱거릴 뿐이었다. "아무것도 아냐. 졸업 준비하고 있어. 이번에 졸업 못 하는 멍청이 다섯 명이랑 같이."

"넌 멍청하지 않아. 그리고 그럴 만한 사정이 있었잖아." 보러가드가 말했다.

"뭐, 그렇다고 볼 수도 있지. 엄마가 음주 운전 하다가 내 차를 박살 냈다든가. 물론 그건 변명거리에 불과하지, 엄마랑 외할머니에 따르면 말이야." 아리엘은 이렇게 말하고는 왼손으로 주스병을 무심코 흔들었다.

"신경 쓰지 마. 대학 입학하는 거에만 집중해. 회계 전공할 거라며." 보러가드가 말했다.

아리엘이 다시 아랫입술로 숨을 크게 뱉었다.

"왜 그러는 거야?" 보러가드가 다시 물었다.

"내년 1월이 되어야 열여덟 살이 되니까 엄마가 내 학자금 대출에 서명을 해줘야 하는데, 엄마는 그런 서류에 사인하고 싶지 않대. 엄마는 그때까지 커뮤니티 칼리지에서 수업 듣고 아르바이트나 하라는데."

"내가 서명해줄게." 보러가드가 말했다.

"키아가 달가워하지 않을 것 같은데?" 그녀는 한 손을 엉덩이에 걸친 채 계속 주스병을 흔들면서 말을 이어갔다. "괜찮아. 내가 병원이나 월마트 같은 데서 아르바이트하면 돼. 대학은 봄에 가고." 대학 입학이 보류된 현재 상황이 마뜩지 않은 듯한 모습이었다.

아리엘은 보러가드의 의견을 부정적으로 받아들이지는 않는 듯했지만, 목소리는 상당히 격앙되어 있었다. 그는 아리엘이 곧 자신에게 퍼부을 것 같다고 생각했다. 그들의 대화가 늘 흘러가던 대로 뻔한 레퍼토리를 반복하며 싸울 것이 분명했다. 아리엘은 왜 자신에게 더 잘해주지 못했냐며, 왜 자기를 데려가 키우지 않았냐며 올부짖을 것이고 이에 대한 보러가드의 답은 정해져 있었다. 네 엄마가 널 가졌을 때 나는 갓 소년원을 나온 17살 소년에 불과했다고. 그는 아리엘의 입에서 무슨 말이 나오든 감당할 준비가 되어 있었다. 어떤 말을 들어도 어쩔 수 없다고 생각했다. 아리엘은 더 좋은 아빠와 엄마를 둘 자격이 있었다. 늘 제자리걸음을 할 뿐인 자신보다 더 나은 아빠를 가질 자격이 있었다. 시도 때도 없이 옥시콘틴을 털어 넣고 보드카를 삼키는 엄마보다 더 나은 엄마가 필요했다. 자신의 손녀가 흑인 혼혈이라는 사실을 부정하듯 아리엘만 보이면 폭스 뉴스가 나오는 텔레비전의 볼륨을 높이는 할머니보다 더 나은 가족이 필요했다.

아리엘은 소리를 지르지 않았다. 그리고 보러가드에게 그 어떤 것도 묻지 않은 채 어깨만 한 번 으쓱할 뿐이었다.

"어쩔 수 없지, 뭐. 릴 립한테 일 좀 하라고 할 수밖에." 아리엘이 말했다.

보러가드는 옆으로 살짝 비켜섰다. 그는 딸에게 포옹을 요청하고 싶었다. 딸의 어깨에 팔을 두르고 아빠가 좀 더 강하지 못해서 미안하다고 사과하고 싶었다. 그 독사 같은 집구석에서 구해주지 못한 것에 대해 미안하다고 말하고 싶었다. 큰 건을 할 때마다 아리엘의 엄마에게 늘 절반을 준 사실도, 늘 딸을 위해 싸워왔다는 사실도 털어놓고 싶었다. 보러가드는 아리엘을 위해 외할아버지와 외삼촌 그리고 아리엘의 엄마와 싸워왔다. 아리엘의 외삼촌 채드가 다리를 저는 것도 그때문이었다. 딸을 끌어안고 귀에다가 이렇게 말하고 싶었다. 외할머니가 접근금지 신청을 신청해서 나를 너에게서 떼어 놓으려 했노라고. 양육비조차 받는 것을 거부했노라고. 결혼을 하고 나서 아리엘의 양육권을 신청했을 때, 법정에 들어서자마자 판사는 그를 한 번 흘긋 보더니 더 볼 것도 없다는 듯 판결을 내렸다. 딸을 꼭 안고 대런이나 제이본과 똑같이 너를 사랑한다고 말하고 싶었다. 마음속의 말들을 전부 쏟아놓고 싶었다. 딸과 오랫동안 이야기를 나누고 싶었다. 하지만 그는 그렇게 하지 않았다. 설명은 늘 변명에 불과했다. 모두가 자신을 설명하고 싶어 하지만 들어보면 변명에 불과할 뿐이었다.

"그래. 머스탱에 문제 있으면 알려주고." 보러가드가 말했다.

아리엘은 문제없다는 듯이 고개를 저으며 말했다. "다음에 봐." 그는 아리엘이 카운터로 걸어가 주스와 기름 값을 계산하고 마트를 빠져나가는 것을 지켜보았다. 아리엘이 주차장을 가로질러 걸어가는 동안 시간이 거꾸로 흘렀다. 아리엘은 열여섯이었다가, 열두 살이 되고, 이윽고 다섯 살 아이가 되었다. 그녀가 차에 탔을 때, 보러가드는 갓 태어난 아리엘을 안고 있는 상상을 했다. 조막만 한 손을 꼭 쥐고 들어 올리는 모습은 마치 싸움을 준비하는 듯했다. 하지만 그 싸움은 아리엘이 질 수밖에 없는 싸움이었다. 승부는 이미 조작되었고 점수는 중요하지 않았다.

마트의 큰 유리창 너머로 그는 아리엘이 머스탱을 타고 먼지를 일으키며 주차장에서 빠져나가는 것을 지켜보았다. 운전 실력만큼은 부전녀전이었다. 아니 조부부터 내려오는 것이니 다른 용어를 써야 하나.

그는 아마도 숙고를 거쳐서 결정했다고 말할 것이다. 장단점을 고려해보니 장점이 단점을 능가했다고 말할 것이다. 틀린 말은 아니었다. 하지만 그는 알고 있었다. 아리엘이 대학을 포기할 수도 있다고 그에게 말했을 때, 바로 그 순간이 그가 로니 세션스와 함께 주얼리 상점을 털 결심을 했을 때였다.

5

로니는 자세를 고친 후 천장을 응시했다. 레지의 트레일러에서 나오는 에어컨 바람은 선풍기만도 못해서, 바람을 여기에서 저기로 옮길 뿐 공기를 '컨디셔닝'하는 기능은 하지 못했다. 로니의 이마에 땀방울이 맺혔다. 잠을 한숨도 자지 못한 상황이었다. 그와 레지는 보러가드의 정비소를 떠난 뒤 원더랜드로 곧장 왔던 것이다. 옥시코돈 때문이었다.

레지는 장애인 수당이 100달러 남짓밖에 남지 않았다. 로니는 훔친 장어를 팔아 번 2,000달러를 모조리 써버렸다. 장어는 뉴욕과 시카고의 고급 레스토랑에서 인기 식재료였다. 출리의 일당 중 하나가 사우스캐롤라이나의 강가에서 졸고 있는 어부 근처에서 쌓여 있던 장어들 훔쳐 팔고는 했다. 사우스캐롤라이나에서는 파운드당 70달러에 불과했지만 필리나 뉴욕의 유명 셰프들은 장어를 구하지 못해 안달이었다. 필리의 한 셰프는 파운드당 1,000달러에 장어를 구매하기도 했다. 로니와 스컹크 미첼이 필리로 몰고 갔던 치의 트렁크에는 125파운드의 장어가 실려 있었다.

어림잡아 계산하면 125,500달러의 가치를 트렁크에 싣고 있었던 셈이다. 스컹크는 출리의 핵심 멤버였다. 로니는 출리의 주요 인사 중 하나인 윈스턴 챔버스와도 감방 동기였다. 윈스턴이 로니를 '총질 잘하고 입 무거운' 녀석으로 추천했다. 따라서 출소한 지 일주일도 채 되지 않아 로니는 꽤 많은 돈을 만질 수 있게 되었다. 물론 그 돈을 월드 트레이드 센터마냥 금세 날려버렸다는 사실은 로니의 행적으로 볼 때 그다지 놀라운 것은 아니었다. 문제는 그 돈을 어떻게 날렸느냐인데, 그것이 골칫거리였다. 로니는 다리의 반동을 이용해 몸을 일으켰다. 그는 깔고 누웠던 티셔츠를 빼내어 머리부터 욱여넣었다. 레지는 원더랜드에서 데려온 여자와 한방에 있었다. 몸집이 좀 큰 여자였고 로니는 상관하지 않았다. 그녀는 둘 다 만족시키려 애를 썼으나 레지는 발기가 되지 않았고 로니는 금방 사정을 했다. 그녀는 로니가 자신으로부터 몸을 뗀 후에도 괘념치 않고 레지와 뒹굴었다.

로니는 일어나 부엌으로 가서 냉장고에 있던 맥주 한 캔을 꺼냈다. 필리에서 돌아온 뒤 그는 노스캐롤라이나로 가서 페이엣빌 근처에 위치한 출리 소유의 스트립 클럽으로 직행했다. 포커 게임과 온갖 도박이 성행하는 곳이었다. 짧게 요약하자면, 로니는 술값으로 200을 날리고 스트리퍼에서 100달러를 지폐로 뿌린 뒤 나머지는 도박으로 탕진했다. 그리고 어찌나 머저리 같은 짓을 했는지 장애인 수당은 레지가 아니라 로니가 받아야 마땅하다는 생각이 들 정도의 일을 저질렀다. 로니는 출리의 일당 중 한 명에게 마커\*를 받아 썼

---

\* Marker : 도박에서 돈을 먼저 빌린 뒤 갚는 일종의 신용대출증서.

다. 그들은 로니가 계속 도박을 하도록 내버려두었으나 어느 순간 스컹크가 이를 제지했다. 그때는 이미 로니가 15만 달러의 빚을 진 뒤였다.

스컹크는 출리에게 전화를 했고 30일을 줄 테니 갚으라는 출리의 말을 전했다.

"너한테 애정이 있으니까 그나마 30일이라도 주신 거야." 스컹크의 낮게 깔린 목소리를 듣자 로니는 소름이 끼쳤다. 마치 배터리의 산성으로 가글을 한 뒤에 나오는 목소리 같았다.

"30일이 돼도 못 갚으면? 날 죽일 셈이야?" 로니가 스트립 클럽을 나오며 이렇게 물었다.

스컹크는 그를 레니 차의 조수석으로 밀어 넣은 뒤 문을 닫았다.

"아니, 곧장 죽이지는 않을 거야. 일단 농장으로 너를 데려가서 발가락 먼저 자르겠지. 그리고 그 발가락을 돼지 밥으로 주는 걸 네 눈으로 똑똑히 보게 할 거야." 스컹크는 이렇게 말한 뒤 차를 톡톡 쳐서 출발하라는 신호를 보냈다.

"세상에, 로니. 무슨 짓을 한 거야? 형 발가락을 자른다잖아. 저 새끼는 진짜 자를 수 있을 것 같은데? 눈깔 봐, 미친놈이야." 주차장을 빠져나와 고속도로로 진입하자 레지가 말했다.

"닥쳐, 레지." 로니가 말했다. 머리가 지끈거리고 핑핑 돌았지만, 어제 마신 술 때문이 아니었다.

로니는 맥주 캔에 입을 내고 한 모금 마셨다. 햇살이 작은 창문을 뚫고 들어와 싱크대 위에 앉았다. 그 햇살은 트레일러의 구석구석을 비추고 그 더러운 틈을 한층 눈에 띄게 했다. 로니는 뒷주머니에서 구겨진 담뱃갑을 주섬주섬 꺼냈다. 그는 가스레인지를 끄고 그

푸르스름한 불꽃에 담뱃불을 붙였다. 그가 어젯밤 원더랜드에 간 이유는 드라이버를 구하기 위해서였다. 이미 보러가드와는 일을 망친 전적이 있었으므로, 가능한 다른 드라이버를 구하고 싶었다. 하지만 어제 그가 만난, 소위 드라이버라고 하는 사람들은 약과 술에 절어 있는 작자들뿐이었다. 그의 생사가 달린 일을 맡길 만한 사람들이 아니었다. 보러가드가 가진 능력의 발톱의 때만큼도 가지고 있지 못한 놈들뿐이었다. 레지의 방에서 무슨 소리가 들려오는 듯했다. 어쩌면 보러가드 없이도 일을 해낼 수 있을 것이다. 로니 자신과 레지, 콴으로만 팀을 짤 수도 있을 것이다. 그는 그 생각을 이내 떨쳐버렸다. 동생인 레지를 사랑하지만 레지가 가진 약간의 지능마저 헤로인 등의 약에 갉아먹힌 판이었다. 레지는 차를 움직이게 할 수는 있어도 차를 몰 수는 없었다.

 레지는 침실에서 나왔다. 발을 헛디뎠지만 몸을 일으켜 냉장고 방향으로 걸어갔다.

 "앤을 다시 원더랜드로 데려다줘야 해. 같이 갈래?" 레지가 물었다. 그는 냉장고를 열어 오렌지 주스병을 꺼낸 후 마개를 열었다.

 "그거 먹지 마. 오래된 거야. 쉰 냄새가 여기까지 나는걸." 로니가 이렇게 말하고 담배 연기를 한 모금 빨아들였다.

 "그냥 다 마셔버리지 뭐. 수당 입금이 다음 주에 되니까." 레지가 말했다.

 로니는 맥주를 한 모금 더 마셨다. 가난하게 자라면 기다리는 것에 익숙해진다. 복지 수당이 나올 때까지 기다린다. 교회에서 구호 물품을 나눠 줄 때까지 줄을 서서 기다린다. 교구 주민이 동정이 서린 얼굴로 자신을 바라봐줄 때까지 기다린다. 형이 자신이 신고 있던 상표 없는 신발을 물려줄 때까지, 그 신발의 해진 부분에 대충 접착제를 바르고 신을 수 있을 때까지 기다린다. 기다리고, 기다리고, 또 기다린다. 빚에서 벗어날 수 있도록 죽음을 기다린다. 로니는 그 기다림에 진절머리가 났다.

"형, 같이 갈 거야?" 레지가 다시 물었다.

"아니. 같이 일할 사람 찾아야지." 로니가 대답했다.

"버그한테 전화해볼 거야? 전화하라고 했잖아." 레지가 물었다.

"버그는 그른 것 같아. 그나저나, 선불폰을 깜빡했는데." 로니가 말했다.

"내가 샀잖아. 어제 원더랜드에서 출발할 때 세븐일레븐에 들러서." 레지는 이렇게 대답한 후 주스병에 입을 대고 마셨다.

로니는 가스레인지에 담뱃불을 비벼 껐다.

"그게 언제였다고?" 그는 다시 물었다. 어제저녁에 편의점에 들른 기억이 전혀 나지 않았다. 술을 줄여야 하는 사람은 레지가 아니라 로니 자신일지도 몰랐다.

"방금 말했잖아, 원더랜드를 출발할 때였다고. 앤이 출출하다고 해서 잠깐 들렀는데 기억 안 나?" 레니가 말했다.

"참 잘도 출출하겠다." 로니가 이렇게 말하자 레지가 인상을 찌푸렸다.

"들리겠어." 레지가 낮은 목소리로 말했다.

"뭐? 늘으면 어쩔 건데? 날 깔아뭉개기라도 한대?" 로니가 말했다.

"왜 그렇게 못됐어, 형?" 레니가 말했다. 로니는 맥주를 끝까지 들이켰다. 심사가 뒤틀리는 것 같았지만 억지로 참았다.

빌어먹을, 로니는 속으로 중얼거렸다.

"선불폰 어디 갔어?"

레지가 엄지손가락으로 문 방향을 가리켰다. "차 안에 있어. 충전해야 할 거야."

"와우, 고마워라. 휴대전화를 충전해야 하는지 꿈에도 몰랐네. 감방에서 썩던 5년간 천지가 개벽했구나. 누가 보면 벅 로저스*인 줄 알겠어. 그럼, 빅 버사**하고 재미나 보라고." 이렇게 말한 후 로니는 문을 박차고 나가 곧 무너질 듯한 계단을 내려갔다.

"빅… 누구라고?" 로니의 등 뒤로 레지가 외쳤다.

로니는 충전기에 선불폰을 꽂은 뒤 검색으로 몽타주 모터스의 전화번호를 알아냈다. 그는 시동을 켜고 에어컨을 틀었다. 자동차의 에어컨에서 나오는 바람이 트레일러의 그것보다 훨씬 시원했다.

"몽타주 모터스입니다." 전화기 너머로 목소리가 들렸다.

"보우? 나 로니야."

"네."

"그게 말이야. 우리가 같이할지 말지…." 로니가 말을 얼버무렸다. 전화로는 무슨 말을 어떻게 해야 할지 몰라 난처했다.

"아, 정비소에 맡긴 차 말씀이시죠? 네, 할 수 있습니다." 보러가드가 말했다. 로니는 오른쪽으로 몸을 구부리고 있다가 보러가드의 말을 듣고 급히 몸을 곧게 폈다. 어찌나 빨리 반응했는지 머리가 천장에 닿을 정도였다.

"아, 네. 맞아요. 그 건에 대해서 얘기를 좀 할 수 있을까요?" 로니

---

\* 〈25세기의 벅 로저스(Buck Rogers in the 25th Century)〉: 유니버설 스튜디오에서 제작한 미국 SF 어드벤처 TV 시리즈로 1979년에 방영을 시작하여 1981년에 종영하였다.

\*\* Big Bertha: 마블 코믹스에 등장하는 가상의 슈퍼 히어로로 큰 몸집이 특징이다.

가 물었다. 몸이 갑자기 뜨거워져서 마치 난로 바로 옆에 있는 듯한 느낌이 들었다. 드디어 일을 진행할 수 있게 된 것이었다. 로니는 발가락이 잘리는 일은 없으리라는 안도감을 느꼈다.

"오늘 저녁에 차를 한번 보러 가죠. 차가 어디에 있죠?" 보러가드가 물었다.

로니는 아무 대답도 할 수가 없었다. 그는 잠시 정신이 혼미했다. "아, 그게… 제 동생 집에 있거든요. 폭스힐로드에 있어요." 드디어 로니는 정신을 차리고 대답했다.

"좋아요. 7시까지는 여기 일을 마무리해야 해요. 그때쯤 출발하죠. 다시 전화했을 때 손님이 받지 않아도 그냥 거기로 갈게요. 손님 휴대전화가 연결에 문제가 있다는 걸 알고 있으니까요. 그 휴대전화를 잘 갖고 계시기를 바랍니다." 보러가드가 말했다.

로니는 이 암호는 금방 이해했다. 선불폰을 버리라는 암호였다. "네, 네. 그러죠. 좋아요. 그때 봅시다." 로니가 이렇게 말하자 전화 연결이 끊겼다. 로니는 차에서 나와 휴대전화를 땅에 던진 뒤 모터사이클 부츠의 뒷굽으로 잘근잘근 밟았다. 그리고 부서진 조각을 모아 들고 트레일러 안으로 다시 들어간 후 쓰레기통에 던졌다. 숨죽인 신음 소리가 레지의 방에서 흘러나왔다. 로니는 소파에 털썩 주저앉은 뒤 레지의 휴대전화를 커피 테이블에서 집어 들었다. 그리고 콴에게 전화를 걸었다.

"무슨 일이야?" 콴이 물었다.

"내가 전에 말했던 친구가 합류하기로 했어. 이제 실행에 옮기는 일만 남았어. 레지네 집으로 이따 7시 반까지 올 수 있겠어?" 로니가 물었다.

"아, 진짜. 난 그런 산모기 득시글대는 촌구석에는 안 간다니까. 너희가 리치몬드로 오지 그래?" 콴이 제안했다.

"이 일을 계획하는 사람은 나야. 할 거야, 말 거야? 80,000달러가 급하지 않으면 당장이라도 너 대신할 사람 구할 수 있다고." 로니가 말했다.

"왜 이렇게 급해서, 백인 양반. 갈게, 간다고. 제길. 거기는 모기가 트럭을 몬다던데." 콴이 불평하듯 말했다.

"걱정하지마. 딕시 플래그*만 차에 달고 오면 별일 없을 거라고." 로니가 말했다.

"꺼져, 로니." 콴은 이렇게 말하고 전화를 끊었다.

로니는 기억을 더듬어 제니의 전화번호를 눌렀다.

"여보세요. 무슨 일이야?" 제니가 비음 섞인 저음으로 전화를 받았다. 제니의 목소리는 언제 들어도 로니를 미치게 했다.

"제니, 이제 다 됐어. 오늘 저녁에 이곳에 와서 같이 축하 파티 하자고." 로니가 제안했다. 하지만 긍정의 대답 대신 전화의 잡음만이 들렸다.

"뭘 축하하는데? 도둑질 계획을 축하한다고? 난 모르겠어. 일을 다 취소해야 할까 봐." 제니가 말했다. 그는 제니의 현재 모습을 손바닥 들여다보듯 훤히 알 수 있었다. 아마도 테일러스 코너에 있는 원룸에서 담요를 뒤집어쓰고 있을 터였다. 담요 밖으로는 소용돌이치는 불길처럼 제니의 빨간 머리카락이 삐죽 튀어나와 있을 것이다.

"왜 이래, 자기. 이미 얘기 끝난 거잖아. 아무도 다치지 않을 거고 누구도 붙잡히지 않을 거야. 다 계획해놨다니까. 이제 와서 발 빼지

---

* Dixie flag : 아메리카남부연맹을 상징하는 깃발, 미국 내 극우의 상징.

마. 난 자기가 필요하다고. 자기 없이는 아무것도 안 돼." 로니가 달콤하게 속삭였다. 로니와 제니는 고등학교 때부터 알던 사이로 수십 년 동안 만나고 헤어지기를 반복했다. 제니의 상태가 좋을 때면 헤어졌다가, 제니가 다시 수렁에 빠지면 합치는 식이었다. 그래도 재결합 뒤 몇 주 동안은 달콤한 시간을 보내고는 했다. 그 시간을 모두 합치면 결혼한 커플들이 행복을 느끼는 기간보다는 더 긴 셈이었다.

"거기서 일한 지 몇 달밖에 안 됐어, 로니. 만약 거기가 털리면 내가 다 뒤집어쓸 거란 생각은 안 해?" 제니가 말했다.

"시치미 딱 떼면 문제없을 거야. 네 몫 받고 나서 몇 달만 거기서 버텨. 그리고 슬쩍 그만두면 돼. 같이 남쪽으로 가자. 플로리다든 바하마든 가서 남은 인생 떵떵거리며 사는 거야." 로니가 말했다. 이 시점에서 제니가 발을 빼는 것만은 무조건 막아야 했다. 출리와 약속한 30일이 거의 다 되어갔다. 워싱턴에 있는 장물아비도 그를 기다리고 있었다. 마침 보러가드도 함께하겠다고 한 상황이었다. 그는 해야만 한다면 얼마든지 달콤한 말로 제니를 녹일 수 있었으나, 그녀가 발을 빼는 것만큼은 가만둘 수 없었다.

침묵이 더 길어졌다.

"자, 잘 들어봐, 제니. 내가 거시기에 털 날 때부터 하던 일이야. 이게 내 일이라고. 밀고자 새끼 때문에 한 번 빵에 들어갔던 것뿐이야." 로니가 말했다. 그가 한 말은 부분적으로만 진실이었다. 그는 스팅레이포인트의 별장에서 도금을 한 큐폴라를 훔친 죄로 징역 5년을 선고받았다. 하지만 밀고자 때문에 강도질이 발각된 것은 사실이 아니었다. 레지가 낡은 트럭이 후미등을 갈지 않은 탓이있다.

경찰이 불이 나간 후미등에 대해 경고를 주기 위해 그들의 차를 세웠을 때, 로니가 전부 다 뒤집어쓸 수밖에 없었다. 레지는 감방에서 한시도 버틸 수 없는 인간이었다. 밀실공포증이 있어 엘리베이터도 탈 수 없었을뿐더러 회전문도 통과하지 못했다. 누군가 레지에게 언성이라도 조금 높인다면 마치 플러그 뽑힌 로봇처럼 모든 기능을 상실하고 말 터였다. 감옥에 있던 5년간 로니가 배운 것은 두 가지였다. 첫째, 감옥에서 나오는 밥은 소변에 절인 판지를 곤죽으로 만든 맛이 난다는 사실이었다. 둘째, 절대로 감옥에 다시 오면 안 된다는 것이었다.

"오늘 밤에는 못 가. 오늘 12시부터 폐점까지 근무야. 그리고 내일 가게 문도 내가 열어야 하고." 제니가 말했다.

로니는 안심의 미소를 띠었다. 제니는 발을 빼려고 한 것이 아니었고, 오히려 로니의 말에 자신을 맡겼다는 것을 알 수 있었다.

"좋아. 이제부터 일이 빠르게 진행될 거야." 로니가 말했다.

"일 끝나면 전화할게. 그때 네가 우리 집으로 오든가." 제니가 말했다. 로니는 그녀가 벌써 하얀 모래사장과 욕조 사이즈의 마르가리타를 상상하고 있을지도 모른다고 느꼈다.

"물론이지." 로니가 말했다.

"좋아. 그럼 나 이제 샤워하러 가야겠다." 제니가 말했다.

"굉장한 이미지를 상상하게 해줘서 고마워. 나중에 꼭 눈으로 확인하겠어." 로니가 말했다.

"짓궂기는." 제니가 말했다. 로니는 그녀의 목소리에 웃음이 묻어 있는 것을 느꼈다.

"그럼 또 통화해, 자기." 로니는 이렇게 말하고는 전화를 끊고 소파에 다시 몸을 기댔다. 그리고 부츠를 소파 팔걸이에 올렸다. 꿈에서나 그리던 큰 건을 실행하게 된 것이었다. 병든 말이나 지붕 장식 따위의 일과는 차원이 달랐다. 일이 잘되기만 한다면 그간 당했던 일을 갚아줄 사람들의 리스트를 작성해도 될 만큼의 일이었다. 보러가드에게 말한 것처럼 50만 달러에 상당하는 다이아몬드는 꽤 큰 가치를 지닌 것임에 틀림없었다.

하지만 그것 역시 정확한 사실은 아니었다. 제니와 하룻밤을 보내던 어느 날, 제니는 50만 달러의 세 배가 되는 금액을 로니에게 말했던 것이었다. 보러가드에게 그의 몫과 빚진 3,800달러를 주고, 출리에게 돈을 갚은 뒤에도 10달러짜리 지폐로 두루마리 휴지 하나를 만들 수 있을 것이었다. 일이 잘 풀리고 나면, 이제는 다른 사람들이 로니를 기다릴 것이었다. 만약 그가 자신의 어머니만큼 미신을 잘 믿었더라면 일이 갑자기 잘 풀리는 것에 대해 한 번쯤 걱정을 할 법도 했다. 도박장에서 수렁에 빠져 있다가 갑자기 값비싼 보석에 대한 정보를 얻게 되었으니, 이는 세션스 집안에 어울리지 않는 행운이었다. 하지만 로니는 크게 신경 쓰지 않았다. 그는 미신이니 종교니 하는 것을 믿지 않았다. 그의 어머니는 일요일 아침마다 텔레비전에서 나오는 설교를 듣고 누구보다 교회 일에 열심이었지만, 리치몬드의 빙고 게임장 화장실 바닥에서 파산한 채로 외롭게 생을 마쳤다. 그는 어머니처럼 살지는 않겠다고 다짐했다. 적어도 지금은 아니었다. 로니는 〈머니 허니(Money Honey)〉라는 노래를 흥얼거렸다. 엘비스 프레슬리의 노래 중에서 비교적 덜 알려진 곡이었지만 로니가 가장 좋아하는 노래였다. 그가 이 노래를 좋아하는 노래는 단순했다. 삶에서 중요한 것은 결국 돈으로 귀결되기 때문이었다.

# 6

보러가드는 켈빈이 공기조절장치와 등을 끄는 동안 첫 번째 작업대를 닫고 열쇠를 채웠다. 레드힐카운티에도 해가 뉘엿뉘엿 지고 있었으나 아직 열기까지 사라지지는 않았다. 개똥벌레 몇 마리가 모션 라이트 옆에서 춤을 추고 있었다. 센서를 작동시킬 만큼의 무게가 아니었기에 라이트는 켜지지 않았다. 보러가드는 작업대 두 개를 마저 닫기 전에 잠깐 동작을 멈추고 그 모습을 가만히 바라보았다. 어릴 적 할아버지네 집에서 체커를 두던 기억이 떠올랐다. 그의 할아버지는 체커의 고수였다. 보러가드가 마침내 할아버지를 이긴 날, 바로 그때부터 할아버지의 기력이 다했음을 그는 알 수 있었다.

"대니스바에 가서 포켓볼 칠래? 샌드라가 일 마치기 전에 몇 시간이 비거든." 켈빈이 물었다.

보러가드는 주머니에서 가장 덜 더러운 헝겊을 꺼내어 얼굴을 닦았다. "샌드라가 누구야? 신시아인지 누군지를 만나는 것 같더니." 보러가드가 말했다.

켈빈이 활짝 웃으며 말했다. "샌드라는 앱에서 만났지. 리치몬드 살더라고. 담배 공장에서 일 마치면 내가 픽업하기로 했어." 켈빈이 말했다.

"아냐, 난 할 일이 있어." 보러가드가 말했다.

켈빈이 눈썹을 치켜올리며 물었다. "설마 로니 세션스와 할 일이 있는 건 아니지?"

"그런 셈이야." 보러가드가 대답했다.

"같이 갈까?"

보러가드는 고개를 저었다. "아냐. 지금은 정보를 수집하는 단계야. 별거 아닌 일일 수도 있어."

켈빈이 어깨를 으쓱하며 말했다 "그렇다면, 뭐. 대니스바에 10시까지 있을 거니까, 일 다 마무리되면 알려줘. 할 만한 일이라면 말이야."

"알겠어. 연락할게." 보러가드가 대답했다. 켈빈은 보러가드를 향해 걸어오며 손을 내밀었다. 보러가드는 켈빈이 옆을 지나가는 찰나 손바닥을 마주 쳤다. 그는 켈빈의 노바에 시동이 걸리고 그 차가 주차장을 빠져나가는 소리를 들었다.

보러가드는 더스터에 앉았다. 오래된 가죽 시트에서는 기름에 전 담배 냄새가 났다. 그는 운전석에 앉은 아버지와 조수석에 앉은 자신의 모습을 떠올렸다. 보러가드의 꿈에는 아버지가 나타나지 않았다. 그는 아예 꿈을 꾸지 않았다. 악몽의 경험도 없었다. 그가 기억하기로는 악몽이라는 것은 그의 사전에 없었다. 그에게 잠이란 아무것도 없는 암흑으로 들어갔다가 나오는 것일 뿐이었다. 주로 대런과 제이본이 다투는 소리에 잠을 깨고는 했다.

그의 아버지는 그의 기억 속에서만 그 모습을 나타냈다. 그의 목을 부여잡고 과거로 이끄는 백일몽과 같은 것이었다. 보러가드는 과거의 자신과 아버지의 모습을 기억 속에서 볼 수 있었다. 때로는 할아버지나 어머니의 모습이 보이기도 했지만, 주로 아버지가 나타났다. 아버지는 미소를 짓거나 박장대소를 터뜨리기도 했지만, 때로는 침울하고 우울해 보이기도 했다. 아버지가 더스터를 개조하는 모습도 가끔 떠올리고는 했다. 아니면 어머니의 뒤로 가서 큰 나무줄기 같은 팔을 어머니 허리에 감는 모습이나, 문을 너무 세게 닫은 나머지 트레일러의 전체가 흔들리는 모습도 재생되는 기억의 일부였다. 솔로몬 그레이라는 작자에게 바의 스툴을 던지는 모습이라든가 아버지와 함께 더스터의 후드 위에 앉아 별이 가득한 밤하늘에서 오리온자리의 세 별을 찾는 모습도 생생했다. 다섯 살 적 자신이 그 오리온자리를 보면서 왜 그 별의 별칭이 '오리온의 벨트'인지를 스스로에게 납득시키는 모습도 뇌리에 뚜렷하게 남아 있었다. 그가 이처럼 과거의 기억에 사로잡힐 때마다, 과거와 미래를 똑같은 두려움으로 마주하고 있는 자신의 모습이 마치 야누스와 같다고 느꼈다.

어두운 차고에 앉아 그는 아버지를 마지막으로 본 날을 떠올렸다. 지옥같이 더운 날이었다. 그는 함께 드라이브를 가기 위해 트레일러의 계단에서 아버지를 기다렸다. 그는 이번 드라이브가 조금 다르리라는 느낌을 받았다. 어머니는 평소보다 더 불안해 보였다. 보러가드는 어머니가 친구에게 "앤서니가 말빨로도 빠져나올 수 없는 구렁텅이에 빠졌다"라고 이야기하는 것을 엿들었지만 그 말의 정확한 의미는 알지 못했다. 오늘이 지나가기 전 그 의미를 알게 되리라.

휴대전화가 울리자 마법이 사라졌다. 그는 주머니에서 휴대전화를 꺼냈다. 키아에게서 온 전화였다.

"응." 보러가드는 전화를 받았다.

"애들은 오늘 밤 진네 집에서 잘 거야. 이웃집 손자도 거기서 잘 거라는데 괜찮다고 했고." 키아가 말했다.

"어제 일은 미안해." 보러가드가 말했다. 어젯밤 집에 돌아왔을 때, 키아는 침실에서 잠든 척하고 있었다. 그가 거실에서 아이들과 잠시 놀아준 뒤 재우고 침실에 들어와 누웠을 때 키아는 더 이상 잠든 척도 하지 않았다. 그는 아침 식사 전에 집을 나왔다. 보러가드의 성미가 전광석화와 같다면 키아의 노여움은 숲에 피운 모닥불과 같았다. 그는 그 모닥불이 알아서 꺼지기까지 그녀와 거리를 두어야 한다는 사실을 잘 알고 있었다.

"응, 나도 미안해. 그 말은 하지 말았어야 하는데."

"나도 그렇게 문을 박차고 나가서는 안 됐어. 내가 당신과 아이들을 위해 옳은 일을 하려고 노력한다는 사실은 자기도 잘 알잖아. 그리고 아리엘을 위해서도 말이야."

"우리를 위해 옳은 일을 하려거든 어제 집에 온 그 작자들과는 조금이라도 엮이지 마. 아리엘에 관해서는 당신 할 만큼 했어. 아리엘 엄마가 못된 년인 건 당신 잘못이 아니잖아." 키아가 말했다.

보러가드는 혓바닥으로 입천장을 톡톡 쳤다. "그 사람들하고 알고 지내는 게 그렇게 나쁘지 않을 수 있어." 그가 말했다.

키아가 옅은 신음 소리를 낸 후 말했다. "아무도 당신을 억지로 차를 몰게 할 수 없어. 그러니까 내가 바보인 것처럼 말하지 마. 큰 건이 아니라면 자기는 그렇게 말하지 않았을 거야. 큰 건이라는 건 그 일이 위험하다는 얘기고."

"당신하고 싸우자는 게 아니야." 보러가드가 말했다.

"난 당신을 잃고 싶지 않아." 키아가 말했다.

그리고 잠시 침묵이 이어졌다.

"집에 가면 다시 얘기하자. 이만 가봐야 해." 그가 말했다.

"그래, 그래야지. 할 얘기가 참 많다." 키아는 이렇게 말하고는 전화를 끊었다.

보러가드는 전화기를 주머니에 넣고 더스터에서 나왔다. 누군가를 사랑한다는 것은 약점을 다 내보이는 것과 같았다. 그들은 상처가 벌어져 진물이 녹아내리는 그곳을 정확히 알았다. 우리가 마음을 열어 보이면 그들은 들어와 자리를 잡고, 어떤 지점이 약한지 어떤 부분을 건드리면 폭발할지를 자연스럽게 알게 되는 것이다. 방금처럼 전화를 먼저 끊는 것과 같이. 그는 사자처럼 입을 떡 벌렸다가 다시 닫고는 머리를 좌우로 격렬하게 흔들었다. 이 기분을 떨쳐버려야 했다.

그는 이 게임에 완전히 몰두해야만 했다. 어떤 일을 준비하는 것은 새로운 코트를 사는 것과 같았다. 몸에 꼭 맞는 코트를 사야 하는 것처럼, 하나라도 미심쩍다면 그 길로 자리를 박차고 나올 셈이었다. 입어봤던 코트를 다시 제자리로 가져다 놓는 것처럼. 그는 더스터를 힐끗 돌아보았다. 돈은 중요했다. 지금 그에게 무엇보다 필요한 것은 돈이었다. 키아, 어머니, 아이들, 아리엘, 켈빈. 너무 많은 사람들이 그에게 의존하고 있었다. 그는 자신이 아버지를 닮지 않았다는 부니의 말을 떠올렸다. 보러가드는 그 말을 믿고 싶었다. 그들이 완전히 다른 사람이라는 것을. 어떤 측면에서는 맞는 말이었다.

보러가드는 어떤 상황이 와도 가족이나 친구를 버릴 사람이 아니었기 때문이었다. 그는 앤서니 몽타주가 아니었다. 그런데 왜 이렇게 가슴이 달음박질하는 걸까? 마치 말벌이 갈비뼈 안에 있는 것 같았다. 그가 아버지 같지 않다면, 왜 이토록 '어두운 생활'을 잊지 못하는 걸까?

한때는 켈빈 없이 혼자서 경주를 찾아다녔던 적도 있었다. 해외 암시장에 돌아다니는 장난감 차를 모는 아이들과의 경주가 대부분이었지만, 더스터를 타고 오지를 신나게 달린 적도 있었다. 마치 혜성처럼 나무와 너구리를 쏜살같이 지나치는 기분은 형언할 수 없을 정도였다. 브레이크를 밟아 급정거하기 전까지 시속 250을 찍기도 했다. 하지만 그 어떤 경험도 진짜 경주와는 비교할 수 없었다. 뒤에서는 경찰이 쫓고 앞에는 뻥 뚫린 도로만이 존재하는 그곳. 지켜보는 모두가 오줌을 지릴까 봐 갈색 바지를 입지 않은 것을 후회하는 그곳. 마약이나 술로는 경험할 수 없는 황홀감이었다. 보러가드는 마약과 술 모두 해봤지만 경주 때 느꼈던 그 느낌과는 전혀 거리가 멀었다.

보러가드와 앤서니는 그 느낌에 대해 이야기를 나눠본 적은 없지만, 그는 아버지도 같은 감정을 느꼈으리라 확신했다. '스피드'는 선조들의 뼈와 함께 몽타주 집안에 문장(紋章)으로 새겨져야 할 단어였다.

그는 치고에서 나와 트럭에 올라탔다. 트럭을 몰고 가는 동안 지는 해가 긴 그림자를 차고 앞에 드리웠다. 가늘고 까만 손가락이 앞 건물을 가두고 있었다.

# 7

보러가드는 움푹 파인 도로를 지나며 높으신 분들이 지혜를 모아 지은 이름인 '치틀린 레인'이라는 그 거리의 이름을 떠올렸다. 버지니아주가 주 단위의 GPS 사업을 시작했을 때 세 명 이상이 거주하는 어떤 도로나 골목길에도 실제 이름을 붙여야 했다. 카운티의 행정관들은 미국 남부의 정신을 충실히 이어받아 모든 도로의 이름에 한물간 컨트리 음악 제목을 붙이기로 결정했다. 관광 산업에 도움을 줄지도 모르는 일이었기 때문이었다. 하지만 레드힐카운티는 여행자들의 목적지가 아니라는 것이 문제였다. 레드힐은 가는 길일 뿐이지 절대로 목적지가 될 수 없었다.

야생 검은딸기 덤불이 도로 옆을 수놓고 있었고 소나무와 사이프러스도 종종 보였다. 달도 보이지 않는 까만 밤하늘이었다. 비포장도로로 들어서자 트럭에서 소리가 났다. 보러가드는 무너져가는 1층짜리 랜치 하우스와 그의 집과 비슷한, 비교적 새로 들어선 듯한 더블 트레일러를 지나쳤다. 마침내 길이 넓어져 공터가 보였고 그 가운데에 자리 잡은 오래된 싱글 트레일러가 나타났다. 푸른색 도요타가 트레일러 문 앞에 세워져 있었고, 그 옆에는 무광 블랙 페인트 칠을 한 어설픈 보네빌이 서 있었다. 보러가드는 보네빌 옆에 차를 대고 트레일러의 문을 두드렸다.

로니 세션스가 문을 열고 보러가드에게 환영의 미소를 지어 보였다. 보러가드는 그 미소를 되돌려주지 않았다. 로니는 옆으로 물러선 후 그에게 들어오라는 손짓을 했다.

"콴도 방금 왔어. 이제 막 맥주를 따려는 참인데, 너도 한잔할래?" 로니가 물었다. 보러가드는 거실을 유심히 살펴보았다. 다 해진 스웨이드 커버를 씌운 거대한 갈색 소파가 거실을 거의 독차지하다시피 했다. 그 소파는 너무도 크고 과시적이어서 작은 공간에는 전혀 어울리지 않았다. 마당 세일에서 건진 후 싱글 트레일러에 욱여넣었을 법한 소파였다. 널빤지로 대충 만든 듯한 목재 커피 테이블은 큰 상처로 여기저기가 파인 채로 소파 앞에 놓여 있었다. 그리고 두피에서부터 딴 브레이드로 머리 전체가 뒤덮인 통통한 흑인이 의자에 앉아 있었다. 그는 몸집보다 두 배나 커 보이는 헐렁한 셔츠를 입고 한물간 농구 선수의 가장 빛나는 유산을 신고 있었다. 청바지 역시 너무 커서 나팔바지처럼 보였다. 얼굴은 땀으로 얼룩덜룩 번들거렸고 제멋대로 자란 염소수염이 하관을 덮고도 모자라 입술을 위협하고 있었다.

소파 건너편에는 커플용 소파가 따로 있었다. 그 소파는 밝은 빨간색과 노란색이 섞인 꽃무늬 커버로 덮여 있었는데, 보러가드는 그 무늬가 마치 광대의 토사물과 같다고 느꼈다. 레지는 그 소파에 거구의 백인 여자와 함께 앉아 있었다. 그 여자는 녹색과 푸른색으로 염색한 머리를 하고 있었다. 염색을 한 사람이 몇 군데를 놓친 것이 분명하다고 그는 생각했다. 밝은 갈색 반점이 치타의 얼룩처럼 그녀의 머리를 덮고 있었다. 그리고 나무 의자 하나가 커피 테이블 끝에 있었다. 보러가드와 가장 가까운 거리에 있는 의자였다.

"아니." 보러가드가 드디어 대답했다. 그는 나무 의자에 앉았다. 로니는 냉장고에서 맥주 세 캔을 꺼내 하나는 레지, 다른 하나는 흑인 남자에게 건넸다. 보러가드는 그 흑인이 콴일 것이라고 짐작했다. 로니는 소파에 털썩 주저앉아 맥주 캔을 땄다.

"갈 데 있어요?" 보러가드는 레지 옆에 앉은 몸집 큰 여자에게 물었다.

그 여자는 얼굴을 찡그리고는 이렇게 대답했다. "음… 아뇨. 따로 없어요."

"아뇨, 있을 거예요." 보러가드가 응수했다.

여자는 보러가드와 레지를 번갈아 쳐다보다가 다시 보러가드로 시선을 보냈다.

"뭐라고요?" 여자가 되물었다.

"레지, 앤을 원더랜드에 데려다줘." 보다 못한 로니가 끼어들었다.

레지는 입을 벌렸다가 오므린 후 이내 다시 벌렸다. "자, 가자. 데려다줄게." 마침내 레지가 이렇게 말했다.

"오늘 밤은 여기서 보내는 줄 알았는데?" 여자가 울음기 섞인 목소리로 말했다. 그녀는 짙은 호소의 눈빛을 레지에게 보냈다. 레지는 그냥 서 있기만 했다.

"가자. 네 집에서 하루 있다 오지, 뭐." 레지가 말했다. 하지만 여자는 움직일 기미가 없었다. 발목을 교차한 채로 양팔을 거대한 가슴

앞에 모은 채 미동도 하지 않았다.

"귀먹었어? 빨리 일어나지 못해?" 로니가 다시 끼어들며 말했다. 여자가 움찔했다. 드디어 여자는 한숨을 푹푹 내쉬면서 커플용 소파에서 몸을 일으켰다. 레지는 로니를 죽일 듯이 노려보았지만, 로니는 시선에 아랑곳하지 않은 채 맥주 캔만 유심히 살필 뿐이었다.

"가자, 앤." 레지가 말했다. 그가 문을 향해 걷자 앤 역시 한마디 보태지도 않고 따라나섰다.

"장담하는데, 저 여자가 월마트에 들어서면 사람들이 '고릴라가 나타났다!'라고 소리칠걸." 콴이 말했다. 그는 자신의 농담에 취해 킥킥거린 후 맥주를 한 모금 들이켰다. 보러가드는 콴의 시선을 느꼈지만, 아무 반응도 하지 않았다. 누구도 말을 먼저 꺼내지 않은 채 몇 초가 흘렀다. 그때 보러가드가 로니 쪽을 향해 몸을 돌렸다.

"세 가지야. 첫째, 이 건에 대해서 이미 알고 있는 다섯 명을 제외하고는 누구에게도 발설하지 않을 것. 클럽에서 만난 여자는 물론이고 친한 친구, 부모님에게도 말해서는 안 돼. 둘째, 끝나고 나면 각자 흩어질 것. 축하한답시고 몰려가서 술을 마시거나 애틀랜틱시티에 함께 가서 도박 따위를 하지 않는다. 일이 끝나는 즉시 헤어지고 그 뒤로도 볼 일 없는 거야. 셋째, 일을 실행할 때는 맨정신일 것. 약에 취해서는 안 돼. 알약이나 옥시코돈은 물론이고 대마초도 피우지 마, 아무것도. 이 세 가지를 다 지킨다는 조건하에 여기 참여하겠어. 그렇지 않다면 지금 당장 나가고." 보러가드가 말했다.

콴과 로니는 잠시 서로를 물끄러미 쳐다보았다.

"좋아, 에단 헌트*. 동의해." 콴이 말했다.

---

\* 〈미션 임파서블〉시리즈의 주인공.

"그래, 나도 좋아." 로니가 말했다.

보러가드는 의자에 등을 기댄 다음 손을 무릎 위에 올려놓고는 이렇게 말했다. "그럼 얘기를 들어볼까."

그는 로니의 계획을 20분간 듣다가 손을 들고 로니의 말에 끼어들었다.

"그 장소 답사 안 해봤지, 그렇지? 그 제니라는 여자가 경보 시스템 코드를 알고 있는 건 맞아? 가게에서 고속도로까지 얼마나 걸리지? 거기서 빠져나오려면 고속도로 말고 몇 개의 도로를 더 타야 하는지는? 그 길목에 공사 중인 도로는 없고? 경찰이 그 근방을 얼마나 자주 순찰하지? 가게에 록다운 시스템이 있는지 확인은 해봤어? 매니저 말고 금고 비밀번호를 아는 사람이 또 있나?" 보러가드가 질문을 쏟아냈다.

"알겠어, 알겠다고. 장소 답사가 필요해. 제니가 경보 시스템 코드는 알아낼 수 있을 거고. 하지만 내 생각에는 그 누구에게도 알람을 누를 틈은 없을 거야. 우리는 가게에 들어가서 다이아몬드를 가지고 나오기만 하면 돼."

"금고에 있는 건 다 털어 와야지." 보러가드가 말했다. 그가 왼손의 근육을 천천히 풀자 관절 마디마디가 벽난로의 땔감처럼 우두둑하고 튀었다.

"그건 왜지?" 콴이 물었다.

"다이아몬드만 가지고 나오면 경찰이 내부자 소행이라는 걸 알게 되니까. 그 가게에 일하는 직원이라고는 고작해야 대여섯 명일 텐데." 보러가드가 말했다.

로니는 잠자코 천장을 응시하다가 이렇게 중얼거렸다.

"일리가 있는 말이네."

"아, 그런 잡소리는 다 집어치워. 들어가자마자 천장을 갈기면 다 우리 말대로 할 거야. 말 안 듣는 놈들은 엉덩이에 시원한 구멍을 뚫어버리면 돼." 콴이 말했다.

콴은 손을 등 뒤로 돌려 니켈 도금이 된 거대한 반자동 권총을 꺼냈다. 보러가드는 그 권총이 데저트 이글일 것이라고 짐작했다.

콴은 총을 얼굴에 가져다 대고 말을 이어갔다. "총은 내가 쥐고 있으니 내 말을 따라야지." 그는 한 음절이 끝날 때마다 총을 흔들어댔다.

"그거 치워." 보러가드가 말했다.

콴이 웃으며 말했다. "걱정 말라고. 안전장치가 채워져 있으니까. 다루는 법은 내가 잘 알지." 그는 총을 다시 허리춤에 찔러 넣었다. 저렇게 큰 바지를 입는데도 총이 발등으로 떨어지지 않는 것은 물리학의 기적이라고 보러가드는 생각했다.

"새 총도 필요해." 보러가드가 말했다.

콴은 눈을 굴리며 이렇게 반문했다. "야, 이 총이 내가 제일 좋아하는 총이라고."

"그러니까 새 총이 필요하다는 거야. 그걸로 몇 사람이나 죽였어? 그거 들고 강도 짓 몇 번 했는데? 경찰이 탄피 수집도 안 했을 거 같아?" 보러가드가 되물었다.

콴은 잠시 생각하는 듯하더니 이렇게 말했다. "그럼 새 총은 어디에서 구하고?"

보러가드는 손바닥을 허벅지에 문질렀다. "내가 아는 사람이 있어. 총 두 개면 500달러는 필요할 거야. 총을 구하기 전에 난 가게 답사를 먼저 해볼 거고."

"야, 500달러가 누구 집 개 이름이야? 우리가 터는 거지 털리는 거냐?" 콴이 말했다. 보러가드는 콴을 노려보았다. 콴도 그 시선에 응수했지만 곧 고개를 돌렸다. 보러가드는 일어나 부엌을 향해 걸었다. 냉장고에서 맥주 캔 하나를 집은 뒤 다시 거실로 돌아와 콴의 의자에서 가까운 커플 소파에 앉았다. 그는 맥주 캔을 따서 길게 한 모금을 들이켰다. 차가운 맥주가 그의 식도를 타고 배 속까지 얼음처럼 훑고 지나갔다.

"있지, 내 친구 중 하나가 치와와를 키워. 발목을 무는 못된 개새끼지. 내가 갈 때마다 어찌나 짖어대는지, 이빨을 드러내고 말이야. 그런데 내가 그놈을 차버리려고 발을 들어 올리면 꽁무니 빠지게 도망가서 소파 밑에 숨어버리지." 보러가드는 이렇게 말하고 맥주 캔을 커피 테이블의 모서리에 올려놓았다.

"왜 지금 그 개새끼 얘기를 하는 거지?" 콴이 물었다.

보러가드는 대꾸하지 않았다. 대신에 오른손으로 맥주 캔을 으스러뜨렸다. 맥주가 콴의 스니커와 바지에 튀자, 그는 욕을 뱉으며 의자에서 껑충 뛰어올랐다. 그와 동시에 보러가드도 몸을 번쩍 일으켜 콴의 허리춤에서 총을 꺼냈다. 그리고 바로 총의 안전장치를 제거한 뒤 손을 내린 채 총을 느슨히 쥐었다. 콴은 오른쪽으로 잠시 몸을 구부렸다가 보러가드를 똑바로 쳐다보았다. 보러가드는 로니가 웃음을 참는 소리를 들을 수 있었다.

"왜냐하면 널 보면 그 개새끼가 생각나거든. 입만 살아서 끊임없이 지껄이지만 위험 상황이 감지되자마자 바지에 오줌을 지리겠지. 그 자리에서 튀거나, 아니면 둘 다 할 수도 있겠지. 로니는 네가 좋은 놈이라던데. 널 잘 알고 믿는다고 말이야. 뭐, 그건 그럴 수 있어. 하지만 난 아냐. 넌 이 일을 마치 영화에 나오는 모험처럼 말하는데 말이야, 아니거든. 이건 실제야. 진짜 삶이라고. 네 손에 이 일을 맡기지 않을 거야. 내가 직접 가서 장소를 확인해볼 거고, 내가 차를 구할 거야. 총도 내가 알아볼 거고. 그게 싫으면 내가 여기서 빠질게. 너 같은 새끼가 애처럼 질질 짜느라 일 망쳐서 감방에 들어가기는 싫으니까." 보러가드가 말했다.

그는 데저트 이글에서 탄 클립을 빼낸 뒤 슬라이드를 밀어 약실에 있던 클립도 빼냈다. 총에서는 잠시 진동 소리가 난 뒤 잠잠해졌다. 보러가드는 총과 클립을 로니가 앉아 있는 소파에 던졌다.

"문제 있으면 지금 해결하면 돼. 아니면 닥치고 일을 처리하든가. 네 결정에 달렸어." 보러가드가 말했다. 에어컨은 트레일러의 열을 식히느라 열심인 나머지 쌕쌕거리는 소리가 났다. 콴은 보러가드를 노려보았으나 1분이 지나가는 동안 말 한마디 뱉지 않았다. 그는 로니를 흘끗 쳐다본 뒤 마침내 보러가드를 향해 시선을 돌렸다.

"당연히 너랑 나 사이의 문제는 끝장을 봐야지. 하지만 지금은 아니야. 일단 이 계획부터 마무리 짓자고." 콴이 이를 악물고 말했다. 보러가드는 다시 자리에 앉았다. 콴은 자신이 적절하다고 생각하는 시간만큼 서 있다가 이내 의자에 앉았다.

"좋아. 그럼 아까 말한 대로 난 내일 가게에 가볼 거야. 로니, 그 여자에게 경보 코드와 금고 비밀번호를 알아보라고 해줘. 장소에 대한 견적이 나오면 총을 구해볼게. 너희 둘은 그 총의 가격에 해당하는 지폐 다섯 장을 마련해줘." 보러가드가 말했다.

"물론, 물론이지. 제니에게 말해놓을게. 참, 그 가게 주소를 알아야 하잖아." 로니는 이렇게 말하고는 주머니를 뒤져 종이를 찾았다. 그는 주머니에서 빛바랜 영수증을 꺼낸 뒤 커피 테이블에 놓인 펜을 집어 들었다. 그 모습을 보고 있던 보러가드는 고개를 가로저었다.

"그 어떤 것도 적어선 안 돼. 가게가 커터카운티에 있다고 했지? 찾아갈 수 있어. 우린 일주일 뒤에 총 구하러 다시 만나는 거야. 그때까지 사전준비할 시간은 충분하니까. 그리고 이제부터 선불폰으로만 서로 연락하자고. 입은 무겁게, 행동거지 조심하고." 보러가드가 말했다.

"일 끝나고 나서 총은 어떡하고?" 콴이 물었다.

보러가드는 콴 쪽으로 머리를 기울이며 말했다. "네가 다시 사용하지 않는다면 가져도 좋아. 하지만 사용할 거라면 버려야지."

콴이 눈을 굴리며 말했다. "그럼 500달러를 쓰레기통에 처넣는 거나 마찬가지네."

"그럼 뭐, 가보로 대대손손 물려주게?" 로니가 빈정거리듯 말했다.

"돈 낭비라는 말이지, 내 말은." 콴이 대꾸했다.

"상황 파악이 잘 안 되나 본데, 버지니아주에서 무장 강도는 5급 중죄야. 최소 실형 3년에서 최대 무기징역이라고. 그것도 다치는 사람이 없을 때 얘기지. 총은 그저 도구일 뿐이야. 도구는 망가지고 잃어버리기 마련이야. 집착할 필요 없어." 보러가드가 말했다.

"총이 아니라 꼭 사람 얘기하는 거 같네." 로니가 말했다.

"별로 다를 거 없어." 보러가드는 이렇게 내뱉고 자리에서 일어섰다. "이제 할 얘기 다 끝난 것 같은데."

"차는 어떤 걸로 할 건데?" 로니가 물었다.

"어떤 차든 무슨 상관이지?" 보러가드가 되물었다.

"뭐, 큰 상관은 없겠지만. 그냥 궁금해서." 로니가 말했다.

"그 영국 놈이 나오는 영화, 그 뭐냐, 응. 〈트랜스포터〉에서처럼 BMW를 구해보는 게 어때?" 콴이 말했다. 보러가드는 눈을 질끈 감았다.

"BMW는 못 구해." 보러가드는 이렇게 대꾸한 후 이를 바드득 갈았다. "이제 간다." 그는 몸을 돌려 문을 향해 걸었다. 문을 연 후 밖으로 나가려는 찰나 그는 잠시 걸음을 멈추고 말했다. "일이 끝난 후에도 날 만나고 싶다면, 좋아. 다만 날 만나러 올 때 웃지 않거나 호의적이지 않다면 끝이 좋지는 않을 거야."

보러가드는 문 밖으로 나가 밤거리를 걸어나갔다. 얼마 지나지 않아 그의 트럭 엔진 소리가 들렸다. 트레일러에는 에어컨 진동과 백열등의 소음만이 가득했다.

"이 일을 제대로 해내려고 하는 것뿐이야. 쟤가 널 일부러 무시한 건 아니니까 마음 풀어." 마침내 로니가 입을 열었다.

"닥치고 내 총이나 내놔." 콴이 말했다.

보러가드는 키아의 차 옆에 트럭을 댔다. 밤공기가 아직도 숨 막힐 듯 습했다. 현관의 불 외에는 집 안이 온통 암흑 속에 갇혀 있었다. 보러가드는 문을 열고 발소리를 죽인 채 침실로 향했다.

키아는 보티첼리의 회화처럼 침대를 가로질러 누워 있었다. 얇은 흰색 티셔츠와 얼룩무늬 팬티만 걸친 채였다. 보러가드는 부츠와 바지를 벗어 바닥에 아무렇게나 두고 셔츠를 머리 위로 벗어 던졌다. 그는 침대에 누워 키아의 배에 손을 올렸다.

"총상 입고 들어온 날, 내가 당신한테 이런 일을 얼마나 더 겪어야 하냐고 물었지. 당신은 주스를 얻기 위해서는 과즙을 짜내는 고통쯤은 감당해야 한다고 대답했고. 그 뒤에 내가 한 말 생각나?" 키아가 물었다.

"당신 들었던 말 중 가장 멍청한 말이라고 했지." 보러가드가 말했다. 키아는 그의 손을 잡고 그를 몸 쪽으로 더 가까이 끌어당겼다. 그는 자신의 배가 맞닿은 키아의 등에서 온기를 느낄 수 있었다.

"하지만 당신 말이 옳았어. 그럴 가치가 있었던 거지. 우리는 이 집을 샀고 정비소를 열었어. 가난에서 벗어난 거야. 드디어 벗어나게 된 거지. 하지만 이번에 얻을 주스는 그만한 가치가 없다는 걸 말하고 싶은 거야." 키아가 말했다. 보러가드는 그녀가 울음을 참느라 말이 간혹 끊기는 것을 알아챘다.

"만약에 다른 방법이 있었다면 그걸 했을 거야." 그는 키아의 귀에 대고 말했다.

"정비소를 팔아. 그리고 파커카운티의 타이어 공장에 취직하거나 진공청소기를 팔면 되잖아." 그녀가 말했다.

보러가드는 그녀를 더욱 세게 끌어안고 말했다. "괜찮을 거야, 약속해."

키아는 그에게서 몸을 빼낸 뒤 천장을 보며 누웠다. "당신 아버지에 대해 그런 말을 해서는 안 됐어. 미안해. 하지만 방금 당신이 한 말은 당신 아버지가 어머니한테 했을 법한 말이야. 괜찮을 거라고 어떻게 장담해? 모르는 거잖아. 만약 괜찮지 않으면? 그럼 나는 당신이 주변사람들에게 아버지에 대한 이야기를 들었던 것처럼, 우리 아이들한테 당신에 관해서 그런 정도의 이야기밖에 해줄 수 없게 돼. 기억은 점점 희미해지니까, 버그." 키아가 말했다.

보러가드는 검지로 키아의 얼굴을 세로로 훑었다. 그리고 그녀의 목을 들어 뺨에 키스했다. 키아의 눈물에서 나는 짠맛이 입안에 감돌았다. 보러가드는 키아의 말에 반박할 거리가 없다고 느꼈다. 일은 언제든 틀어질 수 있다. 이 일도 잘못될 수 있다. '어두운 생활'에 몸담은 자라면 누구나 그 가능성을 간과하지 않지만, 보러가드는 그 생각에 잠식되고 싶지 않았다. 그는 이 생활에서 오래 살아남았고 그 이유는 자신이 감옥에 갇힌다는 것을 상상조차 하지 않기 때문이었다. 보러가드에게 감옥이라는 선택지는 없었다. 소년원에서의 5년은 그에게 집중력을 가르쳐주었다. 그가 마음을 날카롭게 가다듬을 수 있게 도와주었다. 그는 이제 그 누구에게도 자신의 자유를 통제할 권한을 넘겨주지 않으리라 다짐했다.

자아의 허영심을 제쳐둔다면 기억에 관한 키아의 말에는 일리가 있었다. 보러가드는 한시도 아버지를 잊지 않았지만 그의 목소리가 점점 희미해지는 것은 사실이었다. 아버지의 목소리에 좀 더 떨림이 있었던가? 상처가 있던 손은 왼손이었나, 오른손이었나? 아버지의 얼굴도 그의 마음에서 조금씩 흐릿해졌다. 더스터에 앉아 있을 때를 제외하고는 앤서니 몽타주란 그에게 있어 속삭이는 그림자에 지나지 않았다. 하지만 더스터에 있을 때면 아버지에 관한 기억들이 선명하게 살아났다. 만약 이 일에 실패하게 되면 아이들은 더스터에 앉아야 아버지의 얼굴을 기억할 수 있을까? 아니, 그 전에 아버지 얼굴을 기억하고 싶어 할까?

"약속해. 우린 괜찮을 거야." 보러가드가 말했다. 그는 몸을 숙여 키아의 입술에 키스했다. 처음에는 입을 꾹 닫고 있던 키아는 점점 입을 벌려 마침내 그의 혀를 받아들였다. 그의 손은 그녀의 허벅지를 거쳐 몸의 중앙에 다다랐다. 키아는 움찔하면서 그에게서 몸을 뺐다.

"약속 꼭 지켜야 해." 키아가 신음하듯 말했다. 보러가드는 다시 키아에게 키스를 퍼부었고, 그들의 팔과 다리는 엉키면서 신음과 한숨의 소용돌이로 빨려 들어갔다.

# 8

제니는 최후 심판의 날에 울릴 법한 뿔과 트럼펫 소리에 잠을 깼다. 문자메시지 알림 소리가 그녀의 작은 아파트를 가득 메웠다. 뿔 소리가 크레셴도의 끝에 이르자 다시 멜로디가 반복되었다.

제니는 침실 스탠드에서 휴대전화를 집어 들었다. 화면에 적힌 발신자는 '록앤롤'이었다. 제니가 일어나자마자 받은 첫 메시지는 로니 '록앤록' 세션스에게서 온 것이었다. 로니의 메시지 내용은 이러했다.

*경보 코드가 필요해.*

제니는 휴대전화를 한참 쳐다본 뒤 눈을 깜빡했다. 그리고 다시 눈을 크게 떴다.

*무슨 말인지 모르겠으니까 전화해.*

제니는 이렇게 답하고 침실 스탠드에 있는 담뱃갑과 라이터를 집었다. 담배를 세 모금 빨아들였을 때 새소리가 그녀의 휴대전화에서 울리기 시작했다. 새소리는 제니 휴대전화의 벨 소리였다. 그녀는 휴대전화의 스크린을 터치하고 전화를 받았다.

"그런 내용, 문자로 보내지 마. 제길."

"아침 인사 좀 하면 어디 덧나니?" 로니가 말했다.

"나 진지해, 로니. 이 일이 벌어지고 나면 경찰이 제일 먼저 누구를 의심할 거 같아? 내 휴대전화 전화 기록에 이런 내용이 남아서야 되겠냐고."

"제길. 어젯밤에 잠을 잘 못 잔 거야? 내 손길이 좀 필요한 것 같은데." 로니가 말했다.

"있지, 네 거시기가 모든 일에 답이 될 수는 없거든?" 제니가 받아쳤다.

"내 거시기가 답이 아니라면 넌 잘못된 질문을 한 거야. 그건 그렇고, 알아낼 수 있어?"

"뭘 알아내?" 제니가 물었다.

"경보 코드 말이야." 로니가 말했다. 제니는 담배 연기를 깊숙이 들이마셨다.

"이미 알고 있어. 루 엘렌이 저번에 얘기해줬거든."

"맞다, 네 여자친구는 어떻게 지내? 카우보이들한테 연락해서 여자 꼬시는 비법 좀 전수받았다든?" 로니가 물었다.

"하나도 안 웃겨, 로니. 착한 사람이야."

"그 여자한테 빠진 것처럼 말하지 마. 잠자리에서 나보다 좋을 리 없으니까."

"진짜 못됐어, 넌. 루 엘렌이 나한테 얼마나 잘해주는데. 그녀가 다치는 건 원하지 않아. 그 누구도 다쳐선 안 돼. 루 엘렌도, 너도, 나도 마찬가지고. 그냥 여기를 벗어나고 싶어. 커터카운티도, 버지니아주도 이젠 지긋지긋해. 아무도 나를 모르는 곳에 가서 새로운 이름으로 새 삶을 시작하고 싶어. 그러니까 이번엔 실수하지 말도록 해." 제니가 말했다.

"그럴 거야. 넌 내가 하라는 대로만 하면 돼. 그렇게만 한다면 너도 모르는 사이에 100달러짜리 지폐 더미에 앉게 될 거니까 말이야." 로니가 말했다. 제니가 콧구멍으로 담배 연기를 길게 내뿜었다.

"난 그저 이 일로 내 인생이 망가지지 않기만을 바랄 뿐이야." 제니가 말했다.

"자기, 걱정하지 마. 자기는 나만 믿으면 돼. 그게 그렇게 어려워? 이제 걱정 그만하고 중요한 얘기를 해보자. 오늘 뭐 해? 내가 네 집으로 갈까? 퍼코셋\*하고 네 이름이 잔뜩 적힌 맥주 한 팩 가져갈까?"

"진정해. 나 일 가야 돼. 알잖아, 사람들이 훔치는 거 대신하는."

"그래. 참, 네 애인한테 안부나 전해줘."

"안녕, 로니."

"참, 언제 나갈 거야?"

"네가 전화 끊고 잠들고 나서 한 15분 뒤." 제니는 이렇게 말하고 전화를 끊었다.

---

\* Percocet : 옥시코돈과 같은 진통제의 일종이며 마약 성분이 포함되어 있다.

# 9

보러가드는 아침 햇살을 느끼자마자 잠에서 깨었다. 키아는 고양이처럼 몸을 만 채 옆에서 잠들어 있었다. 그는 침대를 빠져나와 청바지와 티셔츠를 입고 옷장에서 야구모자를 꺼내 깊숙이 눌러썼다. 그리고 키아의 뺨에 입을 맞추었다.

"일찍 나가네." 키아가 눈을 감은 채 말했다.

"정비소에 일찍 가봐야 해." 그는 거짓말을 했다. 보러가드는 손등으로 키아의 뺨을 가볍게 쓰다듬었다.

"이따 저녁때 애들 픽업 좀 해줘. 라키샤 베리랑 법원 옆에 있는 사무실 청소하러 가야 해." 키아가 말했다.

보러가드는 키아의 뺨에 다시 키스를 하고는 이렇게 말했다. "잘 됐네. 일 마치면 내가 애들 픽업해 올게. 사랑해."

"나도 사랑해." 키아가 뱉은 문장의 마지막은 한숨에 가까웠다. 보러가드는 집을 나와 트럭에 올라탄 뒤 라디오 주파수를 이리저리 돌려보았다. 구식의 알앤비 사운드가 스피커를 통해 흘러나오자 주파수를 고정했다. 알 그린의 떨리는 가성이 차가운 안개처럼 스피커를 통해 뿜어져 나왔다. 그는 레드힐을 빠져나와 60번 도로를 타고 주간 고속도로로 향했다. 고속도로 진입로에 들어가기 전에 이제는 버려진 테이스티 프리즈를 지나쳤다. 드라이브 스루로도 활용되던 흰 알루미늄 간이 차고는 무너져 내렸지만 건물 오른쪽은 멀쩡해 보였다. 하지만 건물 오른쪽은 엉겅퀴와 칡이 휘감긴 상태였고, 주차장 도로의 금 간 틈 사이로는 잡초가 무성했다. 엘러리와 에마 셰리든이 테이스티 프리즈를 50년간 운영했다. 엘러리가 사망한 2001년부터는 에마가 남편을 대신해 레스토랑을 꾸려가고자 했으나 알츠하이머가 에마의 정신을 앗아가버렸다. 에마가 나체로 밀크셰이크와 버거를 만들고 있는 광경을 목격한 사람들의 신고로 관공서가 개입하여 에마를 데려갔다.

보러가드는 어렸을 때 테이스티 프리즈의 더블초콜릿셰이크를 무척이나 좋아했다. 오늘처럼 무더운 날이면 그 셰이크만 한 것이 없었는데, 모든 근심 걱정을 날릴 만한 맛이었다. 그의 아버지는 창문 없는 차가 오더라도 초콜릿셰이크를 사준다고 하면 보러가드가 트렁크에라도 뛰어들 것이라는 농담을 하고는 했다. 보러가드가 기억하는 아버지의 마지막 날에도 테이스티 프리즈를 들렀다. 몇 년이 지난 후, 그 마지막 날에 도로가 물로도 씻기지 않을 만큼의 피로 물들었다는 이야기가 나돌았다.

보러가드는 음악의 볼륨을 높이고 고속도로에 들어섰다. 하지만 알 그린의 목소리로도 그날의 기억을 지울 수는 없었다.

커터카운티는 레드힐에서 약 110킬로미터 가량 떨어져 있었다.

어쩌다 보니 마지못해 뉴포트뉴스의 교외가 되었지만, 대부분의 커터카운티 주민들은 뉴포트뉴스에서 일했다. 그중 조선소와 캐논 제조 공장, 패트릭 헨리 몰이 가장 많은 일자리를 제공하는 곳이었다. 보러가드는 이러한 산업이 커터카운티에 미치는 영향을 한눈에 알아볼 수 있었다. 커터카운티는 마치 레드힐카운티의 부유한 쌍둥이처럼 보였다. 여기까지 운전해 오는 동안 이동주택은 단 세 채밖에 보지 못했고, 레드힐보다 더 많은 벽돌집이 즐비했다. 메인스트리트로 들어오자 벌써 세탁소 두 개, 주류점 한 개, 중고품 가게 두 개와 병원 두 개를 지나쳤다. 교통은 한산했으나 온통 BMW나 벤츠, 렉서스 같은 외제 차량뿐이었다. 잠시였지만 그는 주얼리 상점이 다섯 개나 있어 로니에게 선불폰이 아닌 자신의 휴대전화로 연락해야 하는 상황이 발생할까 봐 걱정했다. 그러한 불명예를 겪기 전에 그는 쇼핑센터 간판에서 '발렌티 주얼리'라는 사인을 발견했다. 커터카운티의 주민들에게 세탁소는 여러 군데 필요할 수 있어도, 주얼리만큼은 발렌티 주얼리 상점이 시장을 독점하고 있는 듯했다.

쇼핑센터를 지나쳐 다음 사거리에서 좌회전을 하자 보안관 사무실이 5킬로미터 남았음을 알리는 푸른 표지판이 보였다. 보러가드는 그 길을 따라가다 작은 벽돌 건물을 내에 위치한 보안관 사무실을 발견했다. 사무실 앞문에는 커터카운티의 문장이 새겨져 있었다. 건물 앞에는 순찰차가 두 대 세워져 있었다. 일이 발생하면 이들은 기민하게 움직일 것이었다. 보안관 사무실이 기대한 것보다 너무 가까이에 있었다. 그는 모퉁이를 돌아 다시 쇼핑센터로 차를 몰았다.

보러가드는 쇼핑센터 내의 텅 빈 주차장에 들어섰다. 쇼핑센터는 긴 L자형 구조였다. 주얼리 상점은 L자의 짧은 아래 획에서 가장 끝에 위치하고 있었다. 입구와 출구에서 가장 가까운 위치였다. 보러가드는 한 바퀴를 돌아본 뒤 유유히 주차장을 빠져나왔다. 그는 상점 내부를 살필 필요는 없었다. 그것은 로니의 일이고, 운전이 보러가드의 일이었기 때문이었다. 그는 쇼핑센터의 레이아웃과 메인스트리트 그리고 주간 고속도로 진입로까지의 동선을 머릿속에 그려보았다. 메인스트리트와 라피엣의 교차 지점에 신호가 하나 있었고, 주차장에는 과속방지턱이 하나 있었다. 맞은편의 커피숍에는 큰 유리창이 있어 쇼핑센터에서 일어나는 일을 훤히 볼 수 있다는 사실도 기억해냈다. 이처럼 작은 디테일이 그의 머릿속을 가득 채웠다. 그의 뇌는 마치 물을 빨아들이는 스폰지와 같았다. 소년원의 상담사는 보러가드에게 직관적인 기억력이 있다는 것을 말해준 적이 있다. 슈코르체니 씨는 그가 출소한 뒤 학교에 돌아갈 수 있도록 최선을 다해 도왔다. 어쩌면 대학 진학도 가능하다고 했다. 보러가드는 슈코르체니 씨의 선한 의도를 몰랐던 것은 아니었다. 제퍼슨 데이비스 소년원의 여타 직원들과는 다르게, 슈코르체니 씨는 보러가드를 실패한 인생으로 취급하지 않았다. 하지만 슈코르체니 씨가 몰랐던, 혹은 이해할 수 없었던 사실이 있다면 보러가드와 같은 아이들은 선택할 수 있는 사치가 없다는 것이었다. 그에게는 아버지도 없었다. 보러가드에게 허락된 가족은 구멍 난 타이어와 운수 나쁜 하루가 겹치면 신경쇠약으로 무너질 어머니, 극도의 빈곤에서 살다 죽어간 조부모뿐이었다. 보러가드와 같은 아이들에게 대학이란 꿈과도 같은 곳이었다. 슈코르체니 씨는 보러가드에게 화성에 가보라고 한 것이나 다름없었다.

보러가드는 60번 도로 서쪽으로 진입하여 주간 고속도로로 향했다. 그는 손목시계를 확인했다. 한적한 도로 상황에서 시속 90km로 밟으면 주얼리 상점에서 고속도로 출구까지 약 30분이 소요되었다. 실제로 주차장을 빠져나올 때는 90km보다는 더 빠르게 움직일 터였다. 그는 오는 길에 주간 고속도로에 대규모 공사가 진행되고 있다는 사실을 발견했다. 도로가 점점 오르막으로 변하더니 커터카운티 출구 직전에 약 1.5킬로미터가량의 고가도로로 이어졌다. 고가도로 밑에는 커터카운티로 진입할 수 있는 편도 1차선 도로가 보였다. 상행선과 하행선을 구분하는 콘크리트 장벽은 무너진 상태였다. 주간 고속도로 64번의 고약한 정체 현상을 개선하기 위한 6차선 도로 확장 공사가 마침내 진행되는 모양이었다. 도로 옆의 허허벌판을 가리기 위해 천막이 쳐져 있었다. 보러가드는 고가도로와 공사가 진행되는 도로의 거리가 약 6미터밖에 되지 않는다는 점을 알아챘다.

흥미로운 사실이었다.

조금 더 앞으로 나아가자, 앞의 차들이 브레이크 등을 밟는 모양이 마치 크리스마스 장식에 불이 들어오는 것 같이 보였다. 왼쪽 차선에 있던 차들이 모두 오른쪽으로 차선 변경을 했는데, 앞에 있던 화물 트럭이 차선을 바꾸자 보러가드는 왜 차들이 브레이크를 밟았는지 그 이유를 알 수 있었다. 작은 소형차가 비상등을 켠 채 도로 한복판에 정차해 있었다. 앳된 얼굴의 마른 흑인 남자가 차 옆에서 미친 듯이 팔을 휘젓고 있었다. 차의 후드 밑으로 옅은 연기가 뿜어져 나오는 상황이었다.

차들은 이 남자가 마치 자동차 딜러숍 앞에 있는 풍선 인형인 것 마냥 무심히 지나쳤다. 보러가드 역시 이 남자의 옆을 지나가는 순간이었다. 그 순간, 그는 조수석에 앉은 여자를 발견했다. 염색으로는 나오지 않는 밝은 금발의 젊은 여자가 앉아 있었다. 땀에 전 머리카락을 한 그 여자는 눈을 질끈 감은 채 거친 호흡을 내뱉었다.

"제길." 보러가드는 갓길에 차를 세운 후 트럭에서 뛰어내렸다. 그가 문을 닫기도 전에 팔을 흔들던 남자가 뛰어왔다.

"저기요, 선생님. 도움이 필요해요. 차가 고장 났는데 아내가 진통 중이에요. 아내가 죽어가고 있어요. 오늘 아기가 나올 기미는 전혀 없었는데. 제길, 진짜." 남자가 소리쳤다.

"구조대에 전화 안 했어요?" 보러가드가 물었다.

남자는 눈을 밑으로 깔고는 이렇게 말했다. "휴대전화 요금을 안 내서 며칠 전에 정지됐거든요. 지난달에 일하던 조선소에서 해고됐고요. 저기요, 선생님. 애가 곧 나올 것 같아요. 저희를 병원까지 좀 태워주시면 안 될까요?" 남자가 간청했다.

보러가드는 이 상황을 완벽하게 이해할 수 있었다. 거칠게 숨을 내쉬는 남자와 고통의 신음 소리를 내는 차 안의 여자. 그는 그 소리가 어떤 것인지 잘 알았다. 자신의 앞에 서 있는 남자의 떨리는 입술이 무엇을 의미하는지 너무도 잘 알았다. 그들은 겁에 질린 것이었다. 아기가 나오는 상황에서 무엇을 어떻게 해야 할지 감도 잡을 수 없을 때 느끼는 공포였다. 15분간의 환락이 평생의 책임감으로 변하려는 순간이었다. 그 책임감의 무게가 그들의 가슴을 돌덩이처럼 짓누르고 있으리라. 히지민 보러가드는 장소 답사를 하러 이곳에 왔고, 그가 할 수 있는 최선은 아무도 모르게 이곳을 빠져나가는 것이었다.

영리하고 프로페셔널하게 일처리를 하고자 했다면 그는 당장 트력에 올라타 일터로 직행했을 것이었다. 여자의 신음 소리가 다시 들려왔다. 신음소리는 이미 비명에 가까운 소리로 변해 차 소리가 가득한 도로에서도 그의 귀에 들려올 정도였다. 아리엘은 출산할 때 다리부터 나온 아이였다. 의사들은 재니스의 자궁에서 아리엘을 꺼내는 데 한참 애를 먹었다. 한 의사가 말하길 병원에서 출산하지 않았다면 아리엘은 목숨을 건지기 어려웠을 것이라고 했다.

"일단 차를 도로 밖으로 밀어내죠." 보러가드가 말했다.

그렇게 그 둘은 차를 도로 밖으로 밀어내기 시작했다. 보러가드는 남자와 힘을 합해 여자를 트럭 근처로 옮겼다. 남자가 트럭의 문을 잡고 둘은 힘을 합해 여자를 트럭에 태웠다. 남자는 조수석에, 보러가드는 차 뒤를 돌아 운전석에 탔다.

"갈 수 있을까요, 그 뭐냐, 그 전에…." 남자는 문장을 마무리하지 못했다. 보러가드는 거의 미소를 지을 뻔했다.

"꽉 잡아요." 보러가드는 액셀러레이터를 밟으며 말했다.

가장 가까운 병원은 뉴포트뉴스에 있는 리드 제너럴 병원이었다. 35분 정도 걸리는 거리였다. 보러가드는 출발한 지 18분 만에 응급실 입구에 차를 세웠다. 남자는 트럭에서 튀어나와 응급실로 달려갔다. 얼마 안 되어 간호사가 휠체어를 끌며 남자의 뒤를 따라왔다. 그들은 트럭에서 임산부를 꺼냈고 간호사는 휠체어를 밀어 병원으로 급히 들어갔다. 젊은 남자는 병원 문 앞에 멍하니 서 있었다. 보러가드는 다시 트럭에 올라탔다. 그는 운전석에 타자마자 남자가 창문을 향해 급히 걸어오는 모습을 보았다.

"선생님, 뭐라고 감사의 말씀을 드려야 할지 모르겠네요. 뭐라도 드리고 싶은데, 지금은 저희도 너무 쪼들리고 케이틀린도 아기 때문에 일을 그만둬서요. 장모님 댁으로 이사 간 지도 얼마 되지 않았고, 또….”

"아니, 아니. 저한테 그 어떤 것도 주실 필요 없습니다. 그저 순산하시기만을 바랍니다." 보러가드가 말했다.

남자는 눈물을 훔쳤다. 짧은 고수머리에 콧수염이 막 나기 시작하는 앳된 얼굴이었다. 10대를 갓 벗어난 정도로밖에 보이지 않는 나이였다.

"저도요. 저기요, 선생님. 선생님이 도와주시지 않았더라면 정말 큰일 났을 거예요. 그 도로를 지나가던 사람들 모두 우리를 벌레 보듯이 했으니까요. 근데 정말 운전 실력이 끝내주시네요. 거의 눈 깜짝할 새에 도착했어요." 남자가 말했다. 그는 보러가드를 향해 손을 뻗었다. 보러가드는 그 손을 잡고 흔들었다. 남자의 악력은 꽤 강했다. 궂은일을 하는 남자의 손이었다.

"참, 선생님 존함이 어떻게 되시죠? 남자아이라면, 선생님 이름을 따서 짓고 싶습니다." 남자가 말했다. 보러가드는 아무 말도 하지 않은 채로 그저 맞잡은 손만 흔들 뿐이었다.

"앤서니입니다." 드디어 그의 입에서 말이 흘러나왔다. 그 이름을 뱉는 입안이 약을 먹은 것처럼 매우 쓰게 느껴졌다. 보러가드에게 그 이름은 먹어서 겨우 살았지만 죽느니만 못한 쓴맛을 안겨준 약처럼 느껴졌다.

## 레드힐카운티
## 1991년 8월

보러가드는 발밑에서 올라오는 더스터의 엔진을 머리끝까지 느낄 수 있었다. 버디 가이의 노래가 차에서 흘러나오고 있었다. 버디 가이의 상징인 도트 패턴 기타의 구성진 기타 소리가 스피커를 통해 울렸다. 아버지는 한 손은 핸들에, 다른 한 손은 술이 든 갈색 종이백에 두고 노래를 따라 부르거나 술을 홀짝이는 행위를 반복했다. 보러가드는 속도계를 쳐다보았다. 속도계의 바늘은 시속 145km를 향해 가고 있었다. 더스터를 타고 보는 풍경은 마치 총천연색의 영화에 나오는 자연의 모습과 같았다.

"왜 아빠가 주말에 같이 드라이브 나오자고 했는지 알지, 그렇지, 버그?" 앤서니가 물었다.

보러가드는 고개를 끄덕였다. "엄마가 말해줬어요. 아빠가 어디 멀리 가신다고. 오랫동안."

앤서니는 병에 입을 대고 다시 한 모금 들이켰다. 그리고 무릎으로 핸들을 고정한 뒤 병을 든 손을 오른손에서 왼손으로 바꾸고는 창밖으로 술병을 던졌다. 보러가드는 술병이 간판에 부딪혀 깨지는 소리를 들었다. 그 간판에 따르면 타운브릿지로드의 속도 제한은 시속 70km이었다.

"엄마가 다른 말은 안 하든?" 앤서니가 물었다. 보러가드는 고개를 돌려 창밖을 쳐다보았다. "그럴 줄 알았어. 너희 엄마는… 엄마는 좋은 여자야. 내가 허튼 짓거리를 하고 다니니까 그걸 눈 뜨고 못 볼 뿐이지. 엄마가 너한테 화풀이는 안 하니까. 그렇지, 버그?" 앤서니가 물었다.

보러가드는 고개를 끄덕였다. 그는 아버지에게 거짓말을 하는 것이 싫었지만, 그보다 더 싫은 것은 부모님의 싸움이었다.

"그렇게 오래 있지는 않을 거야, 버그. 1년, 아니면 2년 정도. 일이 마무리되는 대로 올 거야." 앤서니가 말했다.

"어디로 가시는 거예요?" 보러가드가 물었다. 이미 알고 있었지만 아버지의 입으로 직접 듣고 싶었다. 직접 듣기 전까지는 현실로 다가오지 않았기 때문이었다.

앤서니는 보러가드를 흘끗 보고는 이렇게 말했다. "캘리포니아. 아빠처럼 운전을 직업으로 하는 사람에게 일거리가 있는 곳이야." 차는 기아변속을 하지 않은 상태에서 커브를 돌았다. 앤서니는 브레이크와 클러치를 밟고 커브에 진입한 다음 차가 멈춰서기 전에 다시 액셀러레이터를 밟았다. 몇 분간 침묵이 흘렀다. 340도 턴이 모든 말을 대신해주기라도 한 것처럼.

"왜 가야 해요, 아빠?" 마침내 보러가드가 물었다.

이번에 앤서니는 조수석 쪽으로 고개를 돌리지 않았다. 대신 핸들을 쥔 손에 너무 힘을 준 나머지 소리가 날 정도였다. 흑요석의 피부 밑으로 힘줄이 불룩거렸다. 더스터는 약간의 내리막을 지나가고 있었다. 보러가드는 심장이 목 밖으로 나올 것 같은 긴장감을 느꼈다.

"버그, 아빠 말 잘 들어. 새겨들어야 해. 아빠가 두 가지를 말할 테니까 절대 잊어서는 안 된다, 알았지? 참, 우리 버그는 뭘 잊어버리는 법이 없지. 첫째는 아빠가 널 사랑한다는 거야. 아빠가 멍청한 짓을 많이 하긴 했지만, 평생 가장 잘한 일은 네 아빠가 된 거야. 누가 뭐라고 해도, 심지어 엄마가 뭐라고 해도, 아빠가 널 사랑한다는 사실은 의심해선 안 돼." 앤서니가 말했다.

150미터가량 앞에 주차장이 보였다. 주차장에 다가가자 앤서니는 핸들을 오른쪽으로 꺾어 주차 범퍼까지 차가 자연 감속을 하도록 두었다.

"둘째, 중요한 순간에는 그 누구도 네 자신보다 너를 더 생각하지 않는다는 것을 명심해. 누군가 널 위해 하지 않을 일이라면, 네가 그 사람을 위해 해서는 안 돼. 무슨 말인지 알겠니, 아들?" 앤서니가 물었다.

보러가드가 고개를 끄덕였다. "알겠어요, 아빠."

"자기가 5분도 못할 일을 너에게 평생 하라고 강요할 수 있는 게 사람이야. 그런 일을 하면 못쓰는 거야. 참, 너희 할머니가 요즘 비스킷을 많이 만들어주는 건 알지만, 아빠는 셰이크가 좀 땡기는데? 테이스티 프리즈 갈까?" 앤서니가 제안했다.

보러가드는 아버지가 정말 밀크셰이크가 먹고 싶은 것은 아니라는 사실을 잘 알았다. 자신과 어머니에게 찔리는 일을 할 때마다 취하는 자상한 제스처일 뿐이라는 사실도.

"좋아요." 보러가드가 말했다.

"좋아. 그럼 가서 가장 큰 스트로베리셰이크를 시키자." 앤서니는 이렇게 말하며 기어를 넣고 페달을 밟아 주차장을 빠져나갔다.

"초콜릿인데. 내가 제일 좋아하는 건 초콜릿셰이크인데." 보러가드가 조용히 중얼거렸다.

# 10

 보러가드는 정비소 문을 일찍 닫았다. 그는 켈빈을 점심시간쯤에 집에 보냈다. 이날 오전은 괴로울 만큼 시간이 가지 않았다. 그들은 체커를 두고 라디오를 듣는 등 온갖 소일거리를 해봤지만 시간은 더디게만 흘렀다.
 "내일 출근하기 전에 전화하라고?" 켈빈이 물었다.
 "그래."
 "아, 생각났으니 하는 말인데, 다음 주에 자말 페이지랑 며칠 일하기로 했어. 외근 갈 때 견인차 모는 일이야. 형한테 미리 말해두는 거야." 켈빈이 말했다.
 "괜찮아."
 "자말한테 일주일에 며칠은 가능하냐고 했어. 여기 일이 많아지면 그만둘 거고." 켈빈이 말했다.
 "이해해. 너도 먹고살아야지. 난 괜찮아." 보러가드가 말했다.
 켈빈은 바지에 손을 넣은 채로 묵묵히 있다가 다시 말을 꺼냈다.

"그만두는 건 아니니까 그렇게 생각하지는 말고."

"네가 안 그럴 거라는 거 알아." 보러가드가 말했다. 하지만 그는 켈빈이 그만둔다고 해도 탓할 수 없다고 생각했다.

켈빈이 퇴근한 후 보러가드는 사무실에 앉아 시곗바늘의 분침만 노려보았다. 시간은 더디게 흘러갔다. 그는 그렇게 세 시간을 버티다가 부니를 만나러 자리를 박차고 일어섰다.

폐차장 앞마당은 분주했다. 차와 트럭이 저울 위를 빠른 속도로 오르고 내렸다. 녹슨 철과 찌그러진 금속이 레드힐 메탈스의 문을 줄지어 통과하고 있었다. 보러가드는 이들이 어떤 물건에서 나온 것인지에 대해 잠시 생각했다. 라임그린색 픽업트럭에 실린 연철 침대 프레임이 저울에 올라갈 차례를 기다리고 있었다. 프레임의 헤드보드는 블랙베리를 연상시키는 모양이었다. 아이들은 이것을 진짜 과일이라고 생각했을까? 아름다운 여인이 애인 옆에 앉아 이 헤드보드를 잡은 적이 있었을까? 부니가 말한 것처럼 침대에서 편안한 죽음을 맞을 가치가 없는 갱스터가 이 프레임 위에서 임종을 맞이했을까?

보러가드는 정문을 통과해 사무실로 곧장 걸어갔다. 부니는 책상 뒤에 앉아 남부연합기가 그려진 티셔츠를 입은 뚱뚱한 백인 남자를 향해 돈을 세어 보이고 있었다. 보러가드는 문 옆에서 그 모습을 지켜보았다.

"250이야, 하워드." 부니는 돈을 마저 센 뒤 이렇게 말하고는 지폐 뭉치를 백인 남자에게 건넸다. 남자는 받기를 저어하는 눈치였다.

"엔진만 200달러 하는 차야. 무게도 450킬로그램 이상 나가고." 남자가 투덜거렸다.

"하워드, 차가 그렘린이잖아. 다른 데서 가격 알아보고 싶으면 그렇게 해. 하지만 다른 가게에선 나보다 훨씬 더 많은 질문을 할 거라는 걸 명심해." 부니가 말했다.

하워드라는 남자는 의자에서 일어서 돈을 주머니에 구겨 넣었다. 그는 인사 한마디 없이 자리를 떴다.

"저 새끼가 속으로 '니거'라고 욕했다 안 했다, 내기할래?" 부니가 물었다.

보러가드가 미소를 띠었다.

"웬걸, 자리에 앉기도 전에 그 욕은 이미 했을걸."

부니는 회전의자를 빙 돌려서 뒤에 있는 금고를 잠갔다. "뭐, 입으로 욕을 뱉지만 않는다면야. 그놈이 입은 거 봤어? 저놈의 새끼들은 노예제도를 극복했느니 뭐니 입으로 떠들어대도, 로저 셔먼*에게 굴복한 건 인정을 못 한단 말이지." 부니가 말했다.

보러가드는 하워드가 방금 몸을 일으킨 그 의자에 앉아 이렇게 말했다. "저 도움이 좀 필요합니다."

"아직 자네한테 줄 일거리는 없는데." 부니가 말했다.

보러가드는 고개를 가로저었다. "차가 한 대 필요해요. 선불로 드릴 수는 없지만 일이 끝나면 바로 드릴게요. 외관은 어때도 상관없지만, 프레임이 단단한 차여야 해요."

부니는 의자에 등을 기댔다. 무게를 감당하지 못한 의자가 신음 소리를 냈다. "일 시작하는 거 있나 보지?" 부니가 물었다.

보러가드는 발목을 교차한 뒤 이렇게 말했다. "뭐, 그런 셈이죠."

---

\* Roger Sherman(1721 1793) : 미국 건국의 4대 문서(동맹규약, 독립선언서, 연합규약, 미국헌법)에 모두 서명한 유일한 인물이다. 변호사였던 그는 일찍부터 미국의 독립을 주장하였다.

밖에 거대한 픽업트럭이 지나가자 발밑에 진동이 느껴졌다. 부니는 의자에서 몸을 앞뒤로 흔들었다. 의자는 비명을 내지르는 듯했다.

"그 일이란 게 로니 세션스와 관련이 있는 건 아니겠지?" 부니가 물었다. 근육은 컨트롤에 성공했지만, 손이 떨리는 것은 제어하지 못했다. 주먹을 꽉 쥐자 손가락 관절에서 소리가 났다. 마치 유리잔이 벽돌 벽에 부딪혀 깨지는 듯한 소리였다.

"왜 그걸 물어보시죠? 그자가 그런 말을 했나요?" 보러가드가 말했다. 느리고 단조로운 톤이었다.

"아니. 오늘 아침에 와서 한참을 떠들고 갔어. 구리 호일 다섯 롤하고 비료 다섯 포대를 갖고 왔는데 보나마나 다 훔친 거겠지만 물어보진 않았어. 구리 호일만 넉 장 주고 샀지. 다섯 장은 줘야 하는 물건이었지만, 난 그놈이 마음에 들지 않거든. 어수룩해 보이지만 뱀처럼 교활한 녀석이야. 그놈이 사무엘한테 일에 써야 한다며 연장을 준비해달라고 했다던데. 식은 죽 먹기로 쉬운 일이지만 성공만 하면 평생 일할 필요가 없을 거라고 했다는군. 그런데 이 타이밍에 자네가 차가 필요하다고 하지 않나."

부니는 이렇게 말하고 잠자코 반응을 기다렸다. 하지만 보러가드는 아무런 말도 하지 않았다. 그저 무표정을 유지할 뿐이었다.

"뭐, 제길. 좋아. 한 가지만 약속해. 몸조심하겠다고. 자, 그럼 뒷마당으로 가보자고. 쓸 만한 놈이 하나 있어." 부니가 말했다.

그들은 미로와도 같은 레드힐 메탈스를 뚫고 걸었다. 수십 대의 폐차가 잊힌 유물처럼 즐비했다. 썩은 빗물과 기름, 가스 냄새가 뒤엉켜 공기를 가득 메웠다. 밑에 깔린 자갈을 밟을 때마다 먼지가 악마처럼 그들을 쫓아왔다. 마침내 그들은 다크블루의 투 도어 세단을 앞에 두고 발걸음을 멈추었다.

"숀 터틀의 옛날 집에서 가져온 거야. 87년식 뷰익 리갈 GNX지. 엔진이 맛이 가긴 했지만 그렇게 문제 될 건 아니야. 차체도 끄떡없고 변속기어도 짱짱해. 숀이 이 차에 더 이상 관심이 없길래 가져왔지. 해체해서 부품을 팔아먹을까 했는데, 자네한테 1,000에 넘기겠네."

보러가드는 운전석의 차창으로 내부를 들여다보았다. 차의 내부는 형편없이 찢어발겨진 상태였다. 차의 천장을 덮고 있던 천이 흘러내려 마치 뇌졸중 환자의 뺨처럼 늘어져 있었다. 차의 앞범퍼는 미식축구 최전방 공격수의 주먹에 난 것 같은 구멍이 뚫려 있고, 후드에는 녹이 주부습진처럼 달라붙어 있었다. 사이드미러는 대롱대롱 달려 있는 수준이어서 바람만 불어도 날아갈 것 같았다. 이처럼 처참한 상태의 차를 보는 것은 슬픈 일이었다. 이 정도까지 방치하다니 소름 끼치는 일이기도 했다. 마음 한구석에서 이 차를 구석구석 고쳐주고 싶다는 생각이 샘솟았다. 키아는 보통 사람들이 강아지에게 느끼는 애정을 보리가드는 차에다 쏟는다는 말을 한 적이 있었다.

"내일 우리 정비소에 가져다줄 수 있겠어요?" 보러가드가 물었다.

"그럼, 안 될 건 없지. 하지만 다시 생각해봐. 지금 많이 힘든 건 알지만, 버그. 난 그놈을 신뢰하지 않아. 뼛속까지 글러먹은 놈이라 곱게 숙지도 않을 놈이야." 부니가 말했다.

보러가드는 부니가 좋은 의도에서 한 말임을 잘 알았다. 부니가 자신을 아끼는 마음도 느낄 수 있었다. 하지만 부니는 선택지가 있고, 보러가드는 그렇지 못했다. "일이 다 끝나면 바로 돈 드릴세요."

보러가드가 말했다.

"알아. 자나깨나 몸조심하라고. 그놈이 딴마음 먹으면 말만 해. 바로 쩝쩝 1호기로 조져버릴 테니까." 부니가 말했다.

*딴마음 먹은 걸 들키는 순간 그 자식은 끝이야*, 보러가드는 속으로 생각했다.

"나도 한때 운전했던 거 알지? 한때 거기에 미쳐서 빠져나오질 못했지. 너희 아빠가 나한테 해준 말이 하나 있어. 그 말을 듣고 바로 그쪽 일은 접었지."

보러가드는 손을 바지에 쓱쓱 문질렀다.

"무슨 말이었는데요?"

"토끼 같은 마누라가 있고 폐차장도 있지 않느냐고. 정확히는 이렇게 말했지. '부니, 사나이는 하나만 해야 해. 폐차장을 운영하든가 아니면 도로를 접수하든가. 남자는 두 얼굴의 짐승일 수 없거든.'"

부니가 말했다.

"그 충고를 자신에게 적용하지 못한 게 아쉽네요."

"그 정도면 적용했다고 볼 수 있지 않겠어? 앤서니는 가끔 차를 운전하는 정비공이 아니었어. 가끔 정비공 일을 하는 드라이버였지. 네가 아빠를 어떻게 생각하든, 네 아빠는 자기가 누군지 잘 아는 사람이었다는 것만은 부인할 수 없는 진실이지."

"아저씨가 생각하기에 저는 제가 누군지 아는 것 같아요?"

"내 생각에 넌 알아. 다만 그걸 받아들이지 못할 뿐이지." 부니가 말했다.

보러가드는 폐차장을 떠나 아이들을 데리러 진의 집으로 향했다.

그 집의 진입로에 들어섰을 때 그는 다시 한 번 그 생각을 하지 않을 수 없었다. 어떻게 미용사의 수입으로 이런 멋진 집을 살 수 있는지를. 보러가드가 트럭을 대고 2층 벽돌집의 문에 가까워지기도 전에 대런이 이미 문을 열고 달려왔다.

"아빠, 보세요! 형이 타투를 해줬어요!" 대런이 말했다. 대런은 캡틴 아메리카 티셔츠의 소매를 걷어 팔에 그려진 울버린 그림을 보여주었다.

"매직으로 그린 거니까 타투는 아니야." 제이본은 대런의 뒤를 따라 나오며 이렇게 말했다.

"엄마가 샤워해서 지워버리라고 하기 전에 사진 찍어놔야겠네." 보러가드가 말했다. 그림의 디테일은 섬뜩할 정도로 정교했다. 제이본은 울버린의 트레이드마크 대사인 "스닉트!"라는 의성어까지 울버린 머리 위에 말풍선으로 그려놓았다.

"아니, 절대로 지워버리지 않을 거야." 대런이 투정하듯 말했다. 보러가드는 대런을 한 팔로 들어 올려 어깨 위에 걸쳤다.

"언젠가는 목욕을 해야지. 고약한 똥 냄새를 풍기면서 돌아다닐 수는 없어." 보러가드가 말했다. 대런은 험한 말을 듣자 웃음보를 터뜨렸다. 제이본은 자신의 백팩과 함께 크레용, 그림책, 액션 피규어가 든 대런의 가방을 들고 있었다. 제이본은 트럭에 타자마자 귀에 이어폰을 꽂았다.

"형부 왔어요?" 진이 인사했다. 그녀는 갑자기 유령처럼 문 옆에 나타났다.

"처제, 잘 있었어?" 보러가드가 말했다. 진은 대답 대신 팔짱을 꼈다. 진과 키아는 외모가 비슷했지만 진은 모델 체형에 가까웠다. 가슴과 힙이 커서 코카콜라병을 연상하는 체형이었다.

"잘 지내요. 형부도 좋아 보이네. 사장님이 잘 어울려요."

"처제도 미용실 운영하니까 잘 알 거 아니야."

"그렇죠. 나는 뭐든 혼자 하는 게 익숙하니까. 자기 식대로 하면 실망할 일도 없거든요. 마지막에는 항상 만족하게 되죠." 진이 말했다.

보러가드는 얼굴이 뜨거워지는 것을 느꼈다. "그럼 난 이제 가볼게." 그가 말했다. 진은 미소를 지으며 집 안으로 들어갔다. 보러가드는 아직도 킥킥거리고 있는 대런을 제이본 옆에 태웠다. 그들은 진의 집을 빠져나와 집으로 향했다.

"진 이모가 뭐든 혼자 다 하느라 외로운가?" 대런이 물었다. 대런은 차창 밖으로 꺼낸 손을 바람에 따라 위아래로 흔들었다.

"진 이모는 괜찮으실 거야." 보러가드가 말했다.

차가 집 앞마당에 도착하자 대런은 보러가드가 기어를 변속하기도 전에 차 문을 열고 튀어 나갔다. 제이본은 꿈쩍도 하지 않았다. 대런은 아이언맨 액션 피규어를 가방에서 꺼내 키아가 현관에 둔 제라늄 화분과 싸움을 붙였다.

"우리 집 괜찮은 거예요?" 제이본이 물었다.

보러가드는 운전석에 등을 기대며 말했다. "왜 그런 걸 묻니?"

"아빠랑 엄마가 말하는 걸 들었어요." 제이본이 말했다. 그는 이어폰을 귀에서 뺀 후 목에 걸쳤다.

"괜찮을 거야. 지금은 좀 힘들지만 네가 걱정할 필요는 없어. 넌 이제 중학교 올라갈 준비만 잘하면 돼." 보러가드가 말했다.

"엄마가 통화하시는 걸 들었어요. 프레시전 정비소가 문을 열어서 엄마가 일을 더 구해야 한다고요." 제이본이 말했다.

"잘 들어. 프레시전이 어떻든 엄마가 새 일자리를 구하든 네가 걱정할 필요는 없어. 네가 신경 써야 하는 건 공부 열심히 해서 고등학교까지 잘 마치는 거야." 보러가드가 말했다.

"저도 일하고 싶어요. 엉클 부니 밑에서 일을 도와드려도 되고요. 학교가 싫어요. 지루하고요. 제가 학교에서 유일하게 좋아하는 시간이 미술 시간인데, 그건 혼자서도 할 수 있다고요." 제이본이 말했다. 보러가드는 손가락으로 핸들을 두드렸다. 그는 제이본이 수학을 특히 어려워하는 것을 잘 알았다. 보러가드도 제이본의 공부를 돕지 않았던 것은 아니었다. 피타고라스 정리나 과학적 기수법을 아들에게 설명해주려고 애썼으나 곧 자신이 형편없는 선생이라는 것을 깨달았다. 제이본이 이해할 수 있게끔 각도나 변수를 설명해주지 못했기 때문이었다. 보러가드는 자신이 이해하는 것을 남이 이해할 수 있게끔 설명한다는 것이 꽤 어려운 일임을 알게 되었다. 그는 제이본이 그림에 대해서 그렇게 느끼고 있다는 것을 잘 알았다. 제이본은 똑똑하고 영리한 아이였지만, 재능이 있는 분야가 다를 뿐이었다. 아버지가 늘 하던 말처럼 물고기가 나무에 오르지 못한다고 해서 멍청한 것은 아닌 것과 같았다.

보러가드는 제이본에게 손을 들어 보였다.

"아빠 손에 기름때 보이지? 오늘 손을 다섯 번이나 씻었는데 지워지지가 않아. 오해하지 마. 아빠가 이 일을 부끄러워하는 건 아니야. 하지만 이 일은 아빠가 가신 유일한 선택지였어. 아빠는 네가 그럴 필요는 없다고 생각해. 자동차 학교를 가서 레이싱 관련 직업을 택하든, 미대를 가서 그래픽 디자이너가 되든, 네 선택이면 다 좋아. 변호사나 의사, 작가가 되고 싶다고 해도 마찬가지야. 그런데 교육을 받아야 그런 선택지가 생겨."

보러가드는 다시 운전석에 등을 기댔다.

"잘 들어, 아들. 미국에서 흑인으로 산다는 건 사람들의 낮은 기대감을 등에 업고 하루하루를 견디는 것과 다를 바 없어. 정신 바짝 차리지 않으면 땅으로 고꾸라지는 건 순간이야. 달리기 경주라고 생각해봐. 다른 사람들은 너보다 먼저 경주를 시작했는데 너는 낮은 기대감이라는 무거운 짐을 끌고 달려야 하는 거야. 하지만 선택지가 생기면 그런 낮은 기대감으로부터 벗어날 수 있어. 그걸 등에서 떨쳐버릴 수 있어. 무언가를 놓아버릴 수 있는 것, 그게 자유라는 거야. 그리고 자유만큼 인생에서 중요한 건 없어. 내 말 알아들었니, 아들?" 보러가드가 말했다.

제이본은 고개를 끄덕였다.

"좋아. 그럼 이제부터 넌 공부에만 신경 써. 다른 건 아빠가 다 해결할게. 자, 이제 동생을 집 안으로 데려다 놓자. 대런이 밤새 저 화분하고 싸우게 둘 수는 없으니까 말이야." 보러가드가 말했다.

보러가드는 아이들이 가장 좋아하는 '아빠표 저녁'을 만들어주었다. 치즈버거 캐서롤과 레몬 라임 에이드였다. 아이들을 재운 뒤 그는 키아를 기다렸다. 11시가 조금 넘은 시각에 키아가 비틀거리며 집으로 들어왔다.

"애들 저녁 뭐 먹었어?"

"아빠표 저녁." 보러가드가 대답했다.

키아는 소파에 쓰러지더니 5분도 지나지 않아 잠들었다. 보러가드는 그녀를 번쩍 들어 침대로 옮겼다. 키아의 유연한 몸이 그의 몸을 뱀처럼 감쌌다. 그는 아내를 침대에 눕힌 뒤 불을 끄러 거실로 나갔다. 주머니를 뒤져 트럭의 키를 꺼낸 후 열쇠걸이에 걸려는 순간 더스터의 키가 바닥으로 떨어졌다. 체인 끝에 달린 에잇볼이 바닥을 굴렀다. 그는 허리를 숙여 더스터의 키를 집어 들었다. 미니어처 에잇볼에는 ATM이라는 약자가 새겨져 있었다. 내일 그는 뷰익을 정비한 후, 커터카운티에 가서 동선을 다시 체크할 예정이었다. 로니와 콴과 도주 계획도 검토해야 했다. 로니에 대해 부니는 옳았다. 로니는 어떤 정보를 숨기고 있는 것이 분명했다. 로니의 캐릭터는 남을 속이는 데 중독된 사기꾼의 전형이었다. 콴은 진짜 총을 가지고 노는 '워너비 갱스터'에 불과했다. 보러가드는 로니와 콴 모두를 손톱만큼도 믿지 않았다. 그의 아버지는 파트너를 믿었지만, 그 파트너란 작자는 아들이 보는 앞에서 아버지에게 살해 위협을 가했다. 자신에게는 절대로 그런 일이 일어나서는 안 되었다.

보러가드는 도둑에게 명예 따위란 없다는 것을 잘 알았다. 이 판에 기웃거리는 작자들이 상대방에 대해 가지는 존경심은 상대의 실력에서 상대에 대한 두려움을 나눈 만큼에 정확히 비례했다. 그 둘이 자신의 실력을 필요로 한다는 것에는 의심의 여지가 없었다.

만약 그들이 자신을 두려워하지 않는다면 그것은 그들의 착오일 것이었다.

# 11

로니와 레지는 공회전에 흔들리는 차에 앉아 있었다. 그들은 카운티의 지선도로에 차를 잠시 정차 중이었다. 이동전화 기지국이 거대한 로봇의 팔처럼 나무 위로 삐죽 솟아 있었다. 보러가드의 트럭이 자갈밭을 지나 뿌연 연기를 일으키며 다가왔다. 보러가드는 레지의 차 옆에 주차해서 운전석의 차창이 서로 평행이 되도록 했다. 보러가드는 조수석에서 보냉병을 꺼내 창을 통해 레지에게 건넸다. 레지는 보냉병을 로니에게 전달했다.

"우린 여기 한 시간이나 있었다고. 여기 맥주도 좀 들어 있었으면 하는데." 로니가 이렇게 말했지만 보러가드는 그 말을 간단히 무시했다.

"이걸 판 사람은 여기 근처에 살지 않아. 항상 경계하는 사람이거든. 거래할 때도 늘 신중하게 하는 편이야." 보러가드가 말했다. 로니는 보냉병의 뚜껑을 잡고 돌리려 했다.

"여기서 열어보지 마." 보러가드가 말했다.

"그럼 여기 뭐가 들었는지는 얘기해줘야 할 거 아냐?"

"여섯 발짜리 리볼버. 38구경에 연장 배럴을 달아 개조한 거야. 일련번호나 범죄 사용 이력도 없이 깨끗한 거야. 매드니스가 잘 세탁한 거라고. 유령 연장이야." 보러가드가 말했다.

"'매드니스가 잘 세탁'했다고? 어디서 그런 말을 들은 거야? 포춘 쿠키에 적혀 있든?" 로니가 빈정거렸다.

"매드니스는 이거 만든 사람 이름이야." 보러가드가 대꾸했다.

"육혈포라고? 콴이 별로 좋아하지 않을 텐데." 로니가 말했다.

"콴은 좋아하지 않겠지. 하지만 리볼버를 써야 탄피가 남지 않아. 여섯 발보다 더 쏴야 한다면 일이 틀어진 거고." 보러가드가 말했다. 그는 후진 기어를 넣은 후 차를 돌려 지선도로를 타고 유유히 사라졌다.

보러가드는 사실 로니에게 총을 맡기는 것이 불안했지만, 그렇다고 미등록 총기를 지니고 있을 수는 없었다. 보러가드는 일을 하기도 전에 로니가 그 총을 쓸 거라고는 생각하지 않았다. 적어도 그러기를 바랐다.

보러가드가 정비소에 도착했을 때 켈빈은 에스더 매 버크의 오래된 쉐보레 카프리스의 엔진오일을 교체하는 중이었다. 켈빈은 유압리프트에 차를 올려놓은 채 작업 중이었고, 버크 부인은 문 옆의 벤치에 앉아 있었다.

"잘 지내시죠, 버크 부인?" 보러가드가 사무실로 가는 도중에 버크 부인에게 인사를 건넸다.

"난 잘 지내죠, 보러가드. 요즘 가게가 좀 한산한가 봐요?" 버크 부인이 물었다. 다정한 차림새에 작은 몸집을 한 비그 부인은 휘머리를 닭 벼슬같이 정리한 모습이 눈에 띄는 백인 노인이었다.

"언젠간 좋아지겠죠." 보러가드가 말했다.

"옆집에 사는 루이즈 키팅이 그러더라고, 프레시전 정비소에서는 엔진오일을 교환하는 데 19.99달러면 된다고. 서비스로 부동액이나 워셔액도 채워주고 심지어는 타이어도 갈아준다고 하더라고. 그것도 19.99달러에. 내가 그 여편네한테 그랬지, 싼 게 비지떡이라고. 나는 돈이 좀 더 들더라도 여기에 올 거라고 말이야." 버크 부인이 말했다.

"항상 찾아주셔서 저희야 감사하죠." 보러가드는 이렇게 말하면서 걸음을 멈추지 않았다.

"난 여기가 닫을 때까지 올거라우, 보러가드." 버크 부인이 보러가드의 등 뒤에 대고 소리쳤다. 그는 발걸음을 멈추지 않고 사무실로 들어가 문을 닫았다. 책상 위의 고지서는 점점 더 높이 쌓여만 갔다. 보러가드에게 이 고지서들은 마치 지각판처럼 무겁게 느껴졌다. 그는 자리에 앉아 고지서를 찬찬히 들여다보기 시작했다. 마침내 고지서를 두 부류로 나누었는데, 하나는 납기일이 30일을 넘긴 최후통첩이었다. 신용카드 한도가 200달러 정도 남았으니 크지 않은 금액은 신용카드로 납부할 수 있을 것이었다. 하지만 그 경우 부품을 살 돈이 부족할 수 있었다. 이쪽에서 돈을 빌려 저쪽을 막을 수는 없는 노릇이었다. 둘 다 그의 목줄을 죄어오고 있었다.

한 시간 뒤 노크 소리가 들렸다.

"네." 보러가드가 말했다. 그러자 켈빈이 사무실로 들어온 후 등 뒤로 문을 닫았다.

"버크 부인이 그러던데. 우리가 3개월 더 버티면 그때는 브레이크를 교체하러 오겠다고." 켈빈이 말했다.

"끔찍한 신뢰에 감사라도 드려야 하나." 보러가드가 말했다.

"그건 그렇고, 나한테 언제 보여줄 거야?" 켈빈이 물었다.

"뭘 보여줘?"

"시치미 떼지 말고. 구석에 커다란 방수포 쳐놓고 그 안에서 작업한 게 며칠째야." 켈빈이 말했다.

보러가드는 의자에 등을 기대며 말했다. "개인적인 프로젝트야."

그 말에 켈빈은 웃음을 터뜨렸다. "버그, 나도 알아. 작업에 쓸 차 잖아. 난 그저 한번 보고 싶은 것뿐이라고. 열흘째 저 차에 매달려 있었잖아. 며칠 전엔 새벽 3시에 차 타고 지나가는데 여기 불이 켜져 있더라고. 그러지 말고, 작품 좀 보여줘. 그거 보고 나서 문 닫고 낮술이나 한잔하러 가자고."

보러가드는 한숨을 한 번 쉬고는 이렇게 말했다. "까짓것, 좋아."

그들은 뒷문으로 나가서 오일 컨테이너가 있는 구석까지 걸어갔다. 보러가드는 과장된 몸짓과 함께 방수포를 들추었다. 다크네이비 블루로 도색한 차체가 드러났다. 화려하지는 않지만 어디 내놔도 손색없는 모습이었다. 켈빈은 차의 옆 유리와 앞 유리가 모두 살짝 흐릿하다는 사실을 알아챘다.

"유리가 방탄이네. 직접 한 거지?" 켈빈이 물었다. 하지만 켈빈의 질문은 의문문이라기보다는 평서문에 가까웠다.

"응, 타이어도 런플랫*으로 갈아 끼웠고." 보러가드가 말했다. 그는 운전석을 열고 후드를 열었다. 모터는 아주 깨끗하게 정비된 상태였다. 켈빈이 낮게 휘파람을 불었다.

---

\* 펑크가 나도 주행이 가능한 안전 타이어.

"V6?" 켈빈이 물었다.

"그래, 내가 손수 만든 거야. 여기 여분도 있고." 보러가드가 대답했다.

"그랬겠지. 제길, 형. 내가 몰고 싶다, 이 차. 짱짱해 보이는데. 속도도 확실히 날 것 같고." 켈빈이 말했다.

"그래. 밟는 재미가 있는 녀석이지. 이 녀석 수리하느라 비빈스 부품사에 걸어놓은 선급금도 다 써버렸어." 보러가드가 말했다. 그는 후드를 닫은 후 한 발짝 물러난 뒤 차를 물끄러미 바라보았다.

"그래도 기분은 좋지? 일할 생각하니까 말이야." 켈빈이 말했다.

"아니." 보러가드는 마음에 없는 말을 뱉았다. 기분이 좋기보다는 전보다 좋아졌다는 표현이 정확할 것이다. 이제야 제대로 된 일을 한다는 느낌이 들었다. 마치 영영 잃어버린 줄 알았던 편한 신발을 다시 찾은 기분이었다. 하지만 그는 본능적으로 이 느낌이 잘못된 것임을 알았다. 기분이 좋거나 제대로 되었다는 느낌을 가져서는 안 되었다. 그에게 기분 좋을 만한 일은 아내나 아이들과 함께 하는 일로 시작해 낚시를 간다거나 드래그 경주 참가 정도로 끝나야 했다. 하지만 이상과 현실이 일치하는 경우는 드물었다.

"맥주나 마시자." 보러가드가 말했다.

대니스바에서 나오는 음악은 내부 장식만큼이나 어두웠다. 지미 헨드릭스의 〈헤이 조〉가 입체음향 스피커에서 흘러나오고 있었다. 주크박스 위에는 환한 LED 등이 달려 있었지만, 지미 헨드릭스의 죽음과 비극이 낮술에 어울린다고 누군가 생각했던 모양이었다. 보러가드는 버드라이트를, 켈빈은 럼앤코크를 주문했다.

"도와줄 필요 없는 거 확실한 거야?" 켈빈이 물었다.

보러가드는 맥주를 홀짝이며 말했다. "응, 확실해."

켈빈은 잔에 든 술을 벌컥 들이켰다. 얼음끼리 부딪히는 소리가 들렸다. "좋아. 하지만 다음번엔 나도 좀 생각해줘." 켈빈이 말했다.

보러가드는 다시 맥주를 한 모금 들이켠 뒤 말했다. "하지만 한 번 하고 손 털 거야. 이번 일만 잘되면 정비소를 확장할 수 있을 거고, 차체 수리도 시작해보자고. 그럼 다음번 수주에서는 프레시전이랑 제대로 맞붙어볼 수 있을 거야."

"좋아. 하지만 가끔 부업하는 것도 괜찮지 않아?" 켈빈이 말했다.

"아니, 전혀 괜찮지 않아." 보러가드가 말했다. 그리고 그는 맥주를 끝까지 들이켠 뒤 스툴에서 몸을 일으켰다.

"형, 내가 그런 뜻으로 말한 건 아니…." 켈빈이 말끝을 흐렸다.

"나도 알아." 보러가드가 말했다. 그는 허리를 숙여 켈빈의 귀에 대고 속삭였다. "누가 내 행방을 물어보거든 다음 주 월요일하고 화요일에는 쭉 정비소에 있었다고 해줘."

"그런 건 말 안 해줘도 돼. 언제부터 언제까지 있었다고 얘기할지도 이미 다 아니까." 켈빈이 말했다.

보러가드는 켈빈의 등을 두드리고는 출구로 향했다. 그때 출구를 통해 키가 크고 여윈 백인 남자 한 명이 들어왔다. 정돈되지 않은 갈색 머리가 미용을 받은 강아지 털을 연상시키는 모양새였다. 갈색 눈동자를 한 큰 눈은 분비물로 지저분했고 충혈되어 있었다. 그 남자는 바에 앉기 선 보러가드를 한 번 흘긋 쳐다보았다. 보러가드는 그 남자의 목에 빨간 점이 있는 것을 알아챘다. 그 점은 가족력이 있는 출생점이었다. 그 남자의 아버지와 두 삼촌도 정확히 같은 곳에 점이 있었다. 점의 색깔에 따라 각각 별명도 붙었는데, 남자의 아버지는 레드, 삼촌들은 각각 화이트와 블루였다. 네이블리는 레드힐 카운티에서 악질로 유명한 가족이었다.

멜빈 네이블리는 켈빈에게서 두 자리 떨어진 곳에 자리를 잡았다. 보러가드는 그가 진온더록을 주문하는 것을 들었고, 잔을 든 손이 떨리는 것을 보았다. 그것이 알코올중독에 의한 섬망 증세인지 아니면 들어올 때 보러가드와 마주쳐서인지는 알 수 없었다. 레드힐은 크지 않은 동네임에도 불구하고 그 둘은 그다지 마주친 적이 없었다. 보러가드는 지난 15년간 멜빈과 마주친 횟수를 다섯 손가락에 꼽기도 어렵다는 것을 깨달았다. 멜빈은 그를 의식적으로 피한 것일까? 보러가드는 그것도 가능한 일이라고 생각했다. 멜빈을 탓할 수는 없는 일이었다.

보러가드는 자신의 아버지를 차로 치어 죽인 자를 자기라도 보고 싶지 않으리라고 생각했다.

# 12

월요일 아침, 보러가드는 오전 6시에 눈을 떴다. 그는 청바지와 검은 티셔츠를 걸치고 침실용 탁자에서 선글라스를 집어 들었다. 그리고 지갑은 탁자 위에 올려두었다. 키아는 다리를 접어 무릎까지 올린 자세로 잠들어 있었다. 그가 허리를 굽혀 키아의 뺨에 키스하자, 그녀는 몸을 돌려 그에게 키스했다.

"자기야." 키아가 말했다.

보러가드는 키아의 머리카락을 쓰다듬으며 말했다 "나 이제 나가려고."

키아는 눈을 번쩍 떴다 "그날이 오늘이야?"

"응, 오늘 아마 저녁 늦게 들어올 거야." 보러가드가 말했다.

키이는 몸을 일으켜 보러가드의 입술에 키스를 한 뒤 말했다 "집에 무사히 돌아와야 해."

"그럼, 물론이지." 보러가드가 말했다.

그들은 서로의 눈을 바라보며 눈으로 대화를 나누었다.

*죽지 마. 잡히지도 마.*

*안 그럴 거야. 난 타고났잖아. 내가 잘하는 유일한 거니까 걱정 마.*

*그렇지 않아. 당신은 좋은 아빠고 좋은 남편이야. 사랑해.*

*나도 사랑해.*

보러가드는 두 아들이 자고 있는 방으로 가서 아이들의 뺨에도 키스를 했다. 그리고 그는 정비소로 향했다.

보러가드는 뷰익에 올라타 시동을 걸었다. 더스터만큼 엔진 소리가 훌륭하지는 않았지만, 더스터와 비슷한 속도를 낼 수 있는 녀석이었다. 그는 지난밤 뷰익을 타고 시운전을 다녀왔다. 녀석의 핸들은 부드러웠고 커브를 돌 때는 마치 탱고를 추는 것 같았다. 보러가드는 차를 몰고 정비소를 나와 레지의 트레일러로 향했다.

보러가드가 경적을 두 번째 울리자 그제야 로니와 콴은 트레일러에서 나왔다. 그 둘은 똑같이 파란색 작업복을 입고, 슈퍼마켓 체인 로고가 크게 새겨진 장바구니 백을 들고 나왔다. 로니가 조수석에, 콴이 뒷좌석에 올라탔다. 로니는 평소답지 않게 조용했고, 콴은 워렌 G와 네이트 독이 부른 〈레귤레이트(Regulate)〉라는 노래를 흥얼거렸다. 보러가드는 콴의 차 옆에서 후진 기어를 넣은 뒤 진입로를 빠져나갔다. 뷰익에는 부니의 폐차장에서 주운 번호판과 보러가드가 위조한 차량 검사필증이 붙어 있었다. 보러가드는 커터카운티로 이동하는 동안 규정 속도를 준수하는 데 온 신경을 기울였다. 자기 일에 지나치게 열심인 경찰관이 그들의 피부색만 보고 번호판 조회를 해보지만 않는다면 무사할 터였다.

"내가 부탁한 거 다 가져왔어?" 보러가드가 물었다.

로니는 마치 누군가에게 한 대 얻어맞은 것처럼 움찔했다.

"응?"

"스키 마스크랑 분장용 화장품, 수술용 장갑 말이야." 보러가드가 다시 말했다.

"아, 그럼. 네가 말한 대로 현금으로 샀지. 그리고 다른 날에 다른 상점에서 마스크랑 화장품을 구매했고."

"좋아. 둘 다 멀쩡한 정신인 거지?" 보러가드가 재차 물었다.

"그럼. 오늘 아침엔 맥주도 안 마셨어." 로니가 대답했다.

콴은 조용했다.

"콴?" 보러가드가 물었다.

"나도 멀쩡해, 제길." 콴이 말했다. 콴의 발음은 또렷하게 들렸고 음색도 깨끗했다. 어찌나 음절을 날카롭게 발음하는지 빵을 썰어도 이상하지 않을 정도였다.

"라디오도 되나?" 로니가 물었다. 이제 보러가드는 타운브릿지 로드에 들어선 후 고속도로를 향해 달렸다. 그는 손가락 관절에 구멍이 있는 검은 운전 장갑을 끼고 있었다. 보러가드는 오른손을 뻗어 콘솔 가운데 있는 라디오 버튼을 눌렀다. M.O.P의 〈앤티 업(Ante Up)〉이라는 노래가 흘러나왔다.

"딱 어울리는 노래네." 로니가 중얼거렸다.

자동차의 에어컨이 말썽이었다. 보러가드는 창문을 열어 바람이 차내에 들어오도록 했다. 그의 심상이 빠르게 뛰기 시작했다. 심장은 마치 부둣가 바닥의 물고기처럼 튀어 오를 것만 같았다. 날이 어두워 마치 해 질 녘 같았다. 구름이 이른 아침의 태양을 가리고 있었다. 라디오에서 또 다른 힙합송이 나오자 보러가드는 제목을 미처

인지하기도 전에 리듬에 맞춰 고개를 끄덕이고 있었다. 휴스턴 게토 보이스의 노래 〈내 마음이 나를 속이네(Mind Playing Tricks on Me)〉였다. 그는 이 음악이 나왔을 때 켈빈이 카세트테이프를 간절하게 원했던 것이 기억났다. 켈빈은 너무도 그 테이프를 갖고 싶었던 나머지, 보러가드를 설득해 히치하이킹으로 차를 얻어 타고 리치몬드의 쇼핑몰로 가서 테이프를 훔치려고 했다. 보러가드가 오락실에서 '피트 파이터' 게임으로 백인 대학생들에게서 딴 돈으로도 그 테이프를 사기에 충분했다. 켈빈은 보러가드에게 테이프를 훔쳐서 가져오면 안 되는 이유를 물었다.

"아버지가 그랬어, 어떤 위험을 감수할 때는 그만한 보상이 있어야 한다고. 그 테이프를 훔쳤을 때의 보상이 문 앞에서 잡히는 위험보다 크지 않잖아." 보러가드가 말했다.

"형네 아버지가 형한테 그런 말을 해줬다고?" 켈빈이 물었다.

"아니, 아버지가 엉클 부니한테 말씀하시던 걸 옆에서 들은 거야."

보러가드는 왜 지금 그 기억이 떠오르는지는 알 수 없었다. 그는 자신의 마음을 이해하기 위해 6년이나 값비싼 정신과 상담을 받을 필요는 없었다. 다이아몬드는 지금 이 위험을 감수하기에 충분한 가치가 있었다. 음침한 로니와 믿음직스럽지 못한 콴도 감수할 만한 가치가 충분했다. 아니, 모든 것을 고려하더라도 다이아몬드라는 보상은 위험을 훌쩍 뛰어넘었다. 보러가드는 고속도로에 들어서자 액셀러레이터를 밟기 시작했다.

그들이 도착했을 때 쇼핑센터의 주차장은 한산했다. 주얼리 상점 옆옆에 있는 중식 레스토랑 앞에 두 대의 차가 주차되어 있었고, 주얼리 상점 앞에 다섯 대 있었다. 그 외의 주차장 공간은 거의 텅 비어 있다시피 했다. 구름이 걷히고 짙고 푸른 하늘이 드러났다. 보러가드는 마치 누가 짙은 푸른색 물감을 하늘에 쏟아부은 것 같다고 느꼈다. 그는 주얼리 상점을 지나 차를 출구로 향하게 한 상태로 주차를 마쳤다. 그리고 깊게 숨을 들이마신 뒤 날숨과 함께 이렇게 말했다. "자, 날아오를 시간이다."

"뭐라고?" 콴이 물었다.

"아무것도 아냐. 총 점검하고 장전 잘돼 있나 확인해. 얼굴에 위장용 크림 바르고. 직원들 제압하는 데 1분, 금고 문 따고 다이아몬드랑 그 옆에 전시된 것들 쓸어 담는 데 2분. 차로 오는 데 1분. 그럼 4분이야. 5분으로 넘어가는 순간 나는 주차장 문을 나설 거니까 잘 기억해 둬, 알겠어?" 보러가드가 말했다.

로니와 콴은 가방을 열어 분장용 화장품을 꺼냈다. 그들은 라텍스 장갑을 낀 후 사냥할 때 쓰는 위장용 마스크를 썼다. 그리고 각각의 가방에서 자신의 총을 꺼냈다.

"알겠어. 눈 깜짝할 사이에 나올 거야." 로니가 말했다.

"콴, 내 말 알아들었어?" 보러가드가 물었다. 그는 룸 미러로 콴의 반응을 살폈다. 콴은 마치 죽음의 신과 같이 차 뒷좌석에 음울한 얼굴로 앉아 있었다.

"알아들었어." 콴은 역시나 한 음절씩 길게 늘어뜨리며 대답했다.

"너 지금 제정신 맞아?" 보러가드가 되물었다.

콴은 38구경을 바지춤에 꽂으며 말했다.

"멀쩡해."

보러가드는 뒤를 돌아 뒷좌석으로 몸을 기울이며 말했다. "내 눈 똑바로 봐."

콴이 머리를 들었다. "개새끼야. 말했잖아, 나 멀쩡하다고. 그냥 빨리 해치우자고." 콴이 말했다.

보러가드는 왼손 엄지를 이마에 문질렀다.

"4분이야. 240초. 그 안에 출발해야 경찰보다 2분 먼저 출발할 수 있는 거야. 들어갔다가 나와서 사라지는 데 4분, 알겠어?" 보러가드가 말했다. 세 번 같이 일했던 아일랜드 출신 은행 강도범이 하던 말이었다. 보러가드는 그 말을 기억하고 있었다. 그 아일랜드인은 프로페셔널이었다. 하지만 그의 눈앞에 있는 두 사람은 그 강도에 비할 바가 못 되었다. 그들은 아예 다른 리그에 속해 있었다.

"알았다고." 콴이 말했다.

로니는 마스크를 얼굴에 맞게 조정했다. "얼른 가서 뒤집고 탈탈 턴 다음 튀자고." 로니가 말했다. 그는 차 문을 열고 튀어 나갔다. 콴역시 로니를 따라 차 문을 연 뒤 문을 쾅 하고 닫았다.

보러가드는 그들이 주차장을 가로지르는 것을 보았다. 그가 주차한 곳에서 정확히 열다섯 발자국 떨어진 곳에 가게가 있었다. 며칠 전 답사에서 걸음걸이를 세어보았던 것이다. 그는 손목시계를 보았다. 시곗바늘은 8시 15분을 가리키고 있었다.

보러가드는 차의 핸들을 꽉 쥐었다.

"자, 날아오를 시간이다."

# 13

로니는 자신이 마치 영화 속 주인공이 된 것 같았다. 주위의 모든 것이 마치 빔프로젝터에서 나온 장면처럼 현실과 유리된 것처럼 보였다. 그는 전날 밤 코카인을 소량 흡입했고 아침에도 두 차례 들이마셨다. 감각을 날카롭게 깨우기 위한 것이었지만, 이제야 그것이 잘못된 선택임을 알았다. 그는 주위의 조그마한 자극에도 압도당할 것만 같은 느낌이 들었다. 눈을 깜빡일 때 눈꺼풀 소리까지 들리는 듯했다. 부러진 이빨에 노출된 신경같이 살갗에 닿는 모든 감촉이 아프게 느껴졌다.

제길, 그냥 빨리 다이아몬드를 가져오자. 엘비스 프레슬리를 떠올리며 그는 속으로 중얼거렸다.

로니는 주얼리 샵짐의 문을 어깨로 밀고 들어갔다. 그는 오른손에 총을 왼손에는 가방을 쥐고 있었다. 머리 위의 라이트는 스토어의 바닥을 세피아색으로 물들이고 있었다. U를 거꾸로 뒤집은 모양으로 물건이 진열되어 있었고 가게의 끝에 긴 책상이 하나 보였다.

그 책상의 왼쪽 가장자리에 금전등록기가 있었다. 디스플레이 양옆으로도 긴 책상이 각각 놓여 있었다. 가게의 전면은 큰 유리로 되어 있었다. 제니는 가게 끝의 책상 뒤에서 덥수룩한 짧은 머리에 다부진 체격의 여자와 함께 있었다. 제니와 그 여자는 무지개 색깔의 여름용 원피스를 입은 백인 노파와 이야기를 나누는 중이었다. 그 노파는 긴 머리를 양 갈래로 딴 채였다. 오른쪽에는 젊은 흑인 남자가 깊은 고민에 빠진 듯 진열대를 향해 몸을 숙이고 있었다.

"지금 몇 신 줄 알아! 당장 바닥에 엎드리고 입 닥쳐!" 로니가 소리를 질렀다.

"바닥에 엎드리지 않으면 천장 타일로 머리를 으깨줄 테니까 그렇게 알아!" 콴도 목소리를 높였다. 처음에는 아무도 움직이지 않았다. 젊은 흑인 남자는 고개조차 들지 않았다.

"당장!" 로니가 다시 외쳤다. 흑인 남자는 재빨리 몸을 숙였다. 백인 노파는 굼뜬 동작으로 몸을 움직였으나 결국 바닥에 엎드렸다. 제니와 건장한 체격의 매니저도 바닥으로 몸을 바짝 낮추었다. 로니는 책상을 향해 뛰어갔다. 제니와 매니저는 두 손 두 발을 바닥에 댄 채 엎드릴 준비를 하고 있었다.

"빨간 머리, 따라와. 어디 있는지 알려줘야 할 거 아냐." 로니가 말했다. 매니저는 덩치에 비해 민첩하게 몸을 움직였다.

"이 여자 건드리지 마!" 매니저가 로니와 제니 사이에 끼어들며 소리쳤다. 로니는 여자의 기세에 한 발짝 뒤로 물러날 뻔했다. 여자의 목소리에서 격렬한 분노가 생생하게 느껴졌다. 여자의 눈알은 튀어나올 것같이 번득였고 이마의 실핏줄이 불룩 튀어나와 있었다. 로니는 평소에는 여자를 건드리지 않는 것을 원칙으로 삼았다. 남부에서 자란 그는 어렸을 때부터 여자에게 친절하라는 말을 귀에 박히도록 들어온 터였다. 평소라면 이 여자에게 손을 올릴 생각을 하지 않았을 것이었으나, 지금은 평소와는 다른 상황이었다. 평소와는 전혀 거리가 먼 상황이었다.

로니는 38구경의 손잡이로 매니저의 오른쪽 눈 위를 가격했다. 막대 아이스크림의 손잡이 길이 정도의 상처에서 고장 난 수도꼭지처럼 피가 콸콸 쏟아져 나왔다. 여자는 앞으로 고꾸라져 카운터를 잡고 바닥에 쓰러졌다. 로니는 제니의 팔을 잡고 일으켰다.

"이 새끼들 움직이나 잘 보고 있어!" 로니가 소리쳤다.

콴은 비장하게 고개를 끄덕였다. 로니는 제니를 끌고 가게 뒷문으로 나갔다.

'관계자 외 출입금지'라고 쓰인 팻말이 적힌 문을 열고 나가자 로니는 제니를 가까이 끌어당겼다.

"도난방지경보 껐어?" 로니가 물었다.

"못 껐어. 출근했을 때 루 엘렌이 이미 와 있더라고. 원래대로라면 매니저는 오늘 오프인데, 리사랑 시간을 바꿨어."

"제길. 경보랑 금고가 연결되어 있는 거야?" 로니가 물었다.

"그딴 걸 내가 어떻게 알아?" 제니가 말했다.

로니는 여자를 때린 것이 이번이 두 번째였다. "빨리 문 열어." 로니가 말했다. 제니는 로니의 손아귀에서 벗어나 세 개의 금속 작업대와 거다란 책상을 지나쳤다. 그녀는 로니의 키만큼이나 큰 회색 금고 앞에 멈춰 섰다. 그리고 금고 앞의 키패드를 몇 차례 두드리자 금고 문의 LED 창에 녹색빛이 들어왔다. 제니는 금고의 손잡이를 돌렸다.

아무 일도 일어나지 않았다.

"다시 해봐!" 로니가 낮은 목소리로 위협하듯 말했다. 제니는 비밀번호를 다시 입력했고 녹색빛이 들어오자 손잡이를 당겼다.

여전히 금고 문은 꿈쩍도 하지 않았다.

"이리 나와봐." 로니가 말했다. 그는 금고의 손잡이를 잡아당겼다. 전혀 움직이는 것 같지 않았다. 로니가 좀 더 세게 손잡이를 잡아당기자, 문은 아주 조금씩 열리기 시작했다. 금고는 지독히도 무거웠다. 그는 작업복에 총을 꽂아 넣고 가방을 바닥에 내려놓은 뒤 두 손으로 금고의 문을 밀었다. 금고 안에는 검은 천으로 싸인 여섯 개의 선반이 있었다. 맨 아래 선반에는 현금 세 다발이 있었다. 그는 가방을 열고 현금을 쓸어 담았다. 로니는 금고에 돈이 있을 것이라고는 예상하지 못했지만 공짜 선물을 마다할 리는 없었다. 그 위의 세 개 선반에는 장부와 파일, 종이들이 널려 있었고, 가장 꼭대기에 있는 선반에 아무 장식도 없는 갈색 상자가 하나 놓여 있었다. 로니는 상자를 집어 뻣뻣한 뚜껑을 열었다. 그러자 보기만 해도 눈이 즐거워지는 것이 상자 안에서 로니를 반겼다. 가공되지 않은 다이아몬드가 상자 가득 담겨 있었고, 하나하나가 큼직한 건포도 사이즈는 족히 되었다.

"안녕, 예쁜이들." 로니는 상자를 닫고 가방에 넣었다. "자, 이제 너도 저기 가서 엎드려야지." 로니는 이렇게 말한 뒤 제니의 팔을 잡고 다시 가게로 들어갔다. 그의 심장은 마구잡이로 뛰기 시작했다. 마음을 다잡고 진정해보려 했으나 허사였다. 괜찮아, 일도 거의 끝났잖아. 처음도 아니고. 그는 기회를 보고는 놓치지 않았다. 엘비스 프레슬리가 말한 것처럼, 야망은 V8 엔진을 단 꿈일 뿐이었다. 로니는

V8 엔진을 타고 꿈의 해변에 도착을 앞두고 있었다. 해변의 물은 너무도 청명하고 깨끗해서 인어가 바다 밑에서 올라와 키스를 퍼부어 줄 것만 같았다.

로니는 문을 열자마자 무언가 잘못되었음을 직감했지만 가게 앞문에 반사된 모습을 보기 전까지는 정확히 어떤 일이 벌어지고 있는지 알지 못했다. 매니저는 손에 든 권총으로 콴을 겨냥하고 있었다.

로니는 작업복의 오른쪽 주머니에 있는 총을 잡고 그 상태에서 바다을 향해 총을 발포했다. 루 엘렌은 균형을 잃으며 반사적으로 총을 쏘았다. 그녀는 넘어지면서 큰 소리로 울부짖었으며 계속해서 방아쇠를 당겼다.

콴의 머리 위로 유리 조각이 부서져 내렸다. 여자가 카운터 뒤에서 쏜 총알이 콴의 머리를 스친 후 앞 유리를 관통했다. 로니는 바닥에 엎드려 있던 남자가 부서진 앞 유리를 지나 달아나는 모습을 보았다. 콴의 손이 자동 반사적으로 움직였다.

젊은 남자의 머리가 보이지 않는 끈에 당겨지듯 뒤로 맥없이 꺾였다. 남자와 콴 사이의 공간이 붉은색 안개로 가득 채워졌다. 남자는 빨랫줄에서 빨랫감이 떨어지듯 바닥에 스러졌다. 콴의 눈이 미친 듯이 깜빡였다. 콴의 눈에는 아무것도 들어가지 않은 상태였다.

로니는 절반 이상이 날아간 남자의 몸을 넘어 콴을 팔로 붙잡았다. 그는 콴을 끌고 문으로 향했다. 로니는 제니의 울부짖는 소리를 들을 수 있었다. 여자 매니저 역시 유령 같은 울음소리를 내었다. 바닥에 있는 노파도 훌쩍이고 있었다. 로니는 콴을 문 쪽으로 밀었다. 그들은 문을 나선 뒤 일정하고도 빠른 속도로 뛰었다. 가세의 앞 유리가 펑 하는 소리와 함께 무너져 내렸다. 로니는 뒤돌아보지 않았다. 여자 매니저가 아직도 그들을 향해 총질을 하고 있었기 때문이었다. 로니는 뷰익에 재빨리 올라탔고 콴이 그 뒤를 따랐다. 차에 타고 나서야 로니는 자신도 소리를 지르고 있다는 사실을 깨달았다.

보러가드는 로니와 콴이 가게 문을 열고 뛰어나오는 모습을 보자 몸을 뻗어 조수석을 열었다. 콴은 뒷좌석에, 로니는 조수석에 올라탔다. 보러가드가 출발했을 때 로니는 아직 차 문을 닫지도 못한 상태였다. 뷰익은 회색 연기를 뒤에 남긴 채 시속 약 60km의 속도로 주차장을 나섰다. 보러가드는 핸들을 오른쪽으로 꺾을 때 액셀러레이터와 브레이크를 동시에 밟았다. 이른 아침이었으므로 거리에는 차가 별로 없었다. 보러가드는 빨간불을 무시하고 달렸다. 차가 육중한 트럭과 배달 트럭 사이를 바늘 하나 사이로 스쳐 지나가자 로니는 소리를 질렀다.

보러가드는 핸들이 생명줄이라도 되는 것처럼 꽉 잡았다. 그는 엔진의 진동을 핸들과 팔에서 느낄 수 있었다. 그의 심장은 이제 더 이상 요동치지 않았다. 심장 박동은 1분에 70 정도로 떨어졌고, 이 정도의 심박수가 그가 제 실력을 발휘할 수 있는 수치였다. 어떤 사람은 피아노 혹은 기타를 치기 위해 태어났다고들 하지만, 그에게는 차가 악기였고 지금은 차로 교향곡을 연주하는 것이나 마찬가지였다. 그는 몸이 차가워짐을 느꼈다. 냉기는 심장에서 시작해 손끝, 발끝으로 번졌다. 그는 지금보다 더 현재에 집중할 수는 없다고 느꼈다. 그는 그것이 진실임을 느끼는 동시에, 그 사실이 슬프지 않을 수 없었다.

콴은 마스크를 벗어 차 바닥에 던졌다. 그는 눈을 비비면서 계속 침을 뱉았다. 입에서 느껴지는 금속의 맛이 사라지지 않았다. 그들 뒤로 사이렌 소리가 울렸다. 그는 몸을 돌려 차 뒤를 쳐다보았다. 파란색과 흰색이 섞인 순찰차가 어디선가 갑자기 튀어나왔다. 순찰차의 라이트는 햇빛에 가려 잘 보이지 않았다. 콴은 옷소매로 눈을 다시 닦았다. 옷소매에 묻어난 위장용 크림의 색깔은 붉은빛을 띠었다. 얼굴에 묻은 피였다. 그 남자의 피였다. 그는 남자를 죽였다. 콴은 누군가를 살해했다. 그는 불이라도 붙은 듯 총을 황급히 바닥에 떨어뜨렸다. 울렁거림을 느끼기도 전에 토악질이 목구멍을 타고 올라왔다.

보러가드는 왼쪽 사이드미러를 통해 순찰차가 다가오는 것을 보았다. 두 번째 답사 때 그는 다시 경찰서를 방문했다. 어둑해질 무렵 경찰서 앞에는 네 대의 순찰차가 주차되어 있었다. 출구 바로 근처에 있던 차까지 합하면 총 다섯 대였다. 커터카운티 정도의 마을에서 다섯 대보다 많은 순찰차가 필요하지 않을 터였다. 그들을 쫓고 있는 순찰차 두 대와 순찰을 돌고 있을 차는 모두 경찰차형 모델인 닷지 차저 퍼슈트일 가능성이 높았다. 340마력의 헤미 엔진을 장착한 이 모델은 6초 안에 시속 100km까지 속도를 낼 수 있었다. 조향과 서스펜션이 업그레이드된 것은 물론, 강력한 캠버 컨트롤 서스펜션과 널찍한 디스크 브레이크를 갖춘 그 차로는 신들린 듯한 핸들링이 가능했다.

아버지가 항상 말했듯, 경찰도 사냥은 할 줄 알았다.

모든 것이 순조롭게 진행됐을 때 경찰이 출동하고 나서도 2분의 여유가 있을 것이라고 보러가드는 예상했다. 반대로 일이 순조롭지 않았을 때 그들에게 남은 시간은 30초 정도밖에 되지 않았다. 뷰익의 뒤편에서 총소리가 들려오기 시작했다. 일이 꼬였다는 신호였다. 차의 룸 미러로 경찰관이 보이기 시작했는데도 보르가드는 놀라지 않았다.

고속도로 진입로에 반짝이는 사인의 의미는 분별 있는 운전자라면 시속 55km 이하로 서행하라는 것이었다.

보르가드는 시속 100km대로 진입했다. 오른발은 액셀러레이터에, 왼발은 브레이크에 얹은 채였다. 차는 고속도로에 진입하기도 전에 반원을 그리며 달렸다.

"제기랄! 제길, 제길!" 로니가 소리쳤다.

보르가드는 브레이크에서 발을 떼고 액셀러레이터를 힘껏 밟았다. 그가 장착한 5속 자동변속기어가 작동하면서 뷰익은 앞으로 힘차게 전진했다. 보르가드는 고속도로에 진입하면서 견인차 앞을 지나 세 개의 차로 중 두 번째 차로로 바로 진입했다. 견인차가 경적을 울렸으나 보르가드의 귀에는 먼 거리에서 들려오는 경찰차 소리뿐이었다. 경찰차의 사이렌 소리는 금새 견인차의 경적을 압도했다. 보르가드는 머리를 움직이지 않은 채 룸 미러를 흘긋 보았다. 경찰차가 다가오자 주변의 차들이 길을 터주는 것처럼 보였다. 이 기세라면 쥐도 새도 모르는 사이 다가와 경찰들이 곤봉으로 그의 머리를 쳐도 이상하지 않을 것 같았다. 보르가드는 라디오의 볼륨을 높였다. 스티비 레이 본의 〈웸!(Wham!)〉이 흘러나왔다. 그는 주파수를 공영방송에 맞추어두는 것을 깜빡했다는 사실을 깨달았다. 이제는 공영방송 이외에는 가사 없이 악기 연주만 나오는 기악곡을 틀어주지 않았다.

보러가드는 라디오 밑에 있는 푸른색 토글 스위치를 눌렀다. 엔진이 곰처럼 포효하기 시작했다. 그는 N2O, 즉 이산화질소식 촉매 시스템을 엔진에 장착했다. 또한 질소가 들어가 엔진이 뜨거워져도 차의 퓨즈가 끊어져 피스톤이 파손되지 않게끔 피스톤 링도 조절했다.

이처럼 많은 작업이 결국엔 빛을 발할 것이었다. 속도계의 바늘은 계속 오른쪽을 향해 누워 있었다. 바늘은 135 언저리에서 진동했다. 단란한 가족의 일러스트레이션을 뒤 유리에 붙인 SUV가 그의 눈앞에 나타났다. 보러가드는 핸들을 오른쪽으로 꺾어 갓길로 차로를 변경한 후 SUV를 추월했다.

"제기랄!" 로니가 소리를 질렀다.

오렌지색 삼각형의 로드 사인은 곧 공사 구간이 시작됨을 의미했다. 보러가드는 다시 룸 미러를 보았다. 아직 경찰차가 보이기는 했지만 그 둘의 사이에는 최소한 여섯 대의 차가 있었다. 2차로 교차로 위에 있는 고가도로가 그의 눈앞으로 하얀 고래의 등처럼 솟아났다. 이 지점부터 고속도로는 3차로에서 2차로로 좁아졌다. 공사가 끝나면 다시 4차로로 넓어질 것이고, 고가도로에도 두 개의 차로가 더 생길 예정이었다. 공사 구간은 연결되는 주간 고속도로 바로 직전까지 이어졌다. 콘크리트와 콘크리트 보강용 강철봉 너머로는 약 18미터의 땅이 뻗어 있었다. 그로부터 약 7.5미터 아래에는 붉은 진흙이 3미터 가량 쌓여 있었다. 진흙 오른쪽으로는 오렌지색 로드콘과 강철 버팀대가 나란히 성논되어 있었고, 왼쪽으로는 교차로와 로드콘으로 진입이 막힌 편도 고속도로가 보였다.

"제길, 설마 저기로 점프할 생각은 아니겠지? 이 개새끼야!" 로니의 고함 소리가 스티비 레이 노래의 연주 소리를 덮었다.

"목베개 빨리 해." 보러가드가 말했다. 그는 한 손으로 목베개를 집어 재빠르게 목에 걸쳤다.

로니는 차 바닥에서 목베개를 집어 들어 한 개는 자신의 목에 한 후 다른 하나를 콴에게 건넸다.

"이거 왜 해야 하는 건데, 버그?" 로니가 물었다. 콴은 목베개를 하는 대신 몸을 웅크려 태아 자세를 취했다.

보러가드는 로니의 질문을 무시한 채 브레이크를 밟고 핸들을 왼쪽으로 꺾었다. 뷰익은 180도 회전을 하며 어마어마한 회색 구름을 일으켰다. 그는 잠시의 고민도 없이 후진 기어를 넣은 후 액셀러레이터를 밟았다. 나무로 된 피켓이 오렌지색 눈 울타리로 교체되어 있었다.

로니는 보러가드의 귀에 대고 소리를 질렀다. 아무런 의미 없는 울부짖음이었다. 그들은 시속 100km의 속도로 공사 중인 도로를 향해 떨어졌다.

차가 하늘을 나는 와중에 보러가드는 뒤를 돌아보았다.

경찰차가 마치 사슴을 쫓는 늑대처럼 달려오고 있었다.

이제 사슴의 옆구리에는 날개가 돋아났다.

보러가드는 어딜 잡으라거나 조심하라는 말 따위는 하지 않았다. 그의 마음속에는 오직 아버지의 음성만 들려올 뿐이었다.

"*차가 날아가, 버그!*"

뷰익은 고가도로 밑으로 떨어졌다. 마치 돌덩어리가 7.5미터 아래로 추락하는 듯했다. 차가 진흙 더미 위로 떨어지는 바람에 흙이 완충 역할을 해 충격을 일부 흡수했다. 차가 아래를 향하는 동안 고가도로의 모습도 보러가드의 시야에서 멀어져갔다. 그는 다시 운전대를 잡고 할 수 있는 한 최대로 등을 의자에 밀착했다. 가장 먼저 뒤 범퍼에 추락의 충격이 가해질 터였다. 그리고 그가 설치해둔 부하 관리장치가 나머지 충격을 흡수할 것이다. 보러가드는 그가 직접 용접한 강철판이 한계치까지 충격을 흡수하는 것을 느낄 수 있었다.

그들의 뒤를 가장 바짝 쫓고 있던 경찰차가 급브레이크를 밟았다. 하지만 그 뒤를 따르던 경찰차는 기민하게 반응하는 데 실패했다. 앞차는 뒤차에 받혀 고가도로의 끝에 대롱대롱 매달렸다가 차 머리부터 아스팔트에 곤두박질쳤다. 차가 뒤집어진 채 떨어졌음에도 불구하고 찌그러진 후드에서 연기와 엔진 냉각수가 뿜어져 나왔다. 보러가드는 기어를 홱 잡아당겨 진흙 더미를 빠르게 빠져나갔다. 차바퀴가 흙과 마찰을 일으키며 빨간 진흙이 공기 중에 흩뿌려졌다. 영겁처럼 느껴지던 순간이 지나고, 보러가드는 마침내 일이 끝났음을 실감했다. 그는 뒤집힌 경찰차를 지나 로드콘을 밟으며 도로를 유유히 빠져나갔다. 차는 314번 도로로 가는 길로 들어선 뒤 오른쪽으로 꺾었다.

"바지에 지린 것 같아." 로니가 웅얼거렸다.

뷰익은 편도 아스팔트 도로를 달렸다. 낡은 밴 하나를 지나쳤을 뿐, 도로는 텅 빈 것이나 마찬가지였다. 약 3킬로미터쯤 지나자 아스팔트 도로가 끝나고 구멍 많은 흙길이 나타났다. 보러가드는 진흙 구멍을 피하고자 애썼다. 태양이 하늘 높이 솟아오르자 가로수가 낯선 그림자를 그들 위로 드리웠다.

물웅덩이가 나타나기 약 6미터 전에 도로가 끊겼다. 보러가드는 이 장소를 두 번째 답사 때 봐두었다 지금은 아무도 다니지 않는 길이지만 한때는 채석장과 이어지는 도로였다. 지난 몇 년간 빗물이 채석장을 차곡차곡 채워 물웅덩이를 만들어낸 것이었다. 웅덩이 안에 물고기는 없지만 주변의 아이들이 수영을 하러 오는 곳이었다. 가끔은 젊은 커플들이 사랑을 나누기 위해 찾는 곳이기도 했다. 부니의 트럭이 웅덩이 옆에 주차되어 있었다.

보러가드는 뷰익에서 내렸다. 로니와 콴도 차에서 나와 작업복을 벗기 시작했다. 로니는 평소에 입던 옷 그대로였고, 콴은 트레이닝복과 품이 큰 푸른색 티셔츠를 작업복 안에 입고 있었다. 그들은 작업복으로 얼굴의 분장을 지운 뒤 옷을 차 안으로 던져 넣었다. 로니와 콴은 트럭으로 달려갔다. 보러가드는 5×10센티미터의 재목을 뒷좌석에서 꺼냈다. 재목의 한쪽 끝은 소고기와 토마토 소스가 묻어 있는 듯했다. 그는 재목의 한쪽 끝은 페달에, 다른 끝은 운전대에 끼웠다. 그리고 창문을 내린 후 문을 안쪽에서 잠근 후, 열린 창문을 통해 기어를 드라이브로 바꾸었다. 보러가드는 차에서 몸을 뗀 후 재빨리 차로부터 멀찍이 떨어졌다.

뷰익은 호수의 끝에 잠시 멈췄다가 다시 움직였다. 드디어 중력이 끌어당기기 시작하자 차는 천천히 물속으로 잠겼다. 차가 가라앉으면서 물이 튀었지만 보러가드는 움직이지 않았다. 그는 차가 완전히 물 밑으로 잠길 때까지 조용히 지켜볼 뿐이었다. 물속에서 엔진은 언제까지 작동할 것인가? 그의 머릿속에 질문이 떠올랐지만 나중에 검색할 것을 기약했다. 지금은 때가 아니었다.

"빨리 와. 어서 가자고!" 로니가 말했다.

보러가드는 트럭으로 돌아와 차를 몰았다. 그는 이 트럭을 부니에게서 빌렸다. 폐차장 직원 중 한 명이 어젯밤 커터카운티로 그를 따라왔다. 그 직원은 트럭을 편의점 앞에 세워두었다. 보러가드는 트럭을 다른 곳에 숨겼다가 다시 편의점 앞에 가져다 놓았던 것이었다.

그들은 314번 도로를 타고 249번 도로를 향해 달렸다. 보러가드는 주간 고속도로만큼은 피하고 싶었다. 고속도로를 타지 않아도 레드힐로 충분히 갈 수 있었다. 다만 시간이 좀 더 걸릴 뿐이었다.

반대편에서 경찰차가 시속 160km의 속도로 커터카운티를 향해 질주했다. 로니는 호수에 버리고 온 총을 찾기라도 하는 듯 주머니를 뒤적였다.

"경찰이 찾는 건 푸른색 뷰익이야. 이런 트럭이 아니라." 보러가드가 말했다.

레드힐로 다시 오는 데는 세 시간이 걸렸다. 보러가드는 로니와 콴을 레지의 트레일러에 내려주었다. 그는 트럭을 잠시 세웠다. 세 명 모두 트럭에서 나왔다. 로니는 고등학교 교과서처럼 갈색 상자를 겨드랑이 밑에 끼고 있었다. 그는 트럭 앞을 돌아 운전석 쪽으로 와서 보러가드의 어깨를 장난스럽게 밀쳤다.

"그런 게 바로 운전이지! 그게 바로 버그가 필요한 이유야! 제길, 하느님이 운전대를 잡아도 너보단 못할 거야. 진짜 말도 안 되는 실력이라고!" 로니가 말했다. 그는 하이파이브를 원하는 듯 손을 쫙 펴서 들어 올렸다. 보러가드는 손을 주머니에 넣었다. 로니는 몇 초간 그 상태로 정지해 있다가 손을 내렸다. 보러가드는 로니를 똑바로 쳐다보았다.

"총소리를 들었어. 주변에 있던 다른 사람들도 들었지, 물론. 그래서 경찰이 일찍 출동했던 거고. 두대체 무슨 일이 있었던 거야?" 보러가드가 물었다.

로니는 어깨를 으쓱한 뒤 말했다. "그 레즈비언 년이 총을 들이대더라고."

"그래서, 죽였어?"

"뭐, 맥박을 재볼 시간은 없었으니까."

"그럼 쟤는? 저 새끼도 누굴 죽였어?"

"아, 말도 마. 난장판이었다니까. 난리도 아니었어."

"그 여자가 어떻게 총을 꺼낼 수 있었지? 네가 금고를 터는 동안 저 새끼가 인질 관리를 하는 거였잖아." 보러가드가 말했다. 로니는 같은 의문을 갖고 있었지만 이제 일이 끝났고 집으로 무사히 돌아왔으니 더 이상 개의치 않았다.

보러가드는 콴을 향해 걸어갔다. 그는 콴 앞으로 바짝 다가갔다.

"무슨 일이 있었던 거야, 이 양아치 새끼야. 가게에서 무슨 일이 있었어?"

"이제 와서 그게 무슨 소용이야. 다 잘 끝났잖아." 콴이 말했다. '잘'이라는 말의 발음이 뭉개지는 바람에 잘 들리지 않았다.

"뭐라고?" 보러가드가 되물었다.

"내 말은…."

보러가드는 콴의 뺨을 세게 후려쳤다. 어찌나 세게 쳤는지 총소리처럼 들렸다. 콴은 180도 공중회전을 해서 트럭의 후드에 떨어졌다. 콴의 푸른색 티셔츠가 트럭 전조등에 걸렸다. 보러가드는 그 옆에 쪼그려 앉았다.

"네가 일을 망쳤지, 그렇지? 네 눈에 그렇게 쓰여 있는걸. 이제 와서 그게 무슨 소용인지 내가 똑똑히 알려줄게. 네가 한 짓 때문에 경찰이 몇 개월 수사하고 말 무장 강도 사건이 경찰이 절대 놓지 않을 일급 살인이 된 거야. 내가 정신 똑바로 차리고 제대로 하라고 했지. 근데 네가 망쳤어. 맞춰볼까? 로니가 금고 털러 간 사이 네가 멍 때리고 있을 때 여자가 총을 꺼냈어, 맞지?" 보러가드는 말을 마치고 몸을 일으켰다.

"레드힐에 발도 붙이지 마. 거기서 널 반겨줄 사람은 없을 테니까. 네 면상 다시는 보고 싶지 않아. 그리고 너도 말이야." 보러가드는 로니를 향해 몸을 돌려 말했다.

"돈을 구하기 전에는 너도 내 앞에 나타나지 마. 돈 마련되면 레드힐 밖에서 만나고. 휴대전화 이리 내놔." 보러가드는 이렇게 말한 뒤 다시 쪼그려 앉았다. 그는 콴의 머리채를 잡았다.

"말 안 해도 알겠지만, 오늘 있었던 일은 그 누구에게도 발설해서는 안 돼. 네가 차에서 토하는 소리 잘 들었어. 넌 이 일 때문에 평생 괴롭겠지. 극복하거나 그것 때문에 괴로워 죽거나 둘 중에 하나니까 잘 선택해. 내 말 알아들어?" 보러가드의 말에 콴은 고개를 끄덕였다. 보러가드는 다시 몸을 일으켰다.

"마지막으로, 로니. 나한테 돈을 주고 나서는 나나 내 가족 근처에는 얼씬도 하지 마." 보러가드는 이 말을 남기고는 트럭에 타서 시동을 걸었다. 콴은 후드에서 내려와 다시 두 발로 섰다.

보러가드는 레지의 트레일러 진입로 끝까지 후진을 한 뒤 차를 돌려 시리졌다.

"저 개새끼 진짜 최악이야." 콴이 말했다.

"쟤도 널 좋아하는 것 같지는 않은데. 자, 우리 맥주나 한잔하자고. 일주일 뒤면 너한테도 80,000달러가 생기는 거잖아. 돈 입금되고 나면 복싱이나 배우든가." 로니가 말했다.

"꺼져, 로니." 콴은 이렇게 말하고 손으로 얼굴을 비볐다.

"응, 뭐. 버그가 다시 돌아와서 한 대 더 맞기 전에 맥주나 한 캔 하자니까." 로니는 이렇게 말한 뒤 트레일러로 향했다. 몇 초 뒤, 콴도 그 뒤를 따랐다.

"저 새끼 진짜 싫어." 콴이 숨을 내뱉으며 중얼거렸다.

보러가드는 부니네 폐차장까지 트럭을 몰아서 간 뒤 그곳에 세워 두었던 자신의 트럭을 타고 정비소로 향했다. 정비소의 문 앞에 '영업 종료' 간판이 보였다. 켈빈은 아마도 점심 식사를 하러 간 모양이었다. 그는 정비소 문을 열고 안으로 들어가 불을 켰다. 코너에 있는 더스터는 스핑크스마냥 과묵했지만 그는 머릿속으로 더스터에게 말을 걸었다.

"우리는 결국 태어난 대로 사는 거야."

보러가드의 머릿속 목소리는 아버지처럼 들렸다. 위스키에 젖은 듯한 굵직한 목소리는 그의 백일몽에 자주 등장했다. 하지만 그 말 자체는 아버지보다 훨씬 달변이었던 사람에게 들었던 것이지만 누구인지는 기억나지 않았다. 보러가드는 더스터의 후드를 손가락으로 쓰다듬었다. 사람들이 총에 맞았다. 아마 죽었을 수도 있으리라. 대낮에 그토록 대범한 강도 사건이 일어난 뒤에는 후폭풍도 클 터였다. 로니가 자신의 몫을 가지고 장난질할 것이라는 불길한 예감이 들었다. 역시 콴이 문제였다.

그래도 그들은 무사히 빠져나왔다. 아직은 모두 괜찮았다. '모두' 가 무엇인지는 알 수 없었지만.

"우리는 결국 태어난 대로 사는 거야." 그가 소리 내어 말했다. 그 말이 정비소 안을 맴돌았다.

# 14

"로벨 씨, 많이 힘드셨을 텐데 저희도 대단히 안타깝게 생각합니다." 라플라타라는 이름의 형사가 말했다. 키카 크고 말랐지만 힘줄이 튀어나온 큰 손은 코코넛도 으깰 수 있을 것만 같았다.

"궁금해하실 것 같아 간단히 알려드리면, 버지니아 검찰 측에서는 무기 소지 건으로 로벨 씨를 기소할 의향이 없고요." 빌럼스라는 이름을 가진 또 다른 형사가 말했다. "터너 부인도 기력 회복하셨고 형사 고발할 생각은 없으시다고 합니다. 소지하신 총이 등록된 무기니까, 그 점 관련해서는 걱정하지 않으셔도 됩니다." 두 번째 형사의 몸은 마치 소화기처럼 단단해 보였고 헤어라인은 게티즈버그 전투에서 맹렬히 싸운 로버트 에드워드 리*같이 이마 뒤로 물러나 있었다. 그들은 루 엘렌을 마주 보며 빛바랜 꽃무늬 패턴의 천이 씌워진 커플 의자에 비좁게 앉아 있었다. 루 엘렌은 두 발을 지지대 위에 올려놓은 채 안락의자에 앉아 있었고, 의자 옆에 목발을 비스듬히

---

* Robert Edward Lee(1807~1870) : 미국 남북전쟁 때 남부군 총사령관을 맡았던 군인.

세워두었다.

"좋은 소식이네요. 뭐, 어쨌든 그분 생명을 구하려다가 벌어진 일이니까요." 루 엘렌이 말했다. 그녀는 앉은 자세를 바꾸려 하다가 몸 왼편에 극도의 고통을 느낀 듯했다. 루 엘렌은 얼굴을 찡그리면서 깊은 신음 소리를 냈다.

"뭐 가져다 드릴까요?" 빌럽스가 물었다.

루 엘렌은 고개를 가로저은 뒤 이렇게 말했다. "의사가 옥시코돈을 최대치로 처방해줬어요. 총알이 허벅지를 후벼 판 뒤에 대퇴골을 지나 엉덩이로 나왔다지 뭐예요. 이제 2주나 지났는데 아직까지 느낌이 생생하네요. 아마 오랫동안 아플 건가 봐요. 익숙해져야겠죠, 뭐."

"로벨 씨, 그 강도들 얼굴 기억해요?" 빌럽스가 물었다.

루 엘렌은 다시 고개를 좌우로 흔들었다. "뭐, 둘 다 남자였던 것 같고요. 둘 다 마스크를 썼고 장갑도 낀 상태였어요."

"그들이 물건을 아무것도 가지고 가지 않았다는 게 확실합니까? 경찰관이 가게에 갔을 때 금고가 활짝 열려 있었어요." 라플라타가 물었다.

"금고에는 몇 백 달러밖에 없었어요. 그게 다예요." 루 엘렌은 거짓말로 둘러댔다.

라플라타는 루 엘렌을 지긋이 노려보았다. 그의 아몬드 모양 눈매에는 미치 개미를 관찰하는 아이의 날카로움이 서려 있었다. 곧 현미경을 들이대도 이상하지 않을 정도였다.

"그냥 이상해서요. 진열장에 있던 보석만 해도 몇 천 달러는 거뜬히 될 텐데 그놈들은 진열장을 털지 않았어요. 이건 충동 범죄가 아니에요. 그들은 정확히 금고만을 노렸으니까요." 라플라타가 말했다. 그는 말하는 도중에 루 엘렌에게서 눈을 떼지 않았다.

"뒷방 금고에 값나가는 물건을 가지고 있을 거라고 생각했나 봐요. 잘 모르겠어요. 저기, 너무 죄송한데 제가 지금 상태가 별로 좋지 않거든요. 다음에 더 자세히 말씀드려도 괜찮을까요?" 루 엘렌이 물었다.

라플라타는 시선을 빌럽스에게 옮겼다. 몇 초의 침묵이 흐른 후 빌럽스가 천천히 고개를 끄덕였다. 두 형사는 소파에서 일어났다.

"로벨 씨, 생각나시는 게 있으면 뭐라도 좋으니 전화 주세요. 진상을 철저하게 파헤칠 겁니다. 약속드려요." 라플라타가 말했다. 그는 루 엘렌에게 작은 글씨로 인쇄된 명함을 건넸다. 그녀는 명함을 받았지만 라플라타와 눈을 마주치지는 않았다. 그의 눈빛이 두개골을 뚫고 들어올 것만 같았다.

"이제 좀 쉬세요, 로벨 씨. 다시 연락드리겠습니다." 빌럽스가 말했다. 형사들은 아파트를 걸어나갔다.

등 뒤에서 문이 닫히는 소리가 나자 루 엘렌은 눈을 감고 한숨을 내쉬었다. 그녀는 주머니를 뒤져 갈색 플라스틱 약병을 꺼내고는 옥시코돈 두 알을 물 없이 삼켰다. 입안의 쓴맛은 곧 온몸의 나른한 이완으로 바뀌었다. 그녀는 안락의자에 몸을 묻고 경찰이나 가게, 다리의 고통 따위는 생각하지 않으려 애썼다.

20분이 흐르고 전화벨이 울렸다. 루 엘렌은 바로 몸을 일으켰다. 심장이 미친 듯이 뛰었다. 그녀는 주머니에서 휴대전화를 꺼내 화면을 확인했다.

화면에 뜬 발신자는 '요한11:1'이었다. 요한복음 11장 1절은 라자루스*가 성경에 처음 등장하는 구절이었다. 레이지(라자루스의 애칭)에게 전화를 받는 것은 결코 반가운 일이 아니었다. 그가 맡긴 물건을 도둑맞은 뒤였기 때문에 더욱 공포스러웠다.

루 엘렌은 전화를 무시할까도 생각해봤지만 그가 계속해서 전화를 걸어댄다면 상황은 더 악화될 뿐이라고 판단했다. 상황이 더 나빠질 수 있다면 말이다. 그녀는 손가락으로 스크린을 터치한 뒤 전화기를 귀에 가져다 댔다.

"여보세요?"

"아니, 이거 이거 누구야. 애니 오클리** 아니셔." 찢어질 듯한 고음의 목소리가 전화선을 타고 들려왔다. 버지니아주의 린치버그와 로아노크의 산등성이가 연상되는 말투였다. 어떤 사람들은 사투리만 듣고 상대를 판단하기도 하지만, 그런 사람들이야말로 어리석은 것이다.

"레이지, 안녕." 루 엘렌이 말했다.

"그래, 루. 몸은 좀 어때? 총알이 그 밑에 부분을 통과했다던데." 레이지는 살짝 웃음을 누르며 말했다.

"아니야, 허벅지를 맞고 엉덩이로 나왔어." 그녀는 상대의 깊은 들숨 소리를 들을 수 있었다. 가래 끓는 소리가 고막을 채웠다.

"난장판이야, 루. 사람까지 죽다니 말이야." 레이지가 말했다. 루는 대꾸하지 않았다. "지금까지 잘해왔잖아, 루. 그래서 내가 가게도 맡긴 거고."

"뭐가 어떻게 된 건지 모르겠어, 레이지. 그 사람들이 그냥 가게에

---

\* Lazarus : 한국어로 번역된 성경에서는 주로 '나사로'로 표기.
\*\* Annie Oakley(1869~1926) : 총 솜씨로 유명한 미국의 명사수.

쳐들어 와서… 아, 진짜 모르겠어." 루 엘렌이 말했다. 그녀는 정말 몰랐다. 의심 가는 정황은 있었지만, 정확하게 아는 것은 아니었다.

전화기 저편에는 침묵만이 감돌았다. 그때 누군가 아파트 문을 크게 두드리는 소리가 났다. 마치 문을 망치로 때리는 것 같은 소리였다.

"아, 호레이스하고 버닝맨일 거야. 걔네들이 물어보면 잘 얘기해 줘. 루, 일이 이렇게 되지 않기를 바랐는데. 하긴 뭐, 세상일이 바란다고 다 이뤄지는 건 아니니까." 레이지는 이렇게 말하고 전화를 끊었다.

루 엘렌은 소리가 나는 쪽으로 고개를 돌렸다. 그들은 아직도 문을 두드리고 있었다. 루는 눈을 꼭 감은 채 외쳤다. "문 열렸어!" 제길, 망할 놈들. 만약 저자들이 그녀를 죽이려고 왔다면 저 문쯤이야 제 손으로 열고 들어왔을 것이었다. 묵직한 발자국 소리가 들린 뒤 복도 파티션 너머로 실루엣이 보였다.

호레이스는 파킨슨병 환자가 만든 핼러윈 호박등 같은 웃음을 띠고 있었다. 흰머리가 잔뜩 난 머리카락을 후줄근하게 한데 묶은 머리를 한 그는 텍사코 티셔츠와 청바지를 입고 있었다. 호레이스의 팔은 온통 바이킹족과 도끼, 두개골 등의 노르딕 문양 타투로 덮여 있었다. '버닝맨'이라는 별명을 가진 빌리가 호레이스 옆에 서 있었다. 그는 호레이스보다 30센티미터 정도 더 크고 그만큼 골격도 커 보였다. 그는 흰색 셔츠를 목 아래까지 잠가 입고 카키색 바지를 입었다. 그의 염소수염에는 아직 흰 수염보다는 검은 수염이 많아 보였고, 녹색 눈동자는 얼룩덜룩한 옥돌 같았다. 얼굴 왼쪽의 상처만 없었더라면 투박한 미남으로 보일 상이었다. 하지만 그의 얼굴 상처는 턱에서부터 뺨을 타고 왼쪽 눈과 귀까지 이어졌다. 루는 그가 상처를 가리기 위해 머리를 기른다는 것을 잘 알았다.

"어이, 루 엘렌. 잘 지냈어?" 빌리가 물었다.

"뭐, 괜찮은 것 같아." 루가 말했다. 그녀는 그제야 레이지가 전화한 이유를 깨달았다. 그녀가 병원이 아니라 집에 있는지 확인하기 위한 차원이었던 것이다. 루는 오른손으로 바지 주머니를 더듬었다. 경찰이 총은 가져갔지만 아직 칼은 몸에 지니고 있었다.

"그래. 총 맞으면 진짜 짜증 나게 아프지. 뜨거운 쇠막대기로 뼈까지 찔리는 느낌이랄까." 빌리가 말했다. 그는 형사들이 부엌에서 가져온 의자 중 하나에 앉았다. 그리고 몸을 숙인 뒤 두 팔을 다리 사이에 가볍게 늘어뜨렸다.

"그리고 그 어떤 고통과도 비교할 수 없다는 생각도 들게 하지." 빌리가 말했다. 호레이스가 옆에서 킥킥거렸다.

"맞아." 루 엘렌이 거들었다. 그녀는 입안이 바싹 타들어가는 것을 느꼈다.

"근데 아니야. 항상 더 심한 고통은 있기 마련이거든." 빌리는 이렇게 말한 뒤 자신의 얼굴을 덮은 머리카락을 들추었다. 루는 빌리의 나머지 상처를 똑똑히 보았다.

"빌리…"

"쉿, 내가 물어볼 게 두 가지가 있어, 루. 딱 두 가지야. 이것만 물어보고 갈게." 빌리가 말했다.

"짭새들이 왔는데 난 아무 말도 하지 않았어. 알잖아, 내가 함부로 입 놀리지 않는다는 거." 루가 말했다. 그녀는 눈물이 차오르는 것을 느끼고 스스로를 혐오했다.

빌리가 웃음을 지었다. "아, 그럼. 잘 알지. 형사들이 가는 걸 봤어. 이젠 아예 근처에 없을 거고. 첫 번째 질문에 미리 대답해줘서 고마워." 빌리가 웃자 얼굴의 상처가 더욱 충격적으로 뒤틀렸다. 마치 얼굴에 있는 유령이 무덤을 뚫고 나오는 듯한 느낌이었다. 빌리는 의자를 끌어당겼다.

"두 번째 거는 엄청 재밌는 질문이야. 다이아몬드에 대해서 누구한테 나불거렸어? 다이아몬드는 레이지가 여자들한테 수고비로 주는 거잖아, 잘 알지?" 빌리가 물었다. 그가 다시 얼굴에 미소를 띠자 눈 옆의 주름이 기름종이처럼 접혔다.

루 엘렌은 입안에서 혀가 꿈틀거리는 것을 느꼈다. 그녀는 진실을 말할 수도 있을 것이다. 진실을 말하고 최선의 결과를 기대하거나, 혹은 거짓말을 할 수도 있었다. 어떻게 그자들이 금고에 200만 달러 어치의 다이아몬드가 있는 사실을 알았는지 모르겠다고, 시치미를 뗄 수도 있었다. 그것도 아니라면 그 둘의 중간 지점을 찾아보는 것도 가능하리라.

"아무한테도 말 안 했어. 근데 가게에서 같이 일하는 여자애가 있거든." 루가 말했다.

빌리가 몸을 더욱 앞으로 숙였다. "아, 그래. 거기에서 솜사탕과 꿈같은 맛이 나는 여자애를 또 만난 거야?" 빌리가 말했다.

"그런데 아무 말도 안 했어. 진짜 맹세해. 그냥 몇 번 같이 어울린 것뿐이야. 그사이에 걔가 내가 한 말에서 뭔가 냄새를 맡았을 수도 있고." 루 엘렌이 말했다.

빌리는 근엄하게 고개를 끄덕였다. 그는 오른손으로 루의 허벅지를 더듬었다. "레이지가 병원에 친구가 있다는데. 그 친구가 말하기를 총알이 조금만 더 왼쪽으로 지나갔으면 고동맥을 건드릴 수도 있었대." 그는 정확히 총상 앞에서 손을 멈추었다.

"맞아." 루 엘렌이 말했다.

빌리는 그녀의 허벅지를 꽉 쥐었다. 상처를 파고드는 그의 엄지손가락은 마치 사냥감을 포획한 덫처럼 움직였다. 고통은 마치 그녀의 목을 쥐고 흔드는 것 같았다. 그녀는 본능적으로 칼을 빼 들었다. 빌리는 왼팔로 그녀의 팔목을 잡고 비틀었다.

"왜 이래, 루." 빌리가 말했다. 그가 팔에 힘을 주자 루의 손에 있던 칼이 그녀의 무릎으로 툭 떨어졌다. "이름이 뭐야? 너를 쥐었다 폈다 하는 그년 이름이 뭐냐고?"

"리사야." 루가 울부짖었다.

빌리는 드디어 루의 허벅지에서 손을 뗐다. 그리고 칼을 그녀의 허벅지에 꽂았다.

"리사라면 금발머리 여자애 맞지?" 빌리가 물었다.

루 엘렌이 고개를 끄덕였다.

"그럼 리사 말고 다른 년이겠네. 빨간 머리, 제니." 빌리는 의자에 몸을 기대며 이렇게 말했다. 의자가 삐걱거리는 소리를 냈다. 루가 길게 한숨을 내뱉었다. "네가 진짜 이름을 댈 것 같지가 않아서 말이야. 거짓말도 더럽게 못해, 루 엘렌. 그리고 넌 항상 뚱뚱한 년들한테 끌렸잖아. 리사는 네 취향이라기엔 너무 말랐어." 빌리는 이렇게 말하고는 의자에서 일어섰다.

"아니야, 빌리. 절대 걜 다치게 해선 안 돼. 이렇게 부탁할게."

"그놈들이 그저 진열된 보석만 털었다면 얘기가 다른 방향으로 흘러갈 수도 있었을 거야. 하지만 일이 이렇게 된 이상 짭새 놈들이 온갖 곳을 들쑤시고 다니겠지. 장부며 뭐며 뒤져보면 계산이 안 맞는 것도 금방 알아챌 거고." 빌리가 말했다.

"진짜 아무 말도 안 할게." 루 엘렌이 말했다.

빌리가 인상을 쓰며 말했다. "뭐, 네가 좋은 애라는 건 알아, 루. 하지만 짭새들이 만만치 않을 텐데. 그래서 내가 해결하기로 했어. 널 제일 오래 안 사람도 나니까." 빌리가 말했다. 그는 루가 앉아 있는 안마의자 뒤로 자리를 옮겼다.

"빌리, 레이지한테 말해줘. 내가 이거 다 설명할 수 있다고. 다시 원상 복구 할 수 있다고." 루 엘렌이 말했다. 그녀는 빌리가 뒤에서 무슨 짓을 하는지 보기 위해 몸을 틀었다. 몸을 움직이자 엄청난 고통이 찾아왔지만 의자 위에서 일어나는 일을 보기 위해 상체를 뒤틀었다. 그녀의 눈에서 눈알이 튀어나올 것 같았다. 빌리는 바지 뒷주머니에서 검은 비닐 봉투를 꺼냈다.

"아니, 너무 늦었어, 루. 어떤 건 부서지고 나면 다시 원래대로 돌릴 수가 없거든."

그는 검은 봉투를 루의 머리에 씌우고 목 주변을 꽉 묶었다. 루 엘렌은 손으로는 비닐 봉투를 빼내려고 애썼고 다리로는 몸을 일으키려고 발버둥을 쳤다.

"여기 좀 도와줄래, 이 새끼야?" 빌리가 호레이스를 향해 소리쳤다. 호레이스는 곧장 달려와 다리로 루의 허벅지를 누르고 손으로는 그녀의 팔을 붙잡았다. 호레이스는 검은 봉투 위로도 루의 코가 어디 있는지를 알 수 있었다. 루의 입이 있다고 생각했던 곳에서 거품이 희미하게 보였다. 루 엘렌은 있는 힘껏 소리를 질렀지만 봉투 때문에 소리가 잘 들리지 않았다. 그녀가 내지르는 소리는 동물이

내는 소리와 다를 바 없어졌고 점점 더 절박해져갔다. 하지만 루의 몸짓은 점점 그 강도가 약해졌고, 외침 소리도 거의 들리지 않게 되었다. 몇 분 더 지나자 그녀는 다리를 차는 동작을 멈추었다.

거기에서 몇 분이 또 흐르자 루는 움직임을 완전히 멈추었다.

코를 찌르는 냄새가 아파트 전체에 진동했다. 빌리나 호레이스 모두 냄새에 개의치 않았다. 누군가가 마지막 순간에 배출한 대변 냄새를 처음 맡는 것이 아니었기 때문이다. 빌리는 루 엘렌의 얼굴에서 봉투를 벗겨 다시 접은 뒤 뒷주머니에 잘 넣었다. 루의 머리는 오른쪽으로 완전히 꺾여 있었고 혀는 거북이 등껍질에서 나온 머리처럼 튀어나와 있었다.

빌리는 주머니에서 손수건을 꺼냈다. 그는 이마의 땀을 훔친 뒤 다시 손수건을 주머니에 넣었다. 그리고 다른 주머니에서 납작한 은색 플라스크와 담배 한 갑 그리고 성냥갑을 꺼냈다. 그는 성냥개비로 담배에 불을 붙인 뒤 루의 다리 사이로 담배를 떨어뜨렸다. 담배를 피우려고 불을 붙인 것이 아니었다. 그저 불이 붙을 때까지 성냥을 담배에 대고 있을 뿐이었다. 빌리는 플라스크에 든 것을 바닥과 커튼에 뿌렸다. 그리고 그것을 루 엘렌의 몸 위에도 직접 뿌렸다. 매캐한 냄새가 대변 냄새를 누르고 아파트 전체에 퍼졌다.

빌리는 한숨을 한 번 푹 쉬더니 루 엘렌의 뺨을 가볍게 어루만졌다. "안됐어, 이 언니야." 빌리가 중얼거렸다.

그는 성냥개비에 불을 붙인 뒤 루의 몸에 던졌다. 불꽃이 아주 작고 느리게 몸을 타고 번졌다. 불길이 허벅지에까지 이르자, 빌리는 불 붙은 성냥을 커튼에 던졌다. 불길이 파라핀처럼 번졌다. 빌리는 광신도처럼 열성적인 눈빛으로 불꽃의 너울거림을 바라보았다. 그 불꽃은 할아버지의 교회에 있던 광신도들을 연상하게 했다. 그들은 신을 찬양하며 낡아빠진 교회의 바닥을 빙빙 돌고는 했다.

"이제 가야 할 것 같은데." 호레이스가 말했다. 빌리는 눈을 몇 번 깜박거렸다.

"그래. 넌 가서 그 빨간 머리를 만나봐. 내가 리사랑 얘기를 해볼게."

"제니가 우리가 찾는 년인 거 아니었어?"

"맞아. 그래도 조심해서 나쁠 건 없으니까. 자, 빨리 여길 벗어나자고. 쟤가 타는 걸 보고 싶진 않아." 빌리가 말했다. 그는 옷소매로 손을 감싼 뒤 아파트의 문을 열었다. 빌리와 호레이스는 캐딜락에 올라탔다. 캐딜락이 주차장을 빠져나가는 순간 루의 집 현관에서 처음으로 연기가 솟아올랐다.

# 15

 보러가드는 더스터에 앉아 손가락으로 운전대를 두드렸다. 구름으로 뒤덮인 하늘은 언제 비를 쏟아내도 이상하지 않았다. 멀리 보이는 '캐리타운'이라는 글자가 새겨진 급수탑은 마치 거인처럼 보러가드를 굽어보는 듯했다. 버려진 기차가 그의 왼쪽 시야를 가로막았다. 주위에는 온통 오래된 공장뿐이었고 그 공장들은 마치 벽돌과 강철로 만들어진 공룡의 뼈들처럼 흩어져 있었다.
 보러가드는 시계를 확인했다. 오후 4시 5분이었다. 로니는 정확히 2시에 그와 만나기로 했지만 보러가드는 로니가 늦는 것에 크게 개의치는 않았다. 로니가 워싱턴의 '그자'로부터 돈을 받기로 한 날짜는 약속보다 일주일이나 지나 있었다. 안 그래도 절박한 그의 상황은 더욱 악화되는 중이있다. 부품 공급자들은 버림받은 애인처럼 전화기에 불이 나도록 전화를 걸어왔고, 정비소 대출 상환 날짜도 사흘 앞으로 다가왔다. 아리엘의 대학 등록금 납입 날짜도 눈 깜짝할 사이에 목전으로 다가왔다. 요양원 직원들은 그의 어머니가 하루 빨리 집에 가기를 바라며 기꺼이 짐을 싸는 중이었다.

"제길, 로니. 날 열 받게 하지 마. 열 받으면 널 가루로 만들어버릴지도 몰라." 보러가드는 허공에 대고 이렇게 말했다. 그는 다시 한번 손목시계를 흘긋 보았다. 이제 4시 10분이었다. 그는 눈을 감고 손으로 이마를 문질렀다. 그때 엔진 굉음이 들려왔다. 눈을 뜨자 블랙 머스탱 한 대가 달려오는 모습이 보였다. 머스탱 운전자는 새 차 주인답게 도로의 움푹 팬 곳을 부드럽게 피하며 유유히 다가왔다.

머스탱은 더스터 옆에 섰다. 머스탱 운전대 뒤로 로니 세션스가 이를 드러내며 웃고 있었다. 보러가드가 창문을 내리자 로니도 창문 너머로 얼굴을 드러냈다.

"도대체 이건 뭐야?" 보러가드가 물었다.

"뭐긴 뭐야, 자동차지. 이 정도는 타줘야 되지 않겠어? 2004년식 머스탱이야."

보러가드는 차창 밖으로 몸을 내밀었다. "요즘 뉴스 안 봐? 뉴스에 온통 주얼리 상점에서 누가 죽었느니 누가 총을 맞았느니 하는 얘기뿐이라고. 짭새들이 냄새 맡으려고 혈안이 돼 있는 마당에 차를 새로 사?" 그는 음절 하나하나를 씹어서 로니에게 뱉듯이 말했다.

"중고차야. 웨인 휘트먼한테 중고로 산 거라고."

"얼마 주고 샀어?"

"싸게 샀지. 7,000달러에 샀는데, 림*까지 끼워주더라니까."

"개털이던 로니 세션스가 갑자기 그렇게 돈을 뿌리고 다니면 사람들이 이상하게 볼 거라는 생각은 안 해봤어?"

로니는 눈알을 굴리며 이렇게 말했다. "버그, 제발 그렇게 딱딱하

---

\* Rim : 자동차 휠의 일부로 타이어가 붙는 부분을 말한다.

게 굴지 좀 마. 작업 성공했잖아! 짭새들은 우리 절대로 못 찾아. 왜냐고? 정보가 없으니까! 걔네가 열심히 냄새 맡고 돌아다녀봤자 허탕만 칠 거니까 긴장 좀 풀어."

로니는 조수석에서 시리얼 두 상자를 집어 보러가드에게 건넸다.

"가서 좋은 것 좀 사라고. 와이프 백화점에 데려가서 옷 좀 사주고, 좋은 호텔 가서 뜨거운 밤도 좀 보내고 말이야."

"내 와이프 입에 올리지 마, 로니."

"나쁜 뜻은 없어. 캡틴 크런치와 투칸 샘*이 네 몫인 80,000달러를 가지고 있다고. 그걸로 좀 즐기라는 말이었어."

"내 몫은 87,133.33달러야. 여기엔 87,133.33달러가 들어 있어야 한다고."

"버그, 제발. 나 말하는데 끊지 마."

보러가드는 시리얼 박스를 뒷좌석으로 옮겼다.

"저기, 그건 그렇고. 작업 다시 한 번 같이하는 건 어때? 우리 좋은 팀이잖아. 콴을 대신할 만한 사람을 구해볼게. 네가 걔에 대해 어떻게 생각하는지 아니까. 사실 나도…."

보러가드는 로니의 말을 가로챘다. "아니, 우린 여기서 끝이야. 그러니까 다시는 내 이름 네 입에 올리지 마, 로니." 그는 창문을 올린 뒤 더스터에 시동을 걸고 주차장을 빠르게 빠져나갔다. 급수탑을 돌아 네이보스트리트로 접어들자 하늘에서 곧 비가 쏟아질 듯했다. 고속도로로 들어서자 왼쪽으로 '캐리타운 방문을 환영합니다'라는 표지판이 그를 반겼다. 보러가드는 레드힐카운티로 가는 두 시간의 여정에 대비하기 위해 라디오를 켰다. 그의 심장을 짓누르던 무언

---

\* 각각 시리얼 브랜드 이름이다.

가가 점점 가벼워지는 것을 느꼈다. 그가 주얼리 상점에 들어간 것을 목격한 자는 아무도 없었다. 그가 차에 태웠던 로니와 레지, 콴만이 그의 존재를 알 뿐이었다. 따라서 그의 이름이 오르내리기 시작하면, 그는 누구를 찾아가야 할지 너무도 잘 알았다.

그리고 누가 사라져야 하는지도.

로니는 64번 도로를 지나면서 큰 트럭을 지나쳤다. 뒷좌석과 트렁크의 백에 제니 몫의 현금이 들어 있었다. 로니는 주말 내내 토니 몬타나\*처럼 파티를 벌일 계획이었다. 로니는 낡은 SUV를 추월하면서 잭 다니엘 병을 들어 한 모금 들이켰다. 그는 병을 다시 컵홀더에 둔 뒤 엘비스 프레슬리 CD를 틀었다. 엘비스 프레슬리의 깊은 바리톤 음색이 스피커를 통해 흘러 나왔다.

"바로 이 목소리지." 로니가 말했다. 그는 다시 위스키를 한 모금 마셨다.

버그가 계속 다그치는 말로 자신을 괴롭히기는 했지만, 로니는 그의 말에 일리는 있다고 생각했다. 세션스 일가가 부자는 아니라는 것을 주변 모두가 잘 알았다. 로니가 돈을 흥청망청 쓰고 다니는 것을 알면 사람들은 수근대기 시작할 것이 틀림없었다. 그나마 다행인 것은 로니가 그 동네에 오래 있지는 않을 것이라는 사실이었다. 로니가 한때 제니에게 거드름을 피우며 말했던 것은 허풍이 아니었다. 그는 탄광과 옥수수밭으로 가득한 버지니아의 촌구석을 곧 떠날 생각이었다. 어디로든 가서 돈이 떨어질 때까지 낮에는 피냐 콜라다를 마시고 저녁에는 제니와 뜨거운 밤을 보낼 생각이었다. 그는 왜 버

---

\* Tony Montana : 영화 〈스카페이스〉의 주인공으로 범죄영화를 상징하는 인물.

그가 한순간도 즐기지 못하는지를 이해할 수 없었다. 로니가 버그와 콴에게 숨기는 것이 없지는 않았지만, 그래도 앞으로 3년 동안 스트립 클럽에서 뿌릴 정도의 돈을 그들에게 벌어준 것만은 사실이었다. 버그야말로 작업에 끼게 된 것을 고마워하지도 않는, 은혜도 모르는 흑인일 뿐이었다.

로니는 잭 다니엘 병을 다시 컵홀더에 돌려놓은 뒤 새 휴대전화를 꺼냈다.

"제니에게 전화 걸어줘." 그는 휴대전화에 대고 이렇게 말했다. 휴대전화 역시 차와 같은 날에 구매한 것이었다. 핸즈프리 음성인식을 활용하니 SF영화 속 주인공이 된 것 같았다. *하늘을 나는 차는 개나 주라지*, 로니는 속으로 중얼거렸다.

그는 레지와 잠시 워싱턴에 갔다가 3일 전에 돌아왔다. 그곳에서 차이나타운의 브랜든 양을 만난 뒤, 중국 외교관과 이민자들이 주로 가는 식당에서 브랜든 양의 보스라는 사람과 만남을 가졌다. 콴과 윈스턴을 알게 된 것처럼 브랜든도 감옥에서 만난 사이였다. 브랜든은 사기죄로 1년을 복역했는데, 로니에게는 자신의 죄가 아무것도 아닌 것처럼 떠들었다. 브랜든 말로는 자신이 큰돈을 만지는 누군가의 밑에서 일하는데, 돈이 너무 많아서 메릴랜드의 창고에 관으로만 여섯 개를 쌓아둘 정도라고 했다. 그는 입을 닫고 감옥에 다녀오는 대가로 평생을 어려움 없이 살 수 있다고도 했다.

브랜든의 말은 거짓이 아니었다. 감옥 안에서 그 누구도 그에게 시비를 걸지 않았다. 브랜든은 독방을 쓰면서 감옥 세탁실의 비교적 수월한 일을 하며 시간을 보냈다. 교도관들은 그에게 배우자 방문을 한 달에 두 번이나 허용해주었다. 브랜든은 감옥에 온 것이 아니라

휴가를 온 것 같아 보였다. 감옥에서 그가 아쉬워했던 유일한 것은 체스를 둘 사람이 없다는 사실뿐이었다. 그는 체스에 미쳐 있었다. 어느 날 로니는 브랜든에게 접근해 담배 한 개비를 걸고 체스 게임을 제안했다. 로니가 게임에서 졌지만, 브랜든의 마음을 얻는 데는 성공했다. 브랜든은 로니에게 자신의 보스가 관심을 보일 만한 일이 있으면 언제든 찾아오라는 말을 남기고 콜드워터를 떠났다.

로니는 브랜든의 보스가 관심 있어 할 만한 일을 물어 온 것이었다. 브랜든의 보스를 만났을 때 로니는 두 가지 사실을 깨달았다. 첫째는 중국인들이 담배를 어마어마하게 피운다는 사실이었다. 그가 두 번째로 알게 된 사실은 자신이 다이아몬드에 대해 철저하게 무지했다는 것 그리고 제니 역시 마찬가지였다는 것이었다.

"70만 달러를 주지." 브랜든의 보스가 말했다. 조금 더 정확하게는, 보스의 말을 통역한 브랜든의 입에서 나온 말이었다. 브랜든의 보스는 쿵푸 영화에 나오는 악역 같은 분위기를 풍기는 사내였다.

로니는 의자 팔걸이를 붙잡았다. 70만 달러. 그가 아는 모든 사람이 평생 동안 번 돈을 다 합해도 어림없는 큰 금액이었다. 70만 달러를 제안했다는 것은 저 다이아몬드의 가치가 300만 혹은 400만 달러에 달한다는 뜻이리라. 로니는 말을 할 수가 없었다. 혀가 얼어붙은 것만 같았다.

상대방은 그가 협상을 하는 것으로 착각하고는 이렇게 말했다.

"75만. 이게 마지막 제안이야." 브랜든이 보스와 몇 마디 나눈 뒤 이렇게 말했다. 로니는 드디어 말을 할 수 있게 되었다.

"어, 어, 좋아." 로니가 말했다. 아주 잠시 동안 그는 이만한 가치의 다이아몬드가 왜 그렇게 작은 가게의 금고에 있었을까, 하는 의

문이 들었다. 하지만 돈을 건네받자마자 그 의문은 놀란 토끼처럼 달아나버렸다. 그런 것쯤은 상관없었다. 출리는 물론 작업에 참여한 모든 사람에게 몫을 줄 수 있었을 뿐만 아니라 황금으로 된 변기에 똥을 싸고도 남을 돈이었다.

중식당을 나와 그들은 파티를 벌였다. 길거리에 있는 모든 가게를 들락거리며 술을 마셔대기 시작했다. 어떤 루프톱 클럽에서는 웨이트리스가 검을 가지고 돌아다니면서 샴페인병을 따주었다. 그들은 로니가 발음조차 할 수 없는 식당에서 무엇인지도 모를 음식을 먹었다. 그들이 거리에서 작업을 건 여자들은 알고 보니 창녀였다. 로니와 레지, 브랜든은 세 명의 여자와 번갈아가며 섹스를 했다. 로니는 자신의 판타지 중의 하나였던 창녀의 엉덩이에서 코카인을 흡입하기를 실현했다. 그들은 록스타처럼 흥청망청 놀았다. 그렇게 하지 않을 이유는 무엇이란 말인가? 로니는 돈방석에 앉게 된 것이다. 더 이상 주유한 뒤에 거스름돈을 세지 않아도 되었다. 빌 게이츠만큼의 재력은 아니지만, 가난에서 벗어난 것은 분명했다. 에어컨을 켠 채 차의 창문을 열 수 있었다. 그는 창밖으로 크게 소리를 질렀다.

"여보세요?" 전화기 너머로 제니의 목소리가 들렸다.

로니는 창문을 다시 올렸다. "안녕, 자기. 나 자기 만나러 가는 길이야. 내가 지금 산타클로스 같은 기분이거든? 양말에 뭐 좀 넣어갈까?"

"돈 가져왔어?" 제니가 물었다.

로니는 스마트폰을 향해 인상을 썼다. 제니의 목소리가 뭔가… 이상했다. 마치 손에 쥐고 있던 아이스크림을 땅에 떨어뜨렸거나, 강아지를 잃어버렸거나, 아빠가 맞는 모습을 본 경험을 하루 만에 모두 겪은 듯한 목소리였다.
"그럼, 갖고 가지. 45분 뒤면 도착할 거야. 더 빨리 갈 수도 있고. 이 새로 산 머스탱이 좀 잘 나가거든."
"알았어." 제니가 전화를 끊었다. 차에 대해 묻지도 않은 채였다.
"도대체 뭘 잘못 처먹은 거야?" 로니는 휴대전화를 노려보며 이렇게 중얼거렸다.

# 16

보러가드는 오후 6시가 조금 넘어서 레드힐에 도착했다. 그는 문이 닫히기 전 가까스로 은행에 도착했다. 그는 3,000달러로 대출금을 갚고 5,000달러로 각종 공과금을 처리했다. 은행을 나선 뒤 요양원으로 향했고, 요양원 주차장에 주차를 하고 나서 곧장 원무실로 향했다.

탤벗은 가죽으로 된 서류 가방에 노트북을 집어넣으려는 참이었다. "몽타주 씨, 무슨 일이세요? 전 이만 퇴근하려고 하는데. 혹시 내일 오전에 다시 오실 수 있나요? 어머니 퇴원하실 때 교통편 때문에 그러세요? 댁까지 산소통 안전하게 배달해드릴 테니 걱정 마세요." 탤벗이 말했다. 보러가드는 탤벗이 웃을 때 보이는 치아를 세며 잠자코 있었다.

"그럴 필요 없습니다." 보러가드가 말했다. 그는 이미 차 안에서 100달러 지폐로 30,000달러를 센 후 여섯 개의 뭉치로 들고 온 터였다. 그는 돈다발을 탤벗의 책상 위에 놓았디. 하나의 다발에 100달러 지폐가 50개씩 묶여 있었다. 텔벗의 얼굴에 어려 있던 미소는 싸구려 솜사탕처럼 사라졌다.

"몽타주 씨, 이건 너무 의외의 일인데요."

"그렇지 않습니다. 전부터 현금으로 결제해왔는걸요. 그리고 저희 어머니가 저렇게 난리를 피우기 전에도 당신한테 현금으로 병원비를 지불했고요. 그러니까 그냥 영수증이나 빨리 주시겠어요? 잔액은 다음에 와서 받죠. 지금은 잔돈이 없어서." 보러가드가 말했다.

텔벗은 다시 자리에 앉아 가방에서 노트북을 꺼냈다.

그의 어머니는 베개에 머리를 푹 파묻은 채 침대에 누워 있었다. 빈 상자가 병실 한구석에 높이 쌓여 있었고, 텔레비전에서는 기상 캐스터가 전달하는 날씨 예보가 흘러나왔다. 캐리타운을 적시던 비가 레드힐에는 내리지 않을 모양이었다. 보러가드는 전혀 미동이 없는 어머니가 죽은 것은 아닌가 걱정되었다. 얼굴을 자세히 들여다보니 숨을 들이쉬는 어머니의 뺨이 발그레했다. 보러가드는 몸을 돌려 병실을 나가려던 참이었다.

"너희 집 현관에서 자야 하니?" 엘라가 물었다. 지난번보다 더 힘없는 목소리였다. 보러가드는 침대 옆으로 다가갔다.

"아니요."

"훌륭하구나. 그럼 난 이제 대저택에서 지내겠네, 마사*."

"병원비 냈어요. 뭐, 대략 다 낸 셈이죠."

엘라의 눈이 커졌다. "그럼 그게 너냐?"

보러가드가 인상을 찌푸렸다. "뭐가 저라는 말씀이세요?"

---

* Felipe Massa : 전 세계적 명성의 브라질 출신 포뮬러 원 레이싱 선수.

"그 뉴스에 나오는 일 말이다, 주얼리 상점 강도 사건. 뉴스에 보자니 뷰익 리갈이 공사 중이던 고가도로에서 공중제비를 했다던데. 나는 바로 알았다. 너희 아버지 같은 위인이나 할 짓이라는 걸." 엘라는 이렇게 말한 뒤 격렬하게 기침을 했다. 보러가드는 침실용 탁자 위에 놓여 있는 물병에서 물을 한 잔 따른 후 어머니에게 건넸다.

"걱정 마세요."

"나를 네 집에 들이지 않기 위해서는 무슨 짓이라도 할 기세구나, 그렇지?"

"엄마, 제발요. 그런 게 아니에요. 어머니를 위해서 가장 최선의 일을 하려는 것뿐이에요."

"그렇지, 그렇고말고." 엘라는 다시 기침을 시작했다. 보러가드는 어머니에게 물을 한 모금 더 마시게 했다. 엘라는 고맙다는 말을 하지 않았다. 그는 어머니의 머리 스카프를 느슨하게 풀어주었다.

"그들은 널 찾아낼 거야."

"걱정하지 마시라고 했잖아요."

"그들은 널 반드시 찾아낼 거야. 그리고 너는 네 아빠가 그랬던 것처럼 도망을 다녀야 할 거고. 네 아이들과 처를 버리고 말이다. 이제 네 가족들은 자기 몸 건사하며 살 방도를 찾아야 할 거야. 너희 아빠가 나한테 한 것처럼 말이지."

"우리한테 한 짓이죠." 보러가드가 대꾸했다.

엘라는 보러가드의 말을 못 들은 체했다. "너는 그날 테이스티 프리즈에서 네가 아빠를 구했다고 생각하겠지. 하지만 네가 한 일이라고는 불가피한 일을 뒤로 미룬 것뿐이야."

보러가드는 몸을 움찔했다. "엄마, 그만해요."

엘라는 머리를 돌려 천장을 바라보았다. 낮은 조도의 형광등이 그녀의 파리한 얼굴을 비추었다.

"'내가 아빠를 구해줄게. 나쁜 놈들이 아빠를 해치지 못하게 할 거야.' 근데 이 말을 들은 네 아빠가 한 짓거리가 뭐였니? 그놈들이 너를 소년원에 집어 처넣는 동안 이곳을 떠났잖니. 내가 변호사 구할 돈이 없었다는 건 신께서도 잘 아실 거다. 네가 아빠를 위해 어떻게 했는데, 그걸 보고도 꽁무니를 뺀 작자가 네 아빠야."

보러가드는 머리가 지끈거려오는 것을 느꼈다. "아버지가 나나 경찰을 피해 달아난 것 같아요? 아버지는 어머니를 떠난 거예요. 그 입에서 나오는 말들을 한순간도 더 견디기 싫었던 거겠죠." 입에서 나오는 한 마디 한 마디가 그의 입에 씁쓸한 뒷맛을 남겼지만, 그도 어쩔 수 없었다. 엘라는 그의 화를 돋우는 방법을 누구보다 잘 알았다. 다른 누군가 그에게 그따위 말을 했다면 아마 지금쯤 손바닥에서 빠진 치아의 개수를 세고 있을 터였다. 보러가드가 할 수 있는 일이라고는 어머니의 아픈 곳을 찌르는 것밖에 없었다.

"그게 엄마한테 할 소리니?"

"엄마도 제게 한 말을 생각해보세요."

"내가 죽으면 교회에 앉아서 날 그리워하는 척일랑은 하지 말거라. 그냥 태워서 쓰레기통에 버려버려. 지금 네가 하고 있는 것처럼 말이다."

보러가드는 눈알을 굴렸다. 이것이 엘라의 싸움 방식이었다. 정면을 가격한 뒤 반 바퀴 돌아 옆구리에도 뜻밖의 잽을 날리는 것을 잊지 않았다.

"안녕히 주무세요, 어머니." 그는 다시 병실 문 쪽으로 몸을 돌렸다. 보러가드가 문을 나서기 전에 엘라가 다시 기침 발작을 일으켰다. 그는 돌아와서 엘라에게 물을 더 먹였지만 이번에는 소용이 없었기에 등을 두드리기 시작했다. 그는 어머니의 등이 한줌밖에 되지 않는다는 사실을 느끼고는 충격에 빠졌다. 그는 엘라를 일으켜 세운 뒤 견갑골 사이를 쓰다듬었다. 엘라가 고개를 끄덕이자 보러가드는 그녀를 침대에 뉘였다.

"내가… 너한테 좀 더 좋은 아빠를 골랐어야 하는 건데. 하지만 앤서니의 웃는 얼굴이 내가 본 남자 중 제일 귀여웠어." 엘라는 입에 침방울을 매단 채 숨을 쌕쌕거리며 이렇게 말했다.

"간호사 불러드릴까요?"

엘라는 고개를 가로저었다. 그녀는 뼈가 앙상한 손으로 보러가드의 손목을 잡았다.

"너는 훨씬 더 크게 될 수 있었는데. 하지만 넌 유령을 쫓느라 너무 많은 시간을 허비했어."

보러가드는 가슴이 뜨끔했다.

"더 이상 아니에요."

"거짓말."

보러가드는 더스터를 타고 재빠르게 요양원을 빠져나왔다. 그는 한 군데 더 들러야 했지만 발걸음이 영 내키지 않았다.

그는 볼품없는 하얀색 이층집 앞에 더스터를 세웠다. 검은색 덧문은 녹이 끼어 초록색으로 변했고 현관도 제명을 다한 듯 보였다. 보러가드는 차에서 나와 발로 모래를 차며 뜰을 가로질렀다. 땅에는 풀도 자라지 않았고 집 주변에는 그 흔한 관목조차 하나 없었다.

쉐보레의 엘 카미노가 정문 앞에 주차되어 있었다. 낡은 갈색 소파 하나가 방수포에 덮인 채 오른쪽 구석에 놓여 있었고, 앞마당은 빈 맥주 캔과 담배꽁초로 뒤덮여 있었다.

보러가드는 문을 두드렸다. 문의 경첩이 떨어질 것을 걱정해 있는 힘껏 두드리지는 않았다. 그는 집 안에 시끄럽게 울리는 폭스 뉴스를 들을 수 있었다. 아리엘의 할머니인 에마의 어지러운 발소리가 들렸다. 두 턱을 가진 작고 땅딸막한 노파였다. 필터 없는 폴 몰 담배는 평생 그녀의 입을 떠나지 않았다.

"왜?"

"아리엘 좀 불러주실래요? 전화를 했는데 통 안 받아서."

에마는 담배를 깊숙이 들이마셨다. 마치 용광로에서 철이 녹을 때처럼 빨간 불빛이 담배 끝에서 점멸했다. "전화기가 꺼졌으니까. 전화를 더 해봤으면 알았을 텐데."

"그냥 좀 불러주세요." 보러가드가 말했다.

"뭘 하려고?"

"할 얘기가 있어요. 난 걔 아빠니까요. 아무리 부정하려고 하셔도 어쩔 수 없어요. 걔 곱슬머리가 누구한테서 왔겠어요."

"이렇게 어쩌다 한 번씩 들러서 눈먼 돈 준다고 아빠가 되는 건 아닐세."

보러가드는 몸을 숙인 뒤 목소리를 낮추어 이렇게 말했다. "가서 당장 내 딸 불러 와요. 오늘은 내가 이런 장난질할 기분이 아니니까요. 오늘은 날이 아니야."

에마는 코로 담배 연기를 뿜어낸 뒤 현관에서 몸을 돌렸다. 보러가드는 복도를 걸어가는 에마의 등 뒤로 자신을 겨냥한 욕지거리를 들었다. 그는 다시 돌아가 더스터의 후드 위에 앉았다. 몇 분 후에 탱크톱과 짧은 반바지를 입은 채로 아리엘이 나타났다. 바지는 너무나 짧아서 기침 한 번 하면 티팬티로 보일 지경이었다.

"왔어?"

"그래. 차는 어디 있니?"

"립이 일할 때 필요하대서. 전화기를 꺼놨으니까 연락할 방도가 없어서 내가 데리러 갈 수도 없고. 그래서 그냥 쓰라고 했어."

"운전면허증은 있고?"

"있어. 걘 그냥 차만 없을 뿐이야."

"이리 와봐."

아리엘도 더스터 위에 걸터앉았다. "뭐, 또 잔소리하시게?"

"아니. 릴 립이 네 차를 모는 것보다 훨씬 중요한 일들이 많지."

보러가드는 뒷주머니에서 두툼한 갈색 봉투를 꺼냈다. 서류를 우편으로 부칠 때 쓰는 갈색 봉투였다.

"1년치 대학 등록금 24,000달러."

"교재 살 돈까지 포함이야."

그는 아리엘에게 봉투를 건넸다.

"이게 뭐야?"

"24,000달러. 대학교에서 등록금을 현금으로 받지는 않을 테니 네 명의로 은행 계좌 몇 개 열어둬. 한 계좌당 10,000달러 이상 입금하지 말고. 그러면 국세청에서 의심할 테니까."

아리엘의 벌어진 입은 다물어질 줄을 몰랐다.

"젠장, 이렇게 큰돈을 어디서 구한 거야?"

"말조심해."

"미안. 이렇게 큰돈이 어디서 났어?"

보러가드가 웃었다.

"그건 걱정하지 마. 하지만 네 엄마나 할머니에게 이 돈에 대해 알려선 안 돼. 내가 이만한 돈을 또 가져다준다고 장담할 수는 없어. 하지만 이걸로 공부를 시작할 순 있으니까."

아리엘은 손에 쥔 봉투에 힘을 주었다. 그리고 얼굴을 찌푸렸다.

"이 돈 받으면 나한테 문제가 생기는 건 아니지?"

"왜 그런 말을 해?"

아리엘은 손으로 귀밑머리를 귀 뒤로 넘겼지만 곧바로 불어온 바람이 다시 머리카락을 제자리에 되돌려놓았다.

"엄마가 그랬어, 아빠가 하는 일은 불법이라고."

"엄마가 그랬다고?"

"응."

보러가드는 팔짱을 끼고는 앞을 똑바로 응시했다.

"그 돈 받고 이 개 같은 집에서 나와. 아예 이 마을을 떠나. 그러면 너한테 아무 일도 생기지 않을 거야. 이곳을 떠나서 뒤도 돌아보지 마. 여긴 너한테 좋을 거 하나도 없으니까. 릴 립, 네 엄마, 나한테도 연락하지 마. 너를 담기엔 여긴 너무 그릇이 작으니까."

"뭐라고 해야 할지 모르겠어."

"아무 말 안 해도 돼. 넌 내 딸이니까."

그는 아리엘에게 사랑한다는 말을 하지 않았다. 하고 싶었지만 지금은 때가 아니라고 느꼈다. 아리엘이 어쩔 수 없이 그 말을 돌려줘야 하는 상황을 만들고 싶지 않았다. 딸에게 돈을 줬다고 해서 '사랑해'라는 말을 들을 자격을 얻는 것은 아니라고 생각했다.

아리엘이 길게 한숨을 쉬었다.

"역시 우리 아빠야." 아리엘이 말했다. 신발 끈을 묶을 줄 안 뒤로부터는 하지 않던 말이었다.

더 이상 할 말이 남지 않았으므로 그 둘은 더스터의 앞범퍼에 발을 댄 채로 앞을 응시할 뿐이었다. 그들은 그 상태로 얼마간 앉아 있었다. 그렇게 지는 해를 바라보며 에마가 텔레비전에 대고 고함을 지르는 소리를 들었다. 어느 순간, 보러가드는 아리엘이 자신의 손을 살며시 쥐는 것을 느꼈다. 그는 그 손을 꽉 쥔 채로 그 순간을 마음에 새겼다.

아리엘을 만난 뒤 보러가드는 델모니코 스테이크와 감자, 아이스크림을 사기 위해 월마트에 가기로 했다. 차를 새로 사지는 않을 테지만, 로니의 말에도 일리가 있다고 느꼈다. 그도 조금은 즐길 필요가 있었다. 월마트 가는 길목엔 프레시전 정비소가 있기에 그는 평소 월마트를 피해왔다. 무광의 검정 알루미늄 펜스 뒤로 정비를 받기 위해 늘어선 차들을 보고 싶지 않아서였다. 따라서 식재료 쇼핑은 주로 키아가 도맡았다. 키아와 같이 장을 보는 날이면 북쪽으로 카운티 두 개를 넘어서 틸러슨의 푸드 라이언에 가고는 했다.

그는 마켓 드라이브 도로에 들어선 뒤 속도를 시속 50km로 맞추었다. 월마트에 도착하기 직전, 도처에서 사이렌 소리가 들렸다. 보러사느는 운전대를 꽉 쥐었다. 룸 미러로 경찰차의 번쩍이는 불빛이 보였다. 그는 갓길에 차를 대고 경찰차를 먼저 보냈다. 그 차 뒤로도 불빛과 사이렌을 최대치로 한 경찰차가 두 대나 더 지나갔다. 보러가드는 다시 도로에 진입한 뒤 그 경찰차들의 목적지가 과연 월마트였을까를 생각했다. 지루한 고등학생들이 폭탄 테러 협박이라도 한 것일까?

"이런, 제길." 보러가드가 중얼거렸다.

프레시전 정비소가 화염에 싸여 있었다. 불길은 이미 15미터 상공을 넘어 하늘을 붉게 물들이고 있었다. 소방대원들이 화마와 맹렬히 싸우는 중이었지만 불길은 좀처럼 잡히는 것 같지 않았다. 프레시전 정비소의 간판도 불길에 녹아내리고 있었다. 보러가드는 룸 미러로 화재를 지켜보았다. 룸 미러에 비친 화염은 마치 그가 지옥불을 탈출하고 있는 것 같은 인상을 주었다.

집에 들어서자 소파에 앉아 있던 키아와 대런이 그를 맞았다.

"제이본은 어디 있고?" 보러가드가 물었다.

"트렉 쿡네 집에서 하룻밤 자고 와도 되겠냐고 해서, 그러라고 했어. 자기도 반대할 것 같지 않고."

"그래. 그냥 물어본 거야."

"뭐 사 왔어?"

"스테이크 좀 사 왔지. 감자그라탱 해주려고." 보러가드는 대런의 머리를 쓰다듬으며 말했다.

"웩."

"왜, 감자그라탱 싫어?"

"싫어요, 아빠. 감자그라탱 맛없어."

"그래? 그럼 아빠가 다 먹지, 뭐." 보러가드는 주방으로 발걸음을 옮겼다. 키아가 그를 따라 주방으로 들어왔다.

"돈 받은 거야?" 키아가 물었다.

보러가드는 스테이크를 싱크대 위에 내려놓으며 말했다. "응."

"더는 안 할 거지, 그렇지?" 키아가 물었다.

"이게 마지막이야." 그는 키아를 안고 이마에 키스를 했다. 그리고 포장지의 비닐을 뜯은 후 스테이크를 볼에 넣고 양념을 하기 시작했다.

"월마트 가는 길에 프레시전 정비소에 불난 걸 봤어."

"뭐라고? 언제?"

"방금 말한 대로야. 한 시간 전쯤."

"제길."

욕을 듣자 대런이 까르르 웃기 시작했다.

"뭐라고?"

"거기에 불나면 제일 먼저 의심받을 사람은 당신이야, 당신도 알지?"

보러가드 역시 그 생각을 하지 않은 것은 아니었으나, 거리낄 것이 없으므로 개의치 않았던 터였다.

"내가 한 게 아니니까."

"나도 알아, 당신이 안 했다는 걸. 하지만 사람들은 그렇게 생각 안 할 거야."

보러가드는 다시 거실로 향했다.

"그래서? 감자 깎는 것 좀 도와줄래?"

그들은 저녁을 먹은 뒤 소파에 앉아 영화를 보았다. 대런이 잠들자 키아는 대런을 안아 올렸다.

"애 재우고 올게. 나도 바로 자려고. 당신도 바로 잘 거야?"

"난 좀 있다가. 뉴스 확인할 게 있어서." 키아는 대런을 안고 흔들었다. 보러가드는 키아가 질문 공세를 할 것이라고 예상하고 잠자코 기다렸으나, 아무 말 없이 몇 초가 흘렀다. "아빠한테 안녕히 주무시라고 해야지." 키아가 대런에게 속삭였다.

대런은 잠에 취한 채 보러가드에게 손을 흔들어 보였다.

"잘 자라, 우리 아들."

키아와 대런이 복도를 지나 사라지자 그는 혼자 거실에 덩그러니 남았다. 텔레비전 뉴스에는 워터게이트 사건급으로 부풀린 지역 정치 뉴스가 흘러나오고 있었다. 시시한 이야기들뿐이었다. 뉴포트뉴스의 한 아파트에 불이 났다는 보도도 그중 하나였다. 텔레비전을 끄려는 순간 아나운서의 입에서 커터카운티라는 단어가 흘러나왔다.

"오늘 오전 11시, 경찰은 지난 월요일 주얼리 상점 강도 미수 사건의 희생자 신상을 공개했습니다. 이름은 에릭 게이, 올해 열아홉 살인 이 청년은 미수로 그친 강도 사건에서 총에 맞아 숨을 거두었습니다. 에릭 게이에게는 아내와 아들 한 명이 있다고 합니다. 엘렌 윌리엄스 기자가 미망인 케이틀린을 만나 이야기를 들어봤습니다." 아나운서의 마지막 말 후에 화면은 스튜디오에서 비좁은 트레일러로 전환되었다. 젊은 백인 여자가 한 손에는 사진을 들고, 다른 한 손에는 짙은 크림색 피부의 아이를 안은 채 화면에 등장했다.

"미수에 그쳤다고?" 보러가드는 소리 내어 말했다.

카메라가 사진으로 줌인을 하자 고등학교 농구복을 입은 젊은 남자가 화면을 가득 채웠다. 그는 무릎을 꿇은 채 한 손은 바닥을 짚고 다른 한 손에는 농구공을 들었다. 이런 상황에 쓸 수 있는 사진을 찍을 돈도 시간도 없는 젊은이였다. 그 나이 때에는 무엇이든 할 수 있는 시간이 넘쳐난다고 느끼기 마련이었다. 아내와 아이를 데리고 제대로 된 사진을 찍을 시간은 충분하다고 생각했으리라. 애먼 곳에서 난데없이 총을 맞기 전까지는.

"그렇습니다. 케이틀린은 아들 앤서니에게 아빠의 일을 어떻게 설명해야 할지 모르겠다며 울먹였는데요."

그 보도가 나오는 5분 동안 보러가드는 내용에 주의를 기울이지 않았다. 소파를 너무 세게 붙잡은 나머지 팔이 아파왔다. 그의 뇌리에는 에릭 게이의 웃는 모습이 떠나지 않았다. 갓길에서 그에게 간절히 도움을 청하던 바로 그 얼굴이었다.

그는 몸을 일으켜 주방으로 향했다. 그리고 월마트에서 산 맥주 한 병을 꺼낸 후 주방 서랍에서 병따개를 찾았다. 병따개가 보이지 않자 서랍 안을 뒤지기 시작했다.

왜 뉴스 보도에서는 강도 '미수' 사건이라고 한 걸까? 그는 로니의 팔에 끼워진 박스를 똑똑히 보았다. 로니는 마치 북극에 혼자 떨어진 사람이 구명조끼를 붙잡듯 그 박스를 다루었다. 로니가 돈을 가지고 장난쳤을 가능성은 배제할 수 없었지만, 어쨌든 보러가드는 약속한 몫을 받았다. 그렇다면 누가 경찰에 거짓말을 하고 있다는 말인가?

보러가드는 포크와 스푼 사이로 병따개를 찾아 헤맸다. 여전히 병따개는 보이지 않았다.

에릭 게이는 왜 하필 그때 거기에 있었던 것일까? 그는 보러가드에게 피신했다고 분명히 말했다. 하지만 누군가 그에게 돈을 줬을 수도 있었다. 아이에게 쓰라고 누군가 500달러 정도를 보냈을 가능성도 충분히 있었다. 그 돈으로 에릭은 와이프에게 선물을 사려고 했을 수도 있었다. 아들을 무사히 태어니게 해줘서 고맙다고. 보러가드 역시 아리엘을 낳은 후 재니스에게 선물을 하고 싶었다. 제이본을 낳았을 때 키아에게 선물을 할까 하는 생각도 했었다. 하지만 대런이 태어나자 다른 것들이 더 눈에 보이기 시작했다.

그는 잡동사니가 들어 있는 서랍을 열었다. 그곳에는 덕트 테이프와 줄자, 유리 단지 오프너 등 집 안 살림을 하며 쌓아온 온갖 잡동사니가 모여 있었다. 하지만 여전히 병따개는 온데간데없었다.

에릭과 케이틀린은 아이의 이름을 앤서니라고 지었다. 재니스가 보던 작명책에 따르면 앤서니라는 이름은 '칭찬받을 만한(praiseworthy)'이라는 뜻을 지녔다. 여자아이라는 것을 알았을 때 그들은 아리엘로 이름을 정했다. 아리엘은 재니스가 좋아하던 만화의 주인공 이름이었다. 키아는 자신이 직접 이름을 지었다. 보러가드가 두 번 모두 앤서니라는 이름을 권했다. 아버지에 대한 헌정의 의미였으나, 키아는 두 번 모두 거절했다.

자신의 아버지에 대한 기억이 전혀 없는 이 앤서니라는 아이 역시 보러가드처럼 아버지 없이 자랄 터였다.

보러가드는 그들이 정말 그 이름을 아이에게 지으리라고는 생각하지 않았다. 도대체 왜 아이에게 그 이름을 붙였을까?

보러가드는 바닥에 맥주병을 내리쳤다. 병 깨지는 소리와 함께 유리 조각이 사방에 흩어졌다. 깨진 맥주병에서 맥주가 흘러나와 테이블 밑을 적셨다.

# 17

 로니는 스피커의 볼륨을 한껏 높인 채 제니의 아파트 앞에 차를 댔다. 차 바닥에는 다 마신 잭 다니엘 병이 굴러다니고 있었다. 미소 띤 로니의 얼굴은 제니의 집 현관 앞에 다다르자 더 환해졌다. 그는 세 번 노크를 한 뒤 기다렸다가 다시 두 번을 더 두드렸다. 끼익 소리와 함께 제니가 문을 열었다. 문틈 사이로 방범 체인이 걸려 있었다.
 "돈 가져왔어?"
 로니는 문틈으로 제니의 얼굴을 제대로 볼 수 없었다. "인사라도 좀 하지? 나 안 들여보내줄 거야?"
 "그냥 돈 나한테 주면 안 될까?"
 "그건 안 되지. 돈은 이 박스 안에 있거든." 로니는 겨드랑이 아래 끼워진 시리얼 박스를 가리키며 말했다.
 "시리얼 박스야?"
 로니는 다시 미소를 지었다. "내가 차에 돈을 쌓아뒀다가 짭새들한테 걸려봐라. 겁나게 질문을 해대겠지. 근데 뒷좌석에 시리얼 박스가 잔뜩 쌓여 있다? 그러면 그냥 시리얼 좋아하나 보다 할 거 아냐.”

"관심 없고. 그럼 그냥 그 박스나 이리 내.”

로니의 눈빛이 변하기 시작했다.

"누가 안에 있는 거야?”

"로니, 그냥 돈이나 줘.”

"야, 우리가 뭐 결혼한 건 아니지만 그래도 이건 말해야겠어. 난 오늘 여기서 자고 갈 생각으로 온 건데, 이미 어떤 자식이 여기에 있는 거라면 그냥 갈게. 그런 거라면 너한테 실망 안 했다고는 못하겠다.”

그는 박스 두 개를 제니에게 건넸다. 제니는 놀랄 만큼 빠른 속도로 박스를 그의 손에서 잡아챘다.

"괜찮아? 평소 같지가 않은데.”

"지금 일이 좀 많아서 그래. 나중에 얘기하자.”

"돈 간수 잘해. 친구들한테 돈 자랑 하지 말고.”

제니는 문을 닫고 걸어 잠갔다.

"저년이 미쳤나.” 로니가 한숨을 내쉬며 중얼거렸다. 그는 낮은 휘파람을 휙 한 번 불고는 차로 돌아갔다. 다른 여자를 물색할 타이밍이 된 것일까. 제니가 한물간 것처럼 보이기 시작하던 차에 잘된 것인지도 몰랐다.

제니는 시리얼 박스를 열어보았다. 두 박스 모두 현금이 가득했다. 제니는 시리얼 박스를 소파에 던져둔 뒤 침실로 향했다. 여행 가방을 열고 티셔츠와 바지를 되는 대로 집어넣은 후, 주방으로 가서 캐비닛에 있는 볼을 꺼냈다. 그 볼에는 퍼코셋 스무 개가량이 들어 있었다. 제니는 퍼코셋을 손에 다 털어 넣은 뒤 가방 옆쪽 주머니에 쑤셔 넣었다. 젖은 머리카락이 얼굴에 달라붙었지만 개의치 않았다. 갑자기 들려오는 일렉트릭 기타 소리에 제니는 고양이처럼 바닥에서 튀어 올랐다. 그녀는 주방 바닥으로 시선을 돌렸다.

바닥에 쓰러진 남자는 이제야 출혈을 멈췄다. 20센티미터 정도 되는 주방 칼 손잡이가 남자의 목 옆으로 튀어나와 있었다. 기타 소리는 남자의 청바지 주머니에서 낮은 진동과 함께 울렸다. 오후 3시 이후 열 번 이상 나던 소리였다. 제니는 피 웅덩이를 건드리지 않기 위해 조심스럽게 남자를 타 넘고는 냉동실 문을 열었다. 냉동실의 얼음칸에서 얼음 세 개를 꺼낸 뒤 작은 천 조각에 넣었다. 오른쪽 눈두덩에 닿은 얼음이 시원하게 느껴졌다.

제니의 아버지는 버러지 같은 인간이었지만 그녀에게 유익한 것을 딱 한 가지 알려주었다. 바로 싸우는 방법이었다. 그 남자는 입이나 주먹을 사용해 공격을 가하지 않았다. 제니에게는 행운이었지만 남자로서는 나쁜 결과를 자초하게 된 셈이었다. 제니는 다시 남자를 타고 넘은 뒤 이번에는 주방으로 향했다. 조금 무겁기는 했지만 시리얼 박스를 여행 가방에 모두 구겨 넣는 데 성공했다.

제니는 창가로 다가가 커튼을 살짝 들춰서 바깥의 동태를 살폈다. 로니의 흔적은 어디에도 보이지 않았다. 그녀는 문 옆의 열쇠를 집어 들고 다시 창가로 갔다. 제니의 아파트 단지는 모텔처럼 설계가 되어 있었는데, 집마다 큰 창문이 하나씩 나 있고 현관문을 열고 나가면 바로 주차장이 보이는 구조였다. 제니의 차 옆에 처음 보는 차 한 대가 주차되어 있었지만 빈 차였다. 그래도 제니는 몇 분을 더 기다렸다. 도로에서 로니의 차와 마주치지 않기 위해서였다. 로니는 아무렇지 않은 듯 행동했지만, 제니를 따라와 감언이설로 다시 마음을 얻으려고 할 것이 분명했다. 제니는 그런 위험을 감수할 수 없었다. 아마도 로니에게 모든 것을 털어놓고 말리라. 제니에게는 도망이 우선이었다. 지금 도망간다면 경찰의 의심을 사기 딱 좋겠지만, 도망가지 않으면 개죽음을 면치 못할 것이 확실했다. 제니 역시 뉴스를 보았다. 그리고 루 엘렌이 자신에게 거짓말을 했다는 사실을 알았다. 주얼리 상점을 소유하고 있는 자는 경찰에게 다이아몬드의 존재를 알리고 싶지 않은 것이 분명했다. 그자는 지금 바닥에 누워 있는 남자같이 썩은 이빨을 가진 놈들을 보내 일을 해결하려고 들었다. 일이 틀어지면 로니에게 전화를 걸어 경고를 하리라 마음먹었다. 그 정도쯤은 로니에게 해줘야 한다고 제니는 생각했다.

제니는 다시 휴대전화를 확인했다. 그 남자가 현관문을 두드린 시각은 정오쯤이었다. 남자가 제니의 얼굴을 가격한 것은 12시 15분경이었고, 남자는 12시 30분쯤에 죽었다. 그리고 이제는 거의 저녁 7시가 다 되었다. 여섯 시간가량 제니는 부패해가는 시체 옆에서 누가 먼저 도착할지 두려워하면서 마음을 졸였다. 로니 아니면 남자의 패거리 둘 중의 하나가 저 문을 두드리겠지.

남자의 휴대전화가 다시 울리기 시작했다.

"엿이나 먹으라지." 제니는 이렇게 내뱉은 후 여행 가방을 챙겨 아파트를 떠났다. 그녀는 차에 올라탄 뒤 시동을 걸었다.

"진정하자. 진정하고 운전에 집중하면 돼. 그것만 하면 돼." 제니는 혼잣말을 크게 중얼거렸다. 그리고 가방을 조수석에 던졌다.

룸 미러를 확인했으나 아무것도 보이지 않았다. 주차장을 빠져나오는 순간 연료등이 깜빡였다. *기름값은 충분하니 괜찮아.* 제니는 스스로를 다독였다. 노스캐롤라이나주에서 애더럴* 몇 알을 삼키고 밤새 운전해서 플로리다까지 갈 계획이었다. 플로리다에서 바하마까지 이동하는 것은 식은 죽 먹기일 터였다. 제니는 주차장을 빠져나와 베델로드로 들어섰다. 이슬비가 내리기 시작했다. 제니는 내리는 비가 마치 자신에게 세례식을 베푸는 것 같다고 느꼈다. 이 세례식이 끝나면 새로운 사람으로 다시 태어나리라. 차 안에는 에어컨이 작동되지 않았으므로 비가 쏟아지기 전까지는 창문을 열어두었다.

주유소로 향하는 2차로 도로의 맞은편에서 까만색 캐딜락 스빌이 달려오고 있었다. 도로에서 처음 만난 차였다. 경찰도, 누런 치아의 갱스터도, 로니도 없는 도로였다. 오직 새로 태어날 제니를 위한 도로였다.

제니는 주간 고속도로에 진입할 즈음 캐딜락이 유턴을 한 뒤 자신을 쫓아오고 있다는 사실을 깨달았다.

---

\* Adderall : 정신의학에서 주의력결핍 과다행동 장애의 치료에 사용되는 약물로, 주성분은 마약으로 알려진 암페타민이다.

# 18

"잠꾸러기, 이제 일어나야지." 키아가 말했다. 보러가드는 눈을 떴다. "오늘 저녁에 대런하고 제이본 좀 픽업해줄 수 있어? 밤에 또 사무실 청소하러 가야 해서."

"응, 그 쿡이라는 애는 어디 사는데?"

"팰머스로드야."

보러가드는 몸을 일으켰다.

"팰머스라고?"

"응, 쿡네 집이 거기야." 키아가 말했다. 키아는 귀걸이를 한 뒤 로트와일러 모양의 주얼리 상자를 닫았다. 보러가드는 그 상자가 추하다고 늘 생각했다. 주얼리 상자를 열기 위해서는 개의 목 부분을 잡고 위로 열어젖혀야 했다. 장신구를 꺼내려면 매번 로트와일러의 머리를 참수해야 하는 것과 마찬가지였다.

"좋아." 보러가드가 말했다.

"우리 괜찮겠지, 그렇지?" 키아가 물었다.

보러가드는 몸을 돌려 발을 땅에 붙였다. 그리고 키아의 손을 잡고 자신의 입술에 가져다 댄 뒤 가볍게 입맞춤을 했다. "그럼."

키아도 몸을 돌려 앉아 있는 보러가드를 안았다. 그는 목 뒤에서 키아의 손길을 느꼈다. 향수와 함께 섬유유연제 향이 섞인 냄새가 코끝을 스쳤다. 만약 상황이 괜찮지 않더라도 그는 키아에게 절대 말하지 않을 생각이었다.

보러가드가 정비소에 도착했을 때 켈빈은 이미 일을 하고 있었다. 유압 리프트에는 차 두 대가 있었고 켈빈은 까만색 픽업트럭 밑에서 오일 필터 작업을 하는 중이었다.

"왔어?"

"응, 제때 왔네. 이건 오일 교환이고, 옆의 차는 운전할 때 이상한 소리가 난다고 해서 점검 맡긴 거야." 켈빈이 말했다.

"이상한 소리가 아니고 그냥 엔진에서 나는 소리 같은데." 보러가드가 말했다.

켈빈이 호탕하게 웃었다. "차 맡긴 여자가 한 말을 전했을 뿐이야. 참 그리고 정화조 트럭 정비소에서 연락이 왔는데, 오늘 트럭 한 대 봐줄 수 있겠냐고 하더라고. 그래서 우린 그런 일 취급 안 한다고 선을 그었지."

켈빈의 말을 들은 보러가드가 미간을 찌푸렸다.

"이번엔 웃겼지? 농담이야. 이번 주에는 일이 많이 바쁠 것 같아." 켈빈이 말했다.

"응, 어젯밤 프레시전에 불났더라." 보러가드가 말했다.

"아, 형이 알고 있는 줄 몰랐는데. 그들에겐 안됐지만 우리에겐 기회지, 뭐."

"그렇겠지." 보러가드가 말했다.

그들은 오일 교환을 열두 번하고 여덟 대의 브레이크 패드를 교체한 뒤 정화조 양수 트럭을 정비하기 시작했다. 오후 4시쯤이 되자 그들은 땀에 흠뻑 젖었지만 일에 열중하는 것을 멈추지 않았다.

"바쁘니까 기분 좋네, 그렇지?" 켈빈이 물었다. 켈빈은 투 도어 스포츠카의 연료 분사기를 수리한 뒤였다. 보러가드는 임팩트 렌치로 낡은 카프리스의 뒷바퀴를 떼어낸 참이었다. 보러가드가 켈빈의 물음에 대답하기 전에 차 두 대가 진입하는 소리와 이어서 차 문을 쾅 닫는 소리가 들려왔다. 보러가드는 뒷바퀴 타이어 너트를 빼다 말고 정비소로 들어온 차를 보기 위해 고개를 돌렸다. 경찰은 아니었다. 만약 경찰이었다면 내리자마자 소속을 밝혔을 터였다.

패트릭 톰슨과 그의 아버지 부치가 정비소의 첫 번째 작업대로 들어섰다. 패트릭은 길쭉하고 마른 몸에 덥수룩한 금발을 한 젊은 남자였다. 부치는 덩치가 크고 다부진 체격으로 머리는 벗어졌지만 턱수염만큼은 풍성했다.

"팻." 보러가드가 먼저 인사했다. 보러가드과 팻은 프레시전 개업 전부터 알던 사이였다. 그는 대니스바에서 패트릭을 몇 번 마주친 적이 있었다. 1969년식 카마로를 모는 팻은 가끔 경주에도 참가하고는 했다. 둘은 경주에서 맞붙은 적은 없었지만, 보러가드는 팻의 카마로가 속도를 좀 낼 줄 안다는 사실은 알고 있었다. 팻의 아버지 부치는 리치몬드 근처에서 장거리 트럭 운전수로 일했다. 1년 반 전에 부치 톰슨은 트럭에 기름을 넣기 위해 주유소에 들렀다가 1달러짜리 긁는 복권을 구매했다. 늘상 하던 습관 중 하나였지만 한 번도 700달러 이상의 당첨금을 탄 적은 없었다. 하지만 바로 그날이 그간의 투자에 대한 수익을 한꺼번에 돌려받는 날이었다. 40,000달러에 당첨된 것이었다. 부치는 그길로 사장에게 전화해서 그만두겠다고 말하며 사람을 보내 트럭을 가져가라고 전했다. 그로부터 몇 달 뒤 부치와 패트릭은 정비소를 열었다.

"보우. 우리 정비소 얘기는 들었어?" 패트릭이 물었다. 그의 푸른 눈동자가 보러가드를 정면으로 노려보고 있었다.

"들었지."

"대답이 그게 다야? 응?" 부치가 물었다. 그는 손아귀를 쥐었다 푸는 동작을 반복했다. 그 둘은 마치 사냥감이 덫에 걸리기를 기다리는 사냥꾼 같은 모습이었다.

"그럼 내가 뭐라고 하기를 바라, 부치?"

"어제 불났을 때 흑인 남자 하나가 도망치는 걸 본 사람이 있어, 보우. 거기에 대해 네가 뭔가를 알고 있을 것 같은데." 패트릭이 말했다.

켈빈이 토크 렌치를 집어 들었다.

"내가 왜 그걸 알아야 하지?" 보러가드가 되물었다.

"왜냐하면 곧 망해가는 정비소를 운영하는 흑인 남자라고는 주변에 네가 유일하니까." 부치는 이렇게 말하며 한 걸음 다가왔다.

"그래서 내가 너희 정비소에 불을 질렀다고? 정말?" 보러가드가 물었다.

"누가 불을 질렀는지 네가 알고 있을 거라는 말이야. 경찰이 그러는데 방화는 고의적이었어. 그래서 우리 아빠가 경찰더러 여기에 와보라고 했는데, 경찰이 흘려들은 모양이네." 패트릭이 말했다.

"팻, 너희 정비소에 일어난 일과 니는 아무 상관이 없어. 물론 유감스럽게 생각하지만, 난 그 일에 대해 아는 바가 없다고."

"거짓말쟁이 새끼." 부치가 말했다. 그의 덥수룩한 턱수염 위로 울긋불긋한 반점이 돋아나기 시작했다.

"방금 뭐라고 한 거지?" 보러가드가 물었다. 그는 손에 들고 있던 토크 렌치에 압축 공기 호스를 끼워 넣었다.

"잘 들었을 텐데. 네가 범인을 알고 있을 거라고. 왜냐하면 네가 보냈으니까. 우리랑 더 이상 경쟁도 안 되고, 입찰 건도 우리한테 빼앗겼잖아. 3개월 뒤면 폐업할 게 뻔한 상황인 걸 모르는 사람이 있어?" 부치가 말했다.

"경찰 말로는 널 체포하려면 증거가 있어야 한다고 하더라고. 그래서 네 면전에 대고 직접 물어보려고 왔지." 패트릭이 말했다. 그의 눈은 빨갛게 충혈된 상태였다. 아마 밤새 한숨도 자지 못했기 때문일 것이라고 보러가드는 생각했다.

"경찰한테 말해줬지. 증거 찾느라 시간만 허비할 뿐이라고. 너희가 하는 일이라고는 거짓말과 도둑질밖에 더 있어? 싸질러놓고 간수도 못 할 애나 낳아대고 말이야, 이 흑인 새끼…."

보러가드는 공기 압축 호스를 재빨리 휘둘러 토크 렌치를 채찍질하듯 던졌다. 렌치는 정확히 부치의 입을 가격했다. 부치는 아래턱을 손으로 잡고 뒷걸음질 치기 시작했다. 금빛과 회색빛이 섞인 콧수염은 빨간 피로 물들었다.

보러가드는 호스를 다시 잡아당긴 후, 이번에는 렌치로 부치의 이마를 조준했다. 부치는 힘없이 땅으로 쓰러졌다. 그는 손을 들어 올려 보러가드의 셔츠를 잡아당겼지만, 보러가드는 렌치로 부치의 정수리를 쳤다. 부치의 두피가 마치 오렌지 껍질처럼 벗겨졌다. 보러가드는 다시 렌치를 머리 위로 들어올렸다.

그러자 패트릭이 보러가드를 막아섰다. 그들은 땅바닥을 뒹굴었다. 패트릭의 가는 팔이 비단뱀처럼 보러가드의 목을 휘감았다. 켈빈이 달려와 들고 있던 토크 렌치를 골프채처럼 휘둘렀다. 렌치의 앞부분이 패트릭의 등에 꽂혔다. 패트릭의 울부짖는 소리가 울려 퍼졌다. 보러가드는 패트릭을 떨어내고 두 발로 일어선 뒤 패트릭의 배를 걷어차고 또 찼다.

"제발…" 패트릭이 애원했다.

보러가드는 한쪽 무릎을 꿇고 토크 렌치의 움푹 들어간 곳을 패트릭의 입에 물렸다.

"마음 같아선 네 이빨을 몽땅 부러뜨리고 싶어. 1년 동안 수프만 먹으면서 생각할 시간을 가질 수 있으니 말이야. 내가 네 사업을 망치려고 마음먹었다면, 하룻밤 날 잡아서 대니네 있는 너를 끌어내 두 손을 못 쓰게 하면 그만이야. 불을 지르는 건 너무 수고스럽잖아." 보러가드가 말했다.

패트릭의 눈이 분노로 이글이글 다올랐고 뺨을 타고 침이 흐르기 시작했다. 보러가드는 그의 입에서 렌치를 빼낸 뒤 일어섰다.

"당장 꺼져." 보러가드가 말했다. 패트릭은 몸을 굴려 무릎 꿇은 상태로 앉았다. 그리고 한 손으로 배를 잡고 부치를 향해 기어갔다. 부치는 땅에 등을 대고 누워 가냘픈 신음 소리를 내고 있었다. 패트릭은 겨우 몸을 일으켜 팔로 힘겹게 아버지를 일으켰다. 찢어진 두피에서 흘러내리는 피로 인해 부치의 얼굴은 빨간색 마스크를 쓴 것처럼 보였다. 부치의 턱수염은 이미 피로 젖은 상태였다. 두 남자는 절뚝거리며 정비소 문을 나섰다. 켈빈은 들고 있던 토크 렌치를 땅에 떨어뜨렸다. 바닥에 떨어지는 렌치 소리가 정비소 안을 울렸다. 켈빈은 숨을 헐떡이고 있었다.

"뭐, 잘 해결됐네. 저 정도면 보석금이 얼마나 필요할까?" 켈빈이 물었다.

"저 새끼들은 아무한테도 말 안 할 거야. 적어도 경찰한테는."

"그럴 거 같아?"

보러가드는 토크 렌치를 공구 상자에 올려두었다. 렌치의 움푹 파인 곳에는 피와 침이 고여 있었다.

"저들은 여기 무단침입을 했어. 경찰이 알아서 수사한다고 했는데도 말이야. 그러니까 경찰은 이 상황에서 저들에게 동조할 이유가 없어. 게다가 저 새끼들은 자기가 이긴 싸움에 대해서만 떠벌리니까."

보러가드는 팰머스로드의 막다른 골목으로 접어들었다. 이곳은 '팰머스 부촌'이라고도 불리는 지역이었다. 그는 잘 관리된 잔디와 보도를 지나쳤다. 레드힐카운티에서 가장 부유한 사람들이 사는 곳이었다. 보러가드의 픽업트럭이 고급 세단과 SUV 사이에서 두드러져 보였다.

쿡의 집은 막다른 골목 끝에 있는 대저택으로 거대한 느릅나무가 심겨 있었다. 보러가드는 자신이라면 이런 곳에 집을 짓지 않았을 것이라고 생각했다. 태풍이 몰아치면 느릅나무의 나뭇가지가 침실 창문을 무섭게 두드릴 터였다. 돈이 많으면 안전보다 *미적인 가치가 우선인가*. 보러가드는 이렇게 생각하며 주차를 했다. 벽돌로 된 기둥에 붙은 명패에는 이 저택이 2005년에 완공되었다는 사실이 자랑스럽게 적혀 있었다.

아라베스크 무늬 가운데 하얀 버튼이 초인종이었다. 벨을 누르자 오래된 공포 영화에서 나올 법한 테마음악이 흘러나왔다. 문이 열리자 마르고 창백한 백인 여자가 그를 맞았다. 단발머리에 일자로 반듯하게 앞머리를 낸 긴 얼굴의 여자였다. 더운 날씨에도 불구하고 여자는 검은색 긴팔 셔츠를 입고 스타킹도 신고 있었다. 문이 열리자 차가운 공기가 흘러나왔다. 중앙 냉방장치가 집 전체의 온도를 조절하는 듯했다.

"제이본 아버님이시군요. 전 미란다라고 합니다."

"네, 만나서 반갑습니다."

"자, 들어오세요." 보러가드는 미란다의 말에도 움직이지 않고 서 있었다.

"사실 제가 좀 급하게 갈 데가 있어서요. 제이본한테 내려오라고 좀 전해주시겠어요?"

미란다가 미소를 지었다.

"물론이죠. 저희 부부는 제이본에게 참 좋은 인상을 받았답니다. 훌륭한 어린 신사예요." 미란다는 이렇게 말한 후 널찍한 현관을 지나 집 안으로 다시 들어갔다. 몇 분 뒤 제이본이 계단을 내려왔다.

"저희 아이를 하룻밤 동안 잘 돌봐주셔서 고맙습니다, 쿡 부인." 보러가드는 제이본의 백팩을 매며 말했다.

"저희야 언제든 환영입니다. 트레가 제이본이랑 노는 걸 참 좋아해서요. 클로드 모네에 대해 얘기할 친구가 있다는 사실이 기쁜가 봐요." 미란다가 얼굴에 미소를 띤 채 말했다.

"그럼, 안녕히 계세요." 보리가드는 인사를 하며 제이본의 어깨를 문 쪽으로 밀었다. 그들은 트럭까지 조용히 걸었다. 보러가드는 팰머스를 벗어난 뒤 오른쪽으로 꺾어 카운티 중심부를 향해 차를 몰았다.

"어디 가는 거예요?" 제이본이 물었지만 보러가드는 대답하지 않았다. 그는 체인페리로드와 아이비레인을 지났다. 그 길의 끝에는 블랙워터리버의 공용 주차장이 기다리고 있었다. 보트 선착장에 다다르자 보러가드는 트럭을 세운 뒤 시동을 껐다.

"얘기 좀 하자." 보러가드가 말했다.

"무슨 얘기를 해요?"

보러가드는 운전대를 세게 잡았다가 힘을 풀고는 제이본을 향해 몸을 돌렸다. "이제 질문을 하나 할 건데 난 진실만을 원한다. 알겠니?"

"네."

"내가 듣고 싶은 말을 대답으로 해서는 안 돼. 난 너에게 진실을 듣기를 원해."

"알겠어요." 제이본이 말했다. 아이는 고개를 너무 푹 숙인 나머지 턱이 가슴에 닿을 것 같았다.

보러가드는 눈을 감은 뒤 손으로 마른세수를 했다. 그는 드디어 얼굴에서 손을 뗐었다. "프레시전 정비소에 불을 질렀니?"

제이본은 대답하지 않았다. 보러가드는 눈을 뜨고 잠시 흘러가는 강물을 바라보았다. 햇빛이 물수제비 모양으로 강물을 수놓았다. 열린 창문 틈으로 강둑에 부딪히는 물소리가 들려왔다. 외할아버지 제임스는 그를 여기로 자주 데려와서 메기나 잉어 낚시를 함께 하고는 했다. 보러가드는 낚시를 잘하지 못했지만 크게 상관없었다.

외할아버지는 인내심 있는 선생님이었으므로. 보러가드가 소년원에 가지 않았더라면 낚시를 잘했을 수도 있으리라. 그가 소년원에서 나왔을 때 이미 외할아버지는 돌아가시고 없었다.

"트레 쿡이라는 이름을 너한테 들어본 적도 없는데. 그런데 그 집이 프레시전 정비소에서 엎어지면 코 닿을 거리더구나. 다시 묻겠다, 네가 한 짓이니?"

제이본은 보러가드가 몇 초 전에 했던 동작과 똑같이 마른세수를 거듭했다. 제이본 역시 고개를 돌려 창밖을 응시했다. 드디어 그의 입에서 말이 흘러나왔을 때, 그 목소리는 전혀 떨리거나 갈라지지 않았다.

"도우려고 했던 것뿐이에요. 엄마가 진 이모한테 말하는 걸 들었어요. 정비소 문 닫아야 할지도 모른다고."

보러가드는 계기판을 손으로 내려쳤다. 오래된 가죽 계기판은 부치 톰슨의 두피처럼 쩍 벌어졌다. 제이본은 움찔하며 트럭의 문 쪽으로 몸을 밀착시켰다. 보러가드는 제이본의 어깨를 잡고 흔들었다.

"내가 뭐라고 했어? 네가 걱정할 필요 없다고 했지? 제이본, 네가 어떤 구렁텅이에 빠지게 될지 생각이나 해봤니? 소년원에 갈 수도 있어. 거기가 어떤 곳인지 넌 상상도 못 해! 누군가 그 정비소에서 일하는 중이었으면 어쩔 뻔했니? 제기랄, 도대체 무슨 생각이었던 거야?"

보러가드는 설대로 아이들에게 손을 대지 않았다. 아리엘에게도 손찌검을 한 적이 없었다. 그의 어머니에게 몇 대 맞은 기억은 있지만, 그때마다 아버지가 화를 내며 길길이 뛰었다. 대신에 아이들이 자신을 함부로 대하지 않도록 늘 신경을 썼다. 아이늘에게 아버지로서의 존경을 요구하고, 그에 걸맞게 행동해왔다. 아이들이 잘못했을 때 손찌검하고 싶은 욕구보다는 아이들이 사랑받는다는 느낌을 받게 하고 싶다는 욕구가 훨씬 컸기 때문이었다.

하지만 오늘은 아니었다. 보러가드의 마음 한구석에서 (아마도 드라이브를 좋아하는 그 마음과 동일할 수도 있으리라) 제이본의 입을 세게 한 대 때리고 싶은 욕망이 피어올랐다.

"전 그저 엄마가 우는 게 싫었어요!" 제이본이 소리쳤다.

"뭐라고?"

"아빠는 모르시겠죠. 엄마가 아빠 앞에서는 안 우니까. 하지만 아빠가 집에 없을 때, 엄마는 우리를 재운 뒤에 늘 우세요. 엄마가 진 이모한테 말하는 걸 들었어요. 아빠가 일 나갈 때마다 죽을까 봐 무섭다고요. 아빠가 맨날 위험한 일을 하는 게 죽도록 싫다고요!" 제이본은 어느새 울고 있었다. 그의 말에는 울음소리와 단어가 비슷한 비율로 섞여 있었다.

보러가드는 제이본의 어깨에서 손을 뗐다.

"경쟁 업체가 사라지면 아빠가 나쁜 일을 안 해도 될 거라고 생각했어요. 상황이 더 좋아질 거고. 아빠, 난 아빠가 죽는 게 싫어요." 제이본이 말했다. 그는 옷자락으로 콧물을 닦았다.

보러가드는 턱을 악 물었다. 그리고 난생처음 와보는 곳에 있는 것처럼 이리저리 두리번거렸다. 신물이 식도를 타고 올라오는 것이 느껴졌다.

"제이본, 아빠 안 죽어. 적어도 당장 죽지는 않아. 아빠가 죽더라도 네가 가장이 되는 건 아니야. 넌 이제 열두 살인걸. 넌 그냥 네 나이에 맞게 행동하면 돼. 벌써부터 그런 생각하면 안 돼. 아빠 말 들어." 보러가드가 마침내 이렇게 말했다.

"엄마가 그랬어요. 할아버지가 집을 나갔을 때 아빠가 가장이었다고. 아빠는 가장으로서 해야 할 일을 한 것뿐이라고요." 제이본이 말했다. 드디어 눈물이 조금 잦아들었는지 콧물을 훌쩍 들이마신 뒤 기침을 했다.

"아빠가 한 일을 따라하지 마, 제이본. 아빠는 네가 본받아야 할 사람이 아니야. 아빠는 실수를 많이 저질렀어. 끔찍한 실수들을 말이야. 내가 평생 잘한 거라고는 엄마를 만나 너랑 대런을 낳은 거야. 아빠가 해야만 했던 일은 많은 사람들을 다치게 했어. 준비가 안 된 상태에서 저지른 일들이야. 네가 어제 한 것처럼 말이지." 보러가드가 말했다.

그는 더스터의 운전석에 앉은 자신의 모습을 떠올렸다. 열세 살 때의 일이었다. 액셀러레이터 위에 올려진 그의 발 그리고 아버지와 대화를 나누던 세 명의 끔찍한 얼굴이 생각났다.

"경찰한테 말할 거예요?" 제이본이 물었다.

보러가드는 재빨리 고개를 저었다. "아니, 아니. 말하지 않을 거야. 그 트레라는 아이가 너와 함께 있었던 거니?"

"아뇨. 잠깐 그 집에서 빠져나왔어요. 여자애 만나러 간다고 둘러대고."

"그럼 이 사실에 대해 아는 사람은 너와 나뿐인 거다. 앞으로도 쭉 그럴 거고. 아빠한테 이거 하나만 약속해. 아니 하늘에 대고 맹세하자."

"좋아요."

부러가드는 운전대 가운데 있는 경직을 뚫어셔라 쳐다보았다.

"너도 네가 잘못한 줄은 아니까 더 이상 긴말하지 않을게. 하지만 이거 하나는 약속해. 앞으로 어떤 상황이 닥치더라도 이런 일은 다시 저지르지 않기로. 이런 일을 몇 번 더 했다가는 돌이킬 수 없는 구렁텅이에 빠지게 돼. 네 자신을 잃어버리게 된다고. 나쁜 짓을 하고도 아무 감정도 느끼지 못하는 상태에 이르게 될 거야. 그게 최악이지. 아빠는 네가 그런 사람이 되도록 내버려둘 수는 없어. 나는 네 아빠고, 아빠가 하는 일은 널 보호하는 거니까. 비록 그게 네 자신으로부터 너를 보호하는 것이더라도 말이야. 다시는 이런 짓 하지 않겠다고 아빠하고 약속해." 보러가드가 말했다.

"약속해요."

보러가드는 제이본의 팔을 잡고 가까이 끌어당겼다.

"사랑해, 아들. 내가 숨 쉬는 한 네 곁을 지켜줄 거야. 내 아버지는 내 곁을 못 지켜줬지만, 난 꼭 네 옆에 있어줄 거야." 보러가드는 제이본을 한 번 더 꽉 안은 뒤 놓아주었다.

"저도 사랑해요, 아빠." 제이본이 말했다.

보러가드는 트럭에 시동을 걸었다. 기어를 변속하려던 순간 제이본이 한 말이 그를 얼어붙게 했다. 언젠가 제이본이 물어보리라 예상했던 질문이었다. 어쩌면 지금이 이 질문을 하기에 가장 적당한 순간일지도 몰랐다. 몽타주 집안에 흐르는 피가 어떤 것인지 가장 적나라하게 드러난 때였으므로.

"할아버지한테는 무슨 일이 있었던 거예요?" 제이본이 물었다.

보러가드는 운전석에 등을 기댄 뒤 서글픈 웃음을 지었다.

"할아버지? 할아버지는 조용한 세상을 벼락같이 사시던 분이었어. 그게 할아버지가 사는 방식이었다고나 할까. 그리고 그 방식으로 아빠를 키우셨고." 보러가드가 말했다.
 제이본은 다른 질문이 있는 듯 입을 뻐끔했지만 이내 창가로 시선을 돌렸다.

 그날 밤, 보러가드는 현관 베란다에 앉아 맥주를 마시고 있었다. 귀뚜라미 떼와 여치 떼가 밴드 음악 경합을 하는 듯 소란스럽게 울었다. 달도 보이지 않는 밤은 칠흑같이 어두웠다. 오전에 섭씨 36도까지 솟구쳤던 기온이 아주 조금 꺾인 듯했다. 나방이 현관의 노란 불빛을 향해 달려들었다. 나방은 자신을 매혹시켰던 것에 이끌려 죽음으로 향하는 듯 너울춤을 추었다.
 키아가 밖으로 나와 그의 옆에 걸터앉았다.
 "제이본이 평소보다 조용하네. 이어폰을 낀 채로 잠들었어. 저녁 먹은 뒤로는 문밖으로 나오지도 않고."
 "응." 보러가드는 맥주를 한 모금 마시며 대답했다.
 "내가 알아둬야 할 건 없고?" 키아가 물었다. 키아가 팔을 툭 치자 보러가드는 손에 있던 맥주병을 건넸다. 그녀는 길게 한 모금 들이켠 뒤 다시 병을 보러가드에게 건넸다. 그는 질문에 질문으로 답했다.
 "내가 작업 나간다는 걸 진한테 말했어?" 보러가드가 물었다.
 키아가 눈썹을 치켜올렸다. "아니. 그건 왜 묻는데?"
 "당신이 진한테 말하는 걸 제이본이 들었대. 정비소를 살리기 위해서 내가 위험한 일을 맡았다고."
 키아가 아랫입술을 깨물었다. "그런 얘기를 했을 수는 있는데 그게 작업이라고는 안 했어. 당신 질문에 대답했으니까, 당신도 내 질문에 대답해줄래?"

보러가드는 맥주를 다시 한 모금 들이켰다. "팻 톰슨이 오늘 가게로 왔어. 내가 불을 질렀다고 확신하더군. 그래서 한판 붙었지."

"많이 다치게 한 거야?"

"요오드랑 반창고로 해결할 수 있는 정도."

키아는 의자에 몸을 기댔다.

"그쪽에서 고소할 가능성은?"

"없어. 걔네가 먼저 시비를 건 거라. 하지만 이게 끝은 아닐 거야."

"그 일이 제이본이랑은 무슨 상관인데? 제이본이 오늘 조용한 이유, 당신은 아는 거지, 그렇지?"

보러가드는 어둠을 응시했다. 고속도로를 달리는 차의 불빛이 깜빡깜빡 점멸했다.

"제이본이 프레시전 정비소에 불을 질렀어." 보러가드가 말했다.

키아는 자리에서 벌떡 일어나 문 쪽을 향해 걸었다. 보러가드는 팔을 뻗어 그녀의 손목을 붙잡았다. 그는 가능한 부드럽게 키아를 다시 자리에 앉혔다.

"제 딴에는 돕고 싶었던 거야. 상황이 얼마나 안 좋은지 들어서 아니까. 그래서 경쟁 업체에 불을 지르는 게 해결책이라고 생각한 거고." 보러가드가 말했다.

"세상에, 버그. 이제 우린 어떻게 해야 해?"

"제이본을 보호해줘야지. 그게 우리가 할 일이야. 난 내가 아버지보다 더 나은 아빠라고 생각했었어. 좋은 아빠가 되려고 항상 노력해왔고. 그런데 난 아이들에게 질병을 물려준 거야. 소년원의 상담사가 말하기로는 '문제를 폭력으로 해결하려는 성향'이라고 했어. 그걸 유전으로 물려준 셈이지." 보러가드가 말했다.

그는 맥주의 마지막 한 모금을 삼키고 난 뒤 일어서서 병을 숲에 던졌다. 숲 어딘가에 병이 부딪히는 소리가 들렸다.

"저주 같은 거야. 나는 저주를 받은 거야." 그가 말했다. "돈으로도 고칠 수 없고 사랑으로도 길들일 수 없어. 숨길수록 안에서 나를 좀 먹어가는 이 저주에 굴복했다가 5년을 소년원에서 썩었어. 난 아버지가 바의 스툴로 어떤 남자를 반죽음 상태까지 패는 걸 봤어. 그것도 그의 부인 옆에서 말이야. 제이본이 저지른 짓은 그 애 잘못만이 아니야. 폭력은 몽타주 가족의 피를 타고 흐르고 있으니까."

## 레드힐카운티
## 1991년 8월

"이제 곧 태풍이 밀려올 거야, 버그. 저기 구름 떼 보이지? 비가 억수로 쏟아질 것 같은데. 공기에서 비 냄새 안 나니?" 앤서니가 말했다.

버그는 차창 밖으로 몸을 내밀어 얼굴로 공기의 저항을 느껴보았다. 아버지의 말이 맞았다. 공기 중에는 비 냄새가 섞여 있었다. 달큰한 냄새가 대기 중에 어느새 스며 있었다. 멀리서 어두운 비구름이 몰려왔다. 마치 너무 익어서 곧 터질 듯한 자두 같은 색의 구름이었다.

"셰이크 마시고 나면 아빠는 가게에 가서 소뼈를 좀 사 와야겠다. 우리 아들하고 엄마한테 수프를 만들어줘야겠네." 앤서니가 말했다.

버그는 아버지의 말뜻을 알아차렸다. 앤서니는 오늘 집에서 밤을 보낼 계획이었던 것이다. 그것은 어머니의 방에서 한 시간의 웃음과 두 시간의 싸움에 이어 두 시간의 은밀한 소리가 난다는 것을 의미했다. 또한 그가 아버지와 더 많은 시간을 보낼 수 있다는 것을 의미하기도 했다.

그들은 테이스티 프리즈에 도착했고, 앤서니는 차의 기어를 중립으로 바꾸었다. 그는 주차 브레이크를 당긴 뒤 몸집에 어울리지 않는 기민한 동작으로 차에서 빠져나왔다. 앤서니는 열린 창문을 향해 몸을 숙였다.

"셰이크 두 개랑 기름진 치즈버거 두 개, 맞지? 더 먹고 싶은 건 없니?"

"아뇨. 참, 딸기셰이크 대신 초콜릿셰이크로 사주세요."

"그럼. 언제든지 바꿔도 돼." 앤서니가 웃으면서 말했다. 그는 주문을 하러 종종걸음으로 달려갔다. 건물 오른편에는 차가 몇 대 주차되어 있었다. 종업원이 미니밴과 스테이션 왜건들로 주문한 음식을 가져다주느라 분주히 움직였다. 찢어질 듯한 여자의 웃음소리가 들려왔다. 앤서니가 주문 창구에 머리를 들이민 채였고 여자 종업원은 미친 듯이 배를 잡고 웃는 중이었다. 빗방울이 차의 앞 유리를 때리기 시작했다.

보러가드는 언제나 지금만 같았으면 좋겠다고 생각했다. 아버지와 차를 타고 달리노라면 풍경은 순식간에 그의 눈앞을 스쳤다. 가솔린과 타는 고무 냄새가 옷에 배는 것도 좋았다. 아버지와 단둘이서 아스팔트를 서핑하는 그 기분. 목적지도 없이 그저 드라이브만 즐기는 그 순간. 보러가드는 그것이 이루어지지 않을 꿈이라는 것을 알았다. 현실은 언제나 바람과 달랐고 그는 그것을 받아들이는 법을 배우는 중이었다. 보러가드에게는 현실의 아버지보다 꿈속의 아버지가 더 좋았다. 그럼에도 불구하고 아버지에 대한 그의 사랑은 피부색처럼 필연적으로 느껴졌다.

그때 타이어 마찰 소리가 들려왔다. 하얀색 카마로 IROC-Z 한 대가 주차장으로 들어서서는 더스터의 뒤 범퍼가 닿을 정도의 거리에 섰다. 버그는 백인 남자 세 명이 차에서 나와 셰이크와 버거를 들고 오는 아버지를 에워싸는 모습을 보았다. 남자들이 차창 밖으로 지나쳤을 때 술 냄새가 훅 끼쳤다. 할머니가 무릎에 바르던 녹색 소독용 알코올과 흡사한 냄새였다. 남자들이 아버지를 둘러싸자 버그는 조수석에서 몸을 바짝 일으켜 세웠다. 그중 가장 큰 남자는 몸에 새긴 문신을 뽐내려는 듯 짧은 탱크톱을 입은 채였다. 하지만 오래됐는지 거의 녹색으로 보이는 문신은 멀리서 보면 어린아이의 낙서와 구분이 가지 않았다. 창백한 목 위로 선명한 와인색의 출생점이 두드러져 보였고, 매끈하게 뒤로 넘긴 머리가 반짝거렸다.

"앤트." 그 남자가 먼저 말을 걸었다.

버그는 아버지가 남자를 한 번 훑어보는 모습을 보았다.

"레드." 앤서니가 마침내 호응했다.

"차에 타지, 앤트." 레드가 말했다.

"이게 무슨 일이지, 레드? 일 끝났잖아. 더 이상 할 말도 없다고." 앤서니가 말했다. 아버지 목소리의 음색이 버그를 불안하게 했다. 앤서니의 목소리는 마치 다른 사람처럼 들렸다. 평소의 쾌활한 목소리와 다르게 높낮이가 없는 기계적인 음색이었다.

"아직 안 끝났어, 이 개새끼야. 아직 끝나려면 한참 멀었지. 우리 형이 화요일에 잡혀 들어갔거든." 레드가 말했다. 그의 목소리는 소름 돋을 만큼 분노로 가득 차 있었다. 버그는 그 목소리가 마치 광견병에 걸린 개가 펜스 뒤에서 으르렁거리는 소리 같다고 느꼈다.

"그게 나랑 무슨 상관인데? 작업이 끝나고 일주일 뒤에 화이트가 대니스바로 몫을 가져다줬잖아. 보안관들이 눈에 불을 켜고 냄새를 맡을 일도 아니고." 앤서니가 말했다.

"우리 이름을 댈 만한 사람은 너밖에 없어. 형이 어젯밤에 전화로 그러는데 무장 강도를 목격했다는 제보가 있었대. 내가 찔렀겠어? 블루가 찔렀겠냐고. 그럼 누구겠어? 잔말 말고 빨리 차에 타." 레드가 말했다.

버그는 레드가 탱크톱을 들어 올리는 모습을 보았다. 허리춤에는 나무로 된 핸들이 보였다. 레드는 총을 갖고 있었던 것이다. 총을 가진 남자가 차에 타라고 아버지를 협박하고 있었다.

"레드. 이 얘기는 꼭 지금 하지 않아도 되잖아. 내 아들 앞에선 안 돼." 앤서니가 말했다. 버그는 눈을 가늘게 떴다. 그는 아버지가 한 말의 의미를 알아챘다. 버그의 표정은 지난밤 아버지가 바에서 지었던 표정과 꼭 닮아 있었다. 한 남자가 자신의 와이프에게서 당장 떨어지지 않으면 총으로 쏴버리겠다고 한 말을 들은 뒤 아버지의 얼굴에 떠오른 표정이었다. 아버지는 남은 맥주를 다 마시고 바 스툴을 집어 남자를 죽기 직전까지 때렸다. 그들은 곧바로 바를 나왔다. 아버지는 바에서 있었던 일을 어머니에게 말하지 말라고 버그에게 부탁했다. 버그 역시 이 일은 엄마가 알 필요가 없다고 생각했다.

번개 소리가 동쪽에서 들려왔다. 이제 곧 비가 퍼부을 것이다.

"왜 안 되지? 네 아들도 밀고자의 말로를 똑똑히 봐야할 거 아냐. 입 아프니까 다시 말 안 할게, 앤트. 빨리 차에 타."

버그는 자신이 무슨 짓을 하는지 인식하기도 전에 발을 기어변속기 너머로 들어 올렸다.

"난 여기 내 아들 곁을 떠나지 않을 거야. 이 많은 사람들 앞에서 총이라도 쏘시게?" 앤서니가 물었다.

"못할 것도 없지, 앤트. 우리 형이 감방에서 25년을 썩게 생겼다고. 그러니까 어디 한번 덤벼봐."

버그는 운전석으로 완전히 자리를 옮겼다.

"난 밀고자가 아니야, 레드. 같이 가는 건 좋아. 대신 아들을 집에 데려다주게만 해줘. 내 차를 따라오면 되잖아."

버그는 에잇볼이 부착된 기어변속기에 손을 올렸다.

"내가 바보인 줄 아나본데. 네가 차를 몰도록 내버려둘 것 같아? 그랬다가는 닭 쫓던 개 지붕이나 쳐다보는 꼴이 될 텐데."

버그는 클러치를 살며시 밟고 더스터의 기어를 1단으로 변경했다. 마치 조용한 남자가 목을 가다듬는 소리가 더스터에게서 울렸다.

"레드, 제발. 여기서는 안 돼." 앤서니가 말했다.

버그는 아버지를 응시했다. 앤서니는 그 시선을 느끼고는 버그를 바라보았다. 앤서니의 끄덕임은 너무나 미묘해서 거의 움직임이 없었다고 봐도 무방할 정도였다. 버그는 주차 브레이크를 풀었다.

"빨리 차에 타. 이게 마지막이다, 앤트." 레드가 으르렁거리듯 말했다. 그의 얼굴은 별명처럼 빨갛게 달아올라 있었다. 앤서니는 더스터를 곁눈질로 흘긋 바라보았다.

"하라는 대로 할게, 레드." 앤서니가 말했다.

버그는 클러치에서 발을 떼고 오른발로 가속 페달을 힘껏 밟았다. 그의 손에서 가죽으로 된 핸들 커버가 미끄러졌다. 더스터가 앞으로 전진하는 동안 버그는 핸들을 단단히 잡았다. 앤서니는 셰이크가 든 캐리어를 레드의 얼굴에 내던진 뒤 왼쪽으로 몸을 던졌다. 뒷바퀴에서 피어오른 하얀 연기가 더스터를 자욱하게 덮었다.

더스터와 세 남자 사이의 거리는 6미터가 채 안 되었다. 그 짧은 거리에서 더스터는 시속 80km까지 속도를 끌어올렸다. 버그는 열린 창문으로 비명 소리를 들었다. 여자의 비명 소리 같았지만 앞에 있던 세 명 중 두 명에게 난 소리였다.

그 결과는 참담했다. 남자들을 받았을 때 더스터는 그 충격으로 심하게 흔들렸다. 한 명은 하늘 높이 솟구쳤고, 레드와 남은 한 남자는 더스터의 앞범퍼 밑으로 사라졌다. 버그는 페달에서 발을 떼지 않고 그 둘을 깔고 달렸다. 두 남자의 몸이 차 밑으로 느껴졌다. 엄마가 몰던 포드사의 LTD로 너구리를 쳤을 때와 비슷했다. 공허한 몸부림이 차 밑을 훑고 지나가던 그 느낌이었다. 주문 창구를 지나쳤을 때 더스터의 속도는 무려 시속 100km였다. 그는 여자 종업원의 입이 O 자로 벌어져 있는 모습을 보았다. 버그는 클러치와 브레이크를 밟고 핸들을 왼쪽으로 꺾었다. 더스터는 위협적인 소리를 내며 급정거했다.

앤서니는 콘크리트 바닥에서 일어나 바닥에 흩어진 세 명을 넘어 달려왔다. 바닥에 쓰러진 남자들은 몸의 모든 기관에서 출혈이 일어나는 듯했다. 블루는 팔뚝과 가슴에 타이어 마크가 있었고 머리는 골반과 정반대 방향으로 꺾인 채였다. 티미 클로비스는 공중으로 날았다가 머리부터 떨어졌다. 빨간색과 분홍색의 섬유질이 깨진 두개골의 틈에서 흘러나왔다. 보러가드는 그것이 뇌라는 사실을 알 수 있었다.

레드 네이블리는 신음 소리를 내고 있었다.

앤서니는 레드의 옆에 무릎을 꿇고 앉았다. 무릎이 뒤로 꺾인 모습이 마치 새를 연상시켰다. 레드의 가슴은 도로의 움푹 파인 곳에 짓이겨져 있었다. 머리에서는 살점이 떨어져 나와 붉은 상처가 그대로 공기 중에 노출되었다. 숨을 쉴 때마다 엄청난 양의 피가 튀었다. 레드의 허벅지 위로 타이어 자국이 보였다.

"내 아들 앞에서는 안 된다고 했지." 앤서니가 말했다. 그는 큼지막한 손을 레드의 코와 입에 가져다 댔다.

"괜… 괜찮아요?" 누군가 기어 들어가는 목소리로 물었다. 카운터를 보던 여자 종업원이었다. 앤서니는 레드 위로 몸을 숙였다.

"어서 911 불러요! 빨리!" 앤서니는 고개를 돌리지 않은 채 소리쳤다. 그는 여자의 멀어져가는 발소리를 들었다. 레드는 총집을 향해 손을 뻗었으나 마음처럼 잘되지 않는 듯했다. 그는 한 번, 두 번 몸을 떨더니 이내 움직임을 멈추었다. 희미해진 전구에서 불이 나가는 것처럼 그의 눈에서 생기가 빠져나갔다.

보러가드는 핸들을 너무 세게 잡은 나머지 팔이 아파옴을 느꼈다. 하얀 연기가 후드 위를 타고 올라가는 모습이 보였다. 후드의 가운데가 움푹 파여 있었다. 그의 가슴에는 코끼리가 한 마리 앉아 있는 듯했다.

"차에서 나와라, 버그. 경찰이 왔을 때 괜히 총을 쏠 빌미를 주고 싶지 않으면." 앤서니가 말했다. 그는 차 문을 열고 보러가드를 부축했다. 보러가드는 손을 무릎에 대고 몸을 숙였다. 토악질이 나는 듯했지만 정작 토사물이 올라오지는 않았다. 앤서니는 큰 손으로 보러가드의 등을 쓸었다.

"괜찮다, 버그. 토하고 싶으면 토해도 돼. 네가 이런 일과 맞지 않는다는 뜻이니까 좋은 거야." 앤서니가 말했다.

"그 사람들이 아빠를 죽이려고 했어요." 보러가드는 가쁜 숨을 내쉬며 말했다.

"맞아. 그랬을 수도 있지. 걱정하지 마라. 경찰한테는 사고였다고 말할 테니까. 다 괜찮을 거야."

4주가 지난 뒤 버그는 과실치사로 5년형을 선고받았다.

그때는 이미 아버지가 사라지고 난 뒤였다.

# 19

"일어나, 로니."

"나 좀 내버려둬, 레지. 머리가 빠개질 것 같단 말이야." 로니가 말했다. 입에서는 석유통 바닥에 남은 찌꺼기 같은 맛이 났다. 그의 기억이 맞다면 그들은 어젯밤 제임슨을 세 병이나 마셨다. 로니와 레지가 대부분을 마셨지만 멕시코 여자 두 명도 자신들의 몫을 다했다. 그 여자들 이름이 뭐였더라? 과달루페와 에스메랄다가 맞을 것이다. 아마도.

"로니, 제발 일어나봐."

로니와 레지는 리치몬드에 있는 라레도스 살룬에서 여자들을 만났다. 그들은 레지의 트레일러로 와서 하룻밤을 보냈는데, 휴 헤프너\*도 울고 갈 정도로 난잡하게 놀았다. 로니가 기억하는 마지막은 여자 중 한 명이 자신의 성기를 미친 듯이 빠는 장면이었다. 그 여자는 마치 음독이라도 한 뒤에 해독제를 찾는 것처럼 그 행위에 열중

---

\* Hugh Hefner : 남성용 성인 잡지 《플레이보이》를 창간했다.

해 있었다.

"로니, 일어나라고, 제길!"

작업을 끝낸 지 2주가 지났지만 로니는 여전히 승리감에 도취되어 있었다. 입으로는 백사장과 푸른 하늘을 밥 먹듯이 얘기하지만 정작 버지니아를 떠날 준비는 전혀 하지 않았다. 제니가 자신을 버린 듯했지만 그마저도 개의치 않았다. 제니에게 돈을 건넨 그날, 그들은 주얼리 상점 매니저가 할머니의 프라이드치킨보다 더 바삭하게 튀겨졌다는 뉴스를 접했다. 그 보도에 따르면 매니저와 제니가 강도 사건의 주범이었다. 공범에 관한 이야기는 전혀 찾아볼 수가 없었다. 아직 사건에 대한 관심은 여전했지만 전처럼 뜨겁지는 않았다.

"형, 동생 말 좀 들어."

로니는 눈을 번쩍 뜬 뒤 베개 밑을 뒤졌다. 로니는 이것을 불법으로 구매하라는 심부름을 레지에게 시킨 터였다. 바로 베레타 9구경이었다.

"아직 안 샀어, 형. 빨리 좀 서두르라고."

로니는 몸을 뒤집기 시작했으나 그 동작은 매우 굼떴다.

두 명의 낯선 남자가 레지를 사이에 두고 침대 끝에 서 있었다. 그중 한 명은 얼굴에 심한 상처가 있었다. 목을 채우지 않은 흰색 셔츠는 바지 밖으로 빠져나온 채였다. 다른 남자는 냉장고 너비만큼이나 덩치가 컸다. 그는 검은색 티셔츠 위로 파란색 바람막이를 걸쳤다. 티셔츠는 그의 배를 다 가리지 못했다. 바로 이 남자가 357 매그넘 권총을 레지의 갈비뼈에 들이댄 것이었다.

"안녕, 예쁜이." 커널 샌더스* 같은 머리 스타일을 한, 얼굴에 흉터가 있는 남자가 말했다.

"출리가 보낸 거야? 나 스컹크한테 돈 다 줬어. 이자까지 얹어서 말이야." 로니가 말했다. 얼굴에 흉터가 있는 남자가 몸을 못 가눌 정도로 웃어댔다.

"아니, 나 출리가 보낸 사람 아닌데. 우리 스컹크 미첼만큼 나쁜 사람들 아니야, 진짜로." 남자가 다시 말했다.

로니는 침대에 앉아 이불로 허리를 감쌌다. 레지의 동공은 정찬용 접시만큼이나 커진 상태였다. 로니는 머리를 열심히 굴려보았다. 지난 몇 주간 누구의 심기를 건드린 적이 있었나? 이렇게 사람을 보낼 만큼 누군가를 화나게 한 적이 있었던가? 하지만 아무 얼굴도 떠오르지 않았다.

"무슨 일인지는 모르겠는데, 나한테 좀 힌트를 주면 안 될까?" 로니가 얼굴에 흉터 있는 남자를 보며 말했다. 그 남자가 주동자인 것 같은 인상을 받았기 때문이었다. 얼굴에 흉터 있는 남자가 씨익 웃었다.

"뭐, 정 그렇다면 설명을 해보지. 넌 일을 망쳤어, 로니. 얼마나 망쳤냐면, 네 엄마 자궁으로 돌아가서 인생을 다시 시작해야 할 판이야. 하지만 그건 어려울 테니 지금 당장 일어나서 옷 걸치고 우리를 따라와. 되도록 빨리. 나 아침 먹어야 하거든. 주방에 보니까 먹을 건 없고 현금이 잔뜩 든 시리얼 박스밖에 없던데. 그건 먹을 수가 없잖아, 그렇지?" 흉터 있는 남자가 말했다.

로니는 '피가 차가워진다'라는 문구를 들어본 적은 있지만 지금

---

* Colonel Sanders : KFC를 창업한 미국의 사업가로 KFC를 상징하는 마스코트이기도 하다.

처럼 그 표현을 체감한 적은 없었다. 할리우드 각본가가 잘난 체하기 위해 고안한 문구 정도로만 생각했던 것이다. 하지만 몸이 차갑게 식은 지금, 이 문구만큼 정확하게 자신의 상황을 표현할 수 있는 것은 없다는 확신이 들었다. 이 남자는 돈에 대해 알고 있었다. 그것은 두 가지 가능성을 의미했다. A : 무작위 주택 침입일 뿐인데 이 남자가 운이 좋은 경우. 하지만 A의 가능성은 희박했다. 녹이 잔뜩 슨 트레일러는 강도들의 주요 타깃이 될 리가 없었다. 이자들은 쉬운 사냥감을 노리는 마약쟁이로 보이지는 않았다. 그렇다면 남은 가능성은 단 하나였다. B : 자신과 돈을 정확하게 노리고 찾아온 프로일 경우. B가 바로 로니를 뼛속까지 시리게 만든 가능성이었다. 이것이 사실일 경우 상황은 악화일로를 걷게 될 것이 뻔했다. 로니는 순진한 척해보기로 결심했다. 운이 좋다면 이자들이 무슨 계략을 갖고 있는지 파악해볼 수 있을 터였다.

"아, 잠깐만. 뭐야, 지금? 무슨 상황인지 잘 모르겠는데. 상황 설명을 좀 해주셔야지. 와이어트 어프\*처럼 쳐들어와서는 대체 뭐 하자는 거야." 로니가 말했다. 그는 부드러운 톤으로 최대한 친절한 뉘앙스를 풍기려 애썼다.

얼굴에 흉터가 있는 남자가 인상을 썼다.

"말귀를 못 알아듣네." 그는 총을 꺼내어 레지의 오른발을 쏘았다. 좁은 침실은 귀가 찢어질 듯한 총성으로 가득 찼다. 로니는 침대에 다시 누운 채 귀를 감쌌다. 레지는 바닥에 주저앉아 오른 다리를 움켜잡았다. 창밖에서 들어오는 불빛이 레지의 땀에 젖은 파리한 얼

---

\* Wyatt Earp : 미국 서부개척시대의 마지막을 상징하는 인물로 수많은 결투에서 이긴 것으로 유명하다.

굴을 비쳤다.

"제길!" 로니가 소리를 꽥 질렀다. 레지는 태아 자세로 몸을 말았다. 높고 가느다란 신음 소리가 새어 나왔다. 얼굴에 흉터가 있는 남자는 로니를 향해 총부리를 겨누었다. 나무 손잡이의 38구경 권총이었으나 남자의 큰 손아귀 안에서는 장난감처럼 보일 뿐이었다.

"이제 그만 옷 입으시지? 아침 식사 얘기는 장난으로 한 게 아니거든."

# 20

보러가드는 춤을 췄던 기억이 까마득하다고 느꼈다. 춤을 싫어해서가 아니라 그만한 여유가 없었다. 정비소 일과 아들들, 아리엘 그리고 그의 어머니까지 신경 쓰려면 여유라는 사치를 부릴 수가 없었다. 그가 어두운 생활에 한창 빠져 있었을 때만 해도 키아와 함께 리치몬드로 자주 놀러 가고는 했다. 잘 차려입고 클럽에 가서 밤늦게까지 춤을 추는 일도 다반사였다. 보통 사람들의 주급을 하룻밤만에 다 써버리는 일도 예사였다.

보러가드는 음악과 춤에 흥미를 잃은 지 오래였다. 하지만 오늘만큼은 달랐다. 그는 대니스바에서 키아와 함께 리듬에 몸을 맡기는 중이었다. 한 손은 키아의 허리에, 다른 한 손은 그녀의 단단한 엉덩이에 올린 채였다. 벽에 장착된 스피커에서는 육감적인 음악이 흘러나오는 중이었다. 키아가 몸을 밀착하자 보러가드는 온몸의 신경이 살아나는 것을 느꼈다. 함께한 시간이 짧지 않았지만 키아는 여전히 보러가드의 욕정을 자극하는 방법을 꿰고 있었다. 키아는 초콜릿 피부의 판*에 어울리는 캐러맬색의 아프로디테**였다.

음악이 끝났지만 아직 여운은 가시지 않았다. 보러가드는 키아를 끌어안고 그녀의 목에 코를 부볐다. 오늘 아침에 키아가 구매한 500달러짜리 향수보다, 그 향수 냄새 밑에 깔린 살 냄새가 더 자극적이었다. 키아는 향수 이외에도 옷을 사고 머리도 새로 한 참이었다.

"자, 몽타주 씨. 오늘 저와 데이트를 하실 텐데요. 나가서 춤추고 술도 마시고, 또 운이 좋으면 이따가 격정적인 밤을 보낼지도 모르죠?" 쇼핑을 마치고 난 뒤 키아가 했던 말이었다. 이 말을 듣고 난 후 보러가드는 운이 좋을 필요는 없다고 생각했다. 주얼리 상점 건으로 인해 그들은 어느 정도 숨통을 틀 수 있었다. 어쩌면 조금은 즐겨도 좋을지 몰랐다. 로니가 교활하기는 하지만 어느 정도 일리 있는 말을 한 것은 사실이었다.

하지만 에릭과 케이틀린, 아기 앤서니는 힘든 나날을 보내고 있을 것이 불 보듯 뻔했다.

보러가드는 케이틀린에게 얼마간의 돈을 보태는 것에 대해 진지하게 고민했다. 많은 돈은 아니더라도 공과금을 내고 아기에게 장난감을 사줄 수 있을 정도의 돈을 줄 수는 있었다. 그는 몇 날 며칠을 고민하다가 생각을 접었다. 아직도 그 강도 사건은 사람들 입에 오르내리는 중이었으므로 보러가드가 케이틀린이나 앤서니 곁에 갈 방도는 없었다. 하지만 그는 그들의 생각을 머릿속에서 떨칠 수가 없었다. 특히 아기에 대한 생각이 그를 괴롭혔다. 아기는 보러가드와 같은 처지에서 성장할 터였다. 아버지 없이 자란 남자들이 모

---

\* Pan : 그리스 신화에 등장하는 염소의 뿔과 다리를 가진, 음악을 좋아하는 숲과 목양의 신.
\*\* Aphrodite : 그리스 신화에 나오는 사랑과 미의 여신.

인 클럽에 함께 속했다는 연대감 같은 것이 그를 고통스럽게 했다.

하지만 자신이 그 일에 가담하지 않았더라면, 아기 앤서니는 그 클럽에 가입할 일이 없었을 터였다.

키아가 그의 허벅지를 부볐다.

"춤추는 모습을 보니 이걸 원하는 것 같길래." 키아가 그의 귀에 대고 속삭였다. 보러가드는 웃음을 억지로 짜냈다.

"매일 필요하지. 특히 일요일에는 두 번." 그는 키아의 귀에 이렇게 속닥거렸다. 그녀는 깔깔 웃더니 그에게 입을 맞추었다. 키아의 입술에서는 위스키와 풍선껌 향의 립글로스 맛이 났다.

"한잔 더 하자고!" 켈빈이 말했다. 켈빈은 보러가드가 처음 보는, 하지만 두 번 다시 볼 일 없을 여자의 허리를 감싸고 있었다. 켈빈 역시 주머니 사정이 좋았다. 정비소는 눈코 뜰 새 없이 바쁘게 돌아가는 중이었다. 보러가드는 인정하기 싫었으나 제이본의 말이 옳았다. 프레시전 정비소가 불에 타자 일거리가 크게 늘었던 것이다. 하지만 그 사실은 그를 비참하고 슬프게 했다.

"그래, 뭘 더 마실까?" 보러가드가 물었다.

"세지 않은 걸로. 블루 모터사이클\*이 괜찮을 것 같은데." 켈빈의 친구가 말했다. 긴 갈색 머리에 자연스럽게 태닝한 피부를 한 매력적인 여자였다. 대니스바의 단골손님들이 들어오면서 한 번은 흘긋 쳐다볼 만한 미인이었지만 적극적으로 다가오는 남자는 없었다. 모두 그저 잠시 일탈을 즐기는 백인 여자겠거니 하는 눈치였다.

"레드 헤디드 슬럿\*\*은 어때?" 키아가 제안했다.

---

\* Blue Motorcycle : 보드카와 럼, 데킬라를 넣은 칵테일의 한 종류.

\*\* Red Headed Slut : 예거마이스터와 복숭아 맛 슈냅스 및 크랜베리 주스로 만든 칵테일로, 명칭의 의미는 '빨간 머리의 헤픈 여자'.

"그런 여자 몇 명을 알지." 켈빈이 이렇게 말하자 여자는 팔꿈치로 그를 푹 찔렀다.

"그냥 로열 플러시*로 하자." 보러가드가 말했다. 모두 테이블로 향하는 와중에 보러가드는 바로 발걸음을 옮겼다. 그는 상처가 많은 난간에 몸을 기댄 후 손을 올려 보였다.

"뭘로 드릴까요?" 바텐더가 물었다.

"로열 플러시 네 잔이오."

"바로 드리겠습니다."

"로열 플러시는 포커에서 가장 나오기 힘든 패죠. 거의 가능성이 없다고 봐야 해요." 보러가드의 오른쪽에 앉은 남자가 말했다. 보러가드는 고개를 돌려 남자를 향해 고개를 끄덕였다.

"그렇다고들 하죠." 보러가드가 말했다. 사실 그는 카드 게임에서의 로열 플러쉬에 대해 들은 바는 없었지만 대화를 이어가기 위해 예의상 호응했다.

"로열 플러쉬보다는 데드 맨스 핸드가 좀 더 확률이 높죠." 남자가 말했다. 남자가 머리카락을 쓸어 넘기자 흉터가 드러났다. 보러가드는 그 흉터가 바의 난간에 난 스크래치보다 더 심하다고 생각했다.

"네?"

"에이스 두 개와 8 두 개요. 망자의 손패라고도 해요. 와일드 빌 히콕이 포커를 치다 뒤에서 총을 맞아 죽었는데, 그때 히콕이 손에 쥐고 있던 패가 이 패라고 하죠." 남자가 말했다.

---

\* Royal flush : 카드 게임에서 무늬가 같은 다섯 장의 카드가 10, J, Q, K, A인 패를 뜻하며 60만 분의 1의 확률로 등장하는 매우 드문 패다. 여기서는 맥캘란 셰리오크, 피치 리큐어, 크랜베리 주스 등으로 만든 칵테일을 뜻하기도 한다.

"아, 네. 맞아요." 보러가드가 대답했다. 바텐더가 완성된 칵테일을 가져왔다. 그는 네 잔을 차례로 놓은 뒤 사라졌다. 보러가드는 네 잔을 양손에 잘 분배해 든 뒤 자리를 뜨려던 참이었다.

"나라면 그렇게 뒤에서 총질을 하지는 않겠어요. 당신을 죽이겠다고 마음먹었다 치면 그냥 총 두 발을 얼굴에 쏘겠죠. 이라크에서 그렇게 가르쳐줬거든요. 더블 탭*이라고도 하죠."

보러가드는 그 자리에 서서 남자의 상처 난 얼굴을 유심히 바라보았다. 남자는 여전히 미소를 띠고 있었다.

"아, 그렇군요. 즐거운 저녁 보내세요." 보러가드가 말했다. 그는 잔을 들고 테이블로 돌아왔다. 새로운 노래가 쥬크박스를 통해 흘러나왔고 몇몇 커플들은 다시 댄스 플로어로 나갔다. 보러가드는 각자에게 잔을 나눠 주었다.

"우후. 자꾸 발 치지 마. 간지럽게." 켈빈이 이렇게 말하자 옆의 여자가 웃으며 그를 향해 몸을 기댔다.

"나 술 자꾸 먹여서 뭐 하려고 그래?" 키아가 물었다. 땀과 글리터 메이크업으로 키아의 얼굴이 번들거렸다. 보러가드는 그녀의 얼굴을 쓰다듬었다.

"아무것도 안 해. 자기가 원하면 말이야." 보러가드의 이 말에 켈빈이 웃음을 터뜨렸다.

"아무튼 머리는 비상해." 키아가 이렇게 말하며 그에게 키스를 했다. 보러가드는 키스에 응하면서 은밀하게 키아의 어깨 너머를 주시했다. 얼굴에 흉터가 난 남자는 계속 그를 응시하고 있었다.

보러가드는 눈을 내리깔았다. 그는 키아를 안고 바를 다시 한 번

---

\* Double tap : 총을 두 발 연달아 쏘는 것.

확인했다. 바에 앉아 있는 남자들을 대부분 알아볼 수 있었지만, 오른쪽 끝 테이블에 앉아 있는 두 남자만 초면이었다. 둘 다 보러가드 정도의 키였지만 체구는 훨씬 컸다. 모두 파란색 바람막이와 검은색 티셔츠를 걸친 채 맥주잔을 앞에 놓고 있었지만, 잔은 거의 건드리지도 않은 것처럼 보였다.

보러가드는 그들의 얼굴을 주의 깊게 살폈다. 둘 다 특이한 점은 없었다. 평평하고 창백한 얼굴에 폭이 좁은 입술을 한 얼굴이었다. 두 사람의 얼굴에서 기억에 남을 만한 부위는 눈동자뿐이었다. 칙칙한 갈색 눈동자는 마치 흙에 묻힌 동전같이 탁한 빛을 내뿜었다.

레드힐카운티는 외부인이 여행 오는 목적지는 아니었다. 고속도로 분기점과 가깝지도 않았다. 주간 고속도로 진입로 역시 지역 주민들만 이용할 뿐이었다. 따라서 이곳에서는 낯선 얼굴을 보는 것 자체가 희귀했다. 보러가드는 두 남자를 지켜보았다. 그들은 주로 앞을 보거나 때때로 천장을 응시했다. 그들은 절대로 바를 향해 고개를 돌리지 않았다. 특히 얼굴에 흉터가 있는 남자 쪽으로는 쳐다보지도 않았다.

"네 직감에 귀를 기울여라. 직감에 귀를 기울이지 않으면 구렁텅이로 빠지게 될 거니까."

보러가드는 아버지의 이 말을 수십 번 들었다. 표현은 조악하지만 맞는 말이었다. 직감이 그에게 말을 걸고 있었다. 저 세 명의 낯선 남자에게 무언가 수상한 점이 있다고.

보러가드는 휴대전화를 꺼내 켈빈에게 메시지를 보냈다.

*여자들 밖으로 데리고 나가.*

켈빈은 자신의 휴대전화를 확인했다. 그는 곧바로 답장을 보냈다.

무슨 일인데?

보러가드의 손이 휴대전화 스크린을 바쁘게 움직였다.

테이블과 바에 있는 남자들. 누군지 확인해봐야겠어.

켈빈이 이번에는 긴 메시지를 보내왔다.

여자들을 집에 보내라는 거야? 난 안 가.

3:2가 3:1보다는 나으니까.

"누구한테 문자 보내?" 키아가 물었다. 그녀는 보러가드의 휴대전화를 향해 손을 뻗었다. 그는 키아의 손목을 잡고는 그녀의 손에 입을 맞추었다. 키아는 눈을 크게 굴리고는 그의 손아귀에서 손을 빼냈다. "당신이 연락할 만한 사람은 다 여기에 있잖아." 키아가 말했다. 그녀는 마치 미친 광대 같은 웃음을 지었다.

"자말이 차를 정비소로 가져온대. 정비소에 가봐야겠어."

키아는 의자에서 미끄러져 일어난 뒤 보러가드의 무릎에 앉았다. 그녀는 보러가드의 목을 두 팔로 감쌌다.

"안 돼. 가지 마. 이제 막 시작인데." 키아는 보러가드의 목에 키스를 했다. 그는 뺨에 하는 키스가 빗나갔다는 것을 느꼈다.

"자기 취했어. 켈빈이 집에 데려다줄 거야. 이제 자정이 다 됐고 애들도 챙겨야지. 켈빈, 여자들 집에 데려다준 뒤에 대럭하고 제이본 좀 픽업해줄 수 있겠어?" 보러가드가 물었다.

"진심이야?" 켈빈이 물었다. 그의 목소리에 배어 있던 익살스러움은 증발해버린 지 오래였다.

"응, 내일 전화할게."

"버그, 난 자기랑 같이 갈래."

"자기, 자기는 바로 집에 가야 해. 내일 일도 있잖아. 켈빈하고 같이 가. 나도 곧 집에 갈 거야." 보러가드가 말했다.

"뭔 일 있어?" 키아가 물었다.

"아무 일도 없어. 자말이 온다니까 정비소 문을 열어줘야 해. 그뿐이야. 견인차를 한 대 장만하고 나면 이럴 일은 다시 없을 거야." 보러가드가 말했다. 그는 키아의 턱을 간지럽혔지만 그녀의 얼굴 표정은 이미 굳은 뒤였다.

"아니야. 무슨 일이 있는 거야." 키아가 중얼거렸다. 마지막 잔을 마시고 취기가 제대로 오른 모양이었다. 그리고 그 덕에 키아의 거짓말 탐지 능력은 더욱 날카로워진 것처럼 보였다.

"아니야, 여보. 아무 일 없어. 곧 집에 갈게." 보러가드가 말했다. 그는 키아를 일으킨 뒤 자신도 일어섰다. 키아가 비틀거렸지만 보러가드가 곧바로 그녀를 부축해주었다. 켈빈과 켈빈 친구도 자리에서 일어섰다. 보러가드는 키아의 뺨에 입을 맞추었다.

"조금 있다 보자, 여보." 보러가드가 속삭였다.

"괜찮겠어?" 켈빈이 다시 물었다.

"괜찮고말고. 내일 아침에 보자." 보러가드가 말했다.

"집에 올 때 도넛 사다줘." 키아가 말했다.

"알겠어, 자기. 사랑해."

"당연히 그래야지." 키아가 말했다. 그녀가 문을 나서자 켈빈과 친구도 그 뒤를 따랐다. 켈빈이 뒤를 돌아보았지만 보러가드는 아무런 말도 하지 않았다. 켈빈은 조용히 문을 나섰다.

보러가드는 몸을 돌려 다시 바를 향해 걸었다. 그는 두 명의 시골뜨기가 앉아 있는 테이블을 지날 때 좀 더 자세히 그들을 관찰했다. 왼쪽에 앉아 있는 남자의 허리띠 오른쪽이 불룩한 것이 보였다. 보러가드는 그들이 바에 총기를 소지하고 들어왔다는 사실에 놀라지는 않았다. 대니스바에는 바운서가 없었다. 총기 소지를 금하는 간판이 걸려 있기는 했지만 손님들은 그것을 권고 정도로만 여겼다. 보러가드는 바를 지나 얼굴에 흉터가 있는 남자 곁을 스쳤다. 그 남자 역시 흰 셔츠 아래로 불룩한 것이 튀어나와 있었다.

보러가드는 건물 뒤편에 있는 화장실로 갔다. 그는 세면대에 물을 튼 뒤 얼굴을 닦았다. 안면이 없는 세 명의 남자가 무장한 채로 바에 나타났다. 톰슨 일가가 보낸 용병일까? 그럴 가능성은 희박했다. 패트릭과 그의 아버지는 직접 일을 해결하는 타입이었다. 역습을 계획했다면 직접 처리했을 터였다. 보러가드는 페이퍼 타월로 얼굴의 물기를 닦았다.

보러가드는 에릭에 관한 뉴스를 접한 뒤 관련 뉴스를 찾아보는 중이었다. 주얼리 상점의 매니저는 자신의 아파트에서 불에 타 죽었다. 로니의 여자는 자신의 집에 찾아온 누군가를 살해한 뒤 도주했다. 경찰은 강도 미수 사건의 진범을 곧 잡을 수 있을 것이라고 장담했지만 보러가드의 생각은 달랐다.

"누군가 망한 작업 설거지를 하는 것 같은데." 보러가드는 혼잣말로 중얼거렸다.

어두운 생활에 발을 들였을 때 감수해야 하는 위험이 바로 이런 것이었다. 혼자 얼마나 잘났든 계획을 철저히 했든 상관없이 난데없이 바에 나타난 누군가로부터 '더블 탭'을 당할 위험이 항상 도사리고 있었다. 늘 다모클레스의 칼*을 머리 위에 기꺼이 두어야 하는

---

* Sword of Damocles : 애초에 권력자의 삶에 내재한 위험 등을 가리켰지만 '일촉즉발의 절박한 상황' 등의 뜻으로 더 많이 사용된다.

것은 작업의 불문율이었다.

보러가드는 숨을 한 번 크게 내쉰 뒤 화장실을 빠져나왔다. 그는 바에서 빈 의자 하나를 가져와 값싼 바람막이를 입은 두 남자의 테이블 옆에 놓았다. 그리고 테이블 왼쪽에 있는 남자 옆에 앉았다.

"무슨 볼일 있습니까?" 왼쪽에 있는 남자가 말했다.

"글쎄." 보러가드는 이렇게 말한 뒤 왼손으로 남자의 총을 빼내는 동시에 오른손으로 남자의 왼쪽 손목을 낚아챘다. 부니는 보러가드가 아버지의 손을 물려받았다고 늘 말했다. 그는 총구로 남자의 딱딱한 뱃가죽에 찔렀다.

"너와 네 옆에 있는 친구가 오늘 밤 내내 나를 감시하고 있던 이유나 말해보시지." 오른쪽에 있던 남자가 테이블 밑으로 손을 뻗었으나 보러가드는 고개를 저었다. "아니. 그 손 다시 테이블 위에 올려놔. 손등이 보이도록. 지금 당장 손 올리지 않으면 방아쇠를 당길 테니까 알아서 해. 총알 다 쓸 때까지 멈추지 않을 거라는 것도 알아둬."

오른쪽 남자의 얼굴이 서커스 풍선처럼 빨갛게 달아올랐으나 그는 보러가드가 시키는 대로 했다.

보러가드는 뒤에서 누군가 다가오고 있음을 느꼈다. 그는 두 남자에게서 시선을 떼지 않았다. 얼굴에 흉터가 있는 남자가 의자를 가져와 보러가드의 옆에 앉았다. 그는 짙은색의 알코올이 든 술잔도 함께 가져왔다.

"동작 한번 빠르군. 솔직히 말하면, 팔 하나만 있는 원숭이도 너보단 더 빠르겠어, 칼. 기분 나쁘게 듣지 말고." 얼굴에 흉터가 있는 남자가 말했다. 칼이라는 남자는 어떤 것이는 기분 나쁘게 받아들이는 타입 같지 않았다. 심지어 총이 자신의 옆구리를 찌르고 있는 상황까지도 크게 개의치 않는 것처럼 보였다.

"누가 보냈지?" 보러가드가 물었다. 그는 고개를 돌려 흉터 있는 남자를 쳐다보지 않았다. 보러가드는 계속 칼의 배를 총구로 압박했다. 누군가 주크박스에서 블루스 스타일의 사랑 노래를 튼 모양이었다. 나무로 된 플로어 위로 커플들이 느리게 춤을 추고 있었다. 스피커를 타고 흐르는 슬픈 곡조를 따라 사람들은 작은 타원 궤도로 부드럽게 돌고 있었다.

"충분히 물어볼 수 있는 질문이야. 그런데 지금은 네가 질문할 타이밍이 아니거든. 지금은 네 눈과 귀를 충분히 써야 하는 때라고." 흉터 있는 남자는 이렇게 말하고는 주머니에 손을 넣었다. 보러가드는 칼의 배에 총을 더 깊게 쑤셔 넣었다.

"버닝맨…." 칼이 낮은 목소리로 읍소하듯 말했다.

"걱정하지 마, 칼. 여기 이 보러가드란 친구는 똑똑하거든. 별 의미 없이 네 장기를 쑤셔대지는 않을 거야. 내 휴대전화를 좀 보여줘야 해서 그래." 빌리가 말했다. 그는 테이블에 자신의 휴대전화를 올려놓은 뒤 화면을 터치했다. 보러가드는 화면을 보기 위해 눈을 아래로 향했다.

테이블 위에 있는 휴대전화에는 짧은 영상이 재생되는 중이었다. 대니스바 주차장을 벗어나는 차의 후미등이 보였다. 보러가드는 긴장하며 눈을 가늘게 떴다. 영상 속의 차는 노바였다. 노바는 켈빈이 모는 차였다.

"네가 여길 뜨면 따라가려고 했는데 이렇게 미리 와줬네. 우린 총 다섯 명이거든. 이렇게 세 명이 한 차에 타고 왔고 다른 차에 두 명이 더 있어. 소문을 들어보니 네 성질머리가 장난이 아니라던데. 네가 칼한테 총을 들이댔을 때, 일 한번 재밌어지겠구나 했지. 이런 상황을 대비해서 다른 차에 있는 애들한테 네 친구들을 따라가라고 했지. 네 손이 얼마나 빠른지를 직접 봤으니까, 네 생각도 읽을 수 있겠는걸? 넌 아마 나랑 칼, 짐 밥까지 다 쏘고 달아날 수 있다고 생각하지?" 빌리가 말했다.

칼이 움찔했다.

"하지만," 빌리가 말을 이어갔다. "다른 차에 있는 애들이, 보자, 한 5분이 지나도록 나한테서 연락을 못 받는다 치자. 그럼 네 친구들이 탄 차는 백악관 크리스마스트리처럼 환하게 폭발할 거야."

보러가드는 총의 공이치기를 당겼다.

"내가 네 말을 못 믿겠다면? 내가 너희를 다 쏴버린 뒤에 친구한테 전화해서 밟으라고 하면? 그 노바가 출력이 좀 되거든."

빌리가 얼굴에 미소를 띠었다.

"그렇겠지. 그런데 네 말엔 가정이 참 많다. 안 그래, 보러가드? 자, 내가 아까 말한 것처럼 넌 똑똑하니까. 칼한테 다시 총 주고 빨리 여기를 뜨자고. 너랑 얘기하고 싶어 하는 분이 계셔. 그분은 기다리는 걸 좋아하시지 않으니까 어서 움직여야 해."

보러가드는 다시 한 번 총을 쥔 손에 힘을 주었다. 그는 칼을 쏠 수 있었다. 하지만 칼의 오른쪽에 있는 남자와 이 '버닝맨'이라는 자도 쏴버릴 수 있을까? 그 셋을 다 처치한다고 하더라도 켈빈이 미행하는 차를 따돌릴 수 있을까? 버닝맨의 말처럼, 너무 많은 가정을 해야 하는 상황이었다.

"재깍재깍." 빌리가 말했다.

보러가드는 부니의 말을 떠올렸다. 자신과 같은 남자의 최후에 대한 말이었다. 그는 키아를 이런 일에 끌어들이고 싶지 않았다. 그런 비참한 최후는 자신을 둘러싸고 있는 세 명의 남자와 그들의 보스에게나 어울리는 것이었다. 보러가드는 총을 다시 칼의 허리춤에 꽂아 넣었다.

"가지." 보러가드가 말했다.

빌리는 술잔에 남은 술을 털어 넣었다. 그는 얼굴을 찡그린 뒤 술잔을 다시 테이블에 내려놓았다. 그리고 휴대전화를 집어 들고 화면을 몇 번 터치하고는 다시 주머니에 넣었다.

"그래, 크리스마스는 이렇게 일찍 올 필요가 없지."

# 21

 그들은 보러가드의 눈을 가리지 않았다. 안 좋은 징조였다. 어디를 가는지 그가 알 필요가 없을 뿐더러, 그가 목적지를 벗어날 일이 없다는 것을 의미할 수 있었다. 그들은 보러가드의 손도 묶지 않았다. 애초에 그럴 필요가 없었다. 든든한 보험을 들어두었기 때문이리라.
 보러가드는 짐 밥과 버닝맨 사이에 앉았다. 그들이 탄 차는 2010년식 캐딜락 CTS였다. 3리터 엔진을 장착한 고급 중형 세단이었다. 창백한 불빛이 차 내부를 비추었고 문과 바닥에는 LED 조명이 장착되어 있었다. 눈이 부시게 만드는 조명은 아니었다. 보러가드는 차 안에 아동 잠금장치가 설치되어 있는 것을 알아챘다. 짐 밥을 팔꿈치로 가격한 뒤 총을 빼앗은 다음 문을 열고 그를 밖으로 던지는 모습을 상상했다. 총구를 버닝맨 눈에다 가져다 대고는 부하들에게 전화해서 작전을 취소하라고 명령하는 모습까지 머릿속에 그려보았다. 하지만 미음 한구석에서 곧바로 침착한 녹소리가 들려왔다.

그 계획은 불가능에 가까웠다.

그들은 주간 고속도로에 진입한 뒤 서쪽을 향해 달렸다. 캐딜락은 밤공기를 가르며 달렸다. 차가 버지니아를 가로지르는 블루리지 마운틴을 오르기 시작하자 보러가드는 귀가 먹먹해져옴을 느꼈다.

마침내 그들은 린치버그 근처에서 고속도로를 빠져나왔다. 고속도로 진입로를 지나자 피크스오브오터마운틴 근처에 있는 작은 마을로 이어지는 떡갈나무 가로수가 보였다. 가로수 사이로 짙은 녹색 기둥의 가로등이 일정 간격으로 나타났다 사라졌다. 화강암으로 된 큰 건물에 걸린 배너는 '킴벌타운 페어'가 일주일 앞으로 다가왔다는 사실을 알리고 있었다. 차는 메인스트리트에서 벗어났지만 가로등 불빛은 여전히 그들을 일정하게 비추었다. 차는 보도의 맨 끝에 자리한 담배 가게 앞에서 멈추었다. 상가의 맨 마지막에 자리한 가게였다. 벽돌로 된 건물의 앞면에 끼워진 큰 통유리창으로 상점 내부가 보였다. 상점의 문에는 '더 핫 숍'이라는 간판이 붙어 있었고, 그 옆의 네온사인은 가게의 영업시간이 끝났다는 것을 알리고 있었다. 짐 밥은 보러가드의 옆구리로 총구를 들이댔다.

"허튼 짓 하기만 해봐. 총알이 다 떨어질 때까지 쏴줄 테니까." 짐 밥이 말했다. 그는 보러가드를 음흉하게 쳐다보며 들쑥날쑥한 치아를 드러냈다.

"그만하면 됐어, 짐 밥. 레이지가 이 친구랑 할 얘기가 있는 거 잘 알잖아." 빌리가 차 문을 열며 말했다. 짐 밥은 보러가드를 문 쪽으로 밀었다. 그들은 모두 같은 문으로 차에서 내렸다. 칼은 차에서 내리자마자 보러가드의 오른쪽 배를 주먹으로 쳤다. 반응할 틈이 없는 불시의 공격이었다. 보러가드는 휘청이다가 차를 향해 넘어졌다.

그는 숨을 깊게 들이마신 뒤 기침을 한 번 하고는 몸을 일으켰다.

"너희들 어린애냐? 당장 그만둬. 레이지가 기다리고 있잖아. 이 친구 피범벅이 되면 대화가 가능하겠느냔 말이야." 빌리가 말했다. 보러가드는 빌리의 말에서 자신의 건강을 염려하는 기색은 전혀 없다는 것을 알아챘다. 버닝맨의 유일한 관심사는 레이지를 실망시키지 않는 것뿐이었다. 그 레이지라는 자가 누구든 간에.

"미안해, 빌리." 칼이 웅얼거렸다. 보러가드는 '버닝맨'이 빌리의 별명임을 눈치챘다. 별명치고는 잔인하게 들렸지만, 생각해보면 누구든 자신의 별명을 스스로 선택하는 법이란 없었다. 만약 그럴 수만 있다면 보러가드는 사람들이 자신을 '버그'라고 부르도록 두지 않았을 것이다.

일명 버닝맨으로 불리는 빌리가 상점의 문을 두드렸다. 볼품없는 금발에 깡마른 백인 소년이 졸린 얼굴로 문을 열었다.

"빨리도 왔네." 소년이 말했다.

"별로 저항을 안 하더라고. 와 계셔?" 빌리가 물었다.

소년이 고개를 저었다. "아직."

"알겠어." 빌리가 말했다. 그는 들어오라는 손짓을 취했다. "먼저 들어가시죠." 빌리가 보러가드에게 말했다.

보러가드는 상점 내부로 들어섰다. 천장의 등은 꺼졌지만 네온사인과 벽시계에서 나오는 불빛으로도 충분했다. 벽에는 오래된 영화의 포스터가 걸려 있었다. 몇 편은 눈에 익었지만 어떤 영화는 이름조차 들어본 적이 없는 것이었다. 영화 〈카사블랑카〉의 릭과 샘이 빨간색 배경으로 피아노 앞에 있는 포스터가 눈에 들어왔다. 가장 멀리 보이는 곳에 걸려 있는 시계에는 파란 불꽃을 배경으로 영화

〈이중 노출〉*에서 토미 우도로 분한 리처드 위드마크의 웃는 모습이 프린트되어 있었다.

문을 열어줬던 소년은 보러가드를 지나 카운터 뒤의 문을 두드렸다. 덩치 큰 남자가 문을 열었다. 이번에도 짐 밥이 문을 향해 그를 밀었다. 방에는 가구가 많지 않았다. 값싼 떡갈나무로 만든 책상 모서리에는 구시대적인 다이얼 전화기가 놓여 있었다. 책상 앞에는 철제 의자가 세 개 놓여 있었다. 이 방의 검소한 인테리어는 상점의 화려한 장식과 극명한 대조를 이루는 듯했다.

"앉으시지." 빌리가 말했다. 빌리는 세 개의 의자 중 유일하게 비어 있는 의자를 가리켰다. 첫 번째 의자에는 로니가, 두 번째에는 콴이 앉아 있었다. 보러가드는 콴 옆에 앉았다.

"버그, 난…." 로니가 입을 열자 보러가드는 바로 말을 잘랐다.

"닥치고 있어." 보러가드가 말했다. 로니는 고개를 푹 떨구었고, 보러가드는 팔짱을 꼈다. 콴은 머리를 두 손에 묻었다. 콴은 매우 거친 숨소리를 내고 있었는데, 그의 오른발은 마치 세상에서 가장 빠른 음악에 장단을 맞추는 듯 떨고 있었다. 방의 구석에 있는 선풍기가 탁한 공기를 움직이고 있었다. 하얀색 격자무늬 케이지 안에 든 전구 한 알이 천장에서 그들을 비추었다. 방의 왼쪽 구석에는 플라스틱 우유병이 켜켜이 쌓여 있었다. 보러가드는 이곳이 한때는 창고로 쓰였으리라 짐작했다. 비록 지금은 사무실을 가장한 고문실로 쓰이고 있지만.

콴과 로니는 이미 얼굴이 엉망이었다. 콴의 입에서 쉴 새 없이 흐

---

* 1947년에 제작된 느와르 영화로 원제는 〈Kiss of Death〉이나 한국에서는 〈이중 노출〉이라는 제목으로 소개되었다.

른 피가 하얀색 저지를 빨갛게 물들인 상태였다. 로니는 왼쪽 눈 밑이 크게 부풀어 올라 있었고, 코는 비뚤어져 보였다. 두 명 모두 손발은 묶이지 않은 채였다. 그럴 필요가 없어 보였다. 저항의 흔적도 보이지 않았다. 보러가드는 방 안에 들어서자마자 상황 파악을 완료했다. 로니와 콴의 축 늘어진 어깨와 의기소침한 눈빛은 복종을 말하고 있었다. 이런 상황이라면 이 둘은 보러가드에게 그 어떤 도움도 되지 않을 터였다.

보러가드는 문의 경첩이 움직이는 소리를 들었다.

"아, 이제 강도단이 다 모인 건가." 약간 떨리는 고음의 목소리가 들려왔다. 보러가드는 옆에서 콴이 움찔하는 것을 느꼈다.

키가 크고 마른 남자가 방 안에 들어섰다. 그는 잘 다려진 카키색 바지를 입고 검은 와이셔츠 위에 검은 코듀로이 조끼를 걸쳤다. 좁은 골반에 깡마른 팔이 도드라져 보였다. 하지만 날카로운 턱선을 한 얼굴에는 건강한 혈색이 돌았다. 가발을 쓰다 감전이라도 당한 것처럼 덥수룩한 갈색 머리 사이사이로 회색 머리카락 몇 개가 삐죽이 서 있었다. 그는 한 알의 전구가 비추는 정중앙으로 걸어 들어왔다. 그리고 그들을 향해 웃어 보였다. 뻐딱한 웃음이 엎질러진 우유처럼 그의 얼굴에 번졌다. 그와 동시에 얼굴 비율보다 지나치게 큰 흰 이빨이 드러났다.

"이분들이 아침 강도단이신가? 남자가 말했다. 그는 자신의 농담이 우습다는 듯 킥킥거렸다. 약간의 시간을 두고 모든 부하가 따라 웃었다. 남자가 책상 뒤의 의자를 가리키자 칼이 의자를 가져왔고, 남자는 콴의 앞에 앉아 다리를 꼬았다. 남자의 얼굴에는 환한 웃음 대신 비웃음이 자리 잡았다.

"내가 영화를 좋아하거든. 장르는 별로 안 가려. 공포, 범죄, 고전, 신작 다 좋아해. 심지어 로맨스도 본다니까. 존 휴스*가 만든 영화는 재밌거든. 몰리 링월드** 좋아해?" 남자가 말했다.

"죄송해요…." 로니가 입을 열었으나 사무실 문을 열어준 남자가 로니의 뒷머리를 세게 내리쳤다. 로니는 앞으로 고꾸라진 뒤 바닥에서 움직이지 않았다. 짐 밥과 칼이 로니의 팔을 붙잡아 다시 자리에 앉혔다.

"그런데 내가 제일 좋아하는 영화 장르가 바로 하이스트 무비***야. 진짜 재미있거든. 20달러짜리 창녀보다 날 더 달아오르게 하는 게 잘 만들어진 강도 영화들이라니까." 남자가 말했다. 그는 자리에서 일어선 뒤 의자를 돌렸다. 그리고 의자에 앉아 의자등에 손을 올린 뒤 턱을 괴었다.

"말해봐. 어떻게 한 거야? 장갑에 스톱 워치라도 꿰매어 단 거야? 차 엔진은 뭐였어? 그 고가도로에서 뛰어내린다는 아이디어는 누가 낸 거야? 그건 정말 과감한 선택이었어." 남자가 말했다.

누구도 남자의 질문에 대답하지 않았다.

"말해봐. 괜찮다니까. 이제 너네 말해도 돼." 남자가 재차 말했다.

여전히 침묵이 이어졌다.

"개조한 V8 엔진에 이산화질소식 촉매 시스템을 부착했습니다." 보러가드가 마지못해 대답했다.

남자가 보러가드를 향해 눈을 찡긋했다. "나이스, 나이스. 이게 바

---

\* John Hughes : 미국의 영화감독이자 각본가로 1980년대 로맨틱 코미디 영화로 유명하다.
\*\* Molly Ringwald : 미국의 여자 배우로 존 휴스의 뮤즈라고 불릴 만큼 그의 영화에 자주 등장했다.
\*\*\* Heist Movie : 범죄 영화의 하위 장르로 무언가를 강탈, 절도하는 행위를 자세히 보여주는 영화 장르를 뜻한다.

로 내가 말하던 거라니까. 하이스트 무비 말이야." 남자가 호응했다.

"당신이 레이지입니까?" 보러가드가 물었다. 그는 뒤에서 누군가 다가오는 것을 느끼고는 몸을 말아 방어 자세를 취했으나, 앞에 있는 남자가 그의 고개를 강제로 들었다.

"잠깐만, 윌버트. 내가 예의 없이 이름도 먼저 밝히지 않았네. 내 이름은 라자루스 마더스보야. 내가 태어났을 때 목이 탯줄에 감겨 잠시 숨이 끊어졌었다나 봐. 그래서 성경에 나오는 라자루스의 이름을 붙여주신 건데, 그냥 줄여서 '레이지'라고들 불러. 얘들이 내 이름을 똑바로 부르기에는 너무 게을러서 그런 게 아닌가 싶어." 레이지가 말했다. 빌리를 제외한 모든 부하들이 킥킥거렸다. 빌리 혼자서만 앞을 똑바로 응시한 채였다.

"다시 본론으로 돌아와서. 너희들이 다른 가게를 털었더라면 지금쯤 예쁘게 돈방석에 올라앉아 있었을 거야. 그런데 내 가게를 털었잖아? 이제 너희는 끝난 거야." 레이지가 말했다.

레이지는 미소를 여전히 띠고 있었지만 어딘가 부자연스러워 보였다. 보러가드는 그 미소가 배우의 얼굴에서 자주 보이는 미소라고 생각했다. 연기의 일부인 듯한 미소였다.

"나에 대한 얘기 들어본 사람 없어?" 레이지가 물었다. 콴이 손을 번쩍 들었다. "제길, 여기가 무슨 고등학교 교실도 아니고." 레이지가 이렇게 말하자 칼이 웃음을 터뜨렸다.

"너희는 나를 정말 곤란하게 만들었어. 다이아몬드는 내가 거래 수단으로 쓰는 거거든. 앞으로 벌일 사업에 대비해서 갖고 있었던 거야. 예를 들면 내가 꽤 짭짤한 개발 사업에 사일런트 파트너\*라고

---

\* Silent Partner : 사업에 출자만 하고 업무에 관여하지 않는 투자자.

치자. 사업하는 데는 현금보다 다이아몬드가 낫거든? 들고 다니기 쉽고 추적은 어려우니까. 멕시코 애들한테 찔러주기 딱 좋다고. 내가 다 판을 계획해놨는데 너희들이 나타나서 다 망쳐버린 거야. 이제 짭새들도 냄새를 맡았지, 내 계획은 물 건너 가버리게 생겼다고."

레이지가 말했다. 그는 마른침을 삼킨 뒤 고개를 한 번 끄덕였다.

"그래도 뭐, 너희들 솜씨는 정말 대단했어. 참, 그 여자애 이름이 뭐였더라, 버닝맨?"

"제니입니다."

"그래, 제니. 제니가 그러더라고. 로니 네가 브레인이었다고. 작업을 계획한 건 너였다며?" 레이지는 이렇게 말하며 가늘고 긴 손가락으로 로니를 가리켰다. 로니의 얼굴은 잿빛으로 변해 있었다. "하지만 보러가드 네가 차를 몰았지. 제길, 진짜 끝내주는 운전 실력이었어." 레이지는 계속 로니를 손으로 가리키고 있었지만 머리를 돌려 보러가드로 시선을 옮겼다. "그게 첫 번째 작업은 아니었겠지?" 레이지가 물었다.

보러가드는 묵묵히 듣고만 있었다.

"대답해." 버닝맨이 말했다.

"아니죠." 보러가드가 이윽고 대답했다.

레이지는 자리에서 일어나 보러가드 뒤로 발걸음을 옮겼다. 그는 몸을 숙여 보러가드의 귀에 대고 속삭였다.

"너에 대해서 뒷조사를 좀 했는데. 네가 악마보다 빠르게 달린다는 소문이 자자하더라고." 레이지는 이렇게 말한 뒤 허리를 폈다. "내가 너희들의 작업 방식을 좋아하는 거하고는 별개로, 이번 일을 묵인할 수는 없어. 너희가 나한테서 훔쳐간 만큼 나도 되돌려 받아야 하지 않겠어?" 레이지는 노래하듯 리듬을 타며 말했다. 마치 부흥회를 주도하는 침례교 목사와 같은 말투였다.

레이지는 윌버트를 가리켰다. 덩치 큰 남자는 방을 나간 뒤 다섯 개의 시리얼 박스를 들고 돌아왔다. 남자는 박스 안에 든 내용물을 책상 위에 쏟아부었다. 현금 더미가 추수한 곡물처럼 책상 위로 우수수 쏟아졌다.

"장물아비를 잘 만난 모양이야. 로니가 갖고 있던 돈하고 너희가 받았을 몫을 다 계산해보면 한 70만 달러 되겠던걸? 다이아몬드가 300만 달러어치였으니까 괜찮게 쳐준 거야." 레이지가 말했다.

레이지의 말을 듣자마자 보러가드와 콴은 로니를 죽일 듯이 노려보았다. 레이지가 웃음을 터뜨렸다.

"뭐야, 이 새끼가 금액을 속인 거야? 진짜 잘들 논다." 레이지는 이렇게 말한 뒤 그들을 정면에서 응시했다. "로니와 제니의 몫은 우리가 가져왔고, 콴은 남은 돈이 얼마 없었지만 그것도 갖고 왔지. 보러가드만 운이 좋았네. 그래도 애들 보내서 네 집을 뒤엎지는 않을 거야. 보아하니 아직까지 그 돈을 가지고 있을 정도로 멍청한 놈 같지는 않거든. 그 돈을 가져온다고 해도 아직 갚아야 할 돈이 한참 남았어. 평소 같으면 너희들은 내가 아침으로 먹은 베이컨처럼 바싹 튀겨졌을 거야." 레이지가 말했다.

그는 다시 의자에 앉았다. 보러가드는 레이지의 모든 말들이 그 다음에 이어질 "하지만"을 가리키고 있음을 느꼈다. 만약 저자가 죽이려고 마음을 먹었다면 이렇게 지루한 회의를 소집하지는 않았을 터였다. 레이지는 분명히 절박하게 원하는 것이 있었다.

"하지만, 너희들은 운이 참 좋아. 내가 지금 딱 필요로 하는 그 스킬을 너희들이 갖고 있으니 말이야." 레이지가 말했다. 보러가드는 레이지가 방금 한 말이 몇 년 전에 본 형편없는 액션 영화 대사라는 것을 알아챘다. "나같이 잘나가는 사람한테 잘 일어나지 않는 일이기는 한데, 내가 노스캐롤라이나에 있는 애들하고 좀 문제가 있거든. 걔네들하고 의견이 좀 안 맞아, 요즘에. 하지만 결국엔 내가 이길 거야. 걔네는 용병을 쓰지만 나는 가족 같은 애들이랑 일하거든." 레이지는 이렇게 말한 뒤 부하들을 향해 고개를 끄덕였다. 부하들 역시 고개를 끄덕임으로써 화답했다.

"걔네 용병 중 하나가 약쟁이야. 약쟁이들의 운명이 그렇듯이 나한테도 빚이 있거든, 이 새끼가. 빚을 탕감하는 대신에 얘가 좋은 건수를 하나 불었어. 얘네 보스가 곧 캐롤라이나주에서 배로 물건을 받을 건데, 그게 눈먼 플래티넘 한 트럭이야, 글쎄." 레이지는 애원하는 듯한 손짓을 하며 이렇게 말했다.

"이 작업에 너희들이 필요해. 그 물건을 나한테 가져와. 쉽지는 않을 거야. 그쪽은 화력이 엄청 세니까. 아까 그 약쟁이 말이 맞다면 그 물건은 걔네한테도 중요한 거야. 개처럼 싸워서 빼앗아 와야 해. 그 물건을 가져오면, 주얼리 상점 일은 없던 걸로 해줄게." 레이지가 말했다.

보러가드는 레이지의 말이 거짓이라는 것을 직감적으로 알았다.

"어때, 친구들? 이제 너희들도 우리 가족이야." 레이지가 말했다.

"경로하고 시간은? 그 트럭 옆에 차 몇 대가 따라붙는지 알고 있어? 그쪽이 화력이 세다고 했으니 샷건이 장착된 차도 있겠지?" 보러가드가 질문을 퍼부었다. 그는 아까와 같이 바로 방어 자세를 취했지만 이번에는 주먹이 정말 날아왔다. 주먹이 그의 견갑골 사이를 짧게 강타했다. 보러가드는 양손으로 의자의 팔걸이를 붙잡았다. 등에서 왼쪽 허벅지로 통증이 훑고 지나갔지만 의자에서 넘어지지는 않았다.

"솔직히 말하면 좋은 질문이야, 보러가드. 정말로. 하지만 이제 너희도 가족이 됐으니까 룰은 지켜야겠지? 내가 이제 너희 아빠야. 그러니까 내가 허락할 때까지는 입 먼저 놀리지 마." 레이지가 말했다.

레이지는 양발이 땅에서 떨어질 때까지 의자 뒤로 몸을 최대한 붙였다. 그는 의자가 뒤로 젖혀진 상태에서 잠시 중심을 잡은 뒤 다시 원래 자세로 돌아왔다.

"또 우리 패밀리에서 하지 않는 것 중의 하나는 입을 함부로 놀리는 거야. 우리는 살아도 같이 살고 죽어도 같이 죽는 거야. 가족끼리 서로 밀고하고 그러면 못써." 레이지는 덥수룩한 머리를 매만지며 이렇게 말했다.

"보러가드, 누가 너를 불었을 것 같아? 제니는 로니와 콴에 대해서만 알고 있었지 네 존재에 대해서는 전혀 몰랐거든. 쟤네 둘 중에 한 명이 입을 나불거리지 않았으면 우리도 널 찾지 못했을 거야. 힌트를 줄게. 스트립 클럽에서도 강도 사건에 대해서 잔뜩 떠벌리고 다니던 놈이랑 같은 놈이야." 레이지가 말했다.

보러가드는 대꾸하지 않았다. 힌트조차 필요하지 않았다. 로니가 사기꾼이기는 해도 밀고자는 아니었다.

"아, 제발." 콴이 신음 소리를 냈다.

"그놈을 다시 볼 일은 없을 거야." 레이지가 말했다.

빌리가 총을 꺼내 들었다. 검은색 38구경 권총이었다. 그는 콴의 머리를 세 번 연속으로 쏘았다. 마치 내포가 터지는 듯한 소리가 작은 사무실을 울렸다. 보러가드는 얼굴의 오른쪽에 따뜻한 물줄기가 흐르는 것을 느꼈다. 콴은 앉아 있던 의자에서 미끄러져 내린 뒤 바닥에 쓰러졌다. 그의 머리가 보러가드의 발에 닿았다. 콴의 몸 전체가 사시나무 떨듯 흔들렸다. 그는 한 번 크게 숨을 내쉬었다. 그 후 몸의 모든 움직임이 일시에 멎었다.

"제길!" 로니가 비명을 질렀다. 햄만 한 크기의 주먹이 로니의 머리 오른쪽을 강타했다. 로니는 의자에서 날아 책상으로 엎어졌다. 이번에는 누구도 로니를 부축해서 자리로 데려오지 않았다.

"저놈은 망가진 아이스박스였어. 아무짝에도 쓸모가 없으니 말이야. 사격 연습할 때 말고는 소용없는 녀석이라고." 레이지가 말했다.

보러가드는 콴의 사체나 로니의 등을 쳐다보지 않았다. 그저 책상 뒤 벽의 한 곳을 뚫어져라 응시할 뿐이었다.

"쟤 좀 일으켜줄래?" 레이지의 말에 칼이 로니를 부축해 와 의자에 앉혔다. 레이지는 의자를 앞으로 끌어와 콴의 허벅지에 발을 올렸다.

"자, 내 말 잘 들어. 너희들은 나한테 갚아야 할 빚이 있어. 그러니까 이 일을 하게 될 거야. 안 하면 네 가족이 죽을 거거든. 그것도 네 앞에서 천천히 죽일 거야. 버닝맨 시켜서 집을 태울 수도 있고 해머로 죽을 때까지 팰 수도 있어. 방법은 중요하지 않아. 어차피 다 죽을 거니까. 네 가족이 죽고 난 뒤 너도 죽을 거야. 그것만은 내가 약속해. 난 한 입으로 두말하는 사람 아니니까." 레이지가 말했다. 그는 자리에서 일어나 두 손을 무릎에 가져다 댔다. 그는 버그를 쳐다본 뒤 로니로 시선을 돌렸다가 다시 버그를 향해 고개를 돌렸다.

"눈에 증오가 가득하네. 좋아. 너희들이 원하는 만큼 날 증오해도 좋아. 하지만 날 어떻게 해보려고 머리를 굴리고 있다면, 그만두는 게 좋을 거야. 내가 태어날 때 신께서 나를 죽이지 못했다면, 너희 둘이 날 죽일 가능성은 제로야. 헛짓거리했다가는 바로 네 가족의 목을 그을 테니 그렇게들 알아." 레이지가 낮은 목소리로 말했다. 그는 뒷걸음 친 뒤 빌리의 어깨를 가볍게 두드렸다.

"여기 버닝맨이 루트와 시간, 날짜 같은 정보를 전달해줄 거야. 너희는 선불폰 구해서 번호 하나만 딱 저장해둬. 작업 끝나면, 그러니까 작업 끝나는 순간 그 번호로 전화하면 돼. 오늘은 이쯤에서 마무리하지." 레이지가 말했다.

"일어나." 빌리가 말했다. 보러가드와 로니가 의자에서 몸을 일으켰다. 짐 밥이 그 둘을 문 쪽으로 밀었다.

"이제 시작이야. 파티 시작이라고." 빌리가 말했다.

로니는 눈을 깜빡였다. 눈에서 눈물이 흐르기 시작했지만 그래도 곧잘 앞으로 걸었다. 보러가드는 뒤를 돌아 레이지를 흘긋 본 뒤 로니를 따라 문을 나섰다.

보러가드와 로니가 나가고 나자 윌버트와 소년이 상자에서 방수포를 가져와 사체를 싸기 시작했다. 칼 역시 손을 보탰다. 사체를 꼼꼼히 포장한 후에 윌버트가 말했다. "가서 밴 가져와."

소년이 정문을 향해 종종걸음을 쳤다. 윌버트는 책상 위에 흩뿌려진 지폐를 정리했고, 칼은 의자 세 개를 상자 근처로 옮겼다.

"그 트럭 가져올 수 있을 것 같은데." 칼이 말했다.

"그래, 가능할 것 같아. 하지만 셰이드가 눈치챌 수도 있어. 우리가 애들 시켜서 빼돌리려고 했다는 길. 그래도 작업팀에 흑인이 섞여 있는 걸 알면 우리가 한 짓이 아니라고 생각할 거야. 셰이드는 우리를 백인 촌뜨기 인종차별주의자로 보니까." 레이지가 말했다.

"우리 백인 인종차별주의자 맞지 않아?" 칼이 물었다.

레이지가 웃음을 띠며 대답했다. "바로 그거야. 우리 짓인 줄 모를 거라고."

소년은 다시 상점으로 돌아갔다가 돌아온 뒤 윌버트와 함께 사체를 밴으로 옮겼다. 레이지는 의자에서 다리를 꼬았다. 칼은 벽에 등을 기댄 채 레이지의 자랑이 시작되기를 기다렸다.

"그 트럭에는 플래티넘 코일이 잔뜩 들어 있을 거야. 일석이조지. 우리 애들 다치는 일은 없게 하면서 셰이드 주머니에 타격을 가하는 거지. 그놈들이 입힌 손해의 세 배는 돌려주자고. 아까 걔네들이 트럭을 갖고 오면 버닝맨이 그걸 양초로 만들어버리면 돼." 레이지가 말했다.

"언제나 계획이 있으시군요." 칼이 말했다.

레이지는 긴 손으로 조끼를 쓸어내렸다. "우리 아빠가 항상 하던 말씀이 있어. 남들이 사과를 딸 때 사과나무를 심으라고."

## 22

차는 고속도로의 출구에 잠시 정차했다.
"선불폰이랑 시간, 경로야. 일주일 준다." 빌리가 말했다. 그는 창문 너머로 로니에게 플립 휴대전화와 종잇조각을 건넸다. 짐 밥은 차의 페달을 밟아 빠르게 그곳을 빠져나갔다. 타이어 뒤로 튀어 오른 자갈이 보러가드와 로니를 향해 날아왔다. 이미 너무 늦은 시각이었다. 보러가드는 손목시계를 확인했다. 새벽 5시였다. 날은 아직 어두웠지만 곧 동이 틀 기세였다.
"버그, 난 진짜 몰랐어." 로니가 말했다. 보러가드는 잠자코 걷기 시작했고 로니가 그 뒤를 따랐다. "난 정말 몰랐다니까. 내가 어떻게 알았겠어? 버그, 이제 우리 어떻게 해야 해?"
로니는 보러가드의 어깨에 손을 올렸다. 보러가드는 뒤를 돌아 양손으로 로니의 목을 힘껏 죄었다. 그는 도로 밖 배수구 쪽으로 로니를 질질 끌고 나갔다. 로니는 보러가드의 팔을 잡은 채 끌려갔다. 강철이라도 구부릴 수 있을 것 같은 악력이었다. 보러가드의 셔츠 위로 불끈 솟은 이두근의 실루엣이 보였다. 그는 로니의 목을 잡은 손에 몸무게를 실었다. 로니는 보러가드의 눈을 향해 손을 버둥거려보았지만, 보러가드의 팔은 꽤 길었다.

"너도… 내가… 필요하잖아…." 로니가 목소리를 짜냈다. 거의 들리지 않을 만큼 희미한 목소리였지만 보러가드는 알아들을 수 있었다. 로니의 눈알이 튀어나올 듯이 번들거렸다. 보러가드가 손에서 힘을 빼자 로니는 도랑의 제방에 넘어졌다. 로니는 오른손으로 목을 감싼 채 왼쪽 팔꿈치로 땅을 짚고 일어섰다. 그는 기침을 요란하게 한 뒤 땅에다 침을 뱉았다. "이제 너랑 나뿐이야, 버그. 여기에서 벗어나려면 서로가 필요하다고."

"입 닥쳐. 그 입 닥치고 내 얘기 들어. 그놈들이 우리를 놓아줄 것 같아? 우리가 작업에 성공한다고 해도 죽일 게 뻔하다고. 콴을 죽인 것처럼 말이야. 제니를 죽인 것처럼. 그 매니저를 죽인 것처럼 우리도 개죽음을 당할 거라고. 그놈이 짭새들에 대해 하는 말 들었지? 그놈들은 지금 뒷수습을 하고 있는 거야. 우리를 살려둔 유일한 이유는 그 트럭 때문이고. 하지만 그놈은 상대편을 두려워하는 것 같았어. 그걸 잘 활용해야 여기에서 빠져나갈 수 있어. 트럭과 두려움을 잘만 이용한다면 말이야." 보러가드가 말했다.

"벌써 계획을 짠 거야?" 로니가 물었다.

"콴이 총에 맞았을 때부터 계획은 이미 시작됐어." 보러가드가 답했다.

보러가드는 제방을 올라와 다시 도로를 따라 걸었다. 로니는 몇 분 뒤 그의 뒤를 따라 걸었다. 로니의 말이 트랙터가 지나가는 소리와 맞물렸다.

"뭐라고?" 보러가드가 물었다.

"정말 제니가 죽었다고 생각해?" 로니가 말했다.

보러가드는 발걸음을 멈추지 않고 대답했다. "응."

"고등학교 졸업 파티에 제니랑 가기로 했었어. 그런데 파티 일주일 전에 퇴학을 당해서 못 간 거야. 주차장에서 파티가 끝나기를 기다리고 있는데, 복도를 걸어 나오는 제니 뒤로 불빛이 환하게 비추더라고. 제니는 마치 빨간 머리 천사 같았어. 근데 지금은 정말 천사가 됐네." 로니가 말했다.

보러가드는 아무런 대꾸를 하지 않았다. 자갈에서 나는 발자국 소리만이 둘의 공간을 채울 뿐이었다.

"네가 세운 계획 말이야, 거기에 그 개새끼들 죽이는 것도 포함된 거야?" 로니가 물었다.

보러가드는 주머니에 손을 넣으며 대답했다. "응."

"참 나쁜 놈들이야. 그렇지, 버그? 진짜 나쁜 놈들이야, 그렇지?" 로니가 물었다.

"스스로도 나쁜 놈들이란 걸 알아. 하지만 찌르면 피가 나는 건 보통 사람들과 마찬가지겠지."

그들이 대니스바에 도착한 것은 오전 8시경이었다. 보러가드는 로니를 집까지 데려다주었다.

"경로 정보가 적힌 종이 좀 줘봐." 보러가드가 말했다.

보러가드는 레지의 차 뒤에 차를 댔다. 로니는 주머니를 뒤져 종잇조각을 꺼냈다.

"내일 너한테 전화를 할 거야. 적어도 두 명이 더 필요한데, 레지가 우리랑 함께 힐 수 있겠어?" 보러가드가 물었다. 로니는 어깨를 으쓱한 후에 손으로 머리카락을 쓸어 넘겼다.

"모르겠어. 운전은 할 수 있을 텐데, 총은 잘 못 다뤄. 개미 한 마리 못 죽이는 애야." 로니가 말했다.

"지금 계획대로라면 레지는 운전만 해도 돼. 내일 전화할게." 보러가드가 말했다.

로니는 트럭에서 내린 후 창문으로 몸을 들이밀었다. 조수석의 창문이 끝까지 내려간 상태였다. "버그, 내가 맹세하는데 이런 놈들이랑 엮인 일인 줄 알았더라면 너를 절대 끌어들이지 않았을 거야." 로니가 말했다.

보러가드의 눈빛을 보자 로니는 입을 딱 닫았다. 그는 허리를 편 뒤 트럭에서 한 발자국 물러났다. 보러가드의 트럭이 시속 55km의 속도로 진입로를 벗어나는 중이었다. 도로에 들어서려는 순간 트럭은 반대편으로 방향을 꺾었다. 거의 180도의 회전이었다.

로니는 트레일러로 들어갔다. 소파 팔걸이에 발을 올려놓은 채로 레지가 비스듬히 누워 있었다. 발에는 덕트 테이프를 붙이고 낡은 티셔츠를 걸친 상태였다. 로니가 문을 쾅 하고 닫자 레지가 소파에서 곧장 몸을 일으켰다. 레지는 로니의 총을 오른손에 쥐고 있었다. 레지는 다시 총을 문 밖으로 조준했다.

"제발, 이 멍청아! 총 내려!" 로니가 울부짖었다.

레지는 몇 번 눈을 깜빡거렸다. "형! 미안. 난 또 형 데려간 놈들인 줄 알았지."

로니는 레지를 향해 손을 뻗었으나 레지는 몇 초간 미동도 하지 않았다.

"자, 여기 있어. 어차피 잘 쏠 줄도 모르는데." 로니에게 총을 건네

주며 레지가 말했다.

"방아쇠만 당기면 되지, 뭐가 어려워." 로니가 말했다.

레지는 몸을 굴려 일어서려고 애를 썼다. 레지는 불안정한 걸음으로 로니를 향해 다가온 뒤 팔로 로니의 어깨를 힘껏 안았다.

"형 다시는 못 보는 줄 알았어." 레지가 로니의 귀에다 속삭였다.

"내가 그렇게 쉽게 갈 줄 알아?" 로니가 말했다.

레지가 로니를 놓아주자 로니는 동생을 다시 소파에 앉혔다. 레지가 털썩 주저앉자 로니도 따라 앉았다. 그들은 기이하게도 비슷한 모습으로 소파에 등을 기대고 있었다.

"형, 그 사람들 누구야?" 레지가 물었다.

"완전 골칫덩이들이지." 로니는 이렇게 말한 뒤 눈을 꼭 감았다. 졸음이 암살자처럼 몰려왔다.

"발은 좀 어때?" 로니가 물었다.

"총알이 완전 관통했나 봐. 근데 신경은 안 건드렸는지 발가락은 움직여. 소독하고 나서 테이프로 잘 감았지."

"진짜 아플 텐데." 로니가 말했다.

"옥시코돈 몇 개가 남아서 그거 먹었어. 이젠 괜찮아." 레지가 말했다.

로니가 이마를 문지르며 동생을 불렀다. "레지."

"응."

"그놈들이 시리얼 박스에 돈이 있는 건 어떻게 알았을까?"

"오자마자 나한테 총을 들이대더라고. 그래서 그냥 입에서 튀어나온 거야. 미안해. 걔네들이 원하던 게 돈 맞지?"

로니가 고웃음을 쳤다.

"아니. 우리가 가진 거 전부를 원해, 레지. 그들은 우리가 가진 쥐꼬리만 한 것도 다 쓸어 가길 원한다고."

보러가드는 키아의 차 옆에 트럭을 주차했다. 이미 해가 뜬 뒤였고 풀에는 이슬이 앉았다. 그는 트럭에서 내려 집으로 향했다. 쥐 죽은 듯이 조용한 아침이었다. 그는 곧장 침실로 향했다.

그는 불을 켜지 않고 방으로 들어섰다. 셔츠를 벗자 침실 등의 불이 탁 켜졌다.

"도대체 어디를 싸돌아다닌 거야?" 키아의 목소리였다. 그녀는 보러가드의 티셔츠 한 장 외에 아무것도 걸치지 않은 상태였다.

"일이 좀 있었어." 보러가드가 말했다.

"전화도 못 할 정도의 일?"

"응." 그가 말했다.

키아는 이맛살을 찌푸린 채 보러가드의 얼굴을 찬찬히 살폈다.

"버그, 얼굴에 핏자국이 있어." 키아가 말했다. 보러가드에게 멀찍이 떨어진 곳에 있는 것처럼 키아의 목소리가 희미하게 들려왔다.

"내 피는 아니야." 보러가드가 말했다. 그는 셔츠를 마저 벗고 바지를 내렸다. 그리고 방을 나와 샤워부스로 향했다. 그는 속옷과 양말마저 벗은 뒤 뜨거운 물이 나올 때까지 샤워기를 틀어두었다. 물이 뜨거워지자 그는 샤워기가 자신의 얼굴을 향하도록 마주 보고 섰다.

보러가드가 몸에 비누칠을 시작할 즈음, 샤워 커튼이 홱 젖혀졌다. 그 충격으로 샤워봉과 커튼을 연결하는 고리가 몇 개 뜯겨 나갔다.

"버그, 도대체 무슨 일이야?" 키아가 말했다. 물이 그녀의 얼굴과 가슴으로 튀며 티셔츠까지 적셨다.

"걱정할 필요 없어."

"또 그 작업과 관련이 있는 거지, 그렇지? 내가 말했잖아! 제발 더 이상 그 짓거리 하지 말라고. 차를 팔라고 그렇게 말했는데 당신은 귓등으로도 듣지 않았어. 그러더니 이렇게 남의 피나 얼굴에 묻혀서 집에 돌아오고 말이야." 키아는 그를 향해 날카로운 말을 퍼부었다.

그리고 날카로운 숨소리는 곧 울음소리로 변했다. 보러가드는 키아를 꽉 안았다.

"내가 다 해결할 거야. 약속해." 그가 말했다. 키아는 그를 밀쳐냈다. 보러가드는 키아의 얼굴을 살폈다. 그녀는 여전히 울고 있었지만 눈물은 샤워기에서 나오는 물줄기와 섞여 분간이 되지 않았다.

"매번 그렇게 말하지. 다 해결하겠다고. 자기가 어디서 죽었다는 전화가 올까 봐 어젯밤 내내 덜덜 떨었어. 당신은 내가 과부가 될 때까지 이 일 해결 못 할 거라고." 그녀가 말했다. "내가 진한테 말한 것 때문에 당신 화난 거 알아. 그런데 다 사실이잖아. 내가 머릿속으로 당신 장례식만 몇 번을 치른 줄 알아? 다 해결하겠다고? 어떻게 멀쩡한 얼굴로 그런 얘기를 나한테 할 수가 있어?"

보러가드는 샤워기의 물을 잠그고 부스에서 나왔다. 키아가 한 걸음 뒤로 물러섰다. 그는 그녀의 등 뒤에 있는 수건을 집은 뒤 얼굴과 가슴을 닦았다. 그리고 다 쓴 수건을 수건걸이에 걸어두었다.

"항상 그래왔으니까." 보러가드가 마침내 이렇게 말했다.

## 23

켈빈은 종업원을 향해 손을 들어 보였다. 꽉 끼는 청바지와 짧은 티셔츠를 입은 여자가 잰걸음으로 다가왔다.
"뭘 드릴까요?" 여자가 물었다.
"맥주 두 병이오." 켈빈이 말했다.
"곧 갖다 드릴게요."
종업원은 미지근한 맥주병을 가져다준 뒤 돌아갔다. 켈빈은 맥주를 길게 한 모금 마셨다.
"그게 정말 실현 가능할까?" 켈빈이 물었다.
"선택지가 없으니까." 보러가드는 이렇게 말한 후 맥주를 한 모금 들이켰다.
"그럼 우리 노스캐롤라이나로 가는 거야?" 켈빈이 물었다.
"너한테 그런 부탁을 할 수는 없어, 케이." 보러가드가 말했다. 종업원이 주크박스에서 블루스를 한 곡 틀었다. 대니스바의 음향 시스템은 시원치가 않아서 저음의 베이스는 잘 들리지 않았다. 바에는 그들 외에 두 명의 손님이 더 앉아 있었다. 보러가드와 켈빈은 정비소를 닫고 온 참이었다. 맥주를 제안한 사람은 켈빈이었다. 보러가드는 바에 앉자마자 지난 36시간의 행적을 빠짐없이 켈빈에게 보고했다. 그는 키아나 부니에게 이 이야기를 하고 싶지는 않았다. 이 건에 대해 유일하게 말할 수 있는 사람은 그에게 켈빈뿐이었다. 보러가드는 켈빈에게 도움을 청하지 않았다. 그에게는 그저 마음에 담긴 이야기를 쏟아부을 사람이 필요했다.

"에이, 그런 말 하지 마. 내가 형이 그 저질스러운 새끼랑 그 덜떨어진 동생하고 또 작업을 하게 내버려둘 것 같아? 그렇다면 오산이야. 형, 그 새끼 때문에 이 지경까지 일이 틀어진 거라고." 켈빈이 말했다.

"내 문제고 내가 알아서 처리할 거야."

"형, 내가 이 말만은 안 하려고 했는데."

"무슨 말?"

켈빈이 목소리를 낮추었다.

"형한테 빚진 거 있잖아. 내가 입에 풀칠하는 것도 형 덕분이고. 우리 형 케이든 일도 도와줬잖아. 내가 도울게." 켈빈이 말했다.

"그 일이라면 나한테 빚진 거 없어." 보러가드가 말했다.

"난 그렇게 생각하지 않아. 나 이 일, 하게 해줘." 켈빈이 말했다.

보러가드는 맥주를 끝까지 다 마신 뒤 손가락 두 개를 들어 올렸다. 바 너머로 종업원이 눈을 찡긋 감았다. 감미로운 블루스 음악이 바에 흘러나오는 동안 손님이 몇 명 더 들어왔다.

"준비할 시간은 6일밖에 없어."

"어떤 장애물이 예상되는데?" 켈빈이 물었다.

종업원이 맥주를 가져왔다. 보러가드는 종업원이 시야에서 사라질 때까지 기다렸다.

"난관이 아주 많아. 조사를 좀 해봤지. 이자와 레이지가 척을 진 지가 꽤 됐더라고. 커트 맥클린 기억나? 롤리에서 찹숍* 운영하는? 커트가 그러는데 캐롤라이나와 버지니아 주에 날고 긴다고 하는 사람들은 죄다 이자 밑에서 일한다고 하더라고. 레이지만 좀 까부는 모양인데, 그래서 둘 사이가 별로 좋지 않은가 봐. 이쪽에서 마약을 만드는 곳으로 레이지가 자기 사람들을 보냈는데, 이쪽에서 레이지네 애들을 아작 내서 양동이에 담아 보냈다지 뭐야." 보러가드가 말했다.

켈빈이 얼굴을 찌푸렸다. "그 사람 이름이 뭔데?"

"커트 말로는 사람들이 셰이드라고 부른다던데. 그래서 이자가 그렇게 나쁜 놈이냐고 커트한테 물었더니, 최악이라고 하더라고." 보러가드가 말했다.

"그런데 왜 그 이름을 들어본 적이 없을까? 레이지라는 작자도 난 처음 들어." 켈빈이 물었다.

보러가드가 어깨를 으쓱해 보였다. "이 인간들이 하는 일에 드라이버가 필요 없나 보지."

"어떤 일을 하는데?" 켈빈이 다시 물었다.

"뉴포트뉴스에 사는 마약 딜러한테 물어봤지. 애틀랜타까지 태워 준 적이 있는 놈이거든. 그 딜러가 말하길, 로어노크밸리 서쪽에 있는 비즈니스는 거의 다 레이지가 관리한다는 거야. 거기 담배 가게도 많이 갖고 있고 소액단기대출 사업도 운영한다고 하더라고." 보

---

* Chop Shop : 훔친 자동차를 분해한 뒤 부품을 파는 불법적인 가게.

러가드가 말했다.

"합법적인 악덕 사채업자인거네." 켈빈이 이렇게 말하자 보러가드가 고개를 끄덕였다.

"이 딜러 말로는 레이지의 진짜 돈줄은 워싱턴하고 매릴랜드에서 하는 포주 장사라는 거야. 정부나 군 고위 관료들을 연결해주는. 레이지는 대학도 나왔고 전공이 화학인지 뭔지라는데, 웨스트버지니아에서 나오는 마약이란 마약은 다 이 인간 손을 거쳐 간대. 밀주 사업도 한다더라." 보러가드가 말했다.

켈빈이 웃으며 말했다. "밀주라니 굉장히 고지식한데. 제길. 그러니까 형은 사람을 담가서 양동이에 보내는 파블로 에스코바르*하고 백인 인종주의자에 마약 제조사인 월터 화이트** 사이에 끼인 거네? 꼬여도 제대로 꼬였네."

보러가드가 눈알을 굴렸다. "여기 끼고 싶지 않으면…."

"그 말이 아니야. 난 무조건 같이해. 게다가 내 여자친구도 두 명 다 이번 주말에 일이 있다고 해서, 같이 놀아줄 사람도 없고 말이야." 켈빈은 이렇게 말한 뒤 맥주를 길게 한 모금 마셨다. "그럼 이 둘을 체스판의 말처럼 맞붙게 할 작정인 거야?"

"체스는 아니야. 둘을 기찻길에다가 세워놓는다고 생각하는 쪽이 더 쉬워. 같은 선로에 둘을 마주 보게 하면 둘은 서로를 향해 달려드는 거지." 보러가드가 말했다.

"그 작전에 말려들까?"

"셰이드가 레이지의 피를 말리고 있는 것 같아. 레이지도 셰이드

---

\* Pablo Escobar : 콜롬비아의 범죄 조직인 카르텔의 리더이자 마약왕으로 전 세계에 악명을 떨쳤다

\*\* Walter White : 미국의 범죄 드라마 〈브레이킹 배드〉의 주인공으로 평범한 화학 교사에서 마약 제조사로 변하는 극중 인물.

를 공격하고 싶어 하는 것 같기는 한데, 레이지한테는 일단 그 트럭이 더 중요해 보여. 우리가 주얼리 상점을 털기 이전부터 이미 궁지에 몰려 있었던 것 같고."

"형이 타깃이 되는 상황은 어떻게 막을 건데?"

"일단 셰이드를 먼저 만날 거야. 내가 레이지한테 언제 어디서 트럭을 넘겨줄 건지를 미리 알려줘야지. 그리고 알려준 시간보다 한 시간 먼저 트럭을 약속한 장소에 갖다 놓으면 둘은 같은 시간에 만나게 될 거야."

"너무 쉬워 보이는데. 뭔가 하나가 틀어질 게 불 보듯 뻔해." 켈빈이 말했다. "아, 레이지가 먼저 셰이드를 쏘면? 그러면 어떡해?"

"나한테도 저격용 권총이 있으니까." 보러가드가 말했다.

"좋아, 그렇다면." 켈빈이 말했다.

보러가드는 맥주를 한 모금 더 들이켠 뒤 말했다. "내 계획은 이래. 일단 제일 먼저 해야 할 일은 그 트럭을 가져오는 거지."

"그래, 그게 제일 재미있겠네." 켈빈이 맞장구를 쳤다.

로니는 문을 열어둔 채로 소파 위에 앉아 있었다. 작동을 멈춘 에어컨은 폐렴이라도 걸린 듯 물과 프레온 가스를 뱉어내는 중이었다. 레지는 발을 높은 곳에 올린 채 방에 누워 있었다. 로니는 열어둔 문 틈 사이로 들어오는 노을을 바라보았다. 주황색과 빨간색이 하늘을 물들이고 있었다. 왁스칠을 한 머스탱에도 햇빛이 내려앉았다. 콴이 죽은 뒤로 그 차를 몰 일은 없었다. 기름은 4분의 1 정도 남아 있었고 대니스바까지 갈 정도는 되었지만, 술값이 없었다. 다시 집으로 돌아올 기름값도 남아 있지 않았다.

"아, 며칠 전까지만 해도 참 좋았는데." 로니는 냉장고에서 마지막 맥주를 꺼내어 마셨다. 맥주 역시 그다지 신선한 맛은 아니었다. 여자의 젖가슴에 코카인을 뿌린 뒤 들이마셨던 것이 겨우 일주일 전인데, 지금은 맥주를 하루 단위로 배분한 뒤 아껴서 마시는 처지였다. 꿈같이 달콤했던 생활을 향한 레퀴엠을 방해라도 하듯 휴대전화가 울렸다. 로니는 주머니에서 전화기를 꺼내 발신자를 확인했다.

"어이, 버그."

"준비됐어. 네 동생은 운전할 수 있는 거야?"

"그런 셈이야. 그 새끼들이 날 데리러 왔을 때 동생 발을 쐈거든. 거즈랑 덕트 테이프로 처치를 해놓기는 했는데, 아직도 절뚝거려. 괜찮아지긴 하겠지만." 로니가 말했다.

무거운 침묵이 전화선을 타고 흘렀다.

"어쩔 수 없어. 금요일 저녁에 노스캐롤라이나로 떠난다." 보러가드가 말했다.

"버그, 네 계획을 나한테 말해줘야 할 거 아니야. 우리 돈은 어떻게 찾을 셈이야?" 로니가 물었다.

더 무거운 침묵이 둘 사이에 흘렀다.

"로니, 네 돈을 돌려받을 방법은 없어. 이 일에 성공해서 건질 수 있는 건 우리 목숨뿐이야. 돈은 안전한 데 보관했어야지. 시리얼 박스 말고." 보러가드가 말했다.

그리고 전화 연결은 끊어졌다.

"제길. 좋은 의견 퍽이나 고맙네." 로니는 먹통인 전화에 대고 이렇게 말했다.

## 24

보러가드는 입과 코를 가린 반다나를 매만졌다. 대런과 제이본이 즐겨 하던 비디오 게임에 나오는 캐릭터가 쓸 법한, 해골 이미지가 프린트된 반다나였다. 그는 야구 모자를 더 깊숙이 눌러썼다. 켈빈에게 도착했다는 문자 메시지를 받은 뒤 보러가드는 반다나의 매무새를 열 번 이상이나 고쳤다.

그는 자신이 긴장하고 있다는 사실을 깨달았다. 너무 생경한 감정이어서 당황스러울 정도였다. 그는 작업을 할 때면 주로 평정심을 느끼고는 했다. 모든 가능성을 계산한 뒤 그에 따라 준비를 마치고 나면 평화가 찾아왔다.

하지만 오늘 밤에는 그런 평화가 찾아오지 않았다. 그는 자신이 마치 아마추어처럼 느껴졌다. 오늘 밤만큼 그는 환희나 고통 중 하나만을 맞닥뜨리게 될 초짜였다. 보러가드는 어깨에 걸친 가방을 고쳐 멘 후 숨을 깊게 들이 쉬었다. 그에게 주어진 시간은 6일뿐이었다. 6일이라는 짧은 시간 사이에 필요한 도구를 구비하고 준비를 마친 뒤 노스캐롤라이나주에 도착한 것이었다. 모기 몇 마리가 그의 얼굴 주변을 날아다니고 있었다. 뜨거운 숨과 요동치는 맥박으로 피의 낌새를 맡고 달려드는 모기일 터였다. 그는 손을 휘휘 저은 뒤 손목시계를 확인했다. 시계에서 나오는 빛으로 어둠 속에서도 그의 손이 부드럽게 빛났다. 10시 정각이었다. 레이지 일당들은 수송 차량이 10시에서 10시 반 사이에 파인타르로드를 지날 것이라고 호언장담했다. 속도위반 차를 잡으려고 혈안이 된 경찰들과 주간 고속도로의 교통 정체를 피하기 위해 분명히 한적한 길을 택할 것이라는 가정에서였다. 보러가드는 마약쟁이들의 말을 온전히 믿어야 할지에 대한 확신은 없었다.

그의 뒤에 있는 습지 늪에서 메뚜기 울음소리가 들려왔다. 땀이 이마에서 비 오듯 흘러 오른쪽 눈을 타고 떨어졌다. 그는 장갑을 낀 손등으로 눈을 문지른 뒤 게걸음으로 제방을 지나 도로 근처까지 접근했다. 해는 이미 두 시간 전에 졌지만 잔열이 아스팔트 도로에 남아 있었다. 보러가드는 다시 손목시계를 확인했다.

"빨리, 시둘러." 그가 중얼거렸다.

보러가드는 손을 뻗어 45구경 권총의 손잡이를 만졌다. 권총은 그의 등 뒤에 꽂혀 있었다. 총이 어디에 있는지는 잘 알고 있었지만 촉감을 확인하는 것만으로도 그에게는 위안이 되었다. 이번에는 매드니스로부터 총을 구할 시간이 없었다. 이 사실만으로도 그가 지금 평소 작업 때와는 얼마나 다른 상황에 처해 있는지를 알 수 있었다. 아무리 긍정적으로 생각해도 평소에 하던 작업과는 전혀 다른 상황에 놓여 있는 것만큼은 부인할 수 없었다. 그의 절박함과 로니의 욕심이 그들을 독사에 둘러싸인 말벌 둥지와 같은 처지로 몰아 넣은 것이다. 짧은 준비 시간과 우여곡절에도 불구하고 그는 이 지옥을 살아서 빠져나갈 계획을 세우는 데 성공했다. 레이지는 보러가드에 대해 많은 사람들이 하는 실수를 똑같이 했다. 보러가드의 어머니, 혹은 프레시전 정비소에 있는 자들, 은행에서 일하는 자들, 아리엘의 엄마가 자주 하는 실수이기도 했다. 심지어는 그의 와이프도 가끔 예외는 아니었다. 그들은 보러가드를 과소평가하는 실수를 저지르고는 했다.

그의 아버지는 보러가드가 한번 마음먹으면 마치 산에서 큰 바윗덩이가 굴러 내려오는 것처럼 실행에 옮긴다는 말을 하곤 했다. 그럴 때면 가끔 하늘이 돕기도 했다.

주머니에 넣어둔 선불폰에서 진동이 울렸다.

보러가드는 휴대전화를 꺼내어 스크린을 확인했다. 켈빈에게서 온 문자 메시지였다.

그들이 온다. 5분 뒤 도착 예정.

보러가드는 몸을 일으키고는 어깨에 멘 작은 가방의 지퍼를 열고 조명탄을 꺼냈다. 그리고 조명탄에 불을 붙인 뒤 허름하고 녹슨 회색 빛깔의 1974년식 링컨 컨티넨탈을 향해 발걸음을 옮겼다. 그가 부니에게 작업에 대해 설명하자 부니는 로니 세션스에 대해 욕을 10분간 퍼붓고 난 뒤, 계획에 필요한 차들을 공급해주겠다고 우겼다. 보러가드는 부니를 이 일에 엮고 싶지 않았지만, 최근 그에게 일어난 많은 일들이 그렇듯이 계획대로 되지 않았다.

링컨 내부에서 흘러나오는 기름 냄새가 그의 속을 뒤집었다. 보러가드는 열린 운전석으로 조명탄을 던져 넣고 뒷걸음쳤다. 굉음과 함께 삽시간에 차는 불길에 휩싸였다. 그는 차가 폭발하지 않고 오랫동안 타도록 일부러 기름을 희석해서 넣었다. 그는 다시 숲으로 돌아가 가방에서 야간용 쌍안경을 꺼내고 쪼그려 앉았다. 링컨은 좁은 차도를 가로질러 서 있었다. 전형적인 2차로에 차선당 3에서 3.5미터 폭의 도로였다. 링컨의 세로 길이가 대략 5.8미터였다. 따라서 파인타르로드를 지나가는 차들은 최상의 컨디션에서도 링컨을 피해 가지는 못할 터였다. 게다가 링컨은 지금 화염에 싸여 있으므로 차들은 잠시 가던 길을 멈춰야 할 것이 분명했다.

혹은 이 예상이 보러가드의 희망사항에 불과할지도 몰랐다. 그는 로니와 레지에게 문자를 전송했다.

*준비할 것. 10분 뒤 도착.*

그는 주머니에 다시 휴대전화를 넣었다. 링컨을 집어삼키는 불꽃은 아스팔트 도로 위에 기이한 그림자를 만들어냈다. 가죽과 플라스틱이 타면서 치솟는 검은 연기가 그믐달과 어스름한 하늘을 물들였다. 보러가드는 왜 상대편이 이 길을 택했는지 알 수 있었다. 한 시간이 넘는 동안 차 한 대가 지나가지 않는 도로였다. 파인타르로드가 가로지르는 카운티의 인구수를 모두 합쳐도 맨해튼에 있는 한 개의 자치구 인구수보다 적을 터였다. 보러가드였어도 이 길을 택했을 것이다.

멀리서 두 대의 차 소리가 들려오자 보러가드를 깊은 상념에서 벗어났다. 번쩍이는 LED 전조등이 어둠을 쫓아내며 가까워져왔다 흰색의 이코노라인 밴이 언덕 위로 모습을 드러냈고 뒤이어 검은색 SUV가 나타났다. 밴의 운전자는 목요일 저녁 도로 한가운데 10시 방향에서 불에 탄 차를 발견하리라 예상하지 못한 듯했다. 보러가드는 급브레이크를 밟은 밴이 좌우로 휘청거리는 모습을 지켜보았다. 탑재 화물의 무게로 인해 핸들링이 쉽지 않아 보였다. 보러가드는 나중을 대비해 이 점을 잘 기억해두었다. 뒤따라오던 SUV도 급브레이크를 밟았다. SUV가 밴을 들이받을 것이라고 짐작한 보러가드의 생각과는 달리, SUV는 밴과 약 7센티미터 정도의 간격을 남겨두고 정차하는 데 성공했다. 더 좋은 브레이크와 더 나은 운전 실력 덕분인 듯했다.

레이지의 부하들이 잘못 생각했던 점 중의 하나가 바로 여기에 있었다. 셰이드에게 물건을 가져다줄 차량은 트럭이 아니라 밴이었다. 버닝맨은 콴을 처치한 이튿날 전화로 차량이 밴이라는 정보를 알려주었다. 셰이드 팀에 있는 첩자가 패닉 상태로 버닝맨에게 전화를 한 모양이었다. 보러가드는 버닝맨에게 있어서 셰이드에게 들키는 것과 첩자를 잃는 것 중 더 두려운 것이 무엇인지 궁금해졌다. 그가 밴의 제조사와 모델명을 묻자 버닝맨은 회의적인 반응을 보였다.

"그거 알면 뭐가 달라져?" 버닝맨이 물었다.

"자동차 번호판 넘버도 필요해." 보러가드는 버닝맨의 질문을 무시하며 이렇게 말했다.

"네가 뭘 계획하고 있는지 좀 알았으면 좋겠는데 말이야." 버닝맨이 웃으며 말했다. 보러가드는 선불폰을 부러뜨리고 싶은 마음을 억누르느라 안간힘을 썼다. 레이지의 첩자가 정보를 물어다 주기는 했지만 제대로 된 정보는 그제야 받은 셈이었다. 멀리서 보이는 밴은 버닝맨의 설명과 일치했다. 2005년식 포드 이코노라인에는 운전석과 조수석에만 창문이 나 있었다. 매일 도로에서 볼 수 있는 흔하디흔한 차였다.

SUV의 운전사는 전조등은 껐지만 주차등은 *끄*지 않았다. 보러가드는 여전히 쌍안경으로 동태를 주시했다.

세 명의 남자가 밴에서 나왔다. 그들은 전조등이 아직 환하게 켜진 차 앞으로 걸어갔다. 아직 섭씨 20도의 더운 날이었지만 이들은 펑퍼짐한 후드를 입고 있었다. 눈이 부실 정도의 전조등과 차를 감싼 화염 덕분에 보러가드는 이자들이 어디에 총을 보관하고 있는지 알 수 있었다. 후드의 등 뒤 허리 부분이 불룩 튀어나와 있었다. 운전사는 무기를 가리려는 시도조차 하지 않았는데, 그의 넙적한 손아귀에는 AR-15가 들려 있었다. 세 명의 남자는 불에 타는 차를 쳐다보다가 서로 눈빛을 주고받은 뒤, 그들을 막아서고 있는 차를 향해 다가갔다. 쌍안경을 통해 보이는 물체에는 모두 초록색이 감돌았다. 심지어 불타는 차의 화염조차 연녹색으로 보였다.

"어디에다 전화를 해야 하나?" 후드를 입은 남자 중 한 명이 말했다.

"누구한테 전화할 건데? 짭새들한테 전화하려고?" 운전사가 물었다. 이 남자는 워싱턴 위저즈\*의 저지를 입고 있었고 드레드 머리를 등 뒤로 길게 늘어뜨렸다. 세상 물정 모르는 듯한 질문을 던진 후드 입은 사내가 운전사의 말에 대답하기도 전에 픽업트럭이 나타나 SUV에 멈추어 섰다. 세 명의 남자 모두 등을 돌려 픽업트럭을 바라보았다. AR-15를 손에 쥔 운전사는 어둠 속으로 걸어 들어갔다. 픽업트럭 운전사는 시동과 라이트를 껐다. 운전석의 문이 활짝 열리고 켈빈이 튀어나왔다. 그는 정비소에서 입던 작업복을 명찰만 떼채 입고 있었다.

"무슨 일이에요?" 켈빈이 세 남자와 불길에 휩싸인 차를 향해 다

---

\* Washington Wizard : 미국의 수도 워싱턴 D.C.를 연고지로 하는 NBA 동부 콘퍼런스 사우스이스트 디비전 소속 프로농구 팀.

가가며 물었다. 드레드 머리 운전사가 어둠 속을 빠져나오며 AR-15를 손으로 휘둘렀다. 그는 총을 켈빈을 향해 조준하지는 않았지만 그렇다고 총구를 아래로 늘어뜨린 채 두지도 않았다. 총은 드레드 머리의 배 주위를 가로질러 걸쳐 있었다. 보러가드는 숨을 깊게 들이마셨다. 그는 켈빈에게 연기를 잘할 것을 당부했다. 도로를 빨리 통과하지 못하는 상황에 당혹스럽고 짜증나는 감정을 켈빈이 설득력 있게 표현해야 했다. 혼신의 힘을 다해 줄 타듯 연기를 펼쳐야 하는, 위험한 상황임은 분명했다. 켈빈이 너무 침착하면 의심을 살 것이고, 거칠게 대응하면 총을 맞을 수도 있는 상황이었다.

"당신 누구야?" 드레드 머리가 물었다. 켈빈은 총을 인지했다는 듯 뒤로 물러서며 손을 번쩍 들어 보였다.

"시비 거는 거 아닙니다. 갈 길이 급해서 그런 것뿐이에요." 켈빈이 말했다. 그는 목소리에서 용기와 짜증을 빼고 걱정과 두려움을 첨가했다. 보러가드는 이 정도 연기 실력이라면 오스카상도 받겠다고 생각했다.

"뒤돌아서 다른 길로 가. 안 그러면…." 드레드 머리가 말했다. 그는 이제 켈빈을 향해 총구를 겨누었다.

제길, 보러가드가 중얼거렸다.

그는 쌍안경을 내려놓고 45구경 권총을 손에 쥐었다. 그리고 드레드 머리를 향해 총을 조준했다. 침묵이 이어졌다. 보러가드의 귀에 들리는 소리라고는 한때 고급 차였던 링컨이 타는 소리와 부엉이 우는 소리, 밴과 SUV의 공회전 소리와 함께 자신의 심장 뛰는 소리뿐이었다. 귀뚜라미의 구애를 위한 합창은 거의 들리지 않을 정도로 작아진 상태였다.

보러가드는 마치 보아뱀이 위를 휘감은 것 같다고 느꼈다. 그는 만약을 대비해 총알 두 세트를 여분으로 준비해 왔다. 그는 왼손으로 오른손을 받쳐 조준 자세를 잡았다. 드레드 머리를 제거할 때는 바로 지금이었다. 그 직후에 후드 형제를 쏴야 했다. 차에서 나오는 불길로 인해 드레드 머리는 정확하게 겨냥할 수 있었으나 후드 형제가 문제였다. 그 둘은 그림자 안에 있었다.

시간을 더 끌수록 켈빈이 총에 맞을 확률은 높아졌다. 보러가드는 눈을 가늘게 뜨고 집중해 보았지만 드레드 머리가 방아쇠를 쥔 손에 어느 정도 힘을 주고 있는지는 확신할 수가 없었다. 그는 45구경 권총 방아쇠를 절반 정도 당겨둔 상태였다.

"저기요, 이 도로는 우리 집으로 가는 유일한 길이에요. 무슨 일이 벌어지고 있는지 모르겠고, 또 알고 싶은 마음도 없어요. 제 차에 소화기가 있거든요? 그걸로 불 끄고 차를 도로 밖으로 밀어내기만 하면 돼요. 그 밖의 건 관심 없어요." 켈빈이 말했다.

침묵이 이어졌다.

"윈스턴살렘에 2시까지 가야 해." 후드 형제 중 한 명이 말했다. 켈빈이 어깨를 으쓱해 보였다. 드레드 머리의 팔뚝에 보이던 근육이 움찔하며 잔물결을 일으켰다.

총을 쏘지는 않겠군, 보러가드는 생각했다. 그는 숲에서 벗어나 도로 옆으로 접근했다.

"이봐요, 내 와이프가 날 죽이려고 들 거라고요. 와이프는 내가 바람피우는 줄 알고 있거든요, 지금. 서로 좀 도웁시다." 켈빈이 말했다.

"그래서 그건 맞아요?" 후드 형제 중 한 명이 물었다.

"뭐가요?" 켈빈이 되물었다.

"바람피우고 있냐고요."

드레드 머리가 AR-15를 휘둘렀다.

"소화기 가지고 와." 그는 낮은 목소리로 으르렁거렸다. 켈빈은 고개를 끄덕하고는 픽업트럭으로 걸어갔다.

켈빈은 가느다란 빨간색 소화기를 픽업트럭의 뒷좌석에서 꺼냈다. 그는 다시 링컨으로 돌아와 핀을 뽑고 분사를 시작했다. 이산화탄소 가루가 링컨을 뒤덮으면서 불길을 잡았다. 세 번 더 분사를 하자 불길이 완전히 잡혔다.

"기어를 바꿀 수 있는지 한번 볼게요. 그러고 나서 밀기만 하면 돼요. 그래도 조심해요, 아직 차체가 뜨거우니까." 켈빈이 말했다. 그는 차 문에 살갗이 닿지 않도록 열린 창문 사이로 팔을 조심스럽게 뻗었다. 보러가드는 이미 링컨의 기어를 중립으로 해놓은 상태였다. 모두 계획된 일의 일부였다.

"중립으로 되어 있네요." 켈빈이 말했다. 그는 차에서 한 발짝 물러나 상의를 벗고는 차의 뒤쪽으로 걸어갔다. 벗은 셔츠를 손에다 두른 모양이 마치 오븐용 장갑을 낀 듯했다.

"이제 다 같이 밀자고요. 이거 링컨이에요. 오래된 차니까 엄청 무거울 거예요." 켈빈이 말했다. 후드 형제는 후드의 주머니에 손을 넣고 켈빈과 같은 방향에 섰다. 보러가드는 밴의 문이 열리고 호박색 차내등이 켜지는 것을 보았다. 야구 모자를 쓴 거구의 남자가 모습을 드러냈다.

"차 안에 있어." 드레드 머리가 말했다.

밴 운전사는 다시 차 안으로 들어갔으나 문을 완전히 닫지는 않았다. 이윽고 차내등도 꺼졌다.

"다 달라붙어야 할 것 같은데." 켈빈이 말했다.

"너희들이라면 할 수 있어." 드레드 머리가 말했다. 그는 여전히 켈빈을 향해 총을 겨눈 채 링컨과 밴 사이에 서 있었다.

"타이리, 이 차 너무 무거워. 자, 얼른 같이 옮기자고." 후드 형제 중 한 명이 드레드 머리에게 이렇게 말했다. 보러가드는 도로에 좀 더 가까이 다가갔다.

타이리는 총을 도로 위에 놓은 뒤 후드 형제와 켈빈 사이에 자리를 잡았다.

"옷 더러워지면 안 되는데." 타이리는 에어 조던을 벗어 트렁크에 넣으며 말했다.

"그러게요. 자, 이제 셋에 밉니다." 켈빈이 말했다.

"하나."

보러가드는 쌍안경을 가방에 넣은 뒤 제방으로 기어 올라갔다. 그리고 다시 게걸음으로 걸을 수 있을 때 쪼그려 앉았다. 그는 밴의 운전석 쪽으로 바짝 다가갔다. 신발의 고무 밑창이 자갈과 아스팔트에 밀리는 소리가 마치 한숨 소리처럼 들렸다.

"둘."

보러가드는 밴의 옆에 등을 밀착시켰다.

"셋!" 켈빈이 소리쳤다. 네 명의 남자가 링컨을 힘껏 밀었다. 금속이 아스팔트와 마찰하는 소리가 밤공기를 가득 메웠다.

보러가드는 몸을 일으켜 45구경 총을 운전사에게 들이댔다. 넙적한 얼굴에 그을린 피부를 한 남자가 보러가드의 총을 정면으로 응시했다. 마치 뱀을 쳐다보는 새의 표정 같았다. 운전사는 핸들의 경적을 향해 손을 뻗었지만 보러가드는 조용히 고개를 가로저었다.

그는 총을 잡지 않은 손으로 주머니에서 흰 종이를 꺼냈다. 그리고 그 종이를 펴서 창문에 갖다 댔다.

　*차내등 끄고 아무 소리도 내지 말 것. 뒷좌석으로 가서 엎드릴 것. 이를 행하지 않을 시 바로 죽이겠음.*

운전사가 차 문을 완전히 닫아놓지 않았기에 보러가드는 차 문을 잡고 천천히 열었다. 그는 운전사에게 뒷좌석 쪽으로 손짓을 해 보였다. 남자는 거구를 움직여 밴의 뒷좌석으로 자리를 옮긴 뒤 엎드렸다. 남자는 말 잘 듣는 아이처럼 보러가드의 지시를 조심스럽게 따랐다. 보러가드는 차 문을 소리 나지 않게 닫은 뒤 자유로운 손을 이용해 수갑 두 개를 가방에서 꺼냈다. 그는 수갑 두 개를 모두 운전사에게 건넸다.

"수갑 한쪽 끝을 화물 운반대에다가 걸어. 다른 수갑 한쪽은 다른 화물 운반대에다가 걸고. 그리고 그 수갑을 양팔에 잘 차면 돼. 빨리 움직여." 보러가드가 속삭였다.

"날 쏠 건가요?" 운전사가 물었다. 가는 목소리는 심하게 떨리고 있었다.

"수갑만 잘 차면 쏘지 않아." 보러가드가 말했다. 그는 손목시계를 확인했다. 밴을 탈취하는 데 1분 30초밖에 걸리지 않았다. 계획대로 일이 진행되고 있었다.

"이제 됐네요." 켈빈이 말했다. 아직도 연기를 뿜어내는 링컨은 이제 파인타르로드의 상행선에 대각선 방향으로 놓인 상태였다. 그들은 차가 움직일 수 있을 정도의 공간만을 확보한 뒤 멈춘 것이었다.

"그래." 타이리가 말했다. 그는 AR-15를 바닥에서 주운 뒤 다시 켈빈에게 겨누었다. 켈빈은 손을 들어 보였다. 그는 셔츠를 바닥에 떨어뜨린 뒤 한 걸음 뒤로 물러섰다.

보러가드는 이 광경을 차의 앞 유리를 통해 보고 있었다. 입안의 침이 갑자기 싹 마르는 느낌이었다. 호흡이 다시 불규칙적으로 변하기 시작했다.

"하지 마라, 제발." 보러가드가 중얼거렸다.

"왜 이러세요." 켈빈이 말했다. 타이리는 켈빈에게 다가가 총구를 뺨에 댔다. 그리고 켈빈의 뺨이 움푹 들어갈 때까지 총을 쥔 손에 힘을 주었다.

보러가드는 운전석에 자리를 잡았다. 그는 45구경 총을 허리춤에 가지고 있기는 했지만, 앞 유리를 통해서 쏜다면 총알의 힘이 약해질 것이 분명했다. 하지만 2,700킬로그램에 육박하는 밴 역시 무기로 충분히 활용할 수 있을 터였다. 그는 타이리가 켈빈의 뺨에 총구를 더 세게 들이미는 것을 지켜보고 있었다. 그는 자신의 몸 전체가 떨리는 것이 느껴졌다.

"안 돼, 안 돼. 그 새끼를 말로 잘 설득해야지." 보러가드는 운전사가 듣든 말든 신경 쓰지 않은 채 중얼거렸다. 그는 환한 전조등에 비친 켈빈의 얼굴을 바라보았다. 겁에 질린 켈빈의 얼굴은 무섭도록 선명하게 보였다. 켈빈의 동공은 크게 확장된 상태였고, 목이 막혀 말을 할 수 없는 듯 보였다. 둘 사이의 대화는 들리지 않았지만 AR-15의 존재만으로도 드레드 머리가 가하는 위협은 불 보듯 뻔했다.

보러가드는 기어를 드라이브로 바꾸었다. 그는 밴과 타이리 사이의 거리를 3초 이내로 좁힐 수 있었다. 하지만 타이리가 방아쇠를 당기는 즉시 켈빈은 목숨을 잃을 것이기 때문에 소용없는 일이었다.

보러가드는 운전대를 꽉 쥐고 상황을 주시했다.

"내가 너라면 오늘 밤 일은 죄다 잊어버리겠어. 다시 네 상판이 내 눈앞에 보이면, 그날로 네 마누라는 과부가 되는 줄로 알아, 알겠어?" 타이리가 말했다.

"뭘 잊으라는 거죠?" 켈빈이 물었다.

"빨리 와, 타이리. 이제 가야 해." 후드 형제 중 한 명이 재촉했다.

"집에나 가, 빨리." 타이리가 말했다. 켈빈은 손을 아래로 내린 뒤 땅에 떨어진 티셔츠를 주웠다. 그리고 다 쓴 소화기를 집어 든 뒤 세 명의 남자를 지나쳤다. 켈빈은 가는 길에 밴을 흘긋 쳐다보고는 픽업트럭에 올라탄 뒤 차 문을 닫았다. 보러가드가 안도의 한숨을 내쉬자 반다나가 들썩였다.

"차에 타." 타이리가 말했다. 나머지 두 명의 남자가 SUV에 올라탔다. 타이리는 차로 향하는 길에 밴의 후드를 한 번 땅 하고 두드렸다. 어둡게 틴팅된 밴의 앞 유리와 차창, 노스캐롤라이나의 어스름한 저녁 빛, 눈을 시리게 하는 LED 전조등 덕에 타이리는 운전석에 앉아 있는 사람의 모습을 구별하지 못했다.

"어서 가자고, 로스." 밴의 후드를 내리친 뒤 타이리는 이렇게 말했다. 그 역시 SUV에 올라탔다. 보러가드는 밴의 기어를 바꾸고 액셀러레이터를 밟았다. 밴이 다시 도로에서 속도를 내기 시작했다. 켈빈은 오십까지 센 뒤 차의 시동을 걸었다. 그가 다음 언덕을 넘었을 때 SUV의 후미등은 빨간 점만큼 작게 보였다.

보러가드는 노스캐롤라이나주의 뱀처럼 굽은 길을 시속 100km로 달렸다. SUV는 차 한 대만큼의 거리를 두고 따라오는 중이었다. 보러가드는 사이드 미러로 SUV를 주시하면서 왼손으로 운전대를 잡은 채 오른손으로 총을 꺼내어 쥐었다. 다시 오른손으로 운전대를 잡은 뒤 보러가드는 왼손으로 계기판 밑을 더듬었다. 얼마 지나지 않아 밴의 퓨즈 상자가 그의 손끝에 만져졌다. 보러가드는 퓨즈 상자의 모습을 머릿속에 그려보았다. 동시에 그는 자동차 정비 매뉴얼을 떠올렸다. 끝이 양 갈래로 나뉜 서로 다른 색깔의 세 개의 선이 박스를 가로지른 모습이 머리에 그려졌다. 보러가드는 직사각형의 플라스틱 박스를 더듬으면서 속으로 숫자를 셌다.

하나, 둘, 셋, 넷 하면 선을 아래로. 하나, 둘, 셋 하면 선을 오른쪽으로 하는 거야. 그는 속으로 생각했다. 보러가드는 밴의 브레이크등을 소켓에서 빼냈다. 그리고 액셀러레이터를 있는 힘껏 밟았다. 엔진이 비명을 지르는 동시에 밴이 앞을 향해 힘껏 튀어 나갔다. 가파른 커브길이 나타났지만 보러가드는 속도를 70 이하로 줄이지 않았다. 커브길을 돌 때 뒷바퀴가 오른쪽으로 튕겨 나갈 것만 같았다. 그는 핸들을 왼쪽으로 꺾은 뒤 브레이크를 살짝 밟았다. 사이드 미러를 보니 SUV는 차 여섯 대 간격만큼 벌어져 있었다. 보러가드는 살짝 미소를 지었다. 하지만 반다나에 가려 룸 미러에 비친 자신의 얼굴에서 그 미소를 볼 수는 없었다. 그는 다시 한 번 페달을 힘껏 밟았다. 차의 엔진이 시위하듯 고음을 쥐어짰지만 보러가드는 페달을 밟은 힘을 조금도 빼지 않았다. 그는 계기판의 오른쪽 끝에 써 있는 125를 2분 안에 찍을 생각이었다. 도로가 다시 급회전 구간에 들어서는 바람에 브레이크를 밟았지만 그는 액셀러레이터에서 오른발을 떼지 않았다. 밴은 댄스 플로어에서 의외로 기민하게 움직이는 육중한 사내처럼 커브를 돌았다. 그는 사이드 미러를 다시 한 번 체크했다. SUV의 전조등이 몇 초 후에 나타났다.

보러가드의 등 뒤로 총소리가 울리기 시작했다. 그는 브레이크에서 발을 뗀 뒤 액셀러레이터를 바닥까지 꾹 밟았다. 그리고 다시 사이드 미러를 확인했다. SUV의 전조등은 멀어져갔지만 총소리는 멈추지 않았다. 사이드 미러에서 SUV의 모습이 완전히 사라졌다. SUV에 탄 자들은 밴의 드라이버가 자신들의 뒤통수를 치고 보스의 물건을 먹으려 한다고 철석같이 믿고 있을 터였다.

그것이 바로 보러가드가 노린 바였다.

도로가 그의 눈앞에 검은 리본처럼 펼쳐져 있었다. 그는 계기판을 확인했다. 시속 145km였다.

보러가드는 주머니에서 휴대전화를 꺼냈다. 왼손으로 핸들을 잡은 채 오른손으로는 연락처 페이지를 아래로 스크롤했다. R1에 이르자 그는 콜 버튼을 눌렀다. 눈길을 다시 도로로 돌리자 암컷 사슴 한 마리가 길 한가운데를 건너가는 모습이 보였다.

"제길!" 그가 중얼거렸다. 보러가드는 핸들을 오른쪽으로 꺾으면서 오른쪽 페달을 밟은 발에 힘을 약간 뺐다. 하지만 브레이크는 밟지 않은 채였다. 그는 화물 운반대가 보이지 않는 중력에 휘청거리는 것을 느꼈다. 눈에 거의 보이지 않는 사슴을 피해 도로의 갓길로 들어서자 밴의 앞바퀴가 구덩이에 빠진 듯했다. 하지만 보러가드는 속도를 늦추지 않았다. 그러기에는 너무 멀리 온 터였다. 그는 액셀러레이터를 힘껏 밟은 뒤 핸들을 왼쪽으로 돌렸다. 밴이 좌우로 흔들렸으나 앞바퀴는 다시 도로로 복귀했다. 보러가드는 이 모든 것을 오른손에 휴대전화를 쥔 채 왼손으로만 해냈다.

"무슨 일이야?" 로니가 소리쳤다.

"아무것도 아니야. 이제 준비하고 있으라고. 2분 뒤면 도착해." 보러가드가 말했다. 그는 통화를 종료한 뒤 휴대전화를 컵 홀더에 꽂았다. 앞으로 몇 개의 언덕을 더 넘어야 했다. 그는 어제 아침에 노스캐롤라이나에 도착한 뒤 이 도로를 두 번 달렸다. 도로의 모든 틈새와 구멍, 커브는 마치 소에 찍은 낙인처럼 그의 머릿속에 각인되어 있는 상태였다. 그는 다시 사이드 미러를 보았다. SUV의 전조등은 사이드 미러 그 어디에도 보이지 않았다. 그들은 더 좋은 스펙의 차량을 가지고 있었음에도 불구하고 보러가드의 운전 실력을 따라잡지는 못했다.

두 번째 언덕의 정상에서 보러가드는 갓길을 벗어날 채비를 하는 하얀색 트럭을 보았다. 그는 페달을 밟은 발에서 힘을 빼고 전화기를 다시 집어 들었다. 그리고 로니에게 다시 전화를 걸었다.

"속도는 60으로 유지해야 해. 나 지금 꽤 빨리 달리고 있어." 보러가드가 말했다. 헐떡이는 숨 사이로 말이 간신히 나왔다.

"알았어. 창문은 닫을까?"

"응." 보러가드는 다시 휴대전화를 던졌다.

부니는 그들에게 픽업트럭과 함께 두 대를 더 마련해주었다. 하지만 유개 적재함이 달린 트럭은 훔쳐야만 했다. 보러가드는 켈빈과 뉴포트뉴스의 제퍼슨애비뉴에 있는 애커스앤선 배관 설비 가게에서 트럭을 훔쳤다. 밴의 길이가 대략 4.5미터, 너비와 높이가 1.8미터 정도였으므로, 그 배관 설비 가게의 트럭이 딱 적당했다. 원래는 올리고 내릴 수 있는 셔터가 트럭 뒤의 지붕에 달려 있었으나, 보러가드는 그 서디를 떼낸 뒤 몇 군데를 더 손보았다.

로니는 기관총을 구하자고 했으나 보러가드는 그런 총이 필요 없을 것이라고 짐작했다. 그리고 그 짐작은 정확히 맞아 떨어졌다. 밴을 호위하는 차량에 탄 자들에게는 싸움에 휘말릴 시간도 여유도 없었다.

보러가드는 트럭에 더 가까이 접근했다.

트럭 뒤꽁무니에서 관 뚜껑처럼 무언가가 밖으로 튀어 나오기 시작했다. 고통스러울 만큼 천천히 나오던 그 판은 도로와 평행인 상태가 되었다. 잠깐의 휴식 후에 그 판은 아래로 내려와 도로에 닿았다. 보러가드가 문의 위쪽에 달아 둔 고무 스트랩에 마찰이 생겨 연기가 나기 시작했다. 고무가 다 닳아 불꽃이 밤하늘을 수놓기까지는 몇 분 남지 않았다. 트럭의 원래 뒷문은 토끼 우리에서 자주 볼 수 있는 해치 패턴의 철조망이었다. 보러가드는 그 문을 얇은 판금 사이에 끼워둔 뒤 문이 흘러 내려오지 않도록 버팀대로 단단히 받쳐두었다. 그 밑으로 경사로 역할을 하는 판이 고무 스트랩에 묶여 있었다. 켈빈은 그 경사로를 열고 닫을 수 있도록 하는 트럭 작업을 도왔다. 그리고 이 시스템을 작동시킬 수 있는 스위치는 트럭의 핸들 옆에 달아두었다.

닫아두면 여느 트럭과 다를 바가 없었다.

하지만 스위치를 켜는 순간 트럭에 올라탈 수 있는 경사로가 생기는 것이었다.

보러가드는 경사로에 온 신경을 집중했다. 그들은 곧 평평한 도로를 지날 터였다. 그 도로는 4.8킬로미터 정도 뻗어 있었다. 로니는 시속 100km로 트럭을 운전 중이었으므로, 보러가드는 시속 105km로 밴을 몰아 트럭 뒤로 올라탄 뒤 재빨리 브레이크를 밟아야 했다. 그것이 유일한 방법이었다. 3분 뒤면 도로는 다시 롤러코스터처럼 변했다. 그리고 구불구불한 도로는 약속한 장소인 주유소까지 약 5킬로미터나 이어졌다.

그는 밴의 속도를 105로 올린 뒤 경사로에 집중했다. 그 순간 보러가드는 다시 그 감정을 느낄 수 있었다. 오늘 밤 처음으로 느껴지는 감정이었다. 자신과 자동차 사이에 형성된 끈끈한 유대감이 바로 그것이었다. 아스팔트에서부터 끓어오른 피가 운전대와 서스펜션을 거쳐 그의 손 정맥을 뚫고 흘렀다. 차의 엔진이 마력과 RPM으로 그에게 말을 걸기 시작했다. 차는 달릴 준비가 되어 있다고 속삭였다.

드디어 몸의 감각이 차와 혼연일체가 된 순간이었다.

"자, 날아오를 시간이다." 보러가드가 속삭였다.

그는 시속 110km로 경사로를 밟았다. 밴은 마치 바다 위의 작은 보트처럼 흔들렸다. 보러가드는 뒷좌석의 운전사가 신음하는 소리를 들었다. 그는 오른쪽 발에 힘을 아주 미세하게 뺐다. 보러가드는 경사로의 각도를 최대한 평평하게 조절했지만, 속도가 너무 높을 경우 앞 타이어가 터질 위험이 있었다. 그는 트럭 뒷좌석에 경고도 하지 않은 채 액셀러레이터를 힘껏 밟았다. 그러나 그는 바퀴가 경사로에서 헛도는 것을 느꼈다.

"제길!" 보러가드가 큰 소리로 외쳤다. 경사로에서 바퀴가 밀려나자 그는 오른쪽 페달을 밟은 다리에 힘을 뺐다. 밴의 앞바퀴가 쿵 하는 소리를 내며 아스팔트에 닿았다. 보러가드가 핸들을 조정하는데 진을 빼는 동안 밴은 좌우로 휘청거렸다. 조향이 안정되자 보러가드는 다시 휴대전화를 더듬거리며 찾았다. 왼손은 여전히 핸들에 둔 채로 오른쪽 검지로 콜 버튼을 눌렀다.

"방금 뭐였어?" 로니가 받자마자 보러가드가 물었다.

"미안해. 빌이 미끄러지셨어. 버그, 미안해…"

보러가드는 로니의 말을 잘랐다.

"속도는 100으로 고정해. 다시 간다." 보러가드가 말했다. 그들은 가장 긴 직선거리에서의 기회를 잃었다. 이제 언덕이 계속해서 등장할 터였다. 보러가드는 자신과 운전사, 플래티넘을 가득 실은 운반대의 무게를 느끼며 이를 악물었다.

로니 역시 트럭의 속도를 일정하게 유지하려고 노력했으나 내리막길에서는 속도가 붙고 오르막길에서는 더뎌지는 것을 어찌할 도리가 없었다. 이처럼 언덕이 심한 구간에서는 타이밍을 잡기가 쉽지 않았다.

여전히 사이드 미러로는 차가 보이지 않았다. 아직은 아니었다. 보러가드는 크게 심호흡을 했다. 아직 한 번의 기회가 더 남았다. 가장 이상적인 구간은 아니었지만 바로 다음 언덕만 넘으면 평지가 잠깐 나올 터였다. 하지만 그 평지가 지속되는 거리가 이번에는 킬로미터가 아닌 미터 단위였다.

보러가드는 언덕을 내려가는 트럭의 경사로에 불꽃이 이는 것을 보았다. 고무 스트랩도 마찰로 인해 닳은 탓에 경사로가 그대로 아스팔트에 닿은 탓이었다. 보러가드의 눈에 그 불꽃은 마치 지옥을 날아다니는 개똥벌레처럼 보였다. 60미터에 사활을 걸어야 했다. 60미터가 지나면 이 도로가 끝나고 고속도로로 접어들어야 했다. 60미터 안에 모든 일이 결정될 터였다. 고속도로는 60킬로미터 길이의 4차로였다. 고속도로에 접어들기만 하면 SUV가 밴을 따라잡는 것은 시간 문제였다. 그 길이에서는 SUV를 따돌리기 어려웠다. 보러가드는 다시 경사로에 온 신경을 집중했다. 밴의 파워풀한 전조등이 트럭의 안을 환하게 비추었다. 그리고 그 빛은 다시 그에게 반사되었다. 경사로에서 튀는 스파크 사이로, 그는 트럭 안에 무게추로 달아둔 네 개의 샌드백을 보았다. 노란색 나트륨등의 주유소 표지가 창문 밖을 스쳐 지나갔다. 노란색 불빛이 그의 눈에 잔상을 남겼다.

이제 48미터 남았다.

그는 다시 룸 미러를 살폈다. 마지막으로 넘은 언덕 위로 노란색 전조등 불빛이 일렁였다. SUV가 아직 언덕을 넘지는 않았어도 따라잡히는 것은 시간문제였다. 지금 성공하지 않으면 얼굴에 총을 맞는 일밖에 남지 않은 것이다.

30미터가 남았다.

보러가드는 앓는 소리를 내며 오른쪽 페달을 지그시 밟았다. 계기판의 바늘은 110을 넘어 130을 가리켰다. 그는 '파인 타르 도로 출구'라고 적힌 직사각형의 녹색 간판을 지나쳤다.

*훔친 차처럼 몰란 말이지, 그렇지?* 보러가드는 속으로 생각했다.

그는 액셀러레이터를 바닥 끝까지 밟았다. 계기판 바늘이 90을 가리켰을 때, 밴은 떨어지는 유성처럼 빛나는 불꽃 사이를 넘었다.

"저기! 저기 있다, 제기랄!" 타이리가 소리쳤다.

그는 SUV의 핸들을 오른쪽으로 급격히 꺾은 뒤 흐릿한 조명이 비추는 낡은 주유소에 들어섰다. 그 주유소는 파인트리로드의 끝에서 약 1.5미터가량 떨어진 곳에 있었다. 타이리는 급브레이크를 밟은 뒤 AR-15를 한 손에 쥔 채 차에서 내렸다. 후드 형제도 그의 뒤를 따랐다. 후드 형제는 무기를 셔츠 밑에 숨긴 채 타이리와 거리를 두고 걸었다.

누르스름한 나트륨등 아래로 밴이 보였다. 주유기의 캐노피 아래로 나방이 모여 들어 밴에 기이한 실루엣을 드리웠다. 타이리는 밴의 뒤쪽으로 천천히 신중하게 다가갔다. 그는 오른손으로 총을 쥔 채 왼손으로 밴의 뒷문 걸쇠를 잡았다. 밴의 뒷문이 끔찍한 소리를 내며 열렸다.

"개새끼." 타이리가 중얼거렸다.

밴의 내부는 완전히 텅 비어 있었다. 운전사도 플래티넘도 사라지고 없었다. 타이리는 뒷문을 다시 쾅하고 닫았다. 그리고 다시 열었다가 닫았다. 그는 이 짓을 다섯 번이나 더 반복했다. 차 문은 일곱 번을 넘기지 못하고 산산이 부서졌다. 어둡게 틴팅한 유리 조각이 비 오듯이 콘크리트 바닥에 떨어졌다.

타이리가 머리를 뒤로 젖히고 크게 소리를 내질렀다.

"개새끼가!"

주유소 내부에는 점원이 손님이 계산한 맥주병을 갈색 봉지에 싸 주는 참이었다. 점원과 손님은 밖의 남자가 밴의 뒷문을 열고 닫는 것을 걱정스럽게 쳐다보았다. 그들은 뒷문이 산산조각 났을 때 그 자리에서 펄쩍 뛰었다. 점원이 가게의 앞문을 살짝 열고 동태를 살폈다.

"들려오는 소리도 그렇고, 보이는 상황도 좋지 않네요. 저 남자 총을 가지고 있는 것 같아요. 경찰에 전화해야 할까요?" 점원이 갈색 봉지를 내밀며 손님에게 물었다.

레지가 갈색 봉지와 잔돈을 챙겼다.

"내 알 바 아니죠." 레지가 말했다. 레지의 목소리가 짐짓 떨렸으나 그의 원래 목소리를 알지 못하는 점원은 알아차리지 못했다. 레지는 가게를 나서며 맥주병의 뚜껑을 딴 뒤 한 모금을 벌컥 마셨다.

따뜻한 바람이 어디에선가 불어오자 주차장에 어지럽게 널려 있던 냅킨과 플라스틱 뚜껑, 담배꽁초가 덩달아 움직였다. 그는 밴과 SUV에서 대각선 방향으로 멀어지며 고속도로로 향했다. 레지는 다시 한 모금 들이켜려고 하였으나 손이 떨리는 바람에 맥주를 티셔츠에 쏟았다.

"어이, 거기 백인 양반. 이 밴 운전하는 사람 봤어?" 레지의 등으로 목소리가 날아와 꽂혔다. 레지가 발걸음을 멈추었다. 목구멍이 막히는 듯한 느낌이 들었다. 그는 맥주병을 꽉 잡았다. 크게 숨을 뱉으며 그는 등을 돌려 밴 옆에 서 있는 세 명의 남자를 마주 보았다.

"아니요." 레지가 말했다. 타이리가 한 걸음 다가왔다. 레지는 그의 손에 들린 총을 바라보았다. 위 속에 있는 맥주가 역류할 것 같았다.

"아무것도 못 봤다고?" 타이리가 다시 물었다.

"네, 아무것도 못 봤어요." 레지가 대답했다. 총상 입은 발이 다시 아려오는 것 같았다. 레지는 자신만이 들을 수 있는 비트라도 있는 듯이 발로 리듬을 타기 시작했다. 타이리는 다시 한 걸음 더 다가왔다. 이제 한 걸음만 더 내딛으면 부딪힐 거리였다.

"정말 확신해?" 타이리가 재차 물었다.

"네." 레지가 말했다. 하지만 그 목소리는 잘 들리지 않았다.

타이리는 레지를 뚫어지게 쳐다보았다.

그때 휴대전화가 울렸다. 후드 형제 중 한 명이 전화를 받았다.

"타이, 셰이드 전화야. 로스랑 연락이 안 된다고 너랑 통화하고 싶다는데."

타이리는 총을 쥔 손에 힘을 주었다. 그는 앞으로 한 걸음 더 가려다가 멈추었다. 그리고 레지의 눈을 몇 초간 똑바로 쳐다본 뒤 침을 꿀꺽 삼키고 왼손을 뻗었다.

"전화기 줘봐." 타이리가 말했다. 목소리에 전과 같은 위협은 사라지고 없었다.

레지는 급하게 고개를 끄덕인 뒤 재빨리 도로를 걸었다. 몇 걸음 걷지 않아 전조등 불빛이 그의 등 뒤를 비추었다. 레지는 걸음을 멈추고 돌아본 뒤 손 차양을 만들어 눈을 가렸다.

후줄근한 픽업트럭이 도로의 갓길에 서더니 조수석 문이 비밀스럽게 열렸다. 레지는 픽업트럭에 올라탔다.

"다 잘됐어?" 켈빈이 물었다.

"응, 버그가 시킨 대로 했지. 트럭하고 밴이 지나가는 걸 보자마자 주유소에 갔더니, 가게에 들어서자마자 그놈들이 도착하더라고." 레지가 말했다. 말을 마친 뒤 그는 맥주를 한 모금 더 마셨다.

"내 맥주는?" 켈빈이 물었다. 레지는 맥주병을 가슴에 꼭 끌어안았다.

"너도 마시고 싶어 하는 줄은 몰랐지."

켈빈이 웃었다.

"침착해. 놀린 것뿐이니까." 켈빈은 다시 도로로 진입하며 이렇게 말했다.

# 25

 버그는 어둠 속에서 밴에 앉아 앞에 가는 로니의 트럭을 주시했다. 이제 좌회전을 한 뒤 잡초와 풀이 우거진 비포장도로를 지나 종묘상만 지나면 될 터였다. 오래된 비포장 길의 가파른 언덕 정상에 오르면 평평한 목초지가 나왔다. 보러가드는 한때 이곳에 집이 있었으나 오래전에 철거되었을 것이라고 짐작했다. 하지만 자연이 아직 원래의 자리를 점령하지는 못한 듯 보였다. 로니와 레지가 모텔에서 쉬는 동안 보러가드는 링컨을 타고 켈빈과 함께 답사에 나섰는데, 그때 발견한 자리였다. 그는 운명이나 운에 대해 믿는 편은 아니었지만 이 장소를 발견한 것만큼은 행운이라고 생각했다. 고속도로로부터 1.6킬로미터나 떨어져 있었을 뿐만 아니라 트럭과 밴, 픽업트럭까지 모두 들어갈 수 있는 널찍한 공간이었다. 특히나 저녁 시간에는 누가 일부러 와보지 않는 이상 무슨 일이 일어나는지 알 수 없는 곳이기도 했다.
 보러가드는 아무도 지나가지 않기를 바랐다. 그는 살인을 즐기지 않았다. 살인 충동이나 쾌감을 가져본 적도 없었다. 살인은 늘 지저분했다. 꼭 해야만 한다면 더러워질 각오를 하고 깨끗이 뒷정리를 해야 했다. 케이든을 죽인 놈들을 처치했을 때, 오래된 자동차 분쇄기가 깔끔하게 뒤처리를 한 것처럼.

트럭이 멈춰 섰다. 경사로가 내려가자 유압 펌프가 위잉 하는 소리를 내며 진동했다. 보러가드는 밴에 시동을 걸고 경사로를 천천히 내려왔다. 밴의 바퀴가 땅에 닿자 그는 핸들을 오른쪽으로 튼 뒤 기어를 바꿔 넣고 트럭 옆에 주차를 했다. 보러가드는 시동을 끄고 차에서 내려 운전석의 차 문에 등을 기댔다. 목초지를 비추는 트럭의 불빛이 스산해 보였다. 소나무가 목초지를 둘러싸고 있었다. 트럭의 문이 열린 뒤 쾅 닫히는 소리가 들렸다. 로니가 여유로운 걸음으로 밴의 뒤편에 모습을 드러냈다.

"제길, 우리가 해냈어!" 로니가 말했다. 그는 손을 들어 하이파이브를 기다렸다. 보러가드가 그 손을 쳐다보기만 하자, 잠시 후 로니는 팔을 축 내려뜨렸다.

"아직 아니야. 이제 저 트럭에 있는 물건을 딴 데로 옮겨야지."

"그럼, 저… 밴에 타고 있는 사람은 어떡하고?"

"저 사람은 아무것도 못 봤어. 그러니까 우리는 트럭에 물건을 먼저 빼고, 그다음에 저자를 수갑으로 나무에 묶어놓기만 하면 돼. 머리가 나쁘지 않으면 우리가 사라질 때까지 가만히 있겠지. 우리가 안 보이면 수갑줄을 톱 삼아 나무줄기를 베서 탈출할 거고." 보러가드가 말했다.

"그게 좋은 생각 같아? 그렇게 저자를 놔두는 게?" 로니가 물었다. 보러가드는 얼굴을 감싸고 있던 반다나를 목까지 내렸다.

"저 사람은 본 게 없다니까. 게다가, 경찰에 신고할 위험도 없고."

로니가 어깨를 으쓱했다. "그냥 물어보는 거야. 셰이드가 짭새보다 더 무섭다고 하니까." 로니는 이렇게 말하며 손을 주머니에 넣었다. 보러가드는 로니의 바지 오른쪽 주머니에서 권총의 윤곽을 보았다. 그 권총은 마치 잠자고 있는 전갈 같았다. 치명적인 독을 품고 있지만 움직이지 않는 전갈.

"그렇군."

그때 풀이 무성하게 자란 진입로로 전조등 한 쌍이 보였다.

켈빈이 목초지에 들어선 뒤 트럭을 돌려 밴과 서로 뒤꽁무니를 마주 보도록 주차했다. 주차를 마칠 때 픽업트럭에서 큰 소음이 들렸다. 켈빈과 레지가 트럭에서 내려 로니와 보러가드에게 다가왔다.

"저 트럭은 기어 변속기가 너무 빡빡하네." 켈빈이 말했다.

"운전에 문제는 없을 거야. 로니, 트럭에서 손전등 좀 갖다줘. 저 운전사를 밴에서 끌어낸 뒤에 묶어둘 나무를 찾아보자고. 그리고 픽업트럭에 물건을 싣는 거야. 지금 11시니까," 보러가드가 말을 이었다. "자정까지는 일을 끝내자."

"그게 말이야, 내가 생각을 좀 해봤는데. 우리가 코일 몇 개를 가져간다고 해서 레이지가 알까? 네 말이 무슨 말인지는 잘 알겠는데 말이야. 두 개 정도 없어진다고 표가 날까? 플래티넘 코일 두 개면 우리 넷이 나눠 가지기 충분해. 값을 잘 쳐줄 만한 사람도 내가 알아뒀어." 로니가 말했다. 보러가드는 로니의 어깨에 손을 올린 뒤 엄지손가락을 로니의 쇄골 밑으로 넣었다. 여치가 풀숲 밑에서 울기 시작했다. 보러가드는 엄지손가락을 있는 힘껏 눌러 로니의 쇄골에 힘을 가했다

"제길, 버그!" 로니가 소리를 질렀다. 그는 몸을 숙여 한 손은 무릎에 대고 다른 한 손으로는 버그의 손을 자신의 어깨에서 치우려고 안간힘을 썼다.

"우리가 뭘 가져가느니 하는 소리는 집어치우는 게 좋을 거야. 레이지가 뭘 알든 말든 네가 상관할 바도 아니고. 네 입에서 나와야 할 말은 이 트럭을 어떻게 채울지에 관한 것뿐이야. 자, 이제 밴에 있는 남자를 끌어와." 보러가드는 이렇게 말한 뒤 로니를 풀어주었다. 로니는 동생에게 비틀거리며 몸을 기댔다. 보러가드는 목에 있던 반다나를 풀어 로니에게 건넸다.

"이걸로 눈을 가려." 로니는 보러가드를 오랫동안 노려보았다. 잠깐 동안이지만 보러가드는 로니가 공격을 할지도 모른다고 생각했다. 로니가 눈길을 거두었을 때 보러가드는 내심 안도감을 느끼기는 했지만, 로니의 눈에는 아직도 적개심이 남아 있었다.

"제길, 버그. 그냥 내 생각이 그렇다는 말이었잖아. 수갑 열쇠는 줘야 저 남자를 풀든 말든 할 거 아냐." 로니가 말했다. 보러가드는 주머니에서 키를 꺼냈다. 그는 반다나를 로니의 왼손에, 수갑 열쇠는 오른손에 쥐여주었다. 로니는 두 손을 꼭 쥔 뒤 밴을 향해 걸어갔다. 그리고 밴의 뒷문을 열고 올라탔다.

"잘 들어. 내가 이걸로 네 눈을 가릴 거야. 그리고 네 수갑을 풀어줄 거고. 여자 가슴하고 엉덩이 다시 보고 싶으면, 내가 말하는 대로 해. 알았어?" 로니가 말했다.

"알… 알았어." 남자가 말했다. 로니는 엎드려 있는 남자의 등 뒤에 올라탄 뒤 반다나를 머리에 묶으려고 했지만, 잘되지 않았다. 반다나의 양쪽 끝에 남은 여유가 별로 없어 간단한 매듭조차 묶기가 힘들었다.

"머리통 한번 크네. 무슨 호박이야?" 로니가 가쁜 숨을 내쉬었다. 그는 앓는 소리를 내며 간신히 남자의 눈을 가린 반다나의 양끝을 묶었다.

로니는 플래티넘이 들어 있는 화물 운반대를 묶은 강철 스트랩에 연결된 수갑을 풀었다. 그리고 그는 남자가 입고 있는 데님 셔츠의 칼라 부분을 잡아끌어 일으켜 세웠다. 그들은 천천히 뒷걸음치면서 밴을 빠져나오기 시작했다.

"자, 이제 내려가기만 하면 돼. 천천히 하자고." 로니가 말했다. 남자의 발이 차 문 밖의 허공을 휘휘 내저었다. 로니는 붙잡고 있던 셔츠의 칼라를 놓고 남자의 팔을 잡았다.

"그냥 내려가. 그래, 다음 발도."

운전사는 드디어 양발을 땅에 디뎠다. 로니는 남자의 팔을 직각으로 받쳐 들고 있었다. 그는 고개를 돌려 보러가드를 쳐다보았다.

"이제 어디서 하면 돼?" 로니가 물었다.

"단어 선택하고는." 켈빈이 말했다.

로니가 무어라고 대꾸도 하기 전에 남자의 반다나가 갑자기 흘러내렸다. 반다나는 남자의 얼굴에서 흘러내려 바닥으로 툭 떨어졌다. 운전사는 오른쪽으로 고개를 돌려 로니의 얼굴을 정면으로 응시했다. 그들은 그렇게 몇 초간 눈을 마주쳤다. 그러다가 남자는 로니의 손을 뿌리치고 목초지를 향해 내달리기 시작했다.

"씨발!" 로니가 소리쳤다. 그는 32구경 권총을 주머니에서 꺼내어 사격을 시작했다. 그러자 남자는 지그재그 패턴으로 달리기 시작했고, 어느덧 나무숲으로 자취를 감추어버렸다.

"손전등 가져와!" 보러가드가 소리쳤다. 켈빈은 트럭으로 달려가 크고 무거운 손전등 두 개를 가져왔다. 그는 그중 한 개를 보러가드에게 던졌다.

"어서, 레지. 너도 같이 찾아봐!" 보러가드는 이렇게 말한 뒤 숲을 향해 뛰었다.

"들었지, 새끼야!" 로니도 덩달아 소리를 쳤다. 로니 역시 숲을 뒤지고 있었지만 켈빈은 마치 로니가 서 있기라도 한 듯이 빠르게 앞질렀다. 레지는 절뚝거리며 뒤를 쫓았으나 그의 움직임에서 절박함이란 찾아볼 수 없었다.

보러가드는 손전등을 켰다. 날카로운 노란 불빛 아래로 소나무와 야생 진달래가 모습을 드러냈다. 그가 소년원에 있을 때부터 이미 죽은 듯한 나무의 썩은 둥지를 넘고, 나뭇가지를 헤치면서 앞으로 나아갔다. 그는 생사의 갈림길에 놓인 남자의 헐떡이는 숨소리를 감지하기 위해 곤충과 동물이 내는 소리는 걸러 들었다. 그러면서 한편으로는 로니가 일부러 반다나를 느슨하게 묶은 것은 아닐까 하는 의심이 들었다. 로니는 밴의 운전자를 죽이고 싶어 했으니 이렇게라도 상황을 만든 것은 아닐까? 하지만 이내 보러가드는 그 생각을 떨쳐버렸다. 그것은 체스의 술수에 가까웠다. 하지만 로니는 정확히 체커* 타입의 인간이었다. 로니 '퍼킹' 세션스. '록앤롤'이 아니라 이게 바로 그의 별명이었어야 했다. 로니는 선천적으로 망나니인 인간이었다. 그 간단한 매듭 하나 못 묶다니.

보러가드의 눈앞에 가파른 제방이 나타났다. 다 죽어가는 소나무

---

* 체커 역시 체스와 같은 8×8의 게임 보드에서 하는 게임이지만 체스와 다른 룰이 적용되며 체스보다 비교적 간단하다.

와 시들시들한 삼나무가 있는 제방이었다. 자신의 숨소리조차 크게 들리는 듯했고, 등 뒤에 차고 있는 45구경도 무겁게 느껴졌다. 그는 총을 뽑아 오른손에 쥐고 왼손에 든 손전등은 하늘로 향하도록 위치를 조정했다.

그는 등 뒤 왼쪽에서 바스락하는 소리를 들었다. 로니와 켈빈, 레지였다. 그는 다시 제방으로 시선을 돌렸다. 치즈버거 두 개만 더 먹으면 심장마비에 걸릴 것 같은 남자가 저 가파른 제방을 2분도 안 되는 시간에 올라갔다고? 평소와 같은 상황이라면 불가능한 일로 치부했겠으나, 두려움은 인간에게 날개를 달아주기도 하므로 지금은 예외의 상황이었다. 보러가드는 힘을 짜내어 5분 안에 제방 위로 올라갔다. 그는 잠깐 멈추고 크게 심호흡을 했다. 불규칙한 호흡이 이어졌다.

〈본 언더 어 배드 사인(Born Under A Bad Sign)〉이라는 노래의 첫 소절이 밤공기를 가로지르며 울렸다. 날카롭고 정확한, 거의 기계적인 음이었다. 블루스를 좋아하는 누군가가 전화 연결음으로 이 곡을 설정해놓은 모양이었다. 보러가드는 재빨리 오른쪽으로 고개를 꺾었다.

보러가드는 숲에서 소리가 굴절되기도 한다는 사실을 너무 늦게 깨달았다. 그가 고개를 돌린 순간 운전사가 왼쪽에서 공격을 가했다. 보러가드가 밑에 깔린 채로 그들은 가파른 경사를 타고 순식간에 내려왔다. 오른 손목이 나무뿌리나 돌에 걸려 통증이 팔을 타고 올라오는 동안, 보러가드는 총이 손아귀에서 빠져나가는 것을 느꼈다. 남자가 그를 짓누르고 있었다. 숨 쉬는 것 자체가 고통스러웠다. 총을 찾으려고 애를 쓰는 동안 그외 목으로 차가운 금속이 파고 들었다. 보러가드는 더 이상 숨을 쉴 수가 없었다. 그는 자신의 목으로 파고 드는 것이 운전사의 수갑이라는 사실을 깨달았다. 보러가드는 손전등을 내던진 뒤 총을 찾으려는 노력도 포기하고 남자를 힘껏 밀었다. 둘은 옆으로 몇 차례 굴렀으나 여전히 운전사가 보러가드를 위에서 누르고 있었다. 보러가드의 손가락이 남자의 얼굴 위를 거미와 같이 움직였다. 엄지손가락으로 남자의 눈의 위치를 찾은 순간, 보러가드는 가슴이 타는 듯했고 눈앞에는 검은 점이 춤을 추고 있었다.

보러가드는 엄지손가락으로 남자의 눈알을 힘껏 눌렀다. 남자는 부상 입은 곰처럼 울부짖었다. 남자는 눈을 보호하기 위해 보러가드의 목에서 손을 뗐다. 그 틈을 타 보러가드는 남자로부터 벗어났다. 그는 숨을 헐떡이며 손과 발로 땅을 디딘 상태로 주변을 뒤졌다. 총, 그는 총이 간절히 필요했다.

갑자기 몇 발자국 앞에서 손전등의 불빛이 나타났.

보러가드는 남자의 공격을 피하기 위해 몸을 뒤집어 땅에 등을 기댔다. 그리고 땅에 있던 손전등을 두 손으로 잡은 뒤 곤봉처럼 휘둘렀다. 그는 손으로는 남자의 공격을 피하면서, 다리를 가슴까지 모으고 힘껏 펴기를 반복함으로써 공격을 가했다. 총 따위는 얼른 잊어버리고, 두 발로 일어서야 했다. 두 발로 서야 해볼 만한 싸움이 될 터였다.

숲을 관통하는 총소리가 들려오자 남자의 머리 뒤에서 후광이 일었다. 분사된 피와 작은 뼛조각이 남자와 보러가드 사이를 메웠다. 남자가 앞으로 고꾸라지기 시작했다. 남자의 가슴 한가운데를 관통한 두 군데의 총상에서 핏줄기가 흘렀다. 보러가드는 앞으로 넘어지는 남자를 부축했고 그사이 손전등이 땅으로 떨어졌다. 그는 남자의 왼편이 땅에 닿도록 뉘였다. 남자의 얼굴은 피 얼룩으로 흥건했다. 로니와 켈빈이 제방 위로 보였다. 그 둘은 모두 총을 가진 채였다. 켈빈이 나머지 손전등 하나를 쥐고 있었다. 그는 넘어져 있는 운전사를 타고 넘은 뒤 보러가드에게 손을 내밀었다. 보러가드가 그 손을 잡자 켈빈이 힘을 주어 그를 일으켰다.

"괜찮아?" 켈빈이 말했다.

"응, 이건 거의 저 남자 피야."

"참, 그러게 이 남자는 왜 도망을 갔을까? 여기 뭐 꿀 발라놓은 거라도 있었나?" 켈빈이 물었다. 보러가드가 고개를 저었다. 켈빈의 농담을 듣자 보러가드의 얼굴에 웃음이 스르르 번졌다.

"너한테 빚졌네." 보러가드가 말했다.

"나도 형한테 빚진 거 있으니까 이제 됐네. 아, 내가 아니라 로니한테 빚진 것 같은데? 로니가 쏜 총에 맞았어, 저 남자." 켈빈이 말했다. 보러가드는 켈빈의 어깨 너머를 바라보았다. 로니가 쓰러진 남자를 바라보는 모습이 눈에 들어왔다. 로니는 보러가드가 알지 못하는 어떤 노래를 흥얼거리고 있었다. 보러가드는 다시 켈빈에게로 주의를 돌렸다.

"이제 밴으로 가서 남은 일 처리하자. 해가 뜰 즈음에는 버지니아로 돌아가야지." 보러가드가 말했다. 계획에 따르면 보러가드와 켈빈이 픽업트럭을 운전하고, 로니와 레니가 훔친 트럭을 운전하도록 되어 있었다. 로니의 탓으로 벌어진 일이니 훔친 트럭을 운전함으로써 발생하는 위험을 감수하는 것은 로니 몫이었다.

켈빈이 무언가 말을 히려는 순간, 그의 왼쪽 뺨이 퍽 하고 터졌다. 따뜻한 액체가 보러가드의 가슴팍에 튀었다. 켈빈이 땅으로 쓰러지는 순간 보러가드의 오른쪽 삼각근에도 강렬한 통증이 스쳤다. 보러가드는 뒤로 번쩍 물러났다. 본능의 움직임이었다. 제방의 서쪽 경사면에 쓰러지는 그 몇 초가 그에게는 마치 영겁의 시간처럼 느껴졌다. 제방 위에서 총성이 연달아 울리고 총알이 죽은 나무 둥지에 꽂히는 동안, 그는 머리부터 거꾸로 땅에 떨어졌다. 언덕의 경사면으로 굴러떨어지는 동안 흙과 나뭇가지, 죽은 잎사귀들이 그의 셔츠와 바지 속으로 들어왔다. 마지막 한 바퀴를 구르기 전까지 세상은 빙빙 도는 만화경이나 다름없었다. 오래된 소나무 둥지에 얼굴을 부딪힌 순간 만화경이 멈추고 칠흑 같은 어둠이 찾아왔다.

# 26

아주 잠깐이었지만 보러가드는 자신이 실명했다고 생각했다. 그의 세계는 흐릿한 그림자로 가득했다. 눈을 깜박이자 따뜻한 액체가 그의 얼굴을 타고 흘렀다. 그는 실험하듯 손을 얼굴에 올렸다. 얼굴에 흐르는 액체는 피였다. 눈에서 피가 흐르고 있었다. 왼쪽 눈의 상처에서 난 피가 살짝 굳은 상태였으나 그가 다시 손으로 헤집은 것이었다.

보러가드의 눈은 멀쩡했다. 주변이 어두운 것뿐이었다. 그는 몸을 일으켰지만 곧 후회가 밀려왔다. 토사물이 식도를 타고 입으로 올라왔다. 그는 왼팔로 땅을 짚은 채 토사물을 쏟아냈다. 회전목마 안에 갇힌 것처럼 어지러웠다.

심호흡을 크게 하고 그는 다시 상체를 곧추세웠다. 이번에는 구토를 하지 않았으나 속이 계속 울렁거리는 것은 어쩔 수 없었다. 부엉이가 어딘가에서 구슬프게 울고 있었다. 그는 부엉이 울음소리 이외의 다른 소리를 듣기 위해 신경을 곤두세웠다. 하지만 사람들이 돌아다니는 소리나 그를 찾는 소리는 들리지 않았다. 밤의 숲에서 나는 소리만 허공을 채울 뿐이었다. 그는 다시 한 번 왼손으로 실험에 도전했다. 오른팔에 난 상처에 다다르자 그는 꽉 깨문 입술 사이로 신음을 뱉았다. 상처는 5센티미터 정도의 길이였지만 깊지는 않았다. 총알이 스쳐 지나간 것이었다. 그는 오른손을 움직여보았다. 힘들기는 했지만 움직이는 데는 문제가 없었다. 이번엔 이마에 손을 가져가보았다. 왼쪽 눈썹 위에 달걀 정도 크기의 혹이 만져졌다. 혹의 오른편에 있는 상처에서 피가 흘렀던 것이다. 그는 손목시계를 확인했다. 시계에서 나오는 희미한 불빛은 다른 사람의 눈에 띌 정도는 아니었다. 새벽 2시 30분이었다. 그들이 남자를 쫓아 숲으로 들어온 시각은 어젯밤 11시 즈음이었다. 숲에 머문 지 3시간이 넘었다.

켈빈이 숨을 거둔 지도 3시간이 지났다. 그의 사촌 동생이자 가장 친한 친구였던 켈빈이 3시간 전에 숨을 거둔 것이다.

로니 '퍼킹' 세션스. 보러가드는 이 상황을 예상했어야만 했다. 그리고 미리 대비를 해두었어야 했다. 그는 레이지가 책상에 돈을 뿌렸을 때 로니의 표정을 똑똑히 보았다. 바싹 여위고 어딘가 배고픈 듯한 눈빛의 로니는 어렵게 탈취한 물건을 그냥 보내고 싶어 하지 않았다. 보러가드는 그 표정을 보았음에도 그냥 흘려보냈다. 로니 역시 물건에 대한 탐욕보다는 먼저 목숨을 건지는 편을 선택할 것이라고 어림짐작했던 것이 패착이었다. 로니에게 돈이 없는 삶은 삶이 아니라는 것을, 보러가드는 알지 못했다. 로니의 탐욕과 보러가드의 오만 탓에 켈빈은 싸늘한 주검이 되어버렸다.

보러가드는 눈을 감았다. 이제는 일어나 움직여야 했다. 키아와 아이들이 촌뜨기 사이코의 표적이 되어 있을 터였다. 귀중한 금속을 가득 실은 밴이 일요일 저녁까지는 도착할 것이라고 믿고 있는 백인 촌뜨기 말이다. 아마 지금쯤이면 밴이 사라졌다는 소식이 그 촌뜨기의 귀에 들어갔을 것이다. 레이지는 이제 울리지 않을 전화기만 쳐다보고 있을 터였다. 전화가 울리지 않으면 자신이 뒤통수를 맞았다고 확신할 것이고, 자신을 잡으러 프레디 크루거[*]를 보낼 것이 분명했다. 그들은 아리엘의 존재를 모르기 때문에 아리엘은 무사할 터였다. 하지만 키아와 아이들은 한시라도 빨리 레드힐을 벗어나야 했다. 보러가드는 선불폰을 찾기 위해 주머니를 이리저리 뒤졌지만, 이미 부러진 상태였다. 아마 언덕을 구르는 중에 박살이 났으리라.

"제길." 보러가드는 목이 막힌 채 간신히 중얼거렸다.

그는 다시 언덕 위로 올라가야 했다. 밴은 아마 저 멀리 사라졌을 터였다. 밴에 차 키를 꽂고 내렸던 것이 기억났다. 저지르지 말아야 할 실수가 하나 더 추가된 셈이었다. 픽업트럭과 큰 트럭은 제 자리에 있을 것이 분명했다. 트럭의 키는 로니가 갖고 있었지만, 별 문제는 없었다. 키 대신에 차의 전선을 이용해 시동을 걸 수 있었다. 정 안되면 켈빈의 주머니에 있는 키로 픽업트럭을 운전해서 가도 됐다.

슬픔이 마치 지진처럼 그를 덮쳤다. 그는 슬픔의 진동을 온몸에서 느꼈다. 식도에서 경련이 났지만 위에 남은 것이 없어 헛구역질만 나올 뻔이었다. 보러가드는 손으로 자신의 뺨을 세게 쳤다. 몇 초 지난 후 다시 한 번 이 동작을 반복했다. 몸의 떨림이 가라앉았다. 그는 손을 다시 무릎에 내려놓고 심호흡을 한 뒤 무릎을 짚고 일어

---

[*] Freddy Krueger : 영화 〈나이트메어〉에 등장하는 살인마.

섰다. 마치 물속을 걷고 있는 것처럼 주변의 세상이 흔들렸다. 보러가드는 눈을 감고 잠시 마음을 가다듬었다. 한 번 더 깊게 숨을 들이마신 뒤 제방으로 이어지는 언덕을 타고 올랐다. 한 걸음 한 걸음이 힘겹게 느껴졌다. 그는 넘어지고 일어서는 것을 반복하며 앞으로 나아갔다. 정상에 다가갈수록 그의 발걸음이 느려졌다. 보러가드는 언덕 끝에 자신을 기다리고 있는 것이 무엇인지를 잘 알았다. 한때는 답사를 왔던 별 특징 없는 노스캐롤라이나의 언덕일 뿐이었다. 하지만 거기에서 그를 기다리고 있는 것을 정면으로 마주할 필요가 있었다. 단지 차 키가 필요해서만은 아니었다.

그는 이것을 정면으로 마주해야만 했다. 켈빈의 얼굴에 남겨진 차가운 공허함을 두 눈으로 직접 봐야 했다. 그래서 보러가드는 걸음을 멈추지 않았다. 어린 풀과 축축한 흙을 헤집어가며 그는 오르고 또 올랐다. 그는 담담한 마음으로 속죄를 향한 발걸음을 계속했다.

켈빈의 텅 빈 눈동자가 언덕 위에서 그를 맞았다. 고개를 한쪽으로 돌리고 입은 다물지 못한 채였다. 뺨에 있는 상처는 빨간 분화구 같았다. 그 분화구를 통해 켈빈의 들쭉날쭉한 치아가 보였다.

보러가드는 켈빈의 사체 옆에 누웠다. 개미가 켈빈의 얼굴 위를 걸어다니고, 몇몇은 입 안을 왔다 갔다 했다. 보러가드는 켈빈의 손을 잡았다. 차가운 밀랍 덩어리를 만지는 듯했다. 켈빈의 손가락은 돌처럼 굳어 있었다. 보러가드는 켈빈의 얼굴에서 개미를 털어내려고 했지만 떨리는 손이 진정되지 않았다. 그는 머리를 흔들며 마음을 진정시키려고 했다. 개미는 끈질기게 다시 켈빈의 얼굴로 돌아왔다. 보러가드는 다치지 않은 눈을 감아보려고 했지만 눈꺼풀이 내려오지 않았다. 그는 머리를 천천히 숙여 켈빈의 가슴팍에 댔다.

악취가 진동하는 죽음의 냄새가 너무도 선명하게 그의 후각을 후벼 팠다. 그는 숨을 한 번 크게 들이마셔서 냄새를 참아냈다. 사납게 뛰는 심장도 그대로 내버려두었다.

"일 다 해결하고 나면 돌아와서 제대로 묻어줄게. 그건 약속해. 넌 여기 와서는 안 됐어. 애초에 나한테 빚진 것도 없었고." 보러가드는 켈빈의 가슴에 대고 중얼거렸다. 얼마간의 시간이 흘렀다. 8밀리미터 필름으로 찍은 듯한 홈 비디오 영상이 보러가드의 눈앞을 주마등처럼 스쳤다. 어렸을 적 켈빈과 자전거를 타고 오토바이를 모는 척 흉내 냈던 장면, 어두컴컴한 캘리스로드를 라이트 없이 함께 질주했던 장면, 턱시도를 입은 켈빈이 그에게 반지를 건네주던 장면까지. 이 외에도 수많은 기억이 그의 가슴을 면도날처럼 베고 지나갔다.

마침내 보러가드는 머리를 들었다. 그는 자신의 얼굴을 손으로 만져보았다. 자신의 피와 켈빈의 피, 밴 운전사의 피가 한데 엉겨 눈꼬리에 붙어 있었다. 그는 울지 않았다. 울음이 나지 않는 자신이 순간 미웠으나 나중을 위해 아껴둔다고 생각하며 마음을 다잡았다. 보러가드는 켈빈의 앞주머니에서 키를 꺼냈다. 그리고 켈빈이 누워 있는 주변을 손으로 뒤져가며 총을 찾았다. 자신과 운전사가 넘어졌던 근처에 총이 있었다. 보러가드는 총을 허리춤에 차고 제방의 다른 경사면으로 미끄러져 내려왔다. 목초지에 다다르자 나란히 주차된 큰 트럭과 픽업트럭이 보였다. 두 대의 차량 모두 운전석 쪽 타이어에 펑크가 난 상태였다.

"넌 네가 똑똑하다고 생각하지. 그렇지, 로니?" 보러가드가 중얼거렸다.

처음 이곳에 답사를 왔을 때 보러가드는 근처에 집이 몇 채 있다는 것을 알아챘다. 트레일러와 단층집 몇 채가 도로 옆에 드문드문 흩어져 있었다. 대부분의 집에는 차가 진입로에 주차되어 있었고 차고가 있는 집도 있었다.

레드힐까지는 운전으로 여섯 시간이 걸렸다. 차종과 남은 연료에 따라 주유소에 한 번 들를 수도 있는 거리였다. 그의 수중에는 200달러가 있었다. 그렇다면 한 시간 정도의 여유를 두더라도 오전 8시경에는 레드힐에 도착할 것이다. 키아와 아이들을 데리고 9시에는 빠져나와야 했다. 부니가 상처를 치료해줄 수 있을 터였다. 그때야 비로소 로니 세션스와 레이지 마더스보를 상대할 수 있을 것이다.

보러가드는 목초지를 가로질렀다. 그는 마치 유령처럼 소나무 사이를 빠져나간 뒤 북쪽을 향해 발걸음을 재촉했다.


주 경계를 지나 버지니아로 가는 동안 스쳐 지나간 차가 몇 대 되지 않았다. 레지는 차 시트를 뒤로 젖히고 잠에 빠져 들었다. 레지는 언덕을 내려온 뒤 단 한 마디도 하지 않았다.

"야, 배고파?" 로니가 레지에게 물었다.

"아니." 레지가 대답했다.

"계속 이럴 거야?"

"내가 뭘?"

"스핑크스처럼 그냥 처앉아 있기만 할 거냐고."

"버그네 집에 갔던 날, 버그가 형한테 총을 들이댄 게 자꾸 생각나. 총을 배에다가 바로 들이댔어. 전화 없이 와이프랑 애들 앞에 나타났다고 형을 죽이려고 했던 거잖아. 이제 절친이 죽었는데 우리한테 무슨 짓을 할까?" 레지가 말했다.

"일단은 네가 그딴 소리 지껄일 줄 알았으면 애초에 질문을 안 했을 거야. 그리고 보러가드는 이미 죽었어." 로니가 말했다.

"죽은 거 확실해? 언덕 내려가서 그 새끼 목이 부러진 걸 확인했냐고. 아, 맞다. 안 물어봐도 뻔하지, 뭐." 레지가 말했다.

"이 새끼가. 아가리 닥치고 잠이나 자." 로니가 말했다.

레지는 좌석에서 몸을 움직여 머리를 창문에 기댔다. 로니가 라디오 버튼을 눌렀지만 아무런 소리도 나지 않았다. 그는 똑바로 앞만 바라보며 레지가 한 말을 무시하려고 애썼다.

"그 새낀 죽었어. 확실해. 내가 알아."

레지가 웃음을 터뜨렸다.

"진짜로 알아? 형이? 내가 아는 걸 말해줄게. 형이 버그의 뒷통수를 쳤고 이제 레이지가 우릴 죽이려 들 거야. 그건 알지? 형 때문에 우리 둘 다 죽게 생겼어. 버그가 이제 우릴 찾아올 거야. 그럼 우린 바퀴벌레처럼 그 새끼 발에 짓밟혀 죽겠지. 그게 아니라면, 레이지네 애들 손에서 죽을 거야. 그러니까 이제 좆된 건 확실해." 레지가 말했다. 그는 팔짱을 낀 채로 창밖을 내다보았다.

"레지, 그런 일 안 생겨. 형 믿어."

"형을 믿으라고? 콴이 형을 믿었지. 켈빈도, 보러가드도 형을 믿었어. 씨발, 제니도 형을 믿었다고. 그런데 그 사람들 어떻게 됐어?" 레지가 말했다. 로니는 레지의 무릎에 손을 올렸다.

"그 사람들은 내 핏줄이 아니잖아. 그리고 설사 내가 총으로 그 새끼를 못 맞혔더라도 굴러떨어지면서 목이 부러졌을 거야."

"그렇게 거짓말이나 지어내는데 형을 어떻게 믿어?" 레지의 목소리는 얼어붙은 호수만큼이나 잔잔했다.

"그럼 예전처럼 가난한 백인 쓰레기로 살고 싶어? 응? 이 밴에는 플래티넘 코일이 스물여덟 개나 있어. 버그 말로는 롤 하나당 4.5킬로그램이나 나간대. 시세의 반만 받아도 어디 좋은 해변에 가서 얼마간 떵떵거리면서 살 수 있는 돈이란 말이야." 로니의 말에 레지는 아무런 대꾸도 하지 않았다.

"그 새끼 그걸 다 넘길 작정이었다고, 레지. 전부 다. 300만 달러나 하는 물건이 그냥 눈앞에서 사라질 뻔한 거야." 로니가 다시 말했다. 레지는 자신의 무릎에서 로니의 손을 치웠다.

"우리는 언제나 쓰레기일 거야, 형. 돈이 있다고 해서 그 사실이 바뀌지는 않아." 레지가 말했다. 로니는 반박을 해보려고 했으나 어떤 말도 입에서 나오지 않았다. 진실은 논란을 종결시키는 이상한 힘이 있었다.

그들은 얼마간 침묵을 유지했다. 로니가 이 침묵을 깨려고 입을 연 순간 선불폰이 울리기 시작했다. 로니는 너무 놀란 나머지 도로 밖으로 이탈할 뻔했다. 이자들은 왜 이렇게 빨리 전화를 한 걸까? 로니는 손목시계를 확인했다. 새벽 5시를 갓 지난 시각이었다.

"그 사람들 맞지?" 레지가 물었다.

"아니, 그쪽에서 전화 올 땐 〈후 원츠 투 비 어 밀리어네어(Who Wants to Be a Millionaire)〉가 울려." 로니가 말했다. 그의 이마로 기름방울 같은 땀이 흘렀다.

"빨리 받아봐."

"닥쳐. 나 생각 좀 하게, 응?" 로니가 말했다. 휴대전화는 멈추지 않고 계속 울려댔다. 로니는 운전대를 손가락으로 톡톡 치며 잠시 생각에 잠겼다. 전화기는 잠깐 멈추었다가 곧바로 다시 울리기 시작했다. 마침내 로니는 주머니에 있던 휴대전화를 꺼냈다.

"응."

"록앤롤. 내 전화 쌩까는 줄 알았지. 기분 나쁠 뻔했어. 그건 그렇고, 내 밴은 어디 있지? 우리 애들이 그러는데 밴이 윈스턴살렘에 안 와서 셰이드가 머리끝까지 화났다던데. 그 밴을 호위하던 새끼들을 족쳐도 시원한 대답이 안 나오나 봐. 원하는 대답을 얻을 때까지 이빨을 다 뽑고 있다지." 전화기 너머로 레이지가 히죽히죽 웃는 소리가 들렸다. "이 말은 꼭 해야겠어. 너희 실력이 보통이 아니야. 그래도 일을 잘 끝냈으면 전화는 한 통 해줘야 하는 거 아냐? 그렇게 서로 이해한 걸로 알고 있는데." 레이지가 말했다. 로니는 레이지의 말에 대답하기 전에 잠시 숨을 가다듬었다.

"그게 말이죠, 그 보러가드라는 놈 있죠? 걔가 밴을 훔쳤어요."

"그건 나도 알아. 그렇게 할 거라고 너희들이 말했잖아." 레이지가 말했다.

"아니, 그게 아니라. 이해를 못 하시네. 밴을 훔치는 것까지는 성공을 했는데 이 새끼가 밴을 갖고 날랐다고요. 우리한테 총질을 한 다음에 밴을 타고 떴어요." 로니가 말했다. 보이지 않는 휴대전화 연결선 사이로 무거운 침묵이 흘렀다. 전화기를 들고 있는 것 자체가 무겁게 느껴지도록 만드는 침묵이었다.

"그래서, 넌 어디에 있는데?" 레이지가 드디어 침묵을 깼다. 그는 분명한 발음으로 한 음절씩 뱉았다.

"저요? 집까지 45분쯤 남았어요. 그 새끼가 우리가 쓰던 차를 하나 놓고 갔거든요. 그나마 다행이죠." 로니가 말했다. 로니의 차가 서 있기라도 한 것처럼 뒤에 오던 차들이 차례로 추월했다. 그는 계기판을 확인했다. 계기판의 바늘은 110을 가리키고 있었다. 밴은 벽돌이 가득 든 세탁기처럼 흔들렸다.

"좋아. 집에 도착하면 한 발자국도 움직이지 말고 가만히 있어. 우리가 갈 테니까. 그 새끼가 어디로 튀었는지도 알아볼 거고." 레이지가 말했다.

전화는 이미 끊겼다.

"왜 집에 가고 있다는 말을 한 거야?" 레지가 물었다.

"시간을 좀 벌려고."

"언젠가는 집에 가야 하잖아."

"아니, 안 가. 원더랜드에 있는 네 여자친구네로 가자. 이걸 사줄 장물아비를 아는데, 전화도 없이 자꾸 불쑥 찾아갈 수는 없어서. 몇 시간만 거기에 있다가 움직이자." 로니가 말했다.

"걘 형을 별로 안 반가워할 텐데." 레지가 말했다.

"그딴 건 신경 안 써. 날 잡아먹지만 않으면 상관없어." 로니가 말했다.

레이지가 휴대전화를 책상 위로 툭 던졌다. 빌리가 손님을 응대한 뒤 사무실로 돌아왔다.

"록앤롤이 그러는데 보러가드가 트럭을 갖고 튀었다네." 레이지가 말했다.

"어떻게 하실 겁니까?" 빌리가 물었다.

레이지는 파이프를 꺼내 사과 향이 나는 담뱃잎을 넣었다. "애들한테 전화해서 얘네 집 감시하라고 해. 로니랑 동생이 나타나면 바로 여기로 데려오라고 하고. 보러가드네 식구들도 데려와. 밴을 가지고 달아났다면 와이프한테 언질을 주려고 할 거니까. 우리가 와이프를 잡아오면 그놈은 밴을 가지고 오겠지. 정말 밴을 갖고 있다면 말이야." 레이지가 말했다.

"'밴을 갖고 있다면'요?" 빌리가 되물었다.

레이지는 파이프에 불을 붙이고 깊게 빨아들였다. "그놈이 밴을 가지고 갔을 수도 있지. 하지만 내 눈엔 그것보단 똑똑해 보였어. 보러가드는 어디 강에 처박혀 있고 세션스 형제가 밴을 빼앗았는지도 모르잖아. 둘 중 뭐가 됐든 곧 알게 될 거야. 그놈들을 불로 좀 지져야 대답을 들을 수도 있겠지만, 어쨌든 알아낼 거야." 레이지는 파이프를 뻐끔거리면서 이렇게 말했다.

# 27

 보러가드는 연기로 자욱하게 뒤덮인 지프를 끌고 고속도로 휴게소로 들어섰다.
 연기는 후드 밑에서 올라와 차 전체를 덮고 있었다. 그는 막 버지니아주로 진입한 상황이었다. 차 안에서 흘러나오는 라디오에서는 오전 9시를 알렸다. 차내의 고장 난 온도계는 꿈쩍도 하지 않았다. 보러가드는 휴게소 주차장에 차를 세운 뒤 시동을 껐다. 그는 차에서 내릴 때 룸 미러를 한번 확인했다. 창문을 부수고 들어온 차에는 놀랍게도 의약품이 가득했다. 갖가지 크기의 반창고와 과산화수소수, 소독용 알코올, 아스피린까지 필요한 것은 모두 구비되어 있었다. 검은색의 긴팔 셔츠와 바지가 그에게 너무 길기는 했지만 없는 것보다는 나았다. 지프를 선택한 것부터가 도박이었다. 녹이 슬고 기름이 줄줄 새는 이 차는 앞바퀴조차 모두 닳아서 밋밋한 상태였다. 마치 지구 종말을 다루는 영화에 나오는 소품 같은 차였다.
 그래도 연기가 나기 전까지는 서섹스까지 잘 달리던 녀석이었다. 보러가드는 차에서 내려 후드를 열어보았다. 더 많은 연기가 그의 머리를 감쌌다. 오래된 부동액 냄새가 그의 코를 찔렀다. 보러가드는 손을 휘저어 연기를 밀쳐냈다. 라디에이터 옆에 있는 작은 구멍에서 연기가 새어 나오고 있었다. 보러가드는 휴게소 내부를 찬찬히 둘러보았다. 주간 고속도로에 있는 휴게소 중 제법 큰 편에 속하는 곳이었다. 거대한 떡갈나무 밑에 피크닉 벤치가 몇 대 보였다. 공중화장실과 스낵 자판기, 인포메이션 데스크가 있는 벽돌 건물도 근처에 있었다. 보러가드는 피크닉 테이블을 향해 걸어갔다.

처음 세 개의 테이블은 비어 있었다. 테이블 위아래에 아무것도 놓여 있지 않았다. 평소의 상황이라면 휴게소에서 이렇게 깨끗한 테이블을 쓸 수 있는 것은 행운일 것이었다. 마침내 네 번째 테이블에서 아침을 먹고 있는 아시아인 가족을 발견했다. 보러가드는 그들에게 다가가며 얼굴에 미소를 머금으려고 노력했다.

"실례합니다."

아버지로 보이는 남자가 경계하는 눈빛으로 그를 쳐다보았다.

"귀찮게 해서 너무 죄송한데요, 혹시 후춧가루 있으십니까?"

남자가 부인으로 보이는 여자를 쳐다보았다. 후추는 사람을 죽일 수 있는 무기가 아니니 괜찮다는 무언의 합의를 눈빛으로 교환하는 것처럼 보였다. 열 살이 채 안 되는 것처럼 보이는 여자아이와 남자아이가 가방에서 후추 통을 몇 개 꺼냈다. 부인이 후추 통 하나를 보러가드에게 건넸다.

"아저씨도 아침 먹어요?" 어린 여자아이가 물었다.

보러가드가 웃으며 대답했다. "아니, 아저씨 차에 문제가 생겼는데, 확인해보니까 라니에이터에 물이 새는 거야. 이 후춧가루를 뿌리면 차가 잠깐은 괜찮아지거든." 보러가드가 말했다. 여자아이는 이런 종류의 대화를 매일 해서 잘 알아듣는다는 듯이 고개를 끄덕였다.

"아저씨 얼굴은 왜 그래요?" 이번에는 남자아이가 질문을 했다. 옆에 있던 부인이 남자아이를 말리는 듯한 제스처를 취했다.

"사고가 났어." 보러가드가 대답했다. 그는 후추 통을 주머니에 넣었다.

"감사합니다." 보러가드는 지프로 걸어가기 위해 몸을 돌렸다. 반쯤 걸어간 뒤 그는 갑자기 몸을 돌려 이렇게 물었다. "그런데, 혹시 전화기는 없으시죠? 그렇죠?"

현관의 노크 소리를 들었을 때 키아는 대런의 시리얼 그릇에 우유를 붓던 중이었다. 제이본은 아직 자고 있었다. 키아와 대런이 애니메이션 영화를 보는 동안 제이본은 밤새 그림을 그렸던 것이다. 키아는 우유를 다 부은 뒤 대런 쪽으로 그릇을 밀었다.

"아침 먹어." 키아는 이렇게 말한 뒤 현관문으로 걸어갔다. 현관문에 다가가는 순간 휴대전화 벨소리가 울렸다. 키아는 전화기가 있는 침실로 발걸음을 돌렸다. 하지만 벨소리는 곧 끊겼고, 키아는 현관문을 향해 다시 걸음을 옮겼다.

"엄마, 시리얼 안 부어줬잖아요." 대런이 이렇게 말했지만 키아의 귀에는 가닿지 않았다. 그녀는 현관문 가운데에 있는 다이아몬드 모양의 창문으로 밖을 살폈다. 백인 남자 한 명이 현관에 서 있었고, LTD 최신 모델 옆에 백인 남자 두 명이 더 있었다. 현관문 앞에 선 남자는 냉장고의 너비만큼이나 거구였지만 차 옆에 있는 남자들은 덩치가 작았다. 현관의 남자는 흰색 셔츠와 청바지를 입고 있었다. 차 옆의 남자들은 티셔츠와 청바지를 입었는데, 그 중 한 명은 CAT이라고 쓰여진 야구 모자를 쓰고 있었다.

키아는 현관문을 반쯤 열었다.

"무슨 일이시죠?"

문 앞의 남자가 눈 깜짝할 새에 문을 잡았다. 키아는 보러가드의 티셔츠와 짧은 바지를 입은 채였다. 그녀는 자신의 다리에 쏠린 시선을 고통스럽도록 잘 느낄 수 있었다.

"보러가드라는 사람이 남편 되십니까?" 덩치 큰 남자가 물었다.

"왜요? 무슨 일이죠?" 키아가 물었다.

덩치 큰 남자가 키아를 위아래로 훑은 뒤 말했다. "아이들 데리고 나오세요. 저희와 가야 할 데가 있습니다." 남자가 말했다.

"당신들과 어디를 가요? 애들도 마찬가지고요. 무슨 일인지나 빨리 말해요." 키아가 말했다.

덩치 큰 남자가 차에 기대고 있는 남자 둘에게 손짓을 했다. 아무런 예고 없이 남자가 키아의 팔을 붙잡고 집에서 끌어냈다. 남자가 어찌나 기민하게 움직였는지 키아는 반격을 할 새도 없이 질질 끌려가기 시작했다. 키아는 남자의 눈 주변을 할퀴고 급소를 걷어찼다. 남자는 한 번 신음소리를 냈을 뿐이었다. CAT 모자를 쓴 남자가 그 둘을 지나쳐 집 안으로 들어갔다. 대런의 울부짖는 소리가 들리자 키아의 가슴은 찢어지는 듯했다.

"엄마! 엄마! 엄마!" CAT 모자의 남자가 팔을 잡고 끌어내자 대런은 있는 힘껏 소리를 질렀다. 키아와 대런이 차로 끌려가는 동안 세 번째 남자가 집 안으로 들이갔다. 키아는 섯 먹던 힘을 짜내서 반항

했지만 아무런 소용이 없었다. 계란으로 바위치기였다.

덩치 큰 남자가 갑자기 걸음을 멈추었다. 그는 키아를 가까이 끌어당긴 뒤 팔을 그녀의 목에 감았다. 그녀는 관자놀이에 차갑고 단단한 물체를 느꼈다. 아무도 움직이지 않았다. 키아는 곁눈질로 집 쪽을 쳐다보았다. 세 번째 남자가 손을 머리 위로 한 채 주춤주춤 뒷걸음치는 모습이 눈에 들어왔다. 그 남자는 현관 계단을 다 내려오자 멈추었다.

현관에서 총을 들고 있는 사람은 다름 아닌 제이본이었다. 제이본은 9밀리미터 탄환의 베레타 92를 손에 쥐고 있었다. 보러가드의 총 중 하나였다.

덩치 큰 남자가 키아를 더 세게 끌어당겼다.

"진정하고 총 내려놔. 누가 다치는 걸 원하는 건 아니지?" 남자가 물었다.

제이본은 미동도 하지 않았다. 그는 다른 한 손으로 총을 든 손목을 받쳤다. "아니요. 그러니까 엄마랑 동생 놔주세요." 제이본이 말했다. 그는 말을 더듬거리지 않았다. 기어 들어가는 목소리도 아니었다. 제이본은 크고 분명한 발음으로 또박또박 말했다.

"야, 너 그걸로 뭘 하는 건지는 아니?" 남자가 말했다.

제이본은 덩치 큰 남자에게서 절대로 시선을 떼지 않고 안전장치를 서서히 풀었다.

"엄마와 동생 놔줘요." 제이본이 다시 말했다.

CAT 모자의 남자가 중얼거리는 동안 덩치 큰 남자는 여전히 이 상황을 어떻게 대처할 것인지를 고민하고 있었다.

"엿이나 먹어라."

제이본은 방향을 조준하고 방아쇠를 당겼다. 권총이 그의 손에서 튕겨 나갈 듯 진동했다. CAT 모자를 쓴 남자는 땅에 주저앉았다. 총알은 그 남자의 머리 위를 날아 LTD의 전조등 유리를 강타했다. 제이본은 계속해서 방아쇠를 당겼다. 이번 타겟은 CAT 모자를 쓴 남자 옆에 있는 남자였다. 가슴에 빨간색 꽃이 급하게 번지는 동안 그 남자는 줄이 끊어진 마리오네트처럼 바닥에 풀썩 쓰러졌다. 그 남자는 애초에 총을 찾는 시도조차 하지 않았다.

　덩치 큰 남자는 키아의 머리에서 제이본으로 총구의 방향을 서서히 바꾸었다. 조준 방향이 채 바뀌지도 않았을 때 그의 목으로 총알이 날아와 박혔다. 남자도 반사적으로 방아쇠를 당겼으나 조준하지 않은 상태였다. CAT 모자를 쓴 남자가 LTD의 운전석 쪽을 향해 기어갔다. 그는 그 와중에 총으로 차의 후드를 마구 쏘았다.

　덩치 큰 남자가 비틀거리며 LTD로 걸어갔다. 손에서 빠져나온 총이 잔디 위로 떨어졌다. 그는 조수석에 몸을 밀어 넣었지만 아직 다리는 문 밖으로 빠져나와 있는 채였다. CAT 모자의 남자가 운전석에 잽싸게 올라탔다. 그는 차에 시동을 걸면서 조수석에 탄 남자의 셔츠를 잡고 차 안으로 당겼다. 차에 후진 기어가 들어간 순간 앞 유리창으로 총알이 날아왔다. LTD가 마당을 빠져나와 도로를 타는 내내 조수석 남자의 발은 바닥에 끌렸다.

　제이본은 총알이 없는데도 방아쇠를 계속 당겼다.
　"제이본!" 키아가 소리쳤다.
　"제이본, 응급차 불러!"
　제이본은 여전히 방아쇠를 딸각거렸다.

"제이본, 911 부르라고!" 키아가 다시 소리쳤다. 그녀의 얼굴과 가슴은 이미 피로 물들어 있었다. 키아는 팔로 대런을 부축하는 중이었다. 제이본은 그제야 상황을 파악하고는 침실로 들어갔다. 침실 탁자에 휴대전화가 놓여 있었다. 제이본은 총을 바닥에 떨어뜨린 뒤 전화기를 집어 들고는 911를 눌렀다. 키아의 울음소리가 집 안 전체를 울렸다.

"911입니다. 어떤 도움이 필요하십니까." 기계적인 목소리가 흘러나왔다.

"누가 제 동생을 총으로 쐈어요." 제이본이 말했다. 마침내 제이본도 소리를 지르기 시작했다.

키아는 병원 대기실의 텔레비전 앞에 앉아 있었다. 흰색 타일에 반사된 형광등 빛으로 머리가 지끈거렸다. 집에서 응급실에 가는 길 내내 울었더니 눈도 따끔거렸다. 응급차에서 키아는 대런 옆에 앉아 있을 수 없었다. 응급차 칸막이 유리 너머로 아이를 볼 수 있는 것이 전부였다. 운전사가 안전벨트를 하라고 권유했지만 듣지 않았다. 그녀는 대런의 상태를 지켜봐야 했다. 계속 지켜봐야 아이가 죽지 않으리라. 차가 급회선을 하는 동안에도 키아는 계속 중얼거렸다. *내가 지켜보는 한 대런은 죽지 않아.*

키아는 양손에 머리를 묻었다. 무언가 가슴을 옥죄고 있는 듯했다. 손가락 사이로 병원의 바닥을 내려보는 동안 진이 그녀의 등을 토닥여주었다. 대런은 이제 여덟 살이었다. 여덟 살짜리 아이가 죽는 것은 말이 되지 않았다. 그 나이 또래의 아이들은 실없는 농담이나 하고, 형이 그려준 가짜 문신을 지우기 싫어 씻지 않겠다고 떼를 쓰는 것이 정상이었다.

"키아."

자신을 부르는 소리에 그녀는 고개를 들었다. 보러가드가 대기실을 가로질러 뛰어오고 있었다. 그는 소리를 지르지는 않았지만 깊은 바리톤 음색을 충분히 활용하고 있었다. 그는 코너를 돈 뒤 키아 바로 앞에서 걸음을 멈추었다. 보러가드는 마치 지옥에서 뒹굴다가 온 듯한 행색이었다. 특히 얼굴 왼쪽에는 크고 시퍼런 멍이 든 채였다. 그는 두 사이즈나 큰 검정의 긴팔 셔츠와 바닥에 질질 끌리는 오버사이즈 바지를 입고 있었다.

"키아, 의사들이 뭐래?" 보러가드가 물었다.

키아는 보러가드를 빤히 쳐다보았다. "무슨 일이 일어났는지는 묻지도 않고?" 키아가 물었다.

보러가드가 눈을 아래로 깔았다. "집에 갔었어. 총알 구멍을 봤고. 옆집에 갔더니 린다가 얘기해줬어. 차가 고장 났었거든. 제시간에 올 수 있었는데 차가 말썽이었어." 그의 목소리는 기어 들어가다시피 했다. 키아는 그의 말을 잘 들을 수조차 없었다.

"남자들이 우리 집에 왔었어. 당신을 찾는 남자들이." 키아는 이렇게 말한 뒤 자리에서 일어섰다.

"알아. 당신한테 전화를 했는데 안 받더라." 보러가드가 말했다.

"하지 마. 앞으로 전화 같은 거 하지마. 당신이 그 백인 새끼랑 자업만 하시 않았더라면, 전화해야 할 상황을 만들지 않았을 거 아냐." 키아가 이를 드러내며 말을 씹듯이 뱉았다.

"키아, 나가서 얘기하자." 보러가드가 말했다.

"얘기할 게 뭐가 있어, 보리가드? 당신이 갱스터랑 싸돌아다니다가 집에까지 오게 한 얘기를 할까? 내가 그 차 팔라고 몇 번을 말했지? 하지만 당신은 절대 그 차를 팔 생각이 없어, 맞아? 그렇게 죽고 못 사는 아빠가 타던 차니까. 당신 아들이 왜 지금 수술대에 있는 줄 알아? 당신이 자기 자식보다 죽은 양아치를 더 끔찍하게 생각하니까. 다른 아들은 왜 경찰서에 있는 줄 알아? 엄마와 동생이 총에 맞지 않도록 지켜야 했으니까. 알아들었어, 이 개새끼야? 내 아들은 오늘 누군가를 죽여야만 했어. 하지만 당신은 아무렇지도 않은 모양이네. 그게 몽타주 집안 전통이니까 말이야, 그렇지?"

보러가드는 그녀가 자신에게 일부러 상처를 주려고 한다는 것을 잘 알았다. 낳아서 기른 어머니보다 자신의 약점을 잘 아는 사람이 바로 키아였다. 그는 그 말을 묵묵히 들었다. 그리고 이전과 다르게 그 말을 감내했다. 모두 옳은 말이었기 때문이다. 가족들에게 이토록 공포스러운 일을 겪게 한 장본인은 자신이었다. 그렇다고 가족을 사랑하지 않는 것은 아니었지만.

"그 애들은 내 아들이기도 해, 키아." 보러가드가 말했다.

키아는 한 걸음 앞으로 다가가 그의 뺨을 내리쳤다. 그녀의 작은 손이 멍든 지점을 정확히 치고 지나갔다. 보러가드는 눈앞에 별이 잠깐 보이는 듯했다. 잠깐 동안 차갑고 이질적인 무언가가 가슴에 울렁였다. 그는 오른손을 들어 주먹을 꽉 쥐었지만 아주 잠깐 동안이었다. 맞아도 쌌다. 이보다 더한 것도 참을 수 있어야 했다.

"오늘부터는 아니야. 오늘부터는 내 아이들이고 내가 지켜줄 거야. 당신 같은 사람들로부터 말이야." 키아가 말했다. 그녀는 몸으로 그를 밀쳐냈다. 키아의 갈비뼈가 마치 철사처럼 느껴졌다. 그녀가 뱉은 숨에는 매캐한 냄새와 함께 위산 냄새가 섞여 있었다.

"키아, 난 애들 아빠야."

"가버려." 키아가 말했다.

"차가 고장이 났어. 아까 내가 제시간에 왔어야 했는데, 차가 고장 나서 늦어졌어."

"가라고!" 키아가 꽥 하고 소리를 질렀다. 그녀는 주먹으로 그의 가슴을 마구 쳤다. 보러가드가 그녀를 감싸 안으려 했지만 마치 그에게 역병이라도 있는 것마냥 몸을 피했다.

"빨리 꺼져!"

"제발, 키아. 이러지 마." 보러가드가 손을 뻗자 키아는 다시금 목청을 높였다. 무슨 말인지는 알 수 없었지만 완벽히 이해되는 언어였다.

진이 일어나 키아를 가슴에 안았다. 진의 품 안에서는 키아도 무장해제가 되는 듯했다. 진이 키아를 다시 의자에 앉혔다.

"형부, 지금은 가세요. 대런이 수술실 나오면 연락드릴게요." 진이 말했다.

그는 거의 360도로 몸을 돌렸다. 접수 창구 직원, 청소부, 환자 할 것 없이 모두 그들을 얼빠진 듯이 쳐다보고 있었다.

"차가 고장이 났어. 집에 내가 있었어야 했는데, 차가 고장이 나서 어쩔 수 없었어. 그래도 재빨리 차를 수리하고 바로 집에 간 거야." 보러가드는 이렇게 중얼거렸다. 그는 병원의 유리문을 향해 걸을 때도 이 말을 반복했다. 차 키 대신 스크루드라이버가 꽂힌, 주차장에 있는 녹슨 지프를 향해 걸어갈 때도 마찬가지였다. 그는 차에 올라타서 문을 닫았다. 그리고 손바닥으로 운전대를 치며 소리를 지르기 시작했다. 온몸의 모든 근육이 횡경막과 동시에 움직이는 듯했다. 등을 굽히고 있는 힘껏 소리를 내지르자 정말로 가슴이 아파왔다. 주차장을 지나던 사람들은 지프 옆을 지날 때면 고개를 숙이고 시선을 돌렸다. 망가진 차 안에서 나오는 소리는 설명이나 해석이 필요 없었다.

이견이 있을 수 없는, 순수한 절망의 소리였다.

## 28

부니는 한 손에는 맥주 식스팩을 들고 다른 한 손으로 현관문을 열었다. 태양이 지평선 위로 모습을 감추자 하늘은 마젠타빛으로 물들었다. 현관문을 넘어서자 그는 내장이 입으로 튀어나올 듯이 놀랐다.

보러가드가 가죽 의자에 앉아 있던 것이었다.

"아이고, 정말. 놀라서 죽는 줄 알았잖아. 여기서 뭐 하는 거니?" 부니가 물었다.

보러가드가 고개를 들었다. "저 망했어요, 아저씨."

부니는 문을 닫고 보러가드의 얼굴을 살폈다.

"얼굴은 왜 이런 거야?"

"아저씨 말이 맞았어요. 로니에 대해서도, 그 밖의 다른 것도요." 보러가드가 말했다.

부니는 가죽 의자와 직각을 이루는 위치에 있는 소파에 털썩 앉았다. "무슨 일인지 얘기해봐." 부니가 말했다.

보러가드는 손으로 천천히 이마를 닦았다. 그는 부니에게 모든 것을 가감 없이 말했다. 주얼리 상점, 레이지, 플래티넘이 적재된 밴, 켈빈 그리고 대런에게 일어난 일까지. 부니는 보러가드의 말을 끊거나 중간에 질문을 던지지 않고 유심히 듣기만 했다. 보러가드의 말이 끝났을 때, 부니는 일어나 주방으로 가더니 큰 유리병을 가지고 돌아왔다. 그는 유리병 뚜껑을 열고 한 모금 마신 뒤 병을 다시 커피 테이블 위에 올려두었다.

"진심으로 유감이야, 버그. 이제 뭘 어떻게 하면 되겠어?" 부니가 물었다.

보러가드는 고개를 돌려 의자에 뺨을 부볐다. 가죽 의자의 촉감은 시원했다. 부니의 집 에어컨이 너무 오래 틀어져 있는 탓이리라.

"전 항상 제 자아가 두 개라고 생각해왔어요. 어떨 때는 버그가 됐다가, 또 어떨 때는 보러가드가 되는 거죠. 보러가드에게는 와이프와 아이들이 있어요. 보러가드는 사업을 운영하고 아이들 학예회에 빠지지 않죠. 버그는… 글쎄요. 버그는 은행을 털고 급회전구간에서도 시속 160km로 차를 몰아요. 버그는 사촌을 죽인 놈들을 차 분쇄기에 넣고 갈아버리죠. 이 둘을 분리해서 생각해왔어요. 보러가드와 버그를. 하지만 아빠가 옳았어요. 한 사람이 두 개의 삶을 살 수는 없어요. 두 얼굴의 짐승일 수 없다고요. 결국엔 한 놈의 고삐가 풀려 다 망쳐버리죠. 결국 내 삶을 송두리째 쓰레기통에 처박아버렸어요." 보러가드가 말했다.

보러가드는 유리병을 들고 벌컥벌컥 마셨다. 그가 유리병을 다시 내려놓았을 때는 내용물의 절반이 사라진 뒤였다. 그의 눈에 눈물이 맺혔다.

"그 새끼들이 내 아들을 쐈어요, 부니. 버그가 일을 망쳤고 보러가 드가 지켜주지 못했기 때문에 내 아들이 총에 맞았다고요."

"우리가 함께 해결하면 돼, 버그. 뭘 어떻게 하면 되는지를 말해 줘." 부니가 말했다.

보러가드가 몸을 앞으로 숙였다. "내가 해결할 거예요. 그러기 위해선 아저씨 도움이 필요해요."

"무엇이든 말만 해." 부니가 말했다.

"카버스레인의 낡은 집 근처에 차를 하나 대둔 게 있어요. 그 차를 아저씨 폐차장에서 처리를 해야 해요. 그리고 차 한 대가 더 필요해요. 내 트럭으로 움직일 수는 없으니까."

"그래, 그건 문제없고. 로니랑 레이지는 어떻게 할 작정이야?" 부니의 목소리에는 어느새 사악함이 가득 서려 있었다.

보러가드는 웃음을 지었다. 하지만 그 웃음이 입술 가장자리까지 도달하지는 못했다. "아무것도 안 할 거예요. 일단 로니한테 밴부터 가져와야죠. 로니가 있을 만한 곳은 두 군데밖에 없어요. 그렇게 많은 물건을 가지고 함부로 돌아다닐 수는 없으니까요. 다이아몬드를 훔쳤을 때 보니까 거래처가 있기는 한데, 거래를 하기까지 며칠이 걸리더라고요. 집에 갈 만큼 멍청한 놈은 아니니까 아마 원더랜드에 있을 거예요. 일단 밴을 찾으면 레이지한테 전화를 해야죠."

부니가 끙 하고 앓는 소리를 냈다.

"거기 혼자 가서 뭘 어쩌려고. 원더랜드에 있는 로니를 찾아가는 건 걱정 안 하는데, 레이지 애들한테 혼자 가는 건 위험해."

"이미 켈빈이 죽었는걸요."

"그렇다고 너까지 주게 내버려두지는 않을 거다. 앤서니는 내게 형제와 같은 친구였고, 너는 내 아들 같은 놈이야. 그 양아치 놈들에게 널 혼자 보낼 수는 없어. 네 가족은 어쩌고. 나한테도 넌 필요한 존재야. 이 망할 놈의 녀석아." 부니가 말했다.

보러가드는 상체를 앞으로 더 숙인 뒤 부니의 눈을 똑바로 응시했다.

"전 이미 죽었어요, 부니. 가족이 절 필요로 하는 건 알아요. 하지만 저한테 필요한 게 뭔지 아세요? 아저씨가 절 위해 해준 걸 우리 애들한테 똑같이 해주시길 바라요. 그 애들 옆에 있어주세요. 이제야 왜 아빠가 떠났는지를 알 것 같아요. 보러가드와 버그는 같은 사람이에요. 그리고 그 인간은 가족한테 전혀 도움이 안 되는 놈이고요."

부니는 머리에 쓰고 있던 모자를 벗어 보러가드의 무릎을 때렸다. "그런 말도 안 되는 소리는 집어치워. 넌 아버지고 남편이야. 와이프와 아이들한테는 네가 필요해. 네가 떠나면 앤서니가 저질렀던 것과 똑같은 실수를 하는 거야." 부니가 말했다. 그의 입술에서 침이 흘렀다.

보러가드는 자리에서 일어섰다. 조금 천천히 움직이기는 했지만 똑바로 일어선 뒤, 그는 여기저기 얼룩진 모자를 머리에 눌러썼다.

"도와주실 생각이 없으시면 이만 가볼게요." 보러가드가 말했다.

부니는 팔짱을 꼈다. "널 위해선 뭐라도 해줄 수 있어. 알잖아. 하지만 앤서니가 떠난 뒤 너희 엄마가 그리고 네가 어떻게 됐는지를 난 똑똑히 봤어. 넌 방금 너희 아빠가 옳은 결정을 한 거라고 했지만, 내 생각엔 둘 다 틀렸어. 버그, 너는 나에게 가족이나 마찬가지야. 제발 다시 생각해." 부니가 말했다.

"우리 안에, 그러니까 나와 아빠의 피에 흐르는 이건 암세포나 마찬가지예요. 나로 끝내야 해요, 부니. 키아는 우리 엄마랑 달라요. 우리 애들은 나처럼 콩가루 집안에서 자라지 않을 거예요. 제이본은 소년원에 가지 않을 거예요. 정당방위로 풀려날 거라고요. 대런이 일어날 수만 있다면…." 보러가드는 마른침을 삼켰다. "대런이 다 나으면, 제이본하고 아리엘이랑 레드힐을 떠날 거예요. 대학교도 가고 평범하게 연애도 하고 아이도 낳고 살 거라고요. 하지만 내가 로니와 레이지를 해결해야만 가능한 미래예요. 아저씨가 도와주신다면 정말 감사하게 생각할게요. 하지만 도와주실 생각이 없다면 방해하지 마세요. 그것도 감사히 여길게요." 보러가드가 말했다.

부니는 치아 사이로 길게 숨을 내쉬었다. 그의 눈은 보러가드 너머를 응시하고 있었다. 그의 시선이 닿은 곳에는 낡은 액자가 있었다. 부니와 그의 와이프가 폐차장 개업일에 찍은 사진이었다. 그 사진 속에는 보러가드와 앤서니 그리고 1967년산 머큐리 코멧도 함께였다. 부니는 다시 보러가드로 시선을 옮겼다.

"아까 말한 그 차부터 옮기자. 그러고 나서 다른 것들도 천천히 해결하자고." 부니가 말했다.

"엄마, 저 왔어요." 보러가드가 말했다.

엘라의 몸이 살짝 떨리면서 눈꺼풀도 파르르 떨렸다. 눈꺼풀이 천천히 올라가는 모습을 보며 보러가드는 어머니가 잠에서 깨고 있음을 알 수 있었다.

"꼴이 말이 아니네." 엘라가 드디어 이렇게 말했다.

보러가드는 얼굴에 웃음을 띠었다. "저도 알아요."

"지금 몇 시니?"

"9시 조금 넘었어요."

"면회 시간 지났는데 들여보내주더냐?"

"제가 그 사람들한테 선택의 여지를 주지 않았거든요."

엘라는 보러가드를 곁눈으로 꽤 오래 살폈다.

"무슨 일이니? 나 일주일 남았다고 의사가 그러더냐?"

"아니에요. 참, 엄마. 나 어렸을 때 트레일러 뒤에서 블랙베리 따던 거 기억하세요? 엄청 많이 딴 날이 있었어요. 아빠가 지 아이 조 액션 피규어를 사다주신 날이었어요. 아마 피규어 이름이 '액션맨'이었던 것 같은데. 아빠도 그날 우리가 블랙베리 따는 걸 도와주셨어요. 집에 들어가서 블랙베리셰이크도 만들어 먹고요. 기억하세요?"

"일주일이 아니고 한 시간 남았다고 했나 보구나." 엘리가 말했다. 보러가드는 머리를 뒤로 젖히고 한바탕 웃었다. 엘라가 몸을 부들부들 떨었다.

"어머나. 아빠랑 말투가 어쩜 그렇게 똑같아졌을까." 엘라가 말했다. 보러가드는 웃음을 멈추었다.

"아니에요, 엄마. 그냥 생각나서 해본 말이에요. 우리가 늘 안 좋았던 건 아니잖아요. 엄마랑 아빠 그리고 저 말이에요. 특히 그날은 참 좋았어요. 그렇게 느낀 날이 많지는 않았지만."

"뭘 느꼈다는 거야?"

"가족같이 느꼈던 날요." 보러가드가 대답했다.

엘라가 정면을 똑바로 응시했다.

"너 자동차 몰고 작업하러 다니는구나, 그렇지?" 엘라가 물었다.

"왜 그런 말씀을 하세요?"

"부모는 자식을 잘 아는 법이니까."

"아니에요. 그냥 처리할 일이 있는 것뿐이에요."

"참, 그것도 네 아빠가 하던 말과 똑같구나. 그러다가 네 아빠가 처리를 당해버렸지만."

보러가드는 의자에서 몸을 일으켰다. 그는 침대 옆으로 다가가 엘라의 이마에 키스를 했다.

"가끔 독사같이 굴 때도 있지만, 내 엄마니까. 사랑해요." 보러가드는 엘라의 귀에 대고 이렇게 속삭였다. "사랑한다는 말 돌려주지 않아도 돼요." 그는 엘라의 눈썹을 부드럽게 쓰다듬은 뒤 병실을 나섰다. 엘라는 그가 나가는 모습을 지켜보다가 마른입에 침을 적셨다.

"잘 가라, 버그." 엘라가 속삭였다.

# 29

 레지는 코카인을 한 줄 더 흡입했다. 그는 오랫동안 코카인을 하지 않았다. 코카인보다는 헤로인이 주는 나른한 느낌을 선호했기 때문이었다. 하지만 지금은 찬밥 더운밥을 가릴 때가 아니었다. 앤이 가진 것은 코카인뿐이었다. 하지만 코카인을 들이마시자마자 그는 자신이 왜 이 약을 싫어했는지를 바로 기억해냈다. 몸의 촉각이 약 10배는 더 살아나는 듯했다. 심지어 머리카락조차 감각기관이 된 듯한 느낌이었다. 앤은 레지에게서 병을 받은 뒤 손등에 가루로 한 줄을 만들었다. 그 줄을 한 번에 코로 들이마신 뒤 앤은 코를 맹렬하게 비볐다.
 "끝내주네 진짜! 이거 좀 센데?" 앤이 말했다.
 "그러네." 레지가 맞장구쳤다. 그의 심장은 마치 탭댄스를 추는 것처럼 격렬하게 뛰었다.
 "그러지 말고. 뭐라도 하자. 코카인 하면 나 흥분돼."
 "뭐, 행복하다고?" 레지가 되물었다.

앤이 코를 찡그리며 레지의 사타구니를 손으로 잡았다.

"아니 흥분된다고." 앤이 달콤하게 속삭였다.

레지는 앤이 자신의 위에 올라오도록 두었다. 앤이 레지의 바지를 내렸을 때 밖에서 소란스러운 소리가 들려왔다. 놀랄 일은 아니었다. 원더랜드에는 아주 가끔 평화와 안정이 찾아올 뿐, 소란의 연속인 도시였으므로.

보러가드는 원더랜드에 올 때마다 그 이름에 놀라곤 했다. 여기에 사는 좀비들 중 지명에 담긴 풍자성을 이해하는 이는 단 한 명도 없는 듯했다. 그들에게 원더랜드는 말 그대로 원더랜드였다. 보러가드는 차라리 '희망 없는 도시'나 '매독의 도시'라는 뜻을 가진 지명으로 바꾸는 것이 맞다고도 생각했다. 경치 좋은 해안 도로를 따라 캐롤라인카운티의 언덕 밑에 비밀스럽게 자리한 원더랜드는 사막의 오아시스와도 같은 곳이었다. 그림 같은 호수 근처에는 네 개의 트레일러가 T자 모양을 이루는 복합 트레일러가 밀집해 있었다. 전원 같은 풍경과 어울리지 않게 향락 산업이 발달한 곳이 바로 원더랜드였다. 이곳에서는 다양한 오락거리가 있지만, 그중에서도 가장 오래된 향락인 섹스와 마약이 차고 넘치게 거래되고는 했다. 그는 레지와 로니의 트레일러를 굳이 찾아가는 수고를 하지 않았다. 로니가 거짓말쟁이에 뒤통수를 치는 인간 쓰레기이기는 하지만 그렇게 멍청하지는 않았다. 버그를 처치했다고는 생각할 수 있어도 레이지를 상대해야 했으니. 로니가 자신의 트레일러로 돌아갈 리는 만무했다. 그는 자신이 안전하다고 느끼는 곳에 숨을 터였다. 숨통을 틀 수 있으면서도 플래티넘을 삼킨 숨겨놓을 수 있는 곳. 자신이

버그와 레이지보다 한 수 앞섰다고 자축할 수 있는 곳.

그 모든 조건에 부합하는 곳이 원더랜드였다.

차와 트럭이 산자락 아래에 주차되어 있었다. 레지의 차는 남부연합기가 꽂힌 트럭 옆에 있었다. 트레일러 중 하나에서 끔찍한 음악이 귀가 먹먹할 정도로 울리고 있었다. 예전에는 술을 잔 단위로 주로 팔아서 '샷 하우스'라고 불리고는 했지만 요즘에는 '슛업 하우스'*가 더 정확한 명칭일지도 모르겠다. 보러가드는 허리춤에 45구경을 쑤셔 넣은 뒤 T 하우스의 계단을 올라 조악한 현관문으로 다가갔다.

깡마른 남자 한 명이 문 근처의 스툴에 앉아 휴대용 술병을 홀짝이고 있었다. 그 남자는 보러가드를 오랫동안 쳐다보았다.

"여어, 오랜만이네?" 남자가 말했다.

"오랜만이다, 스킷." 보러가드가 화답했다.

스킷은 술병에서 한 모금 마신 뒤 말했다. "오랜만이네, 정말. 지미를 찾는다면 오늘 공쳤어. 판매 목적의 마약 소지로 콜드워터에 들어가서 2년째 썩고 있거든." 스킷이 말했다.

"아니, 오늘은 지미를 찾아온 게 아니야." 보러가드가 말했다.

남부연합기가 그려진 야구 모자를 쓴 땅딸막한 남자가 문 근처로 천천히 걸어왔다. 남자는 술이 가득 담긴 빨간 플라스틱 컵을 들고 있었다. 보러가드는 주위를 천천히 둘러보았다. 첫 번째 트레일러는 바 겸 라운지로 쓰이는 곳이었다. 흑발의 미인인 샘이라는 여자가 값싼 합판과 나무 상자로 만든 바 뒤에 있었다. 바 근처에는 있는 낡은 빈백 의자에 몇몇 사람이 앉아 있었다. 나머지 사람들은 폴

---

* Shoot-Up : 마약 정맥 주사를 의미한다.

라스틱으로 된 테라스용 테이블을 차지하고 있었다. 카키색 반바지를 입고 샌들을 신은 남자가 바 옆에서 샘과 수다를 떠는 중이었다. 옛날 고등학교의 카페테리아 테이블 같은 무대에서 나체로 춤을 추는 여자에게는 아무도 관심을 주지 않았다. 맥주 쿠어스의 네온 사인이 춤추는 여자 뒤로 빛나고 있었다. 그 네온사인 탓에 여자의 살갗은 악마 같은 붉은빛을 띠었다. 나머지 조명은 조도가 너무 낮아서 필로폰을 떨어뜨려도 바로 알아보고 주울 수 있을 정도였다. 이 공간을 감싸고 있는 악취가 코를 찔렀다. 대마초와 위스키, 몸에서 나는 암내가 섞인 냄새였다.

"아직도 샘이 여기 운영해?"

"뭐 그런 셈이지. 샘이 지미 여동생이니까."

"운영은 잘되고?"

스킷이 어깨를 한 번 으쓱했다. "그런 것 같아. 대부분 사람들은 여기에 아직 지미가 있는 것처럼 행동하니까."

"그렇군. 저기, 스킷. 로니랑 레지 어디에 있어? 레지 차가 밖에 주차되어 있던데."

물기에 젖은 스킷의 갈색 눈동자가 좌우로 흔들렸다. 그는 대답하기 전에 약간 망설였다. "글쎄, 로니는 방금 나갔고 레지는 저 뒤에 있어." 스킷이 말했다.

"고마워."

"원하는 게 뭐야, 너는?" 남부연합기 모자를 쓴 남자가 말을 걸었다. 그의 말은 보러가드의 측면에서 들려왔다.

"없어." 보러가드는 이렇게 말하고 남자의 옆을 지났다. 그러자 모자를 쓴 남자가 보러가느의 팔을 덥썩 잡았다. 보러가드는 그 남자의 팔 그리고 얼굴로 시선을 옮겼다.

"너네 흑인은 아무 데나 안 쑤시고 다니는 데가 없냐? 제길. 이젠 너네가 백악관도 다 점령했잖아." 모자 쓴 남자가 말했다.

"지금 당장 이 손 안 치우면 네 입에다가 쑤셔 넣을 거야." 보러가드가 말했다.

"바비, 그만둬." 스킷이 말했다. 스킷은 스툴에서 내려와 바비의 손을 보러가드의 팔에서 뗐다. 바비는 무어라고 중얼거리는 듯했으나 보러가드는 무시했다. 그는 첫 번째 트레일러를 지나 T의 교차 지점에 닿았다.

왼쪽일까, 오른쪽일까? 방향은 상관없다는 결론을 내렸다. 이곳 어딘가에 레지가 있는 것은 분명했다. 지미는 소울메이트와 끈적한 시간을 보내고 싶어 하는 사람들에게 T 트레일러의 방을 렌트해주고는 했다. 원더랜드에서도 이곳은 인간의 허물을 벗어버린 원초적 공간으로 통했다. 서로 이어진 네 개의 트레일러는 꺼져가는 불과 다 쓴 주사기가 널린 지옥이었다. 아무도 서로를 아는 체하지 않는 공간이기도 했다. 침실의 레이아웃은 트레일러마다 달랐다. 침실은 오른쪽에 있다가 다시 왼쪽에서 나타나기도 했다. 공통점은 침실에 문이 없다는 점이었다. 문 대신 비즈가 달린 커튼이나 샤워 커튼이 달려 있었다. 그 안을 보러가드가 빠끔히 들여다보더라도 책망하는 사람은 아무도 없었다. 몇 번은 안으로 들어오라는 초대를 받기까지 했다.

레지는 마지막 트레일러의 마지막 방에 있었다. 보러가드가 몇 주 전 보았던 큰 여자 위로 레지의 창백한 엉덩이가 피스톤 운동을 하고 있었다. 바지는 발목에 걸친 채였다. 여자가 갑자기 눈을 뜨고는 레지의 어깨 뒤로 서 있는 보러가드를 발견했다.

"자기야." 여자가 가는 목소리를 냈다.

"이제… 거의 다 왔어." 레지가 신음소리를 냈다.

"자기야, 누가 여기 왔어!" 여자가 다시 소리를 쳤다. 레지가 갑자기 동작을 멈추었다. 보러가드는 방으로 들어선 뒤 레지의 머리채를 잡았다. 그는 레지를 여자와 떼어놓은 뒤 얼굴을 벽을 향해 갈겼다. 레지의 코와 턱에서 피가 솟구쳤다. 그는 다시 레지의 얼굴을 벽에 박았다. 잭슨 폴록의 그림과 같은 패턴이 벽에 흩뿌려졌다.

"어이, 레지. 바지 입어. 나랑 할 얘기가 있으니까." 보러가드가 말했다.

레지는 보러가드에게 머리채를 잡힌 채로 바지를 입었다. 보러가드는 레지가 바지를 주워 입자마자 방 밖으로 끌고 나왔다. 큰 여자는 침대에서 몸을 일으키는 것이 힘겨운 듯했다. 여자의 거대한 유방이 눈사태처럼 배 밑으로 떨어졌다.

"제발 놔줘요!" 여자가 소리쳤다. 보러가드는 여자의 말을 무시한 채 레지를 끌고 복도로 나왔다. 레지는 손으로 벽을 긁었으나 마땅히 잡을 만한 것이 없었다. 앤은 마침내 자리에서 일어나 티셔츠를 입었다. 그녀는 최대한 빨리 보러가드와 레지의 뒤를 쫓아갔다. 보러가드가 첫 번째 트레일러에 이르렀을 때, 스킷이 바 스툴에서 벌떡 일어났다.

"버그, 무슨 일이야?" 스킷이 물었다. 바비 역시 빈백 의자에서 일어나 보러가드와 레지를 쳐다보았다. 그는 바비라는 작자가 흑인에게 시비를 걸고 싶어 안달이 나 있음을 알아챘다. 바비가 그들을 향해 달려오자 보러가드는 허리춤에서 45구경 권총을 빼 들었다. 그는 권총을 반대로 잡고 손잡이로 바비의 입과 턱을 가격했다. 남자의 머리가 뒤로 젖혀지면서 남부연합기 모자가 바닥에 떨어졌다. 바비가 테라스 테이블에 떨어지자 보러가드는 부딪히지 않도록 레지를 옆으로 밀었다. 테라스 테이블에 있던 술잔이 엎어졌다. 보러가드는 총을 손에 쥔 채 빠르게 몸을 돌렸다. 그리고 그 방을 가로질러 유유히 빠져나갔다.

"저 남자 잡아!" 앤이 소리쳤다.

"이놈은 내가 데리고 간다. 불만 있는 사람은 지금 말해." 보러가드가 말했다. 아무도 나서지 않았다. 보러가드는 상의를 입지 않은 채 울고 있는 레지를 끌고 사라졌다.

"거기 그렇게 계속 앉아 있을 거야? 너네가 친구야!" 앤이 괴성을 질렀다.

샘은 큰 플라스틱 병에 있는 밀주를 유리병에 따른 뒤 앞의 손님에게 건넸다. "45구경 앞에 장사 없지." 샘은 걸걸한 목소리로 이렇게 말했다.

부서진 테라스 테이블에 앉아 있던 남자들이 바로 모여들었다. 잠시 조용했던 바 안이 다시 시끌벅적해졌다. 원래 무대에 있던 여자가 내려오고 더 마른 여자가 올라갔다. 스킷과 다른 몇몇이 바비를 일으켜 세운 뒤 피를 닦을 휴지를 가져다주었다. 몇 분이 지나자 아무 일도 없었던 것처럼 바 안은 여느 때와 다르지 않았다.

보러가드는 301번 도로를 벗어나 캐롤라인카운티를 거쳐 레드힐로 돌아가고 있었다. 그는 마치 2차로처럼 보이는 1차로의 중앙선을 타고 넘으며 달렸다. 레지는 조수석 차창에 얼굴을 붙이고 있었다. 그 누구도 말을 꺼내지 않았다. 아무도 말을 할 필요성을 느끼지 않았다.

보러가드는 자갈이 깔린 길로 들어섰다. 그들은 새것처럼 보이는 철조망으로 둘러싸인 무선 셀 기지국을 지났다. 이번에는 자갈길을 벗어나 여기저기 금 간 아스팔트 도로가 펼쳐졌다. 도로 끝에는 오래된 공장 터가 있었다.

"내려. 도망가지는 말고. 도망가면 뒤에서 쏠 거니까." 보러가드가 말했다.

레지는 트럭에서 내렸다. 그는 발에 땅이 닿자마자 달렸다. 그는 공터를 감싸고 있는 숲으로 향했다. 보러가드는 하늘을 향해 총을 한 발 쏘았다. 레지가 땅으로 풀썩 쓰러졌다. 땅에 난 풀이 레지의 가슴을 간지럽혔다. 레지는 머리채가 잡힌 채로 일어섰다. 그는 다시 트럭으로 끌려갔다. 보러가드는 그를 다시 조수석으로 처넣었다. 둘은 잠시 시선을 교환했다.

보러가드는 레지의 배를 사정없이 내리쳤다. 레지는 차 바닥으로 넘어지면서 토악질하는 소리를 냈다. 보러가드는 그가 속의 것을 게워내리라고 생각했으나 그렇지는 않았다. 레지는 그 소리를 몇 번 반복하더니 고개를 들었다. 보러가드는 상체를 숙여 레지의 눈을 똑바로 보았다.

"딱 한 번만 물을 거야. 로니 어디 있어?"

"난 몰라. 진짜 몰라." 레지가 쥐어짜내듯이 말했다.

보러가드는 총을 다시 등 뒤로 찔러 넣었다. 그리고 레지의 손을 잡은 뒤, 오른손으로 트럭의 조수석 문을 열었다. 레지가 상황을 파악했을 즈음, 때는 이미 늦었다.

보러가드는 레지의 손목을 차 문 바깥으로 뺀 후 그 손 위로 차 문을 쾅 닫았다.

레지의 입은 곧 오물로 가득 찼고 이번에는 정말 구토를 했다. 얼기설기한 치아 사이로 흐른 침은 정강이까지 흘렀다. 그는 다리를 굴렀다. 다시 토사물을 먹었다가 뱉기도 했다.

"형 어디 있어, 레지?" 보러가드가 다시 물었다. 약한 바람이 불어와 공터의 풀이 살랑거렸다. 풀잎은 깊은 호수의 물결처럼 출렁였다.

"난… 몰… 라." 레지가 간신히 말했다.

보러가드는 다시 문을 열었다가 레지의 손을 향해 닫았다. 레지는 머리를 뒤로 젖히고 크게 울부짖었다. 그의 동공은 동전만큼이나 크게 확장되었다.

"내가 말하게 하지 마. 내 형이잖아. 내가 말하게 하지 마. 내가 말하면 우리 형 죽일 거잖아." 레지가 울음을 터뜨렸다. 굵은 눈물이 뺨을 타고 흐르면서 피로 얼룩진 얼굴에 흔적을 남겼다.

"네가 말 안하면 널 죽일 거야. 그자들이 우리 집에 왔어, 레지. 그리고 내 아들을 쐈어. 이게 다 로니가 계획대로 하지 않았기 때문에 벌어진 일이야. 널 더 다치게 하고 싶지는 않아, 레지. 하지만 어쩔 수 없어. 네 형이 어디에 있는지 네가 불기 전까지는 말이야. 네가 기절해도 다시 깨울 거야. 이 손이 마비가 되면 다른 손을 조질 거고. 손이 다 작살나면 발로 옮길 거야. 발도 못쓰게 되면 네 거시기로 옮기면 돼. 그렇게 이 트럭으로 네 몸뚱어리를 하나씩 잘라버릴 거야." 보러가드가 말했다.

"정말 미안해. 그런데 난 형이 있는 곳을 몰라."

"넌 알고 있어, 레지. 내가 알아. 다시 물을게, 로니는 어디 있지?"

레지의 목젖이 낚시대에 달린 루어처럼 위아래로 움직였다.

보러가드가 다시 문을 열었다.

"기다려!" 레지가 애원했다.

"난 시간이 많지 않아, 레지."

"제발. 내 형이잖아."

"대런은 내 아들이야."

이번엔 둘 다 말이 없었다. 시간이 흐르자 멀리서 개가 짖었다.

레지가 고개를 푹 숙였다. "형은 커런카운티로 갔어. 여기 언덕 넘으면 있는 곳이야. 앰버 버틀러라는 여자네 집에 묵고 있고. 그 여자가 사는 집은 듀랜트로드 근처에 있었던 걸로 기억해. 밴은 어디에 있는지 모르겠어."

보러가드가 몸을 일으켰다.

"좋아, 좋아." 보러가드의 말투는 매우 기계적이었다.

레지가 보러가드를 올려다보았다. 빨갛게 충혈된 눈에는 눈물이 그렁그렁 맺혔다.

"나 무서워, 버그."

보러가드는 45구경 권총을 다시 꺼냈다.

"무서워할 것 없어, 레지. 그냥 눈을 감아."

보러가드는 동이 트기 전에 폐차장으로 돌아왔다. 성인 남자 사이즈의 푸른색 방수포가 트럭 뒤에 실린 채였다. 사무실은 문이 잠겨 있었지만 그는 부니가 여분의 키를 두는 곳을 알았다. 메인 건물 옆에 주차된 낡은 폰티악이었다. 보러가드는 키를 가져온 뒤 사무실 안으로 들어가 부니 책상 옆의 열쇠걸이에서 키 하나를 더 집었다. 그리고 다시 밖으로 나가 트럭 뒤의 방수포를 어깨에 둘러멨다. 그는 사무실 뒤로 돌아가 낡아빠진 쉐비 카발리에로 간 뒤 사무실에서 가져온 키를 사용해 한 손으로 차 트렁크를 열었다. 그리고 방수포를 넣은 뒤 트렁크 문을 세게 닫았다. 보러가드는 다시 사무실로 돌아가 문을 걸어 잠갔다. 그리고 부니의 책상 위에 놓인 휴대전화를 집어 든 뒤 소파로 향했다. 문자 메시지가 한 통 도착해 있었다. 키아가 아닌 진으로부터 온 메시지였다.

대런이 수술실에서 나왔어요. 총알 빼냈는데, 큰일 날 뻔했대요.

보러가드는 소파에 몸을 묻었다. 그리고 휴대전화를 기도하듯 이마로 가져갔다. 드디어 대런이 수술실에서 나왔다. 험한 말을 들으면 웃음을 참을 수 없었던 내 아들. 사랑스러운 아들의 몸에서 드디어 총알을 빼내는 데 성공한 것이었다. 보러가드의 눈시울이 뜨거워졌다. 그는 양손에 얼굴을 묻었다. 슬픔과 죄책감이 한꺼번에 밀려왔다. 그는 눈물을 닦으면서 그 감정도 함께 떨쳐버렸다.

그는 이 일만 끝나면 누가 자신의 심장을 가져가도 상관없다고 생각했다.

# 30

로니는 앰버네 집에서 가스레인지로 담뱃불을 붙이는 중이었다. 깊게 들이마신 담배 연기가 그의 폐를 가득 채웠다. 그는 발암물질이 이렇게 맛있을 리가 없다고 생각했다. 창문으로 다가가 내린 블라인드 틈으로 밖을 내다보았다. 아무것도 없었다. 그저 어둠뿐이었다. 로니는 폐 안에 있던 연기를 코로 내뿜었다. 앰버는 병원 교대 근무를 하기 위해 집을 나섰다. 앰버에게 퍼코셋 몇 개를 가져다줄 것을 부탁했지만, 그의 말을 들은 앰버의 얼굴은 하얗게 질렸다.

"로니, 나 지금 정식 간호사야. 이제 그런 짓 못해."

"제길. 그럼 약발 잘 듣는 아스피린이나 좀 갖다줘. 뭐라도 필요해." 로니가 말했다. 그는 구할 수 있는 약이라면 뭐든 복용할 준비가 되어 있었다. 신경이 바짝 예민해진 상태였기 때문이다. 레지에게 하루 종일 전화를 했지만 연결이 되지 않았다. 통화는 음성사서함으로도 연결되지 않은 채 몇 번 울리고 끊어졌다. 로니는 담배를 한 모금 더 빨고 연기를 코와 입으로 내뿜었다. 레이지가 계속 전화를 해대는 통에 선불폰은 할당된 통화 시간을 다 써버린 상태였다.

로니는 담뱃재를 싱크대에 털었다. 앰버도 레지와 마찬가지로 도로변의 가장 끝에 있는 트레일러에 살았다. 마당의 진입로는 옥수수밭과 호두나무로 둘러싸여 있어 좀처럼 그 안을 들여다보기 힘든 집 구조였다. 레지가 이곳을 불었다면 상황은 달라지겠지만, 로니는 동생을 믿었다. 그는 다시 한 번 담배 연기를 들이마셨다. 원더랜드에 가봐야 할지도 몰랐다. 원더랜드에서 레지를 픽업해 서쪽 해안으로 갈 수도 있으리라. 버지니아주에 남아 있을 이유는 더 이상 존재하지 않았다. 그는 심지어….

어둠 속에서 엔진 소리가 들렸다. 로니는 다시 창가로 갔지만 전조등 불빛이 보이지 않았다. 그는 곁에 있는 가방과 총을 집어 든 후 담배를 비벼 끄고 집 안의 모든 불을 소등했다. 로니는 숨을 헐떡이며 블라인드 사이를 내다보았다. 엔진 소리가 가까이서 들리는 것으로 보아 차는 근처에 있었다. 로니는 마른침을 삼켰다. 머스탱까지 무사히 뛰어갈 수 있을까? 현관문에서 차까지는 최소한 열 발자국이었다. 그는 마른 입술을 혀로 적셨다. 갑자기 엔진 소리가 멈췄다. 이제는 날카로운 기계음이 들려왔다. 로니는 손가락으로 블라인드 틈을 벌렸다.

"씨발!" 로니는 이렇게 외치며 뒷문을 향해 달렸다.

전조등을 끈 견인차 한 대가 트레일러를 향해 돌진했다. 로니가 주방을 지나고 있을 때 이미 트럭이 트레일러를 받았다. 트레일러의 앞 벽이 부서지면서 유리와 금속, 나뭇조각이 비 오듯 쏟아졌다. 엔진 소리가 집 안을 가득 메웠다. 로니는 냉장고에 부딪히는 동시에 현관문의 손잡이에 오른쪽 배 신장 근처를 정확히 찔렸다. 그는 다시 몸을 일으킨 뒤 재빨리 뒷문으로 달렸다.

로니는 뒷문을 열고 곧 부서질 듯한 나무 계단을 한 번에 두 개씩 내려갔다. 마침내 땅에 발이 닿을 때쯤, 누군가 문짝으로 그를 세게 내리쳤다. 로니는 중심을 잃고 땅으로 넘어졌다. 그 충격으로 손에 들고 있던 총이 트레일러 밑으로 사라졌다. 그는 등을 땅에 대고 문짝을 들고 있는 사람을 향해 발길질을 시작했다.

문짝이 보러가드의 얼굴을 향해 튀어 올랐다. 그는 코에서 이상한 감각을 느꼈다. 코피와 콧물이 그의 얼굴을 타고 흘러내렸고, 부러진 앞니 조각이 목구멍으로 넘어갔다. 보러가드는 로니의 발길질로 트레일러 벽까지 밀렸다. 그는 반동으로 몸을 일으킨 뒤 45구경을 손에 쥔 채 바닥에 있는 문짝을 타 넘었다. 로니가 옥수수밭으로 뛰어가는 뒷모습이 어렴풋이 보였다. 보러가드는 트레일러 앞으로 뛰어갔다. 트럭의 계기판과 액셀러레이터 사이에 끼워 둔 쇠막대기를 빼낸 후 그는 트럭에 올라타 빠른 속도로 후진했다. 전조등과 주행등을 켰지만 조수석 쪽의 등만 앞을 비출 뿐이었다. 운전석 쪽의 등은 트레일러를 받았을 때 충격으로 나간 모양이었다. 라이트는 하나만으로도 충분했다. 그는 기어를 1단으로 바꾼 뒤 페달을 밟았다.

로니가 옥수수대를 헤치고 지나간 길은 눈먼 자도 따라갈 수 있을 만큼 선명했다. 땅의 모양에 따라 트럭이 흔들릴 때마다 전조등의 불빛도 함께 출렁였다. 로니는 옥수수대를 부러뜨리며 직선으로 정직하게 나아가는 중이었다. 보러가드는 트럭의 기어를 2단으로 변경하고 로니와의 거리를 좁혔다. 로니 역시 직선으로 뛰다가는 트럭의 추격을 빗어날 수 없으리라는 사실을 깨달은 모양인지, 오른쪽으로 방향을 급선회했다. 보러가드는 로니가 도로 방향으로 달리는 것이라고 짐작했다. 도로를 가로질러 숲으로 들어가고자 하는 것일 수도 있었다. 혹은 아무 생각 없이 뛰고 있을지도 몰랐다. 공포심은 똑똑한 사람도 멍청하게 만드는 묘한 재주가 있으므로.

핸들을 오른쪽으로 꺾는 대신 보러가드는 잠깐 브레이크를 밟았다가 왼쪽으로 핸들을 크게 틀었다. 트럭의 후미가 마치 물수제비처럼 일정한 간격과 방향으로 튀었다. 로니는 흙과 옥수수대가 자신을 향해 튀는 것을 보는 순간, 트럭에 치여 소프트볼처럼 공중을 날았다.

보러가드는 트럭에 로니의 몸이 부딪히는 것을 느꼈다. 몸집이 큰 수사자를 칠 때와 비슷한 감각이었다. 그는 트럭의 기어를 중립으로 바꾼 뒤 시동을 끄고, 총을 챙겨 차 밖으로 나왔다. 트럭 옆에 서니 그의 왼쪽에서 신음소리가 들려왔다. 그는 몇 주째 비가 오지 않아 바싹 마른 옥수수대를 헤치며 소리가 나는 쪽으로 다가갔.

로니는 이상한 각도로 다리를 꼰 채 땅에 누워 있었다. 어둠 속에서도 알아차릴 수 있을 만큼 로니의 청바지는 피로 물들어 있었다. 피가 로니 세션스의 몸에서 빠른 속도로 쏟아졌다. 그는 누운 채로 뒷걸음치려 했으나 팔이 말을 듣지 않는 듯했다. 보러가드는 총을 든 손을 밑으로 내려뜨렸다. 그리고 총을 쥐지 않은 손으로 코 주변의 피를 닦아냈다. 얼굴에 묻은 피가 마치 기름처럼 번들거렸다.

"제길, 버그. 내가 다 망쳤어. 나도 알아. 미안해. 그런데 나, 다리가 부러진 것 같아." 로니가 말했다. 그의 희끗희끗한 수염은 입에서 흘러나오는 피로 이미 새빨갛게 변했다.

"아니, 네 다리는 그냥 부러진 게 아니야. 내가 부러뜨린 거야. 그리고 넌 나한테 전혀 미안하지 않아. 나한테 잡혀서 유감이라고 생각할 뿐이지." 보러가드가 말했다.

로니가 몇 번 심호흡을 했다. "버그, 난 말이야. 너한테, 켈빈한테 그리고 그 밖의 모든 것에 대해서 진심으로 미안해."

보러가드는 로니의 이미 부러진 정강이에 발을 올리고 온 힘을 다해 짓밟았다. 로니에게서 이상한 소리가 났다. 외침과 신음이 절묘하게 섞인 듯한 소리였다.

"그 이름 입에 올리지 마. 내 아들한테도 미안하니? 그자들이 우리 집에 찾아왔어, 로니. 내 아들은 지금 병원 침대에서 생사를 헤매고 있다고. 그것도 미안해?" 보러가드가 말했다. 로니의 눈동자가 초점을 잃었다가 다시 보러가드로 향했다. 보러가드는 로니 옆에 무릎을 꿇고 앉았다. "넌 내가 짠 계획이 마음에 안 들었어, 그렇지?"

"난 다시 가난한 백인 쓰레기로 돌아가기 싫었어, 버그. 인간쓰레기로는 살 수 있어. 그런데 다시 가난하게 사는 건 죽기보다 싫었다고." 로니가 말했다.

보러가드가 천천히 고개를 가로저었다.

"밴은 어디 있지, 로니?"

불현듯 로니의 뇌리에 고통스러운 생각이 스쳤다.

"레지를 찾아갔지? 레지를 죽인 거야, 버그? 걔는 내가 뭘 할지 몰랐어. 진짜 내 동생을 죽인 거야, 버그?" 로니가 물었다.

보러가드는 아무런 대꾸도 하지 않았다. 로니가 들을 수 있는 것이라고는 자신의 거친 숨소리뿐이었다. 로니는 눈을 서너 번 연속으로 깜빡였다. 눈물이 눈꼬리를 타고 눈 밑의 잔주름 사이로 흘렀다.

"밴, 로니."

"야, 버그. 그냥 좆 까."

보러가드는 로니의 왼쪽 무릎을 쏘았다. 로니는 갑작스러운 고통에 입을 다물지 못했다. 보러가드는 몸을 일으켰다.

"방금 건 켈빈을 위한 거야."

보러가드는 로니의 나머지 무릎도 쏘았다. 로니는 구토를 했다. 그리고 토사물에 목이 막혔다가 다시 그것을 게워냈다. 보러가드는 발로 로니의 머리를 왼쪽으로 돌려 기도를 확보할 수 있도록 했다. 그는 로니가 기절하기를 원치 않았다.

"이건 대런의 복수고." 보러가드가 말했다. "다시 묻겠어. 밴은 어디에 있지, 로니?"

로니는 목을 길게 빼고 보러가드와 눈을 맞추었다. "내가 왜 그걸 얘기해야 하지, 버그? 어차피 나 죽일 거 아니야?" 로니가 쇳소리를 냈다.

"죽이기 전에 너한테 엄청난 고통을 줄 거거든." 보러가드가 말했다. 그는 로니의 오른쪽 무릎을 밟았다. 그의 발뒤꿈치는 로니의 슬개골 바로 위에 있는 총상을 겨냥했다. 로니는 소리를 지르더니 관에 누워 있던 뱀파이어처럼 벌떡 상체를 일으켰다. 그는 손으로 보러가드의 허벅지를 잡았다. 보러가드는 허벅지에 달라붙은 로니의 얼굴을 무릎으로 가격했다. 로니는 양손을 만세 자세로 벌린 채 나동그라졌다. 그의 손끝이 부러진 옥수수대에 닿았다. 로니가 다시 눈을 떴을 때, 보러가드는 그의 눈동자에서 싸울 기력이 사라졌음을 알아차렸다.

"내 할아버지네 집에 있어. 크랩티켓로드에 있어. 그런 시골 촌구석에서는 누구도 살고 싶지 않을 거야." 로니가 간신히 말을 이었다. "진짜 엉망인 세상이야. 그렇지 않아, 버그?" 로니가 껄껄거리며 물었다. 이제는 가만히 있어도 그의 입에서 피가 흘러나왔다.

보러가드는 고개를 돌려 피와 침을 뱉었다. 그리고 로니의 가슴을 발로 누른 뒤 총으로 그의 머리를 겨냥했다.

"세상은 문제없어, 로니. 엉망인 건 우리 자신일 뿐이야." 보러가드가 말했다.

보러가드는 자정이 되어서야 폐차장에 돌아왔다. 부니의 트럭이 보였다. 보러가드가 트럭에서 내려오자 부니가 그를 반겼다. 부니는 사무실 앞에서 허리에 손을 올린 채 보러가드가 트럭에서 녹색 방수포를 꺼내는 모습을 지켜보았다. 녹색 방수포는 퍽 하는 소리와 함께 땅으로 떨어졌다.

"밴이 어디에 있는지는 알아냈어?" 부니가 물었다.

"네." 보러가드가 말했다.

부니는 한숨을 내쉰 뒤 모자를 고쳐 썼다.

"카발리에 트렁크에 넣어서 동생이랑 잠깐 같이 있게 하지. 한 시간 뒤면 별 쓸모도 없는 고깃덩이에 불과할 테니." 부니가 말했다. 그는 눈을 가늘게 뜨고 보러가드의 얼굴을 살핀 뒤, 부러진 옥수수대가 낀 깨진 전조등을 가리켰다.

"저항이 심했나 보군."

보러가드는 운전석 창문에 비친 자신의 모습을 흘긋 바라보았다. "그래서 다행이에요." 보러가드가 말했다.

# 31

"87.5달러입니다, 부인." 레이지는 이렇게 말하며 계산대에서 말보로 레드 두 보루를 손님에게 밀었다. 늙은 여자는 휴대용 산소통이 든 가방에 담배를 넣었다. 그리고 폴리에스테르 재질의 노란 바지 주머니에서 100달러짜리 한 장을 꺼내 레이지에게 건넸다. 레이지는 손님에게 줄 잔돈을 세는 동안 사무실에서 울리는 미세한 진동 소리를 감지했다. 그는 잭슨 부인에게 잔돈을 건넨 뒤 사무실로 들어갔다.

선불폰이 책상에서 울리고 있었다.

"여보세요?"

"플래티넘을 원하나? 내가 갖고 있지. 네가 직접 와서 가져가. 얼굴에 흉터 있는 놈하고 밴 운전해 갈 놈 하나, 이렇게 두 명만 달고 오고. 지금 2시가 조금 지났으니까 5시까지는 올 수 있겠네. 5시가 지나면 밴은 호수에 처박을 거니까 그렇게 알아." 전화기 너머의 목소리가 말했다.

"혹시 행방불명되신 보러가드 씨 아닙니까? 이 전화기 주인은 로니인 걸로 아는데요."

"로니는 전화기가 더 이상 필요 없어. 주소는 문자로 보내주지." 보러가드가 말했다.

레이지가 씨익 웃었다. "보우, 일 처리를 어떻게 할지 감이 잘 안 오나 본데. 넌 나한테 명령을 할 수 없어. 어디를 오라 가라, 뭘 해라 할 수도 없고. 명령은 내가 너한테 하는 거야. 내가 밴을 가져오라고 하면, 네가 그 썩을 밴을 갖고 오는 거라고. 내가 씨발 샌드위치를 처먹으라고 하면, 네가 그 샌드위치를 처먹고 난 후에야 물 한 잔 달라고 요구할 수 있는 거라고. 알아들었어?" 레이지가 말했다. 그는 전화기 너머로 들려오는 보러가드의 숨소리를 들을 수 있었다.

"이해를 못하는 건 네놈 같은데. 이게 필요한 건 내가 아니라 너잖아. 내 말 잘 들어, 레이지. 내가 그쪽으로 가는 걸 원해? 넌 내 집으로 사람을 보냈어. 내 와이프를 협박했고 내 아들을 쐈어. 중간에서 만나서 해결하자. 내가 그쪽으로 가면 보이는 놈들은 다 쏴 죽일 거니까. 주소 줘, 말아?" 보러가드가 말했다.

레이지는 휴대전화를 꽉 쥐었다. "좋아. 해보지. 만나면 할 말이 많을 거야." 레이지가 말했다.

"5시야." 보러가드가 이렇게 말한 뒤 전화는 끊겼다.

레이지는 휴대전화를 쥔 손에 다시 힘을 수었고 액정에 균열이 생기는 모습을 지켜보았다.

보러가드는 휴대전화를 낳고 부니의 책상 위에 올려두었다.

"온대?" 부니가 물었다.

"선택지가 없잖아요. 셰이드가 난리 치고 있을 텐데. 주얼리 상점도 잃었으니 플래티넘이 꼭 필요할 거예요." 보러가드가 말했다.

"작전대로 될 것 같아?" 부니가 다시 물었다. 보러가드는 넙적한 손바닥을 허벅지에 대고 문질렀다. 저번에 넘어졌을 때의 충격으로 아직 다리에 통증이 남아 있었다. 가끔 움찔할 만큼 아팠지만 이 통증으로 말미암아 정신은 더 맑아진 느낌이었다.

"되게 해야죠." 보러가드가 대답했다.

그는 의자에서 일어났다. 부니 역시 자리를 털고 일어났다. 그는 책상 앞으로 나와 보러가드 앞에 섰다. 보러가드도 부니를 마주 보고 섰다. 짧지만 어색한 순간이 이어졌다. 그러다가 둘 사이에 흐르는 긴장이 와르르 무너졌다. 부니는 보러가드의 어깨를 꼭 끌어안았다. 보러가드 역시 부니를 힘주어 안았다.

"괜찮아. 다 괜찮을 거야." 부니가 말했다.

"무슨 일이 생겨도 키아와 아리엘, 제이본과 대런한테 제가 남긴 건 꼭 전해주세요." 보러가드는 부니의 뺨에 대고 이렇게 말했다.

"그건 걱정하지도 말고. 가서 이 일이나 잘 처리하고 돌아와."

부니는 보러가드를 놓아준 뒤 한 걸음 물러서서 눈을 비볐다. 보러가드는 고개를 끄덕이고 문을 향해 걸어갔다. 그는 문을 열고 잠시 머뭇거렸다. 오후의 햇빛이 긴 그림자를 드리웠다.

"전 아빠를 사랑했어요. 하지만 아저씨가 저에게는 진짜 아빠보다 더 좋은 아빠가 되어주셨어요." 보러가드가 말했다. 그는 이 말을 끝으로 등 뒤의 문을 닫았다.

보러가드는 부니네 폐차장을 떠난 뒤 병원으로 갔다. 그는 중환자실로 직행했다. 밤색 머리를 번으로 묶은, 키가 크고 깡마른 간호사가 데스크 앞에 있었다.

"실례지만 대런 몽타주가 있는 병실이 몇 호실이죠?" 보러가드가 물었다.

간호사는 클립보드에서 눈을 뗐다. 연한 녹색 눈동자의 눈초리가 매서웠다. "직계가족만 면회 가능합니다."

"제가… 제가 환자 아버지입니다."

"아, 그러시군요. 245호입니다. 면회 시간은 15분 이내로 지켜주세요." 간호사는 이렇게 말한 뒤 다시 클립보드로 시선을 돌렸다.

보러가드는 병실로 들어섰다. 바닥이 굳은 용암으로 만들어진 듯 번질거렸다. 코끝을 쏘는 듯한 소독제 냄새는 병원의 다른 곳보다 중환자실에서 유독 더 심한 듯했다. 중환자실 전체가 소독약에 한 번 담가졌다가 나온 것이 아닐까 하는 생각이 들 정도였다.

대런은 중환자실의 중간에 있는 병상에 누워 있었다. 머리 쪽이 약간 높게 고정이 되어 있어 머리맡의 전등 불빛이 얼굴을 환하게 비추었다. 대런의 얼굴은 마치 다른 사람 같았다. 보러가드는 대런이 또래보다 작다는 사실을 알고 있었다. 마지막 검진 때 의사가 말해준 소견이었다. 이렇게 병상에 누워 온갖 튜브를 꽂고 있으니 대런의 몸집이 더 왜소해 보이는 듯했다. 보러가드는 침대 곁으로 다가갔다. 그리고 너무 작아서 안쓰러운 아들의 손을 잡았다. 손이 찼다. 기계에서 루브 골드버그 장치*와 같은 소리가 났다.

"아빠는 너한테 이런 일이 일어나기를 원하지 않았어. 네 형이나

---

\* 미국의 만화가 루브 골드버그(1883~1970)가 고안한 장치로, 생김새나 작동원리는 아주 복잡하고 거창한데 하는 일은 아주 단순하고 재미만을 추구하는 매우 비효율적인 기계를 뜻한다.

누나에게도. 그런데 너한테 이런 일이 벌어졌구나. 방아쇠는 다른 사람이 당겼을지 몰라도, 아빠가 한 짓이나 다름없어. 그리고 아빠 책임이야. 언젠가는 아빠가 너한테 얼마나 미안해하는지 알아주면 좋겠구나. 오늘 일이 어떻게 되든 간에 아빠는 다시는 네 눈앞에 나타나지 않을 거란다. 그래서 마지막으로 널 사랑한다는 말을 해주려고 왔어. 자식을 진정으로 사랑하는 부모는 자식을 다치게 하지 않아. 어떤 해도 끼치지 않지. 일부러 그러는 일은 절대로 없어. 내 아빠도 도망자나 갱스터라서 날 떠난 게 아니었어. 그걸 깨닫는 데 너무 오래 걸렸네." 보러가드가 말했다.

그는 침대 난간에 몸을 기대고 대런의 이마에 키스를 했다.

"아빠가 널 다치게 하는 일은 다신 없을 거야." 보러가드가 말했다.

휴대전화가 울렸을 때 아리엘은 선글라스를 써보는 중이었다. 휴대전화 화면에 모르는 번호가 뜨자 거절을 눌렀지만 몇 초 후에 다시 벨소리가 울렸다. 같은 번호였다. 아리엘은 앓는 소리를 한 번 낸 뒤 전화를 받았다.

"여보세요?"

"딸." 보러가드가 말했다.

"아빠, 전화번호 바꿨어요?" 아리엘이 물었다.

"응, 뭐 하니?"

"립하고 쇼핑몰 왔어요. 무슨 일이에요?"

"아무것도 아니야. 쓸데없는 데다 돈 쓰고 있는 거 아니지?"

"아니에요. 립하고 그냥 놀러 나왔어요. 오늘 둘 다 휴무거든요."

"그렇구나. 할 말이 하나 있어서 전화했어."

"무슨 말요?"

보러가드는 눈앞의 파리를 손짓으로 쫓았다. 밴에는 에어컨이 나오지 않아 양쪽 창문을 모두 열어둔 상태였다.

"사랑한다."

전화기에서는 알 수 없는 목소리가 뒤섞여서 흘러나왔다. 미국의 대형 쇼핑몰에서 흔히 들을 수 있는 쓸데없는 잡음이었다. 아리엘 주변의 발소리도 함께 들려왔다. 정작 아리엘의 목소리만 들리지 않았다.

"저… 저도 사랑해요, 아빠." 아리엘이 드디어 입을 열었다.

"바빠서 이만 끊는다." 보러가드가 말했다.

"네." 아리엘이 대답했다.

보러가드는 휴대전화를 다시 주머니에 넣었다. 그는 팔꿈치 안쪽에 샷건을 끼고 밴에서 내렸다. 솜털 같은 구름이 늦은 오후의 해를 가렸다. 그는 밴 앞으로 걸어와 후드에 등을 기대고 멀리서 검은색 긴 차가 크랩티켓로드를 달려오는 모습을 지켜보았다.

## 32

보러가드를 약 5미터 남겨두고 검은색 캐딜락이 멈추었다. 마치 먹이를 앞에 둔 포식동물처럼 캐딜락은 석양빛 아래에서 공회전을 하는 중이었다. 마침내 조수석이 열리고 빌리가 나왔다. 양쪽 뒷문도 곧 열렸다. 보러가드가 모르는 얼굴과 함께 레이지가 내린 후 차 옆에 섰다. 레이지는 갈색의 골프 셔츠와 흰색 바지를 입고 있었고, 머리는 마치 새가 둥지를 튼 것처럼 다듬어지지 않은 채였다. 그는 보러가드를 향해 씨익 웃어 보였다. 레이지가 다가오자 보러가드는 그를 향해 총을 겨누었다.

"거기까지." 보러가드가 말했다.

"드디어 만났군, 버그. 이게 최후의 결전인가? 마치…"

보러가드가 레이지의 말을 끊었다. "아니, 아니. 너한테 줄 거 주고 내 갈 길 가려는 거야."

레이지가 입술 사이로 혀를 뺐다.

"그럼 로니와 레지는 어디 갔을까, 보러가드?" 레이지가 물었다.

"어디에 있든 네가 걱정할 바 아니야." 보러가드가 대답했다.

"파트너들을 그따위로 대접하는 인간을 내가 어떻게 믿지? 플래티넘을 알루미늄으로 다 바꿔놓았을지 어떻게 알아?" 레이지가 물었다.

"와서 직접 눈으로 확인하든가. 대신 천천히 움직여." 보러가드가 말했다.

"확인해봐, 버닝맨. 물건 확실한지 가서 보라고." 레이지가 말했다. 보러가드는 뒷걸음치면서 빌리를 향해 총구를 조준했다. 빌리는 보러가드와 거리를 두며 천천히 움직였고 마침내 밴의 뒷문에 다다랐다. 보러가드는 샷건으로 창문을 가리켰다. 빌리는 문의 손잡이를 잡고 보러가드를 쳐다보았지만 그의 표정에서는 아무것도 읽을 수 없었다. 빌리는 문을 엶과 동시에 뒤로 한 발짝 껑충 뛰었다.

"놀라서 그래." 빌리가 말했다. 보러가드는 빌리의 말에 호응하지 않았다. 빌리는 머리를 집어넣어 물건을 가까이서 살폈다. 밴의 뒤에는 플래티넘이 든 화물운반대가 대여섯 개 쌓여 있었다. 빌리는 차 문을 닫고 캐딜락으로 돌아갔다. 보러가드가 그의 뒤를 따랐다. 마른 잡초가 신발에 밟혀 바스락거리는 소리만 들릴 뿐이었다. 얼굴은 비 오는 듯한 땀에 젖었지만 보러가드는 땀을 닦을 생각조차 하시 않았디.

"어때? 확실해, 버닝맨?" 레이지가 물었다.

"물건 맞습니다." 빌리가 대답했다.

"키는 밴 안에 있어." 보러가드는 뒤로 물러나며 이렇게 말했다.

"잠깐. 네 말만 듣고 우리 식구를 저 밴에 태울 순 없지." 레이지가 말했다.

"무슨 말이야?" 보러가드가 되물었다.

"저 밴에 시동 걸어봐. 영화 〈카지노〉에서처럼 차에 시동 걸면 폭발하는 거 아니야?" 레이지가 말했다.

보러가드는 미동도 하지 않았다.

"저 안에 깜짝 선물이라도 준비하셨나?" 레이지가 다시 물었다. 까마귀 몇 마리가 까악 까악 소리를 내며 지나갔다. 구름도 흩어져 햇살이 그들을 바로 비추었다.

"좋아." 보러가드가 말했다. 그는 운전석의 열린 창문에 한 손을 넣은 뒤 차 키를 돌렸다. 단번에 시동이 걸리지는 않았다. 시원치 않은 소리가 났지만 결국에는 엔진을 켜는 데 성공했다. 밴에서 둔탁한 공회전 소음이 들려왔다.

"제길, 이거 달릴 수 있는 차야?" 빌리가 물었다.

"가는 덴 문제없어." 보러가드가 대답했다.

"그럼 좋아. 살, 이제 밴에 타. 우리 뒤만 잘 따라오면 돼." 레이지가 말했다.

보러가드는 왼쪽 뒤로 한 걸음 물러섰다. 보러가드와 안면이 없던 남자는 흰색 민소매 셔츠와 한 사이즈 작은 청바지를 입고 있었다. 남자가 밴에 올라탔다. "에어컨 나와요?" 남자가 높고 깩깩거리는 목소리로 물었다.

"아니." 보러가드가 말했다.

레이지는 허리에 손을 올린 채 보러가드를 노려보았다.

"아직 안 끝난 거 잘 알지? 우리 곧 다시 만나게 될 거야." 레이지는 이렇게 말하고는 보러가드에게 눈을 찡긋해 보였다.

"날 찾아오고 싶으면 와, 이건…." 보러가드는 고갯짓으로 밴을 가리켰다. "이걸 주는 이유는 내 가족을 건드리지 말라는 뜻에서야. 이 일은 너하고 나 사이의 일이야. 걱정하지 마. 어디 도망 안 갈게. 하지만 너도 셰이드 때문에 얼마간 골치 아플 것 같은데?" 보러가드가 말했다.

"그럴지도 모르지. 그건 걱정하지 마. 그리고 네가 한 짓은 꼭 잊지 않을게." 레이지는 이렇게 말한 뒤 차로 돌아갔다. 빌리 역시 엄지와 검지로 총 모양을 만들어 보러가드에게 겨누고는 조수석에 탔다. 운전사가 차에 기어를 넣었다. 캐딜락은 허니서클이 무더기로 핀 곳으로 후진을 했다가 방향을 돌려 진입로를 빠져나갔다. 살이 그 뒤를 따랐다. 두 대의 차는 풀숲과 움푹 팬 구멍 위를 느릿느릿 지나갔다.

레이지가 휴대전화를 꺼내 들었다.

"저 새끼 떠나면 바로 붙어. 저 새끼랑 가족 싹 다 가게로 데려와. 3일 내내 고문의 끝을 보여주지. 참, 저 새끼 데려올 때 조심해. 우물쭈물하지 말고 총으로 갈기라고. 저 새끼가 먼저 총을 꺼내서는 승산이 없어." 레이지가 말했다. 그는 통화를 끝내고 다시 주머니에 휴대전화를 넣었다.

"백업이 필요하지 않을까요?" 빌리가 물었다.

"아니. 이 밴 먼저 처리해야 해. 갚을 돈도 있고. 네가 할 일이 많아." 레이지가 말했다.

"쟤들이 처리할 수 있을까요?" 빌리가 재차 물었다.

"그래야지." 레이지가 이렇게 말한 후 차 시트에 등을 기대고 도로 옆에 심긴 가로수를 쳐다보았다. 빌리가 라디오를 켰다. 그는 스위치를 이리저리 돌리다가 컨트리 음악이 나오자 주파수를 고정했다. 내슈빌 스타일의 듣기 좋은 컨트리 음악이 아닌, 스틸 기타와 위스키에 젖은 목소리가 어우러진 곡이었다.

보러가드는 차 두 대가 멀어지는 모습을 지켜보았다. 지는 해가 차에 부드러운 마젠타 색조를 더했다. 그는 휴대전화를 꺼내 레이지가 로니한테 준 선불폰으로 전화번호를 검색했다. 레이지는 아이러니를 적당히 즐길 줄 아는 실용적인 사람이었다. 그런 점에서 그 선불폰을 폭탄의 트리거로 쓰기로 한 결정이 그는 매우 적절하다고 생각했다.

보러가드는 폭탄을 만들어본 적은 없었지만 배워보니 그다지 어려운 작업은 아니었다. 차의 엔진 시동과 원리는 같았다. 그는 매드니스에게 연락해 통화로 폭탄 제조 튜토리얼을 익혔다. 철물점을 몇 번 들락거리며 실험해보니 어느새 폭탄은 완성되었다. 캐딜락과 밴이 도로의 끝에서 잠시 신호 대기를 하는 순간이었다.

보러가드는 통화 버튼을 눌렀다.

차량 위로 버섯구름이 피어오르지는 않았으나 충분히 인상적인 폭발이었다 멀쩡하던 밴이 한순간 활활 타오르는 불덩이로 변했다. 밴이 약 25미터 떨어져 있었음에도 불구하고 보러가드는 슬레지해머로 얻어맞은 것처럼 뒤통수가 얼얼했다. 귀가 너무 아파서 고막이 찢어진 것은 아닌지 걱정될 정도였다. 그는 폭발음을 듣기도 전에 밴이 쪼개지는 것을 눈으로 보았다. 폭발의 충격으로 엉덩방아를 찧으면서 샷건도 그의 손에서 빠져나갔다. 다행히 총이 발사되지는 않았다. 세상은 마치 거꾸로 매단 피냐타\*처럼 보였고 그는 곧

---

\* Piñata : 중남미 국가의 어린이 축제(생일) 등에 사용되는, 과자나 장난감 등을 넣은 종이 인형.

속이 울렁거리는 것을 느꼈다. 그는 눈을 감고 자세를 바꿔 두 손과 두 발을 땅에 댐으로써 평형감각을 되찾으려고 애썼다. 그때 불길에 휩싸인 사람들의 포효 소리가 들려왔다.

저들은 죽지 않았다. 병신이 됐을지언정 목숨이 붙어 있는 것만은 확실했다.

입이 침으로 가득했지만 그는 속을 게워내지는 않았다. 보러가드는 심호흡을 하고 몸을 일으켰다. 그는 손으로 눈을 살짝 가리고 일렁이는 불길을 쳐다보았다. 캐딜락의 뒤 유리는 날아가고 없었다. 트렁크 뚜껑이 폴에 매달린 스트립 댄서처럼 흔들렸다. 범퍼 역시 사라지고 없었다. 이런 상태의 차가 움직인다는 사실은 미국산 자동차가 튼튼하다는 것을 증명하는 것과 다를 바 없었다. 갑자기 차가 멈추고 캐딜락의 운전석이 열린 뒤 사람이 땅에 떨어졌다. 그리고 운전석이 닫히고 얼마 지나지 않아, 캐딜락이 빠르게 움직이더니 크랩티켓로드를 벗어났다.

"제길." 보러가드는 중얼거렸다. 밴을 완전히 폭파시킨 것은 처음 만든 사제 폭탄치고 훌륭한 결과물이었다. 하지만 밴은 의도한 목표물의 절반에 불과했다. 그는 캐딜락도 같이 없애려고 했던 것이다. 이제 와서 그의 의도 따위는 중요하지 않았다. 이대로 그들을 빠져나가노록 둘 수는 없었다.

그는 샷건을 집어 들고 헛간으로 갔다. 쌓인 곡물들 사이에 있는 더스터는 하늘에서 방금 뚝 떨어진 것 같아 보였다. 차 문의 도색은 빛이 바랜 지 오래였다. 이제는 크림슨색이 그 흔적만 남아 있는 듯했다. 보러가드는 차 문을 활짝 열었다.

오래된 헛간에 있는 더스터는 마치 동굴의 가장 후미진 곳에서 몸을 숨기고 있는 늑대와 같았다. 보러가드는 샷건을 조수석에 던진 뒤 운전석에 올라타 시동을 걸었다. 더스터는 끓어오르는 듯한 소리를 내며 되살아났다. 그는 기어를 바꾸고 헛간을 잽싸게 빠져나갔다. 잿더미가 된 밴을 우회하고 쓰러진 시체를 타 넘은 뒤 아스팔트 도로를 시속 약 60km로 달렸다.

"빨리 여기서 나가자고!" 레이지가 소리를 질렀다. 캐딜락의 뒷좌석은 유리와 피로 범벅이 된 상태였다. 트렁크 뚜껑이 대형견의 입처럼 위아래로 움직였다. 차는 도로 위를 갈팡질팡 움직였으나 속도가 줄어들지는 않았다.
"그 새끼는 우리 못 따라잡아요!" 이번에는 빌리가 소리쳤다.
레이지는 고개를 돌려 뒤를 바라보았다.
더스터가 마치 강철로 만들어진 천둥 번개처럼 그들을 뒤쫓는 모습이 시야로 들어왔다.

보러가드는 마치 상어가 바다표범을 사냥하듯 캐딜락과의 사이를 좁혔다. 그는 4단으로 기어를 바꿨다. 앞 범퍼가 원래 범퍼가 있던 자리를 키스하듯 스쳤다. 캐딜락이 갑자기 속도를 높였다. 급회전 구간에서 브레이크를 밟자 캐딜락의 한쪽만 남은 후미등이 악마의 눈처럼 깜빡였다. 보러가드는 브레이크와 클러치를 밟아 커브에서 캐딜락을 바짝 뒤쫓았다. 더스터가 왼쪽으로 기울자 그도 왼쪽으로 몸을 기울였다.
더스터의 뒤 유리가 깨졌다. 유리 조각이 그의 등과 어깨에 비 오듯 내리꽂혔다. 그는 핸들을 꽉 잡았지만 더스터가 휘청거리는 것을 막을 수는 없었다. 차의 후미가 마치 살사 댄스를 추는 듯했다. 보러가드는 기어를 내리고 컨트롤을 유지한 뒤 다시 액셀러레이터를 밟았다. 그리고 룸 미러로 차 뒤를 확인했다. 베이비블루 컬러의 마쓰다가 그의 뒤를 쫓고 있었다. 조수석 창문 밖으로 몸을 뺀 남자는 손에 총을 쥔 채였다. 세 대의 차가 603번 도로로 접어들었다. 약 12킬로미터 정도를 직선으로 뻗은 603번 도로는 레드힐카운티를 횡단하는 도로였다. 파란색 차에 탄 남자가 다시 더스터에 총을 난사했다. 더스터의 조수석 쪽 사이드 미러가 사라졌다.

보러가드는 클러치와 브레이크를 밟은 뒤 후진 기어로 변경했다. 그리고 클러치에서 발을 뗀 후 왼발로 브레이크를 밟았다. 그다음 오른발로 액셀러레이터를 차 바닥까지 눌러 밟으면서 핸들을 왼쪽으로 꺾었다. 이 화려한 발재간의 결과는 더스터의 180도 회전으로 나타났다. 그는 이제 마쓰다를 향해 시속 80km로 달려갔다. 마쓰다의 운전사는 충돌에 대비하기 위해 급브레이크를 밟았다. 마쓰다 조수석에 타고 있던 남자가 창문을 깨고 도로 밖으로 튕겨져 나갔다. 보러가드는 몸을 뒤로 젖힌 채 차를 세웠다.

보러가드는 오른손에 쥐었던 샷건을 왼손으로 바꿔 쥐고 총구를 마쓰다의 사이드 미러와 차 문 사이로 겨누었다. 그리고 총의 조준을 약간 왼쪽으로 변경한 뒤 바로 발포했다. 반동으로 인해 총이 손아귀에서 마구 흔들렸다. 운전석에 있던 남자가 도로 위로 풀썩 띨어졌다.

애초에 운전사만 조준했으나 차의 그릴에도 구멍이 났다. 마쓰다의 후드 밑에서 연기가 피어오르기 시작했고, 얼마 후 후드는 깜짝 장난감 상자처럼 활짝 열렸다. 보러가드는 방금 전의 단계를 그대로 반복해서 180도 회전을 했다. 더스터가 막 회전을 마쳤을 때 반대편에서 쓰레기차가 달려오고 있었다. 쓰레기차는 오른쪽으로 핸들을 틀어 더스터의 앞부분과 부딪히는 것을 간신히 피했으나 마쓰다와의 충돌을 피할 수는 없었다.

이미 그곳을 멀찍이 벗어난 보러가드에게는 충돌 소리가 크게 들리지 않았다. 차 내부의 소음이 그의 귀에 더 크게 울렸다. 기어를 5단으로 변속하자 더스터의 타이어는 순간 아스팔트를 잡아챌 듯 탄력을 받았다. 그는 재빨리 추월 차선으로 진입해 캐딜락 옆을 달렸다. 앞에 있는 미니밴 때문에 속도를 줄이고 다시 상행선으로 진입하자, 엉망이 된 버닝맨의 얼굴이 눈에 들어왔다. 아까 폭발의 충격으로 안면 근육에 손상이 온 모양이었다. 버닝맨은 캐딜락의 창문 밖으로 총을 쏘아댔으나 더스터를 맞추기는커녕 미니밴의 유리를 깼다. 미니밴은 그 길로 도로를 벗어나 도랑에 처박혔다. 이제 차창 밖의 풍경은 미개발된 삼림지대에서 광활한 들판으로 바뀌었다. 보러가드는 다시 기어를 5단으로 바꾸었다. 그는 캐딜락 뒤로 바짝 붙은 뒤 시속 150km로 차 뒤를 받았다.

빌리는 룸 미러로 더스터가 붙는 것을 알아챘다. 더스터가 차 뒤를 받았을 때는 그는 해가 지는 것처럼 불가항력의 영역에 들어온 느낌이었다.

빌리도 보러가드의 운전 실력은 인정할 수밖에 없었다.

보러가드는 캐딜락이 좌우로 심하게 흔들리는 것을 지켜보았다. 버닝맨이 중심을 잡아보려 애쓰는 것 같았지만, 그는 전문적인 드라이버가 아니었다. 캐딜락은 핸들을 너무 꺾은 나머지, 배수로를 들이받고 공중으로 날아올랐다. 그리고 목초지를 감싼 울타리를 받고 멈추었다. 헛바퀴가 몇 번 돌자 주위의 소들이 놀라서 흩어졌다. 마침내 차가 뒤집혔지만 바퀴는 여전히 공중에서도 회전을 멈추지 않았다. 보러가드는 목초지 옆의 진입로로 차를 몰아 망가진 울타리를 따라 천천히 움직였다.

그는 캐딜락에서 몇 미터 떨어진 곳에 차를 세웠다. 차의 시동을 완전히 끄지는 않고 기어를 중립으로 바꾼 채 주차 브레이크만 걸어 잠갔다. 보러가드는 45구경 권총을 조수석 도구함에서 꺼낸 뒤 차 밖으로 나갔다. 엔진 냉각수에서 나는 역겨운 냄새가 여름밤 축사를 덮고 있는 풀 냄새와 섞여 날아왔다. 그는 뒤집힌 운전석을 향해 45구경 권총을 조준했다. 운전석에 가까워지자 그는 호흡 간격이 짧아짐을 느꼈다. 햇볕에 그을린 팔이 창문 밖으로 빠져나와 있었다. 그 팔의 끝에는 소똥이 닿아 있었다. 보러가드가 발로 팔을 차자 운전석에 있던 몸뚱어리가 차의 천장으로 미끄러져 내렸다. 버닝맨은 이미 목숨이 끊어진 상태였다.

보러가드는 뒷좌석으로 발걸음을 옮겼다.

뒷문에서 연속 사격 소리가 들렸다. 보러가드는 팔뚝과 허벅지 아래에 타는 듯한 통증을 느꼈다. 마치 누군가 아주 작지만 강력한 해머로 가격한 듯한 느낌이었다. 불에 빨갛게 달아오른 해머가 뼈까지 닿은 고통이었다. 그는 비틀거리며 땅에 모로 쓰러졌다. 그의 머리와 목도 소똥에 묻혔다. 총은 어디에 있지? 넘어질 때 떨어진 것이 분명했다. 차의 뒷문이 열렸다. 보러가드는 온 힘을 다해 땅에서 몸을 일으킨 뒤 더스터 쪽으로 기어갔다.

레이지가 뒷좌석에서 땅으로 떨어졌다. 그의 팔은 빵을 묶는 끈처럼 이상한 모양으로 뒤틀려 있었다. 그는 힘겹게 몸을 세우고 캐딜락에 등을 기댔다. 그리고 손에 든 데저트 이글 380을 휘휘 내저었다.

"어디 있어? 차 뒤에 숨어 있나? 너 이디 있는지 다 알아. 소리가 들리는데? 1분 줄게. 나와서 이제 끝내자. 내가 말했잖아. 신이 날 못 죽였는데, 네가 어떻게 날 죽이겠어?" 레이지가 고래고래 소리를 질렀다. 데저트 이글은 그에게 다소 무거웠다. 그는 차에 기대지 않으면 넘어질 것 같다고 느꼈다. 이제 아드레날린도 그 역할을 다한 듯 했다. 팔과 등을 타고 올라오는 고통이 그의 의식을 갉아먹기 시작했다. 하지만 괜찮았다. 그는 보러가드를 처리할 수 있다고 생각하는 것처럼, 이런 고통쯤은 기꺼이 처리할 수 있었다고 믿었다.

그때 레이지에게 빨간색 차의 포효하는 엔진 소리가 들렸다. 그는 마치 시나이산*에서 하느님의 목소리를 들은 모세가 된 기분이었다. 소리 때문에 귀에서 피가 나는 것 같았다. 그는 운전석에 앉은 버그의 모습을 보았다. 레이지 역시 총을 들고 방아쇠를 당기기 시작했다.

보러가드는 운전대에 턱이 닿을 때까지 몸을 숙였다. 총알 한 방이 앞 유리를 통과해 그의 머리 위로 지나갔다.

보러가드는 액셀러레이터를 바닥까지 밟았다.

더스터는 레이지를 덮친 후 캐딜락 바로 전까지 끌고 갔다. 레이지는 더스터의 그릴과 캐딜락의 후면에 끼었다. 더스터가 밀고 들어오자 캐딜락은 회전목마처럼 천천히 움직였다. 레이지는 더스터 앞바퀴 밑으로 사라졌고 보러가드는 차가 한 번, 두 번 울컥하는 것을 느꼈다. 그는 페달에서 발을 뗐다. 그리고 클러치를 밟은 뒤 후진

---

* 모세가 십계명을 받은 산.

기어를 넣고 차를 뺐다. 다시 한 번 차가 한 번, 두 번 튀어 올랐다. 보러가드는 브레이크를 밟았고 차는 그대로 섰다.

보러가드는 헤드레스트에 머리를 기댔다. 오른 다리에서 시작된 마비가 오른쪽 전신에 퍼졌다. 왼쪽 팔뚝은 살점이 크게 떨어져 나갔다. 왼팔의 총상을 타고 흐른 피가 손가락 사이에 엉겨 붙었다. 오른 다리의 총상에서는 빨간 눈물이 흐르는 듯했다. 그는 숨을 깊게 들이마셨다. 그를 둘러싼 세계가 수축하는 동시에 팽창하는 것 같았다. 눈을 감았다. 보러가드는 손으로 운전대와 가죽 시트, 에잇볼 기어변속기를 차례로 쓰다듬었다.

"준비됐어, 버그?"

보러가드는 오른쪽으로 고개를 돌렸다. 아버지가 운전석에 앉아 있었다. 보러가드가 마지막으로 본 날 입고 있던 것과 똑같은 옷을 입은 채였다. 하얀색 탱크톱 위에 검은색 반팔 와이셔츠를 입고 가슴 주머니에 담배 한 갑이 든 것도 똑같았다. 아버지가 그를 향해 웃음을 지어 보였다.

"자, 아들. 날아오를 준비됐니?" 아버지가 물었다.

"당신은 진짜가 아니잖아."

앤서니가 움찔하는 듯했다. "아들, 무슨 말 하는 거야? 이상한 소리 그만하고 얼른 가자."

보러가드는 다시 고개를 돌려 정면을 바라보았다. 카운티 북쪽에서 구급차 사이렌 소리가 들려왔다.

"당신은 진짜가 아니야. 아빠는 죽었어. 아마도 죽은 지는 꽤 됐겠지. 하지만 아빠, 난 단 한 순간도 아빠를 사랑하지 않은 적이 없어요." 보러가드는 목메는 소리로 중얼거렸다. 그는 다시 눈을 감고 더스터에 시동을 걸었다. 잠시 후 기어를 드라이브로 바꾼 뒤 그는 옆 좌석을 흘긋 보았다. 조수석은 텅 비어 있었다. 페달을 밟는 것 자체가 고통스러웠으나 그는 기꺼이 그 고통을 감내했다. 보러가드는 목장을 지났다. 소 몇 마리가 그를 뚫어지게 쳐다보았다. 더스터는 목장의 뒤에 난 흙길을 타고 달렸다. 흙길은 곧 자갈길로 변했다. 보러가드는 그 길의 끝에서 왼쪽으로 꺾어 좁은 아스팔트 도로로 들어섰다. 곧 사이렌 소리는 짐승을 위한 구슬픈 곡조로 변한 뒤 희미하게 들려올 뿐이었다.

# 33

키아는 "얼른 나아"라고 쓰인 풍선을 팔에 매단 테디 베어를 들고 대런이 있는 병실로 들어섰다. 대런의 침대 옆에 앉자 맥박을 기록하는 기계의 소리가 들렸다. 그녀는 침대에 테디 베어를 놓고 아이의 작은 손을 잡았다.

"곧 일어날 거야." 보러가드가 말했다.

키아는 고개를 들어 그를 바라보지 않았다. 그녀는 그를 아는 체도 하지 않았다. 보러가드는 병실 구석에 서 있었다. 침대 위의 형광등 불빛이 아이의 얼굴을 파리하게 비추었다. 그는 의자를 들고 구석에서 나와 키아를 마주 보고 앉았다. 심전도에서 나오는 일정한 소리가 마음을 편안하게 했다. 그 소리는 아들의 가슴이 뛰고 있는 것을 의미했다. 몇 분이 지났지만 아무도 먼저 말을 꺼내지 않았다.

"당신이 맞았어. 그 차를 팔았어야 했어." 마침내 보러가드가 입을 열었다. 키아가 마른침을 삼키고 눈을 비볐다.

"그 차 절대로 안 팔 작정이었잖아." 키아가 말했다.

"당신 말이 맞아. 부니 아저씨한테 부탁해서 부숴버렸어." 보러가드가 말했다. 그제야 키아는 보러가드를 바라보았다.

"부숴버리다니, 그게 무슨 말이야?"

"폐차했다고." 보러가드가 말했다. 감긴 대런의 눈꺼풀이 파르르 떨렸다. 이러한 짧은 경련성 움직임조차 보러가드에게는 아들을 다시 볼 수 있으리라는 기대를 품게 했다.

"못 믿겠는데." 키아가 말했다.

"믿을 필요 없어. 하지만 부순 건 사실이야. 아마 지금 진행 중일 거고." 보러가드가 말했다.

"더스터를 왜 부숴? 당신 그 차 아꼈잖아." 키아가 말했다. 보러가드는 손깍지를 끼고 둔탁한 리놀륨 바닥을 응시했다.

"우리 집에 왔던 그 남자, 다신 안 올 거야." 보러가드가 말했다.

"그걸 어떻게 확신할 수가 있어."

"확실히 알아."

키아는 다시 보러가드를 쳐다보았다. 그리고 웃음인지 울음인지 모를 소리를 냈다.

"아, 당신이 처리했구나." 키아가 말했다. 보러가드는 의자에서 일어섰다. 그는 창문으로 다가가 병원 주차장을 바라보았다. 지는 해가 흐릿한 하늘을 오렌지빛으로 물들였다.

"남자는 두 개의 인생을 살 수 없어." 보러가드가 말했다.

"무슨 뚱딴지같은 말이야, 버그?" 키아가 물었다. 보러가드는 숙인 고개를 들지 않았다.

"아빠가 날 버렸을 때, 마치 누가 내 심장을 죔틀에 넣고 끝까지 조이는 것 같았어. 난 망가졌지. 엄마는 아빠가 자기를 버린 게 가족을 버린 것보다 더 나쁘다고 생각했으니까 말할 것도 없고. 그래서 엄마를 탓할 수는 없어. 아빠가 남긴 빈자리는 너무 컸어. 엄마는 그 빈자리를 상처로 채우는 게 차라리 쉬웠던 거고." 보러가드가 말했다. 그는 몸을 돌려 키아를 마주 보았다. 키아는 그의 붉어진 눈시울을 보았다.

"난 그렇게 할 수 없었어. 아빠를 미워할 수가 없었어. 그래서 내 영웅으로 만든 거야. 아빠가 갱스터나 술주정뱅이, 나쁜 남편이나 못난 아빠가 아닌 척했어. 그래서 더스터를 수리했지. 그걸 타고 돌아다니면서, 아빠는 날 사랑했기 때문에 무슨 짓을 했어도 상관없다고 스스로를 속였어. 하지만 아빠가 무슨 짓을 했는지는 상관있어. 만약 내 아빠가 차로 사람을 밀어버리거나 얼굴에 총질을 하는 인간이라면, 상관있어. 그리고 그건 아빠가 날 얼만큼 사랑했는지와 상관없어. 어떤 크기의 사랑으로도 바꿀 수 없는 문제야." 보러가드가 말했다.

"버그, 당신은 당신 아빠와 달라." 키아가 말했다. 그녀의 눈에도 눈물이 흘렀다.

"당신 말이 맞아. 내가 더 악질이야. 아빠는 자신이 누구인지, 뭘 하는지를 숨기지 않았어. 스스로를 있는 그대로 받아들였다고. 아빠를 영웅으로 만든 선 나야. 아빠가 스스로 영웅이라고 한 적은 없거든. 그런데 난, 난 항상 거짓말만 했어. 당신한테 거짓말했고, 스스로에게도 거짓말을 일삼았어. 범죄는 파트타임에만 저지르고 나머지 시간엔 좋은 아빠와 남편으로 살 수 있다고 생각했어. 전부 거짓말이었던 거야. 난 항상 범죄자였어. 좋은 남자인 척하는 범죄자였던 거야." 보러가드가 말했다.

"내가 뭐라고 말해줄까, 버그? 응? 당신 듣기 좋은 말을 해주길 바라? 있었던 일은 다 잊어버리자고, 당신은 좋은 아빠이자 좋은 남편이라고 해줄까? 꿈도 꾸지마." 키아가 말했다. 그녀는 대런의 손을 꼭 쥐었다. 보러가드는 대런의 반대편 손을 잡았다.

"아니. 더 이상 거짓말은 없어. 이젠 내가 어떤 사람인지를 스스로 똑똑히 마주할 거야. 아리엘은 못난 양아치 새끼랑 데이트를 하고 있어. 제이본은 자기 집 현관에서 얼굴도 모르는 남자를 죽여야만 했고, 대런은 이렇게 생사를 다투고 있어. 당신은 이 모든 걸 다 지켜봐야 했고. 켈빈은…." 보러가드의 목소리가 갈라졌다.

"켈빈은 왜?" 키아가 물었지만 그는 대답하지 않았다.

"이제 더 이상 가족들에게 이런 짓을 할 수 없어." 보러가드가 말했다. 그는 키아를 향해 걸어간 뒤 의자의 등받이에 손을 올렸다. 그는 키아가 입은 셔츠 밑에서 근육이 살짝 움직이는 것을 보았다. 그가 손을 대지 않았는데도 그녀의 몸이 경직되고 있었다.

"부니가 플래티넘 코일 열 개를 갖고 있어. 그걸 팔아서 당신과 아리엘에게 나눠줄 거야. 부니가 정비소도 인수할 거고, 내가 자리 잡으면 돈을 좀 더 보내줄게." 보러가드가 말했다.

그는 문을 향해 발걸음을 옮겼다. 문의 손잡이를 잡는 순간 키아의 목소리가 등 뒤로 들렸다.

"당신도 도망가는 거네, 그렇지?"

보러가드는 동작을 멈추었다. 손잡이가 벽돌이 든 가방만큼이나 무겁게 느껴졌다. 그는 입술을 혀로 핥았다. 그는 뒤를 돌아보지 않은 채 키아의 질문에 답했다.

"당신이 가라고 했잖아."

"나도 알아. 내가 한 말을 당신이 반복할 필요는 없어."

"그럼 내가 어떻게 할까? 당신이 원하는 걸 말해, 키아."

"이건 당신과 나만의 문제가 아니잖아, 버그." 키아가 말했다.

보러가드는 문에 머리를 기댔다. 잘 가공된 목재의 표면이 그의 피부에 서늘하게 닿았다. 그는 손잡이를 잡고 약하게 돌렸다. 문이 살짝 열렸다.

"지금 하는 일이 최선이라고 생각하는 건 알지만, 이게 정말 최선이야? 제일 쉬운 길을 선택하는 건 아니고?" 키아가 물었다.

"이게 나한테 쉬운 일일 거라고 생각해? 당신과 아이들을 두고 떠나는 게 쉬울 거라고 생각해, 정말?" 보러가드가 물었다.

"당신과 나 사이가 어떻게 될지는 약속할 수 없어. 하지만 당신이 갱스터 짓거리만 안 한다면 당신을 아이들로부터 떼놓을 생각은 없어. 당신이 저 문을 나간다면 애들을 떼어놓을 필요도 없겠지만. 그렇게 되면 아이들은 평생 당신을 미워할 거야. 그것만큼은 장담할 수 있어." 키아가 말했다.

"아이들이 안전하기만 하다면 평생 날 미워해도 괜찮아. 하지만 내가 곁에 있으면 아이들이 위험해져." 보러가드가 말했다.

"정말 그렇게 생각해? 그렇다면 당신 아빠가 못 했던 걸 해봐. 애들 곁에 있어줘. 변해봐." 키아가 말했다. 보러가드는 문을 열었다. 복도는 온갖 장비를 끌고 다니는 의사와 간호사로 분주했다. 정맥주사를 꽂고 돌아다니는 몇몇 환자는 버려진 좀비처럼 보였다.

"사랑해, 키아." 보러가드는 이렇게 말한 뒤 복도로 걸어 나갔다.

"버그!" 키아가 소리쳤다.

그는 대런에게 무슨 일이 생긴 줄 알고 급히 병실로 뛰어 들어왔다. 키아가 팔짱을 낀 채 침대 옆에 서 있었다.

"당신이 떠나야겠다면… 꼭 지금이어야 해? 정말, 지금? 진이 제이본을 데리고 여기로 올 거야. 제이본 풀려났어. 더 이상 검찰이 기소할 일도 없을 것 같고. 제이본이 당신을 찾아." 키아가 말했다. 보러가드는 다시 병실로 들어왔다. 키아는 그를 뚫어지게 쳐다보았다. 그녀의 눈동자에는 분노와 절망이 서려 있었다. 그는 더 이상 할 말이 없었다. 아버지의 유령이라도 도와주길 바랐으나 이럴 때는 소용이 없었다. 보러가드 혼자 힘으로 해결해야 했다.

"확실해?" 보러가드가 물었다.

"아니. 하지만 확실한 건, 난 더 이상 여기 혼자 있고 싶지 않아." 키아가 말했다.

보러가드는 다시 앉았던 의자로 돌아갔다. 의자에 앉아 대런의 작은 손을 꼭 쥐었다. 키아 역시 침대 맞은편에서 똑같이 대런의 손을 잡아주었다.

지는 태양이 병실의 벽에 그들의 그림자를 만들었다. 둘의 실루엣은 마치 연인처럼 엉켰다. 침묵이 둘 사이를 채웠다. 키아가 침대의 난간을 내리고 대런의 반대 방향으로 누웠다. 보러가드는 키아의 뒤통수와 부드러운 목선을 유심히 바라보았다.

조금 뒤, 키아가 한숨을 내쉬었다.

"당신은 절대로 변하지 않을 거야, 그렇지, 버그." 키아가 말했다. 그녀의 말은 질문의 형태였지만 평서문처럼 단조롭고 힘없이 들렸다. 누군가는 절망적이라고 표현할 수도 있으리라.

보러가드는 눈을 감았다. 어둠 속으로 몇 개의 얼굴이 지나갔다.

레드 네이블리와 그 형제들.

로니와 레지.

레이지.

버닝맨.

에릭.

켈빈.

그리고 또 다른 얼굴 몇몇이 기억의 저편에서 떠올랐다. 입은 벌리고 눈은 게슴츠레한 채로. 자비를 구하던 그들의 마지막 말은 묵살되고, 마지막 숨은 단말마의 비명이 되었다. 또 다른 얼굴들이 떠올랐다. 이번에는 타이어 마찰음, 총알 소리와 함께.

그는 그로 인해 생긴 남편 잃은 여자들도 생각했다. 아들이 집에 돌아오기만을 바랐을 어머니들도. 다시는 아버지의 얼굴을 보지 못할 아이들도. 그 모든 얼굴과 삶이 흙과 재가 되어버렸다.

마침내 보러가드가 말했다.

"나도 그럴 수 있을지 잘 모르겠어."

## 감 사 의 말

글쓰기는 외로운 작업이라고들 한다. 하지만 그 말은 반만 맞다. 나는 글을 쓰는 내내 훌륭한 친구와 가족 그리고 동료 작가들에 둘러싸여 있었다. 그들은 나를 지지해주고 북돋아주었으며 필요할 때는 따끔한 충고도 아끼지 않았다.

가장 먼저 나의 에이전트인 조시 게슬러와 HG Literary에 감사의 인사를 전하고 싶다. 조시는 이 소설의 가능성을 처음으로 믿어준 사람이고 그 뒤로도 항상 이 소설을 위해 맹렬하게 싸워줬다. 상트페테르부르크의 한 호텔 복도에서 조시와 우연히 만나 이야기를 나눈 그 순간을 평생 감사하게 기억할 것이다.

이 소설의 에디터인 크리스틴 코프라쉬와 Flatiron Books에 있는 모든 이들에게 감사를 표한다. 이 소설을 〈신곡〉에 비유하면 크리스틴은 베르길리우스나 마찬가지였다. 그녀는 항상 이 소설을 지지해주는 것은 물론, 통찰력 있는 조언으로 나를 더 나은 작가로 성장시켜주었다.

말로만 떠들던 아이디어에서 실제 소설이 탄생하기까지 그 과정에는 귀중한 조언을 해준 동료 작가들이 곁에 있었다. 시간과 지혜가 넘치는, 뛰어난 작가들인 에릭 프루잇, 니키 돌슨, 켈리 개릿, 롭 피어스에게도 감사의 인사를 전한다.

마지막으로 킴에게 감사드린다.

킴은 그 이유를 너무도 잘 알기에 자세한 말은 생략한다. 그녀는 늘 알고 있다.

# 옮긴이의 말

## 전원의 누아르

 소설을 처음 의뢰받았을 때, 작가의 프로필을 찾아보고는 미국 내 인종차별과 관련된 범죄소설이겠거니 지레짐작했다. 하지만 소설의 첫 장을 채 마치기도 전에 내 예상이 보기 좋게 빗나갔음을 알았다. 소설의 첫 장은 자동차 경주로 시작한다. 미국 남부의 뒷골목을 배경으로 벌어지는 불법 내기 경주 장면은 어지럽게 늘어서 있는 머슬카와 숲에서 들려오는 풀벌레 소리, 매캐한 배기가스 냄새로 오감을 자극하는 동시에 알 수 없는 긴장감을 유발한다. 첫 장이 끝나기도 전에 우리는 주인공 보러가드가 모는 머슬카에 탑승한 것이나 마찬가지의 심정이 되고 만다. 다행히 작가 S. A. 코스비는 매우 능숙한 운전사로, 가끔은 아찔한 코너링으로 혼을 쏙 빼놓기도 하지만 어느새 안정적인 드라이브로 독자들에게 미국 남부의 아름다운 전원을 둘러볼 여유도 제공한다. 물론 소설 속에서 흑인에 대한 차별이나 인종 간 갈등이 묘사되지 않는 것은 아니다. 다만 이 소설은 피부색에 상관없이 미국 남부의 전원에서 출구 없는 삶을 사는 인물들의 내적 갈등에 집중하며, 이는 주인공 보러가드의 거침없는 질주와 액션과 맞물려 폭발적 몰입을 유도한다.

미국 남부 누아르 하이스트 소설이라는 낯선 장르의 소설이지만, 영화 〈로스트 인 더스트〉(원제는 'Hell or Highwater')나 〈카지노〉(이 영화는 소설에서도 언급된다) 등의 작품을 감상하신 독자라면 황량한 전원을 배경으로 한 누아르 영화만의 감성을 충분히 짐작하실 수 있을 것이다. 실제로 인터뷰에서 작가가 〈로스트 인 더스트〉와 같은 누아르 영화에 영향을 받았다고 밝히기도 했을 만큼, 소설을 읽는 내내 화면이 머릿속에 생생히 떠오르는 듯 생동감 있는 묘사가 이 소설의 백미다. 전원 누아르(Rural Noir)가 한국 독자들에게는 익숙하지 않은 장르일 수는 있지만, 안전벨트를 단단히 매고 머슬카의 조수석에 일단 앉아보시기를 권한다. 미국 남부의 전원을 거침없이 달려가는 클래식한 하이스트 장르 소설이지만, 읽다 보면 주인공이 밤낮으로 검은 황무지를 가로질러 자신의 과거로 질주하는 이유에 공감하게 될 것이다.

# 검은 황무지
Blacktop Wasteland

1판 1쇄 발행 2021년 12월 6일
1판 2쇄 인쇄 2022년 1월 14일

지은이 S. A. 코스비
옮긴이 윤미선

발행인 김태환
편집 이윤정
표지 및 본문 디자인 Miso

펴낸곳 네버모어
출판등록 2016년 1월 7일 제385-2016-000002호
주소 경기도 안양시 동안구 귀인로 258, 108동 305호
전화 070-4151-5777
팩스 031-8010-1087
이메일 nevermore-books@naver.com
SNS https://twitter.com/nevermore_books

ISBN 979-11-90784-09-2

※ 이 책은 네버모어가 저자와의 계약에 따라 발행한 것이므로
   본사의 서면 허락 없이는 어떠한 형태나 수단으로도 이 책의 내용을 이용하지 못합니다.
※ 잘못된 책은 구입처에서 교환해 드립니다.
※ 책값은 뒤표지에 있습니다.